DIE
NICHTE

WEITERE TITEL VON GEORGINA CROSS

In deutscher Sprache

Die Stieftochter

Die Nichte

In englischer Sprache

The Stepdaughter

The Missing Woman

The Niece

My Perfect Husband

GEORGINA CROSS

DIE NICHTE

Übersetzt von Katharina Eddins

bookouture

Die Originalausgabe erschien 2022 unter dem Titel
„The Niece“
bei Storyfire Ltd. trading as Bookouture.

Deutsche Erstausgabe herausgegeben von Bookouture, 2025
1. Auflage Februar 2025

Ein Imprint von Storyfire Ltd.
Carmelite House
50 Victoria Embankment
London EC4Y 0DZ

deutschland.bookouture.com

Der gesetzliche Vertreter in der EEA ist Hachette Ireland
8 Castlecourt Centre
Dublin 15 D15 XTP3
Ireland
(email: info@hbgi.ie)

ISBN: 978-1-83618-380-8
eBook ISBN: 978-1-83618-379-2

Für die Decatur-Crew. Danke.

PROLOG

BETH

Freitag

Rauch füllt meine Lungen. Ich strecke die Hände aus, finde aber nichts als Leere, bis ich endlich eine Wand ertaste, dann einen Türrahmen. Aber der Treppenabsatz im oberen Stock ist so dunkel, durch die schwarzen Rauchschwaden kann ich kaum erkennen, wo das Geländer endet und die erste Stufe beginnt.

Die Hitze ist erstickend, giftige Dämpfe hängen in der Luft. Eine Hand über den Mund geschlagen, stoße ich ein krächzendes Keuchen aus. Von unten klingt das Knistern der Flammen immer lauter zu mir hoch, es kommt näher. Das Feuer frisst sich durch das Haus, mit lebendigen Flammen, die alles vernichten, was ihnen in den Weg kommt.

Ich rufe nach meiner Tochter, erhalte aber keine Antwort. Ich kann nur hoffen, dass sie fliehen konnte. Dass sie eine Tür aufgerissen hat und nun schon weit fortgerannt ist. Sie wird Hilfe finden, und dann wird man uns beide retten können.

Lauf, Hannah, lauf. Sei tapfer.

Doch was, wenn jemand sie erwischt hat? Was, wenn derjenige, der dieses Feuer gelegt hat, noch in der Nähe ist und sie jagt? Sie wieder hierher zurückzerrt?

Ich setze zu einem Schrei an, bringe aber kaum einen Laut hervor. Nur ein furchtsames Wispern, ein unerbittliches Husten und dann ein entsetzliches Bellen, das von meinem Körper Besitz ergreift. Ich klappe zusammen, nach vorne gekrümmt. Ich weiß nicht, wie viel länger ich das hier noch aushalten kann.

Orangerote Flammen züngeln am Treppenabsatz. Es ist zu heiß, die Luft erstickend, Schweiß rinnt meine Brust hinunter. Ich weiche zurück, erreiche das Zimmer meiner Tochter und stürze in einer Ecke zu Boden. Die Knie unters Kinn gezogen, mache ich mir klar, dass nicht mehr viel Zeit bleibt, bis mich die Flammen auch hier finden werden.

Wie lange wird es dauern? Wird es wehtun? Oder werde ich schon vorher am Rauch ersticken? *Bitte, mach, dass ich nicht mehr bin, wenn die Flammen mich erreichen.*

Von draußen höre ich jemanden rufen, dann ein schrilles Lachen – Angst rieselt meinen Rücken hinunter. Dort draußen ist jemand außer sich vor Freude über das, was hier geschieht: Mein Haus steht in Flammen, in denen ich verbrennen werde. Ich weiß genau, wer es ist.

Lauf, Hannah. Sei tapfer.

EINS

Samstag

Der erste Anruf zerreißt mir das Herz. Meine Schwester ist tot, bei einem Hausbrand ums Leben gekommen. Überlebt hat nur ihre Tochter.

Der zweite Anruf trifft mich wie ein Schlag in die Magengrube. Irgendjemand hat das Feuer absichtlich gelegt, und die Polizei weiß nicht, wer es war. Jemand hat sie ermordet.

Ich strecke meine zitternden Hände zum Fenster aus und reiße die Jalousien auf. Mein Garten ist menschenleer und auf der anderen Seite des Zauns sehe ich das Dach des Nachbarhauses. Alles ist still. Noch ist alles still.

Ich bin als Nächste dran. Erst Beth, dann ich.

Der Polizist fragt: »Wieso? Wie kommen Sie denn darauf?« Ich zucke zusammen; mir war nicht bewusst, dass ich die Worte laut ausgesprochen habe.

»Ich ... ich weiß nicht. Tut mir leid. Ich kann das alles nur kaum begreifen.«

Detective Gillespie ruft mich aus Louisville, Kentucky an, aus dem Ort, in dem sich die Familienfarm befindet. Dort, wo unser Elternhaus stand. Ich verziehe das Gesicht, als ich mir vorstelle, was nun noch davon übrig sein mag: eine ausgebrannte Ruine, eingestürzte Wände, Splitter des Buntglasfensters, das meine Mutter so geliebt hat. Unter all dem Schutt haben sie die Überreste meiner Schwester gefunden, nichts als Knochen.

Das Feuer hat sich rasch ausgebreitet, hat der Detective gesagt. *Ihre Nichte kann von Glück reden, dass sie mit dem Leben davongekommen ist.*

Aber ich kann mir einen Gedanken nicht verkneifen: *Sie saß in der Falle.*

»Wann haben Sie zuletzt mit Ihrer Schwester gesprochen?«

»Das ist Jahre her«, erwidere ich.

Er hakt nicht nach. Entweder weiß er nicht viel über unsere Familie oder er hält sich für den Moment noch bedeckt. Er wartet den richtigen Augenblick ab, und das ist mir nur recht. Ich habe nicht die geringste Lust, ihm irgendetwas zu erklären, schon gar nicht den Grund für meinen Auszug aus Louisville vor dreizehn Jahren und meinen Neuanfang in Alabama. Den Grund, aus dem ich kein Wort mehr mit meiner Schwester Beth gewechselt habe. Aus dem sie sich geweigert hat, mit mir zu sprechen.

Ich ahne, dass dieser Detective noch früh genug von alldem erfahren wird.

Ich presse meine Stirn ans Fenster. »Beth«, schluchze ich.

Jemand ruft nach Detective Gillespie und er sagt, er müsse jetzt auflegen. »Ms Jenkins, ich möchte Ihnen erneut mein aufrichtiges Beileid aussprechen. Wir bleiben mit Ihnen in Kontakt.«

Noch am nächsten Tag dreht sich alles in meinem Kopf. Meine elfjährige Tochter Cassie sitzt in ihrem Zimmer und hört Musik; sie ahnt noch nichts. Sie weiß nichts von ihrer Tante Beth, da die beiden sich nie kennengelernt haben. Und sie weiß auch nicht, dass sie eine Cousine hat. Der nächste Anruf erwischt mich kalt.

Der Anwalt ist am Telefon, er spricht langsam, bedauernd, das klingt ganz anders als der klare, sachliche Tonfall des Detectives. Und doch höre ich es: dieses vertraute, gedehnte Seufzen in seiner Stimme, das sanfte Näseln seines Kentucky-Akzents, und wieder schwappt eine Welle des Heimwehs über mich hinweg.

Zugleich aber stellen sich die Härchen in meinem Nacken auf. Irgendetwas ist los. Carl Fredericks kommt nur dann ins Spiel, wenn es schlechte Neuigkeiten weiterzugeben oder Formalitäten zu diskutieren gibt. Unser letztes Gespräch fand nach dem Tod meiner Eltern statt, als er ihr Testament verlas.

Und davor … nun, das ist ein anderes Thema.

Er hält die Sprechmuschel offenbar an den Mund gedrückt, wodurch seine Worte gedämpft klingen. Wie alt Mr Fredericks inzwischen wohl sein mag? Mitte siebzig? Der Mann muss sehr an seiner Arbeit hängen.

»Wie geht es Ihnen, Ms Jenkins? Tara?«, fügt er hinzu, an unsere einstige Vertrautheit anknüpfend.

Ich schlucke den Kloß in meiner Kehle hinunter. »Nicht gut, um ehrlich zu sein.«

»Es tut mir so leid«, sagt er und stößt ein weiteres Seufzen aus. »Was für eine entsetzliche Tragödie. Alles, was geschehen ist. Was Ihre Familie durchstehen musste.«

Was Ihre Familie durchstehen musste. Mich hat er darin nicht eingeschlossen.

Hat er mich also immer noch im Verdacht, das Unvorstellbare getan zu haben? Schamesröte steigt mir in die Wangen.

»Was gibt es, Mr Fredericks?«, frage ich. »Was ist los?«

Beth und ich sind entfremdet – das weiß er. Er war schließlich dabei. Nach dem Tod unserer Eltern ging alles auf meine Schwester über: das Grundstück, alles Ersparte unserer Eltern und das Haus, das Freitagabend in Flammen aufgegangen ist.

Rechtlich gibt es nichts mehr zu regeln, da alles nun an ihre Tochter Hannah übergehen wird.

»Ihre Nichte«, setzt Mr Fredericks an. »Sie wird fortan bei Ihnen wohnen.«

Erst gebe ich gar keine Antwort.

»Sie ist schließlich erst sechzehn«, fährt er fort.

Mein angehaltener Atem zischt aus meinem Mund hervor.

»Tara?«, hakt er nach. »Haben Sie gehört, was ich gesagt habe? Hannah. Beths Tochter?«

Natürlich weiß ich, wer Hannah ist. Ich sage nur nichts, weil ich so schockiert bin. Erst gestern habe ich erfahren, dass meine Schwester, meine einzige Schwester, umgekommen ist ... und nun das?

Hannah ist die Nichte, die ich bis zu diesem Moment vergessen hatte.

Doch von all dem Rest habe ich nichts vergessen. Die guten und die schlechten Zeiten einer Kindheit mit Beth, das Zerwürfnis mit meinen Eltern, das ich zu verantworten hatte, und wie alles den Bach runterging. Die gewechselten Worte, was wir damals vertuscht haben – all das ist mir ins Gedächtnis gebrannt, ins Gehirn graviert. Selbst nach meinem Umzug nach Alabama, von dem ich gehofft hatte, er würde mir einen Neubeginn ermöglichen. Würde mich von all diesen Erinnerungen fortbringen.

Ein Jahr später bin ich dann schwanger geworden, wobei Cassies Vater sich noch vor ihrer Geburt aus dem Staub machte. Keine große Überraschung. Aber es ging uns gut, und seitdem gab es immer nur uns beide. Wir haben nie jemand anderen gebraucht. Zumindest versichere ich mir das immer wieder.

Und jetzt soll da noch jemand in unserem Zuhause leben.

Hannah, meine Nichte. Warum sollte Beth ihre einzige Tochter denn explizit meiner Obhut überlassen?

Ich habe Hannah zuletzt gesehen, als sie drei Jahre alt

war, ein Kleinkind mit glänzend schwarzem Haar, das dem meiner Tochter Cassie so ähnlich sah. Haar, das ihr ins Gesicht fiel und das Beth ständig mit Haarspangen zu bändigen suchte. Hannah hatte Schwierigkeiten, das R richtig auszusprechen, weshalb ich für sie *Tante Tawa* war, was mir damals wie die niedlichste Bezeichnung aller Zeiten erschien. Als erstes Enkelkind war sie der Sonnenschein unserer Familie und wir waren alle ganz vernarrt in sie, vor allem meine Eltern. Als ich Beth das letzte Mal sah, war mir nicht klar, dass ich damit auch Hannah zum letzten Mal sehen würde.

Meine Nichte saß vor dem Haus auf der Veranda und spielte mit einer Puppe. Zu dem Zeitpunkt war Beth schon zurück in unser Elternhaus gezogen, was mich ohne Bleibe, ohne Geld und äußerst verwirrt zurückließ. *Das haben unsere Eltern so beschlossen, nicht ich*, so hat Beth es mir erklärt. Und keinen Finger gerührt, um mir zu helfen.

Ich hätte mich von Hannah verabschieden sollen. Ich hätte meine Arme um den schmalen Körper meiner Nichte legen und sie auf die Stirn küssen sollen. Aber dazu ließ meine Schwester mir keine Gelegenheit. Sie hat mich förmlich aus dem Haus und die Eingangstreppe hinuntergejagt und dabei geschrien, dass sie mich nie wieder sehen wolle, was ich mit gleicher Wucht zurückgab.

Hannah blieb stumm, während sie zusah, wie ich ging. Hat sie später Tränen darüber vergossen? Das habe ich mich damals gefragt. Hat sie meinen Namen gerufen oder hat sie sich einfach wieder ihrer Puppe zugewendet?

Doch zu dem Zeitpunkt war meine Nichte erst drei Jahre alt, sie wird sich nicht an viel mehr erinnern können als an das, was ihre Mutter ihr über die Jahre erzählt haben mag – Beths Version der Dinge. Aber ob sie wohl weiß, welche Rolle ihre Mom in alldem gespielt hat? Ob sie das je auch nur ahnen könnte?

Ich habe meinen Teil der Abmachung eingehalten, Schwesterherz. Hast du dasselbe für mich getan?

Am Telefon herrscht inzwischen Schweigen. Bestimmt möchte Mr Fredericks mir einen Augenblick Zeit geben, um all das zu verarbeiten, was er mir soeben mitgeteilt hat. Doch das scheint schier unmöglich. Obwohl Hunderte Gedanken durch meinen Kopf schießen, scheint es mir zugleich auch, als würde die Zeit stillstehen.

Beth ist nicht mehr hier, aber Hannah wird es bald sein.

Der Anwalt gibt ein trockenes, röchelndes Keuchen von sich. Wenn ich raten müsste, würde ich es auf jahrelangen Zigarrenkonsum zurückführen. Sogar damals, als er sich über den Schreibtisch zum Testament unserer Eltern beugte, lag eine Zigarre in seinem Aschenbecher, von deren penetrantem Geruch mir schlecht wurde.

Mr Fredericks hustet ins Telefon. Ich höre ein Glas klirren und dann hinuntergeschlürftes Wasser, während ich tief Luft hole.

»Hannah?«, wiederhole ich. »Sie soll bei mir wohnen? Wie kann das sein?«

»Ihre Schwester hat letztes Jahr einige Änderungen vorgenommen.«

Also hat Beth das *tatsächlich* veranlasst. Sogar nach all dieser Zeit, nach all den Jahren ohne ein Wort, hat sie absichtlich meinen Namen hinterlegt. Sie hat mich offiziell als gesetzlichen Vormund für Hannah bestimmt. Was könnte sie nur dazu bewegt haben, umzudenken?

Es scheint so absurd. Wie ein letzter Ausweg. Doch da Hannahs Vater ebenfalls tot ist – er ist bei einem Busunfall ums Leben gekommen, als er mit seiner offen gestanden nicht besonders guten Band auf Tour war –, blieb Beth nach dem Tod unserer Eltern wohl keine andere Wahl. Ich bin neben meiner Tochter ihre einzige verbleibende Blutsverwandte. Unser

Zuhause ist jetzt alles, was Hannah von einem Leben in einer Pflegefamilie trennt.

»Sie konnte das hier ja unmöglich voraussehen«, erklärt Mr Fredericks. »Trotzdem hat Ihre Schwester eisern darauf bestanden, dass das die einzige verantwortungsvolle Vorgehensweise war. Sie wollte sichergehen, dass für Hannahs Wohl gesorgt ist, falls ihr etwas zustoßen sollte, sei es durch Krankheit oder durch einen Unfall. Hannah wird in zwei Jahren achtzehn, es handelt sich also um keine allzu lange Zeit. Vermutlich dachte Ihre Schwester, dass dieser Fall nie eintreten würde. Nur eine Formalität. Nichts, was je Wirklichkeit werden würde.«

Nichts, was je Wirklichkeit werden würde.

Aber das ist es nun – genau das ist geschehen. Beth ist tot, und damit bin ich der gesetzliche Vormund ihrer Tochter.

Was meine Schwester wohl sagen würde, wenn sie wüsste, dass es nun tatsächlich so gekommen ist?

»Ich weiß nicht ...« Die Worte wollen mir kaum über die Lippen kommen.

Ich warte darauf, dass Mr Fredericks mir sagt, er hätte irgendeinen mir unbekannten Verwandten aufgetrieben, irgendjemanden auf Hannahs väterlicher Seite, und dass er dort als Nächstes anrufen wird. Dass er mich aus der Verantwortung nimmt.

Aber das kann nicht sein. Sämtliche Verwandtschaft auf Hannahs väterlicher Seite ist ebenfalls schon lange tot.

»Sie schaffen das«, sagt Mr Fredericks, und bei der Art, wie er kurz den Atem anhält, frage ich mich, ob er mich immer noch als diese traurige, verlorene Fünfundzwanzigjährige vor Augen hat, die vor so vielen Jahren vor ihm saß und deren Schwester ihr nicht in die Augen sehen konnte, als er die Entscheidung unserer Eltern bekannt gab. Obwohl ihm klar war, wie schockierend die letzten Wünsche unserer Eltern sein würden, hatte der Anwalt sich bemüht, diplomatisch zu bleiben.

An der Art, wie Beth damals ihre Schultern hängen ließ, vermutete ich, dass sie das Testament bereits vorher gesehen hatte. Sie wusste, was kommen würde.

Die Papiere waren mir aus den Händen gefallen, das weiß ich noch wie heute. Meine Eltern hatten angegeben, warum sie mich enterbten, machten in ihrem Testament mehr als deutlich, was sie von mir hielten.

Du hast Schande über uns gebracht, so drückte Mum es aus. Ich hätte wissen müssen, dass Beth ihr Lieblingskind war.

»Tara«, sagt Mr Fredericks. »Das hier ist etwas Gutes. Eine Chance, es wiedergutzumachen. Sie gehören immer noch zur Familie, und Beth hat Ihnen vertraut. Sie hat eingelenkt.«

Meine Antwort kommt als leises Flüstern heraus. Ich kenne die Wahrheit. »Nur weil außer mir niemand mehr da war.«

Erst bleibt er stumm. Auch er weiß, dass das stimmt. »Aber da ist auch das Geld«, fügt er hinzu. »Geld, das an Hannahs achtzehntem Geburtstag auf sie übergeht, und dazu einiges, das Ihnen zur Verfügung stehen wird, um für die Versorgung Ihrer Nichte aufzukommen. Genug, um sämtliche Ausgaben und auch ihre Studiengebühren abzudecken, falls sie sich für ein Studium entscheidet.«

Ein kleiner Hoffnungsschimmer leuchtet in mir auf. Es ist genug Geld da, um Hannah großzuziehen, Geld, das ich vielleicht auch verwenden könnte, um für meine Tochter zu sorgen.

Weiß Mr Fredericks, dass ich seit Cassies Geburt auf mich allein gestellt war? Wusste Beth darüber Bescheid? Auch sie war alleinerziehende Mutter.

Ich trete vom Fenster zurück, heiße Tränen brennen auf meinen Wangen. »Wie wird das geregelt? Soll ich hochkommen und sie abholen?« Der Gedanke an eine Rückkehr nach Louisville dreht mir den Magen um.

»Nein, sie kommt zu Ihnen geflogen.«

»Wann denn?«

»Morgen.«

Morgen! Das Wort fährt mir wie ein Blitz durch den Körper. Das ist sehr bald.

»Ich habe mit ihr gesprochen. Sie ist ein gutes Kind. Still. Verständlicherweise trauert sie um ihre Mutter, aber sie ist liebenswürdig. Sie macht keinen Ärger und ist sehr gut in der Schule. Über die Jahre habe ich ein Auge auf die beiden gehabt. Das war ich Ihren Eltern nach ihrem Tod schuldig.«

»Haben Sie mich auch im Auge behalten?«, frage ich und bereue es sofort.

»Ihre Familie lag mir immer sehr am Herzen«, erwidert er. Keine eindeutige Antwort.

»Hannah weiß bereits, dass sie hierherkommt? Das haben Sie ihr schon gesagt?«

»Ja. Das muss jetzt alles schnell gehen, schließlich ist sie eine heimatlose Minderjährige. Vergangene Nacht hat sie bei den Nachbarn Ihrer Schwester verbracht, bei dem älteren Paar, zu dem sie auch gerannt ist, um Hilfe zu holen. Aber das ist keine dauerhafte Lösung. Wir müssen sie möglichst schnell bei Ihnen unterbringen, und ich stehe in Kontakt mit dem Jugendamt, um alles so rasch wie möglich über die Bühne zu bringen.«

»Aber was ist denn mit Beths Beerdigung? Muss sie nicht zumindest so lange bleiben?« *Sollte ich nicht auch daran teilnehmen?*

»Beth wollte keine öffentliche Beerdigung.«

Ich presse mir den Hörer ans Ohr, unsicher, ob ich den Anwalt recht verstanden haben kann. Keine öffentliche Beerdigung? Das sieht Beth überhaupt nicht ähnlich. Zwar weiß ich inzwischen nicht mehr, wer ihre Freunde sind – soweit ich weiß, hat sie nicht wieder geheiratet –, aber in jedem Fall gibt es Familienfreunde und frühere Schulkameraden, die ihr die letzte Ehre erweisen wollen würden, Kunden, die über die Jahre ihre Kunstwerke gekauft haben und ihr nun Blumen senden würden. Die Beth, die ich kannte, hätte sich eine kleine Trauerfeier gewünscht. Oder?

»Beth hat sich über die Jahre immer mehr von der Welt zurückgezogen«, erklärt Mr Fredericks. »Gemalt hat sie auch nicht mehr so viel. Hin und wieder wird sie schon noch das ein oder andere Werk verkauft haben, musste aber keine großen Ausstellungen mehr organisieren. Auch Hannah ist recht scheu, und soweit ich weiß, möchte sie lieber zu Hause unterrichtet werden. Auch wenn sich das nun ändern wird, denn sobald sie bei Ihnen lebt, wird sie eine öffentliche Schule besuchen müssen. Die beiden haben ein ruhiges Leben geführt. Geld zum Lebensunterhalt hatten sie genug.«

Die beiden hatten Geld genug, während ich ...

Ich kneife zwei Finger in meinen Nasenrücken. »Das hier geschieht alles so schnell.«

»Ich weiß. Aber machen Sie sich keine Sorgen, ich kümmere mich um alle Details. Ich habe alle Dokumente hier liegen.«

Ich werfe einen Blick den Gang hinunter, wo Cassie immer noch in ihrem Zimmer sitzt. Was soll ich ihr sagen? Wie wird sie darauf reagieren?

Tut mir leid, aber dass ich dir nie von deiner Tante und deiner Cousine erzählt habe, hat gute Gründe.

»Hannah leidet sehr. Sie hat unter tragischen Umständen ihre Mutter verloren«, fährt Mr Fredericks fort. »Auch sie selbst ist der Tragödie nur knapp entkommen, musste vor einer derartigen Feuersbrunst fliehen, dass es ungemein traumatisierend gewesen sein muss. Es ist wichtig, dass sie bei ihrer Familie unterkommen kann, finden Sie nicht? Das wird ihr einen gewissen Trost bieten. Das können Sie doch für sie tun, nicht wahr, Tara?«

Ich schließe die Augen. Natürlich kann ich das. Natürlich werde ich das.

Das hier hätte ich nie im Leben erwartet, aber ich könnte meine Nichte niemals abweisen, nicht, solange ich weiß, dass sie irgendwo dort draußen ist und Hilfe braucht. Denn das würde meine Schwester mir nie verzeihen. Das würde ich mir selbst nie verzeihen.

Ich lasse den Blick durch mein Haus schweifen, durch das kleine Farmhaus aus Backstein, das ich mit Stolz mein Zuhause nenne. Viel haben wir nicht, aber es gibt ein Extrazimmer, das wir bisher als Abstellraum verwendet haben. Das können wir freiräumen und in ein Schlafzimmer für Hannah verwandeln.

In meinem Kopf dreht sich alles. Es gibt so viel zu tun. Wir müssen Hannah über ihr Trauma hinweghelfen – das ist das Wichtigste. Sie muss um ihre Mutter trauern können. Ich werde ihr erklären, warum ich mich dreizehn Jahre lang nicht habe blicken lassen, warum ich ihr nie eine Karte zum Geburtstag geschickt habe.

Wird sie mir verzeihen? Wird sie es verstehen? Vielleicht wird Hannah nie ganz begreifen können, was zwischen ihrer Mom und mir geschehen ist, viele der Details werden auch verborgen bleiben müssen, aber wir können es doch zumindest versuchen, oder? Schließlich ist es ja das, was der Anwalt von mir verlangt.

Ich werde einen Teenager bei mir aufnehmen und großziehen. Das werde ich für meine Nichte tun.

Hannahs Stimme hallt durch meinen Kopf ... *Tante Tawa* ... und ich stelle sie mir während ihrer Geburtstagsfeier vor, denke daran, wie wir den Vormittag damit verbrachten, pinke Girlanden und Luftballons aufzuhängen. Ihr Geschenk hat ihr solche Freude bereitet, ein junger Cocker Spaniel, nur für sie allein. Wir hatten ja keine Ahnung, dass alles noch am selben Nachmittag zu Bruch gehen würde.

»Um wie viel Uhr kommt sie hier an?«, frage ich.

Mr Fredericks gibt mir die Flugdetails der Delta-Airline weiter, während ich nach einem Stift krame und alles niederschreibe. Ich werfe einen Blick in meine Kalender-App auf dem Handy; ich weiß, dass ich mir den Nachmittag morgen freinehmen muss, um Hannah abzuholen. Zum Flughafen sind es nur zwanzig Minuten Fahrt, bevor es über den Tennessee River zurück nach Decatur geht.

Hannah und ich werden uns Zeit nehmen und miteinander sprechen. Vielleicht muss ich mir auch den Rest der Woche freinehmen. Wenn ich dafür sorgen will, dass Hannah sich hier einleben kann, wird es so viel zu tun geben. Auch, was Cassie angeht. Ich sollte meiner Chefin Bescheid sagen. Ich werde Cynthia anrufen, meine beste Freundin aus der Arbeit. Aber nicht sofort. Erst muss ich meine Gedanken etwas sortieren.

Morgen. Hannah kommt *morgen*.

Angst überkommt mich und ich blicke erneut durch die Jalousien nach draußen, um in meinen Garten zu starren. Ist es gefährlich, Hannah hier wohnen zu haben? Sie ist dem Tod ja selbst gerade erst entronnen.

Jemand hat dieses Feuer absichtlich gelegt, um das Haus meiner Schwester niederzubrennen. Wenn Hannah nicht geflohen wäre, wäre sie ebenfalls gestorben.

Feuer. Sie haben Feuer verwendet; es gibt hier einfach zu viele Parallelen. Es handelt sich dabei nicht um willkürliche Brandstiftung. Das hier war Rache. Und auch an mir will sich jemand rächen.

Wer auch immer Beth das angetan hat, wird uns als Nächstes finden wollen, und das wird nicht schwer sein. Mit einer raschen Google-Suche kann uns jeder finden. So können sie herausfinden, wo ich arbeite, wo Cassie zur Schule geht. Ich habe ein Facebook-Konto, und obwohl ich dort selten mal etwas poste, kann man darüber doch leicht meinen Wohnort finden.

Hannah könnte die Brandstifter direkt zu uns führen.

»Wer weiß sonst noch darüber Bescheid, dass sie herkommt?«, frage ich.

Mr Fredericks hustet. »Wie meinen Sie das?«

»Wer weiß sonst noch, dass Hannah nach Alabama kommt?«

»Meine Rechtsabteilung natürlich. Außerdem das Jugendamt beider Bundesstaaten. Sonst aber niemand.«

»Die Nachbarn, bei denen sie gestern übernachtet hat. Wissen die Bescheid?«

»Ja. Aber machen Sie sich keine Sorgen, Tara. Ich habe die Chandlers bereits dazu angehalten, keine Details preiszugeben. Während des Fluges wird sich jemand von der Airline um Hannah kümmern.« Im Hintergrund höre ich das Klackern einer Tastatur. »Ich schicke Ihnen nun die Dokumente zur Durchsicht. Bitte werfen Sie so bald wie möglich ein Auge darauf. Ich benötige Unterschriften von Ihnen.«

Doch in meinen Gedanken ist für Bürokratie kein Platz. Bei der Vorstellung, Hannah nach so langer Zeit wiederzusehen, schnürt sich meine Kehle zusammen.

»Wie soll ich sie denn erkennen?«, frage ich. »Woher soll ich wissen, dass sie es ist?«

»Sie hat langes schwarzes Haar, genau wie Ihre Schwester«, erklärt er. »Genau wie Sie selbst, Tara.« Kurz schweigt er. »Sie werden sie nicht übersehen können.«

ZWEI

Sonntag

Ich muss meiner Tochter erzählen, was passiert ist.

Die Tür zu Cassies Zimmer steht offen, das vertraute Ratschen des Reißverschlusses ihrer Sporttasche dringt heraus. Sie muss heute Nachmittag zum Fußballtraining, fast hätte ich es ganz vergessen. Ihre Trainerin möchte am Tag vor ihrem Spiel noch ein paar zusätzliche Trainingsstunden reinquetschen.

Sie tritt zu mir in die Küche, die Tasche über die Schulter geworfen. »Bist du so weit?« Sie kaut bereits auf einem Kaugummi herum; sie sagt, das helfe ihr während des Trainings bei der Konzentration.

Ich greife nach meiner Handtasche und weiche ihrem Blick aus. Meine Hände zittern. »Jup. Kann losgehen.«

Auf dem Weg zum Sportplatz reden wir nicht viel, und falls Cassie merkt, dass irgendetwas nicht stimmt, so erwähnt sie es jedenfalls nicht. Sie dreht das Radio auf, irgendeines ihrer Lieblingslieder, doch ich kann mich gar nicht auf den Beat konzentrieren, kann mich auf nichts anderes konzentrieren als darauf, nicht komplett chaotisch zu fahren. Ich klammere mich ans Lenkrad und tue mein Bestes, meine Atemzüge ruhig zu halten. Ich möchte Cassie noch nicht wissen lassen, dass unser Leben sich bald ändern wird. So eine monumentale Nachricht kann ich ihr nicht so kurz vor dem Training in den Schoß werfen, weil nicht genug Zeit bliebe, um alles zu erklären. Das werden wir direkt danach besprechen müssen.

Mir dreht sich der Magen um.

Morgen ... Hannah kommt *morgen*.

Am Sportplatz angekommen, springt Cassie aus dem Auto und läuft auf ihre Teamkameradinnen zu. So ein selbstbewusstes Mädchen, meine Tochter, und weitaus kompetenter, als ich es in ihrem Alter war. Wir beide sind ein eingespieltes Team. Wenn es bei mir in der Arbeit spät wird, kann sie sich selbst Abendessen kochen. Sie weiß, dass die Handtücher in den Trockner geworfen werden müssen und dass sie die Post reinholen soll, wenn mir keine Zeit dafür bleibt. Wenn Cassie an meiner Stelle gewesen wäre, hätte sie garantiert bessere Entscheidungen getroffen als ich.

Ich fahre nicht nach Hause, mache auch keine Erledigungen. Stattdessen kreise ich ziellos umher, nichts als Nebel im Kopf, bis ich mich plötzlich auf dem U.S. Highway 31 Richtung Süden wiederfinde, Restaurants, Reinigungen, Fast-Food-Ketten und Kirchen zu beiden Seiten. Einige Meilen darauf fahre ich rechts ran, als ich die Grünflächen des Decatur Country Clubs erreiche.

In diesem Teil der Stadt sind die Häuser größer, und der Golfplatz wird sorgfältig gepflegt. Dank des milden Winters in Alabama können die Golfer das ganze Jahr hindurch spielen. Im Moment ist es Ende Februar, aber dennoch nicht zu kalt für die Handvoll Golfer, die in ihren Golfmobilen an mir vorbeifahren. Ich sehe sie hinter der nächsten Kurve verschwinden.

Ich aber bin nicht zum Golfspielen hier – weder heute noch

sonst irgendwann. Ich brauche nur einen Ort, an dem ich nachdenken kann. Ich muss mir einen Plan zurechtlegen.

Ich öffne das Fenster einen Spaltbreit und schalte den Motor aus, während meine Gedanken schon um all das kreisen, was es zu erledigen gibt, all die Auswirkungen, die Hannahs Ankunft auf unser Leben haben wird.

Wir sollten so schnell wie möglich ihr Schlafzimmer vorbereiten – das können wir gleich heute Abend machen. Sie muss einen Ort zum Schlafen haben und ich werde den Teufel tun, sie in ihrer ersten Nacht auf das Sofa zu verweisen. Eher noch lege ich mich dorthin und stelle ihr mein eigenes Bett zur Verfügung. Aber wo soll ich ein Bett für sie auftreiben? Und wo die zusätzlichen Möbelstücke?

Haben wir genug Bettlaken und saubere Handtücher? Wann waren wir eigentlich zuletzt im Supermarkt?

Hannah wird kein Gepäck dabeihaben, das hat mir Mr Fredericks erklärt. Alles, was sie besaß, ist in Flammen aufgegangen. Heißt, sie wird auch neue Kleidung brauchen. Klamotten aller Art und auch sonst alles, was so nötig ist. Sie fängt komplett bei null an.

Ich starre auf die Uhr am Armaturenbrett. In weniger als einer Stunde werde ich Cassie mitteilen, dass es da eine Cousine gibt, von der sie bisher nicht wusste. Ich werde ihr erklären, dass statt unserer bisherigen Zweierfamilie jetzt drei Menschen an unserem Tisch sitzen werden. Dass da eine Fremde in unserem Wohnzimmer sein wird.

Wird meine Tochter das verstehen? Wird sie mir verzeihen, dass ich ihr diesen Teil der Familie bisher vorenthalten habe? Wird es sie traurig machen, dass auch ihre Tante Beth sich wiederum nie bei ihr gemeldet hat?

Ich lasse den Kopf hängen, Tränen brennen mir in den Augen. *Ach Beth, wie lächerlich es war, dass wir uns so voneinander entfernt haben. Was wollten wir damit nur beweisen?*

Ich entsperre mein Handy und entdecke darauf eine E-Mail von Carl Fredericks mit mehreren Dateien im Anhang. Die Dokumente, von denen er gesprochen hat. Die PDF-Datei lädt nur langsam, und als sie sich endlich geöffnet hat, verschwimmen die endlosen Berge an Informationen und verschachtelten Juristensätzen vor meinen Augen. Es ist zu viel, um es zu verarbeiten, und ich weiß gar nicht, wo ich unterschreiben oder welche Absätze ich zuerst lesen soll. Ich schließe mein E-Mail-Programm mit dem Gedanken, dass ich mich später darum kümmern werde.

Für den Moment kreisen in meinem Kopf all die Fragen, auf die ich keine Antwort habe. All das, was ich wissen müsste, um mich gut um Hannah zu kümmern. Worauf sollte ich mich vorbereiten? Hat sie mit den Jahren irgendwelche Allergien entwickelt? Muss ich irgendetwas Bestimmtes für sie einkaufen?

Doch dann rufe ich mir ins Gedächtnis, dass Hannah sechzehn Jahre alt ist. All das wird sie mir selbst erklären können. Gemeinsam werden wir herausfinden können, was sie braucht.

Aber wie steht es mit anderen Problemen? Dinge aus ihrem Leben, die sie derzeit nicht ausdrücken kann, vor allem nach dem Trauma, das sie mit dem Tod ihrer Mutter durchstehen musste. Alles, was sie einst besaß, ist verbrannt und zu Asche zerfallen, und nun muss sie zwei Bundesstaaten weiter zu Leuten ziehen, die sie gar nicht kennt.

Wie viel von dem, was die Polizei ermittelt hat, kann sie verstehen? Weiß sie, dass der Mörder ihrer Mutter immer noch irgendwo dort draußen ist? Hat sie Angst, dass sie als Nächste dran sein könnte?

Die Arme wird psychiatrische Unterstützung brauchen. Dafür werde ich sie so schnell wie möglich anmelden, vielleicht noch gleich diese Woche. Und wie steht es mit der Schule? Mr Fredericks hat mir erzählt, sie wäre bisher von Beth zu

Hause unterrichtet worden, aber ich, die ich Vollzeit arbeite und kaum die Geduld habe, Cassie bei ihren Hausaufgaben zu helfen, komme dafür nicht infrage. Hannah wird in unserem Bezirk auf die öffentliche Schule gehen müssen, genau wie ihre Cousine. Sie kann die Austin High besuchen.

Ich lasse den Motor an; ich weiß, dass ich jetzt schon lange genug hier gesessen habe. Es ist Zeit, Cassie abzuholen.

Als ich am Sportplatz ankomme, sind die Mädchen immer noch mit ihren Übungen beschäftigt, und ich trommele mit den Fingern ungeduldig auf dem Lenkrad herum. Bald sollte das Training vorbei sein. Warum dauert das nur so lange? Ich warte doch bloß angespannt darauf, dieses Gespräch hinter mich zu bringen. Ich weiß gar nicht, wo ich anfangen soll, mir wird schon ganz schlecht.

Also probe ich, was ich sagen kann: *Cassie, ich habe eine Schwester – hatte eine Schwester. Sie ist gestorben und nun wird ihre Tochter bei uns wohnen. Du hast eine Cousine.*

So, wie ich meine Tochter kenne, wird sie bei dieser Mitteilung in das gleiche Schweigen verfallen wie ich selbst. Sie wird versuchen, es zu verarbeiten, und abwarten, ob sie etwas falsch verstanden haben könnte. Vielleicht wird sie es für einen Scherz halten.

Nein, mein Schatz, das ist die Wahrheit.

Die Trainerin ruft die Mädchen zu sich, die sich in einem Kreis um sie scharen und die Arme auf die der anderen legen, um wie nach jedem Training in lauten Jubel auszubrechen. Irgendjemand legt damit los, alle Arme schießen in die Höhe und dann löst meine Tochter sich aus dem Haufen. Sie greift sich ihre Tasche und kommt auf mich zugelaufen, die Wangen mit roten Flecken bedeckt.

Mein Magen verkrampft sich. Wie unschuldig sie doch ist, mit ihren Grübchen und dem pinken Haarband. Als sie näher kommt, sehe ich den Schmutz und das Gras, die auf ihren Socken kleben.

Irgendwo auf dem Parkplatz wird eine Autotür zugeschlagen und mein Herz macht einen Satz. Ein Mann betritt den Rasen. Er spannt die Schultern an und geht direkt auf Cassie zu – er hat sie im Blick. Meine Nackenhaare stellen sich auf. Ich erkenne diesen Mann nicht.

Meine Hand schießt zum Türgriff und ich stoße die Tür auf. Cassie rennt immer noch, sie hat nicht bemerkt, dass jemand auf sie zukommt, weiß nicht, dass sie in Gefahr schwebt. Ihre Augen bleiben auf meine gerichtet.

Der Mann kommt näher, keine drei Meter ist er mehr von ihr entfernt.

Mein Herzschlag pocht in meiner Kehle. *Sie haben uns gefunden.* Freitagnacht haben sie Beth um die Ecke gebracht und dann sind sie nach Alabama gefahren. Zuerst werden sie meine Tochter angreifen und mich zwingen, dabei zuzusehen. Dann werden sie sich mich vornehmen.

Jeder muss ernten, was er sät, höre ich eine Stimme immer wieder sagen.

»*Cassie!*«, brülle ich und wedle mit den Armen. Sie hält inne; ein verwirrter Ausdruck breitet sich auf ihrem Gesicht aus, bevor sie weiterläuft.

Der Mann – dunkle Haare, schwarzer Anorak – geht ebenfalls weiter. Doch gerade als sein Weg sich mit Cassies kreuzen könnte, als er nahe genug ist, um zuzuschlagen, gleitet er an meiner Tochter vorbei und auf jemand anderen zu, eine andere Fußballspielerin, die er mit einer Umarmung begrüßt. Als er sich daraus löst, nimmt er die Sonnenbrille ab und mir platzt fast das Herz vor Erleichterung. Es ist Zach Hillier, Fionas Vater. Sie macht irgendeine Bemerkung, die ihn zum Lachen bringt.

Cassie mustert mich mit einem misstrauischen Blick, als sie sich unserem Auto nähert. »Alles okay bei dir?«

Ich zwinge mich dazu, wieder ins Auto zu steigen. »Alles

gut.« Ich setze mich und fummle an meinem Anschnallgurt herum. »Alles prima.«

Cassie lässt sich auf den Sitz neben mir fallen, und sofort erfüllt der Geruch meiner schweißnassen Tochter und ihres Pfefferminzkaugummis das Auto und streift mir über das Gesicht. Ihr Pferdeschwanz gleitet über meinen Arm, als sie sich umdreht, um ihre Tasche auf den Rücksitz zu werfen.

Cassie sagt: »Emma muss sich echt ranhalten und defensiver spielen. Das Spiel morgen ist wichtig, wir mussten heute extraviele Runden ums Feld laufen.« Ich weiß, wie wichtig Cassie das Thema ist. Ihre Mannschaft hat einen Titel zu verteidigen und meine Tochter möchte nächstes Jahr zur Mannschaftskapitänin ernannt werden.

Ich setze zurück, um die Parklücke zu verlassen, doch mein Herz pocht noch immer und meine Hände sind so fest ins Lenkrad gekrallt, dass die Knöchel weiß glänzen. Ich lasse meinen Blick erneut über den Parkplatz schweifen, auf der Suche nach – ja, wonach eigentlich? Nach einem unauffälligen, aber verdächtigen Van? Einem Auto mit getönten Fensterscheiben? Einem Menschen, der mit Feuerzeug in der Hand auf der Straße steht?

Sie haben sie in Brand gesetzt … Ich schiebe meine Gedanken von mir.

Cassie zieht sich den Haargummi vom Kopf. Sie streift ihre Stollenschuhe ab, dann auch ihre Socken und Schienbeinschoner, wodurch sich Schmutz und Gras auf dem Autoboden verteilen. Aber ich sage nichts dazu. Wir wohnen förmlich in diesem Auto, hier nehmen wir zwischen Turnieren unsere Fast-Food-Mahlzeiten zu uns. So ist das mit einer Tochter, die das ganze Jahr hindurch Sport treibt. Ich bin mir ziemlich sicher, wenn ich zwischen die Sitze schauen würde, würde ich steinharte Pommes und zerknüllte Servietten von vor Monaten finden.

»Es ist so nervig, dass Stacie und Anna einfach nicht die Klappe halten können«, sagt Cassie. »Dadurch kriegen immer alle Ärger, sogar ich. Und dann heißt's noch mehr rennen.« Mit einem Ruck zerrt sie ihr Sportshirt nach oben, sodass es nicht mehr in ihrer Hose steckt. Sie streckt die langen Beine aus und reckt die Zehen, während ich die Klimaanlage hochdrehe. Nicht nur, um Cassie abzukühlen, sondern auch mich selbst. Es fällt mir schwer, mich zu entspannen, mein Mund ist wie ausgedörrt und meine Zunge scheint zentnerschwer.

Ich muss es ihr sagen … aber wo soll ich nur anfangen? Wie mache ich das hier am besten?

»Cassie«, setze ich an.

Sie greift nach ihrer Trinkflasche. »Die Mannschaft, gegen die wir morgen antreten, soll echt gut sein. Rolling Hills, die haben bisher noch kein Spiel verloren.«

»Cassie …«

»Aber unsere Trainerin sagt, wir hätten trotzdem eine Chance. Und sie meint, sobald wir zu Hause sind, sollen wir Dehnübungen machen.«

»Wir fahren nicht gleich nach Hause.«

Damit habe ich nun doch ihre Aufmerksamkeit erregt. »Holen wir uns erst was zu essen?«

»Ja. Nein.« Ich betätige den Blinker und wechsle in die andere Spur. »Also, ja, wir können uns nachher was zu essen holen, aber erst mal müssen wir einkaufen gehen.«

»Aber im Supermarkt waren wir doch letzte Woche erst.«

Der Inhalt unserer Speisekammer geistert mir durch den Kopf. Ob da wohl irgendetwas dabei ist, was Hannah schmeckt?

»Vielleicht noch ein paar Lebensmittel mehr«, sage ich zu Cassie.

Ihr Blick wandert zu mir herüber. »Du benimmst dich ganz seltsam.« Sie wartet, ob ich etwas sage. »Was ist denn los?«

In einem langen Atemzug sprudeln die Worte aus mir heraus. »Du hast eine Cousine. Sie ist sechzehn. Und sie wird ab jetzt bei uns wohnen. Morgen holen wir sie vom Flughafen ab.«

Ein Lächeln breitet sich auf ihrem Gesicht aus. »Okay, Mom.« Sie lacht.

»Ich meine es ernst.«

Nun starrt sie mich wieder an. »Was denn für eine Cousine?«

Ich kralle meine Finger ins Lenkrad und wende meinen Blick wieder der Straße zu. »Weißt du noch, was ich dir über Grandma und Grandpa erzählt habe und davon, dass die beiden vor deiner Geburt gestorben sind? Dass ich nie nach Louisville zurückgegangen bin?« Sie nickt, langsam und mit Bedacht. »Na ja, ich habe eine Schwester – hatte eine Schwester. Aber nun ist sie auch gestorben. Und in ihrem Testament hat sie verfügt, dass ihre Tochter bei uns wohnen soll.«

Cassie nimmt einen Schluck aus ihrer Flasche. »Wow …«, haucht sie und danach schweigt sie für eine ganze Weile.

»Wie heißt sie?«, fragt sie dann.

Ich blinzele, als mir klar wird, dass ich diese Information bisher unterschlagen habe. »Hannah.«

»Und sie ist sechzehn Jahre alt?«

»Genau. Aber sobald sie achtzehn wird, kann sie ausziehen und selbst beschließen, was sie tun möchte.« Ich weiß nicht genau, warum ich das hinzugefügt habe. Ich möchte meiner Tochter einfach einen Zeitrahmen geben, als könne die Tatsache, dass es sich nur um zwei Jahre handelt, das Ganze überschaubarer, angenehmer gestalten. Machbarer.

Cassie spielt am Verschluss ihrer Flasche herum. Ihre Blicke flitzen mal hierhin, mal dorthin. Ich kann mir kaum ausmalen, was für Gedanken ihr wohl durch den Kopf gehen mögen.

»Du *hattest* eine Schwester?«, fragt sie. »Was ist passiert?«

»Ihr Haus ist niedergebrannt«, erkläre ich und muss schlucken.

»O mein Gott. Warum hast du mir denn nie von ihr erzählt? Also, vorher?«

»Wir haben uns vor Jahren zerstritten, noch vor deiner Geburt. Das war alles recht ... kompliziert.«

So kann man es wohl ausdrücken, ja.

»Wo haben die beiden gewohnt?«, fragt sie.

»In Kentucky. In dem Haus, in dem ich aufgewachsen bin.«

Cassie stößt ein Seufzen aus, und das Geräusch schmerzt mich.

Sie ist frustriert und hat auch jedes Recht dazu. Als sie klein war, habe ich ihr die Familienfarm oft geschildert, den Apfelgarten, den wir so geliebt haben, den Bach, in dem wir geangelt haben. Sie hat mich angefleht, die Farm mal besuchen zu dürfen, aber immer habe ich Nein gesagt und erklärt, dass Grandma und Grandpa nicht mehr dort wohnten und das Grundstück nicht länger in unserem Besitz sei. Jetzt weiß sie, dass das eine Lüge war. Dass ich sie über Jahre hinweg angelogen habe.

Überwältigende Schuldgefühle schwappen über mich hinweg und ich beiße mir auf die Unterlippe.

Cassie sagt: »Das tut mir leid, Mom. Es tut mir furchtbar leid, was mit deiner Schwester passiert ist.«

»Mir tut es leid, dass ich dir nie davon erzählt habe.«

»Und Hannah wird ab jetzt bei uns wohnen?«

»Ja«, bestätige ich. »Morgen kommt sie hier an.«

»Keine Sorge, Mom. Das kriegen wir schon hin.« Sie zuckt mit den Schultern. »Irgendwie ist es cool zu hören, dass wir noch mehr Verwandte haben.«

Erleichterung flutet mein Herz und lässt es in meiner Brust erblühen.

»Wird schon werden«, sagt sie.

Und wenn ich nicht am Steuer säße, würde ich sie jetzt in

meine Arme ziehen und küssen. Was für eine unglaubliche Erleichterung; hier sind die Worte, die ich so unbedingt hören musste, noch dazu aus dem Mund meiner Tochter.

Doch dann schleicht sich ein Zweifel ein und der strahlende Moment wird von Wolken überschattet. Wie sie wohl reagieren würde, wenn die ganze Wahrheit ans Licht käme?

DREI

Mehr als eine Stunde verbringen wir bei Target damit, Sachen für Hannah auszusuchen. Immer wieder betont Cassie, dass alles perfekt sein muss, während wir die Regale durchforsten. Ich bin ganz ihrer Meinung.

Und doch ist es schwer, für Hannah einzukaufen, weil wir doch so wenig über sie wissen. Lieber pinke oder limettengrüne Bettbezüge oder doch neutralere Töne? *Sie ist sechzehn*, ruft Cassie mir in Erinnerung. Wahrscheinlich freut sie sich über eine eher erwachsene Einrichtung.

Schließlich einigen wir uns auf eine marineblaue Steppdecke und weiße Bettlaken, dazu farblich abgestimmte blaue Handtücher und eine Nachttischlampe. Wir nehmen auf gut Glück eine Haarspülung mit, die sie mögen könnte, und überlegen, ob sie ihre Haarbürste wohl mit weichen oder eher harten Borsten mag. Ob sie wohl auch Make-up haben möchte?

In der Lebensmittelabteilung werfe ich zusätzliche Snacks in unseren Wagen, Bananen, ein paar Netze Orangen, dazu eine Packung Tierkekse und milchfreie Oreos. Cassie hat eine Laktoseintoleranz, darüber werde ich Hannah informieren müssen. Ich kann mich nicht erinnern, dass Hannah als Kleinkind ein Problem damit gehabt hätte, weshalb wir auch ein paar Schachteln Cornflakes, Joghurt und Milch dazutun.

In der Klamottenabteilung wissen wir aber gar nicht mehr weiter. Die Auswahl ist so groß und es gibt zu viel, was wir nicht wissen. Welche Größe trägt Hannah? Welcher Stil gefällt ihr? Basierend auf unserem gemeinsamen Genmaterial gehe ich mal davon aus, dass sie nicht allzu kurvig gebaut ist, schließlich bin ich das auch nicht. Was die Größe angeht, liege ich mit meinen ein Meter fünfundsechzig im Mittelfeld, bei meiner Schwester war es genauso. Aber da ist ja noch Hannahs Dad – der war über ein Meter achtzig groß. Ich beiße die Zähne aufeinander und versuche, nicht an ihn zu denken.

Wir beschließen, dass Hannah sich ihre Kleidung selbst aussuchen sollte, und suchen stattdessen nur ein paar neutrale Unterwäscheartikel in Schwarz und Weiß heraus sowie einen Schlafanzug, damit sie für den Anfang etwas hat. Ich beschließe, ihr noch kein Bett zu bestellen, da das mein Budget sprengen würde und ich nicht sicher bin, wann das Geld, von dem Mr Fredericks geredet hat, auf meinem Konto ankommen wird. Und das Bett würde sowieso nicht rechtzeitig geliefert werden. Da muss ich mir etwas anderes einfallen lassen.

Wir schieben unseren Wagen nach vorne zu den Kassen und Cassie sagt: »Das macht Spaß.« Sie lächelt auf unsere Auswahl hinab. »Für Hannah zu shoppen.«

Ich lächle zurück, aber angestrengt. Hat Cassie die Situation in ihrem ganzen Ausmaß verstanden? Es handelt sich hier nicht um eine Übernachtung oder eine Woche Urlaub, bei der Hannah nächsten Sonntag wieder weg ist. In einer Woche kehrt unser Zuhause nicht in seinen Normalzustand zurück, es werden nicht wieder nur wir zwei sein, mit vereinzelten Anrufen von Hannah, um in Verbindung zu bleiben. Diese Situation wird die nächsten zwei Jahre unser neuer Normalzustand sein.

Auf der Heimfahrt fällt mir ein, dass ein Arbeitskollege

davon gesprochen hat, einige der Möbel seines Sohns loswerden zu wollen. Sein Sohn hat letztes Semester den Schulabschluss gemacht und ist nun in eine komplett möblierte Wohnung gezogen.

Ich rufe Kevin an, der sofort zusagt und verspricht, mit seinem Truck bei uns zu Hause vorbeizuschauen, sobald wir wieder da sind. Und später schleppt Kevin nicht nur die Einzelteile eines kleinen Doppelbetts herein, er baut sie auch für uns zusammen und legt noch eine Matratze und einen dazu passenden Nachttisch dazu. »Ich habe nur darauf gewartet, das Kinderzimmer in meinen persönlichen Hobbyraum umwandeln zu können«, erklärt er lachend, als er seinen Werkzeugkasten von sich schiebt. »Sag Bescheid, wenn du sonst noch was brauchst.«

Aber in dieser Schuhschachtel von Zimmer ist gar kein Platz für andere Sachen, höchstens noch für einen Teppich und vielleicht eine kleine Kommode, die wir später hinzufügen können, und auch das nur, nachdem Cassie und ich sämtliche Kisten und Stapel mit Weihnachtsdeko daraus entfernt haben, die zu sortieren wir nie geschafft haben. All das schleppen wir nun in die Garage, wo sich die Kartons an den Wänden stapeln.

Es ist ganz typisch für Kevin, dass er mir nicht erst groß Fragen stellt, für wen wir dieses Schlafzimmer vorbereiten. Small Talk war nie wirklich sein Ding, und das, obwohl wir schon seit fünf Jahren für dieselbe Werbeagentur arbeiten. Auf meinem Weg von der Verkaufsassistentin zur Betreuung mehrerer eigener Kundenkonten habe ich viele Überstunden hinter mich gebracht, während Kevin in der Buchhaltung gut beschäftigt ist. So wie ich ihn kenne, findet er einfach, das hier ginge ihn nichts an, außerdem ist er wahrscheinlich erleichtert, die Möbel seines Sohns loszuwerden.

Innerhalb der nächsten Stunde richten wir Hannahs Zimmer fertig ein. Ich habe ihre Bettwäsche gewaschen und ihr Bett bezogen, Cassie hat ihre neuen Hygieneartikel im

Bad aufgestellt. Als ihr klar wird, dass ihre Zahnbürste im Halter nun neben der ihrer Cousine stecken wird, muss sie lächeln.

Wir stehen im Türrahmen und bewundern das Zimmer. Es ist spärlich dekoriert, aber gemütlich genug. Ein Anfang ist gemacht, und Hannah kann es sich mit der Zeit zu eigen machen.

Cassie legt ein Dekokissen ans Kopfende des Betts und tritt einen Schritt zurück. »Ich kann es kaum erwarten, sie kennenzulernen«, sagt sie.

Ich nicke, bleibe aber stumm. Ich möchte sie nicht wissen lassen, wie sehr sich meine Kehle zuschnürt und mein Magen sich nervös verknotet. Und dass ich nicht sicher bin, wie meine Nichte reagieren wird, wenn sie mich sieht.

Feuer. Das entsetzliche Lodern von Flammen – Flammen vor meinem Fenster.

Ich stürze aus dem Bett. Viel zu nah. Unverkennbarer Rauchgeruch füllt meine Lunge und schneidet mir die Luft ab. Hier ist nicht genug Sauerstoff, ich könnte jederzeit das Bewusstsein verlieren. Die Polizei wird mich auf dem Boden liegend finden, genau wie meine Schwester.

Mit weit aufgerissenen Augen starre ich aus meinem Schlafzimmerfenster nach draußen. Vor dem dunklen Nachthimmel fliegen glühend rote Funken. Rauch steigt auf. Wenn nicht bald jemand etwas dagegen unternimmt, wird mein Haus als Nächstes davon aufgefressen. Die Flammen werden über den Zaun springen. Meine Tochter schwebt in Gefahr.

Ich sollte sie retten, kann meine verkrampften Füße aber einfach nicht in Bewegung setzen. Ich bin erstarrt vor Schock über die Nähe der Flammen, deren Anblick mich hilflos zurücklässt. Das kann nicht geschehen. Nicht schon wieder.

Gefährliche schwarze Rauchschwaden erfüllen die Nacht.

Feuer. So ist Beth gestorben. Und mit Feuer haben auch Beth und ich damals unser Verbrechen verschleiert.

Ich muss mich bewegen. Ich muss den Gang hinunterrennen und meine Tochter wecken. Doch stattdessen kralle ich meine Finger in mein Schlafanzugoberteil und ziehe es bis zum Kinn hoch.

Gelächter durchschneidet die Stille und jedes Härchen in meinem Nacken stellt sich auf. Aber das Geräusch ist nur ein unaufgeregtes Glucksen, in das sich bald eine zweite Stimme mischt.

Auf der anderen Seite des Zauns sehe ich das rote Flanellhemd meiner Nachbarin aufblitzen, dann ihre Jeans, als sie hinter den Holzbrettern vorbeigeht. Als Nächstes kommen eine hellbraune Jagdjacke und der Kopf eines Mannes mit Basecap in Camouflage zum Vorschein. Ich stoße ein Seufzen aus. Meine Nachbarn, Dawn und Peter, die in ihrer Feuerstelle im Garten ein Lagerfeuer angezündet haben, wie sie es abends manchmal tun, um sich mit ein paar Bierchen davor niederzulassen.

Ich lasse meinen Schlafanzug los und der verknitterte Stoff legt sich über meine Brust. Mein Atem beruhigt sich wieder, langsam kehrt Luft in meine Lungen zurück. Nur eine Feuerstelle im Garten meiner Nachbarn. Kein Grund zur Sorge. So leicht darf ich mich nicht von meiner Paranoia überwältigen lassen. Sonst werde ich das mit Hannah nie hinbekommen.

Am nächsten Morgen schickt Mr Fredericks mir eine weitere E-Mail, in der er mich informiert, dass das Geld meiner Schwester in der nächsten Woche auf mein Konto überwiesen wird. Alle anderen Besitztümer, das Grundstück und die Auszahlung ihrer Lebensversicherung werden Hannah nach ihrem achtzehnten Geburtstag zur Verfügung gestellt.

Der Anwalt fragt auch, ob ich Fragen zu den Dokumenten

habe. Die habe ich zwar nicht, aber ich hüpfe schnell in die Dusche und schütte dann Kaffee aus meiner größten Tasse in mich hinein, um diese Aufgabe besser zu bewältigen. Dann unterschreibe ich an den nötigen Stellen und sage Mr Fredericks Bescheid.

Als ich mich für die Arbeit fertig mache, starre ich mein Spiegelbild an. Meine Augen sind verschwollen und der Schlafmangel zeichnet sich unverkennbar in meinen bleichen Wangen und meinem fahlen Hautton ab. Ich fürchte, dass ich beim Wiedersehen mit Hannah einen schauderhaften Eindruck hinterlassen werde.

Weiter den Gang runter höre ich Cassies Wecker klingeln. Zu meiner Erleichterung sieht Cassie ganz so aus, als hätte sie ruhig schlafen können, während ich kaum ein Auge zutun konnte. Ich konnte nur schwer zur Ruhe kommen, da meine Nerven wegen der Feuerschale meiner Nachbarn so angespannt waren. Auch die zusätzlichen Informationen, die Detective Gillespie bei seinem Anruf gestern Abend mit mir geteilt hat, haben nicht geholfen.

Er hat erzählt, das Feuer hätte im Wohnzimmer begonnen, wo einige Leinwände meiner Schwester als Erstes in Flammen aufgingen. Meine Nichte sei nach unten getaumelt und hätte nach ihrer Mom gerufen, doch als keine Antwort kam, wäre sie in Panik verfallen und durch ein Küchenfenster geflohen. Dann sei sie fortgerannt, um Hilfe zu holen. Als die Feuerwehr ankam, blieb ihnen nichts anderes übrig, als das Feuer ausbrennen zu lassen, da das Haus nicht mehr zu retten war. Die Leiche meiner Schwester haben sie im Zimmer ihrer Tochter gefunden. Dort hatte sie in der Falle gesessen.

Meine Nichte war fast einen Kilometer weit zu ihren Nachbarn gerannt. Sie weigerte sich, ins Haus zu gehen, selbst als die Chandlers sie in eine Decke wickelten und anflehten, nicht hinzusehen. Doch sie hielt ihren Blick starr auf den Horizont gerichtet, auf die Rauchschwaden, die in der Luft waberten, und immer wieder sagte sie, sie wäre nicht schnell genug gerannt. Sie hätte ihrer Mom nicht mehr helfen können.

Der Detective hat gesagt, Beth sei wahrscheinlich an einer Rauchvergiftung gestorben, aber ich weiß nicht, ob das der Wahrheit entspricht. Ich glaube, er möchte mir das schlimmste Grauen ersparen. Beim Gedanken daran, wie die Flammen zuerst an ihren Armen, ihren Füßen geleckt haben, packt mich ein Zittern. Ihre Haare, lichterloh brennend. Ihr schmerzverzerrtes Gesicht.

Wusste meine Schwester, wer ihr das angetan hat? Konnte sie der Person in die Augen sehen, bevor sie sich oben versteckt hat?

Als der Detective Hannah befragte, sagte sie, sie hätte nichts gehört und niemanden gesehen. Allerdings hat sie ihn auf eine interessante Spur gebracht, und dieser Gedanke reicht schon aus, um mein Herz zum Rasen zu bringen.

»Wir müssen noch ein paar Dinge überprüfen«, sagte Detective Gillespie, »aber es gibt da jemanden, den wir befragen werden.«

Er hat keinen Namen genannt, aber ich habe da schon so meinen Verdacht. Ich wiederum habe auch nichts zu ihm gesagt, denn ich muss meinen Schwur einhalten. *Das hier wird alles zerstören, Beth. Das weiß ich gewiss.* Nun wird alles aufgedeckt, das wir mit so viel Mühe geheim gehalten haben.

VIER

Montag

Mehrere Stunden später stehen wir im Flughafen Huntsville International vor dem Gate. Ich habe Cassie etwas früher aus der Schule geholt, und meiner Chefin habe ich erzählt, Cassie hätte ein frühes Fußballspiel. Komplett gelogen ist das ja nicht, und ich habe vor, ihr später noch so viel wie möglich zu erklären.

Der Vormittag war mit Meetings vollgestopft, aber zwischendurch habe ich doch einen Moment gefunden, um Cynthia beiseitezunehmen und ihr von Beth zu erzählen. Zuerst war sie ganz überrascht, und ich habe ihr leidgetan. Sie wusste nicht, dass ich eine Schwester hatte.

»Mein herzliches Beileid.« Cynthia zog mich in eine Umarmung, und als sie mich wieder losließ, musterte sie mich. »Tara, sei ehrlich, wie geht's dir damit?«

Sie hatte noch weitere Fragen stellen wollen, aber dafür blieb uns keine Zeit, da unsere Handys uns schon piepsend zum nächsten Meeting riefen. Sie versprach, später noch mal bei mir vorbeizuschauen, und umarmte mich erneut, dann verschwand sie im Gang. Doch genau wie bei meiner Chefin habe ich auch Cynthia gegenüber nichts von Hannah erwähnt. Dazu bin ich nicht bereit, zumindest noch nicht. Erst muss ich meine Nichte treffen.

Der kleine Flughafen ist ziemlich schlicht ausgestattet, schwarze Fliesenböden, weiße Wände, ein einziges Terminal, dazu ein Café und ein bescheidener Souvenirladen, in dem von Sweatshirts bis Schlüsselanhängern alles mit der Aufschrift »Rocket City« feilgeboten wird – unter diesem Spitznamen ist die Raketenstadt Huntsville nämlich bekannt. Nicht nur aufgrund bedeutender Leistungen im Weltraumzeitalter der Sechzigerjahre, sondern auch wegen des heutigen Standes als Sammelpunkt für Experten der Raumfahrt- und Rüstungsindustrie.

Ich bin zu nervös zum Sitzen, also stehen wir. Auch Cassie muss wohl nervös sein, sie ist total zappelig. Irgendwo in der Nähe spielt jemand Klavier, allerdings nicht besonders professionell. Wahrscheinlich einfach eine Person, die auf jemanden wartet und sich damit die Zeit vertreibt. Das Klimpern der Tasten zerrt an meinen Nerven und meine Hände sind schweißnass. Jede Minute, die vorübertickt, ist die reinste Folter.

Passagiere mit Handgepäck laufen an uns vorbei. Manche starren auf ihre Handys, andere werden von ihren Lieben begrüßt. Ein neu Angekommener zieht seine Kinder in eine Umarmung, während der Rest der Menschenmenge sich zum Gepäckförderband aufmacht.

Aber von Hannah ist nach wie vor keine Spur zu sehen.

Auf dem Bildschirm wird angezeigt, dass ihr Flugzeug vor zwanzig Minuten gelandet ist, aber sie ist noch nicht aus dem Gate getreten, zumindest vermuten wir das. Wir haben jeden Mann, jede Frau und jedes Kind gemustert, die aus dieser Tür gekommen sind, aber nirgends war ein sechzehnjähriges

Mädchen mit schwarzen Haaren zu entdecken. Es kam auch niemand in unsere Arme geflogen.

Cassie verlagert ihr Gewicht von einem Fuß auf den anderen und hält dabei die Rolltreppe fest im Blick. Ihre Hand krallt sich in die Plastikverpackung des kleinen Blumenstraußes aus rosa Nelken, den wir unterwegs gekauft haben, und zerdrückt das Plastik an einer Seite. Aber ich bitte sie nicht, damit aufzuhören. Ich habe ja selbst die Finger in den Träger meiner Handtasche gekrallt, während ich meinen Kopf hierhin und dorthin wende.

Inzwischen sind noch andere Flugzeuge gelandet, aus Atlanta und D.C. Jetzt kommen also nicht mehr nur die Passagiere von Hannahs Flug an, was die Dinge verkompliziert und konfuser macht. Mehr Menschen, die es im Auge zu behalten gilt, und eine größere Chance, Hannah im Gedränge zu übersehen.

Ich fluche. Wo ist denn der Mitarbeiter der Airline, der sie hätte begleiten sollen? Wurde sie einfach am Gate abgeliefert und sich selbst überlassen? Sie ist sechzehn, vielleicht hat der Mitarbeiter einfach gehofft, sie würde sich schon an Anweisungen halten können.

Mein Magen verkrampft sich noch mehr. Was, wenn sie nie ins Flugzeug gestiegen ist? Wenn sie nicht hier sein möchte und ausgebüxt ist? Irgendwo anders hingeflohen ist?

Eine junge Frau mit langen Haaren kommt in unsere Richtung – Hoffnung steigt in mir auf –, doch dann macht sie einen Schlenker nach links und fällt einem Mann in die Arme, der vermutlich ihr Freund ist. Dann kommt ein älteres Pärchen an uns vorbei; sie haben kein Gepäck aufgegeben und machen sich direkt auf den Weg zu den Aufzügen.

Als Nächstes kommt ein junges Mädchen an – ist sie das? Cassie packt mich am Arm und stellt sich auf die Zehenspitzen.

Aber nein, dieses Mädchen dort hat blonde Haare und wirkt schon etwas älter. Vielleicht eine Studentin, in Yogahose und einem Oversize-Pullover. Und da springen auch schon zwei Menschen, vermutlich ihre Eltern, von ihren Stühlen auf und umarmen sie. Auf ihrem Rucksack ist das Logo einer Universität eingestickt.

Ich sinke wieder auf meine Fersen zurück. Ich frage mich, ob wir uns auch umarmen werden. Wird Hannah in unsere Arme sinken wollen oder wird sie zurückweichen, sobald sie mich sieht? Wir sind Fremde ... wir kennen einander nicht.

Cassie neben mir wirkt so, als würde sie vor Ungeduld gleich mit den Füßen ein Loch in den Boden bohren.

Und dann entdecke ich sie.

Da ist Beth – *meine Schwester*. Sie kommt auf mich zu.

Ich kann es nicht fassen. Meine Schwester ist hier. Beth ist gar nicht tot. Das war alles nur ein schreckliches Missverständnis, und nun ist sie nach Alabama geflogen. Wir können noch alles geradebiegen.

Doch als die junge Frau vor uns zum Stehen kommt, sehe ich, dass sie jünger ist, kleiner. Sie ist dünn und ihre Arme hängen schlaff zu Boden. Ihr Blick schießt hin und her und es ist nicht Beth, aber jemand, der meiner Schwester wie aus dem Gesicht geschnitten ist. Ihr Ebenbild.

Langes schwarzes Haar, hat Mr Fredericks gesagt. *Genau wie Sie selbst.*

Tränen brennen mir in den Augen. Was für ein bittersüßes Gefühl: Meine Schwester ist tot, aber keine drei Meter von mir entfernt steht ihre Tochter Hannah. Meine Nichte. Das Mädchen, das ich vergessen hatte.

Alle drei stehen wir da und starren einander an. Keine bewegt sich, keine weiß, was sie sagen soll, und die anderen Passagiere schlagen einen Bogen um uns. Ich versuche noch, mich von diesem ersten Augenblick zu erholen, von diesem Bruchteil einer Sekunde, in dem ich dachte, sie wäre Beth, und fast zusammengebrochen wäre.

Cassie ergreift als Erste das Wort. »Hannah?«, fragt sie, und ihre Stimme ist kaum mehr als ein Piepsen.

Hannahs unsteter Blick wandert erst zu mir, dann zu Cassie. Sie sieht meiner Schwester so ähnlich, und heftige Gefühle schießen mir durch Mark und Bein. Dieselben mandelförmigen Augen, die auch meine Tochter und ich haben.

Meine Nichte ist schön. Außer einem winzigen Hauch von Lipgloss trägt sie kein Make-up und ihr Haar reicht ihr bis über die Schultern, ist aber nicht wie Cassies in einem Pferdeschwanz zusammengebunden. Hannahs Klamotten sind neu. An den makellosen Falten ihrer Bluse und den geraden Linien ihrer Jeans kann ich erkennen, dass diese Kleidungsstücke noch nicht einmal gewaschen wurden. Gut möglich, dass ihr dieses Outfit erst heute Morgen jemand gekauft hat.

Hat Hannah diese Klamotten selbst ausgewählt? Ist sie selbst in einen Laden gegangen, um sich dieses Oberteil auszusuchen? Ich weiß so wenig über sie, mal davon abgesehen, dass sie als Kleinkind *Clifford the Big Red Dog* ebenso liebte wie ihre Puppe in dem blauen Karokleid. Und dass sie ständig in ihren Overalls draußen herumrannte.

Doch dass Hannah sich nun unwohl fühlt, erkenne ich an der steifen Art, in der sie dasteht, an der Hand, die über ihre Schulter kratzt. Ihr Gesicht wird immer bleicher und ihr Blick schießt ziellos umher. Ich mache mir Sorgen, sie könnte herumwirbeln und davonlaufen.

Cassie schiebt ihr den Blumenstrauß in die Hände. »Ich bin Cassie«, sagt sie. »Deine Cousine.« Und diese Worte kommen ihr so ernst, so freundlich über die Lippen, dass ich lächeln muss. Es wärmt mir das Herz, wie sehr sie Hannah zeigen möchte, dass sie hier willkommen ist.

Aber Hannah starrt nur, ohne zu blinzeln, auf die Blumen. Fast könnte man meinen, Blumen wären ihr ein unvertrauter Anblick, aber der Gedanke ist einfach lächerlich. Sie ist auf einem Bauernhof aufgewachsen. Bestimmt haben die beiden den Gemüsegarten unserer Eltern weiter gepflegt. Falls Beth alles so belassen hat, wie es vor dem Tod unserer Eltern war, dann boten die Rosen bestimmt jedes Frühjahr ein atemberaubendes Schauspiel.

Doch Hannah ist nervös und ihr Unbehagen legt sich in jede Falte ihres Gesichts. Sie weiß nicht, was sie tun soll und wo sie hinschauen soll, außer auf diesen Strauß.

Cassie breitet die Arme aus und geht schüchtern und vorsichtig auf ihre Cousine zu, als wäre diese ein verwundetes Tier. Hannah aber hebt ihre Arme nicht. Fairerweise muss gesagt werden, dass sie ja noch den Blumenstrauß hält, dessen Plastikverpackung zwischen den beiden laut knistert.

Sanft legt Cassie die Arme um sie, dann lässt sie sie wieder los und dreht sich zu mir. Ihr Blick sagt mir, dass ich jetzt übernehmen soll.

»Hi, Hannah«, sage ich und strecke ihr meine Hand hin. Ein seltsamer Moment – es ist alles so unbehaglich und neu und angespannt –, aber etwas verrät mir, dass Hannah keine weitere Umarmung ertragen würde, zumindest nicht von mir. Wir werden die Dinge langsam angehen müssen.

Sie starrt auf meine Hand hinab, auf meine ausgestreckten Finger, bevor ihr Blick meinen Arm hinauf zu meinen Augen wandert. Unsere Blicke treffen aufeinander und in ebendiesem Moment zuckt sie zusammen. Ich spüre ein Flattern im Bauch und Schmerz, der mir ins Herz schneidet. Was sie wohl gerade denkt? Was weiß sie? Und noch wichtiger, wie viel hat Beth ihr erzählt?

Sie legt ihre Hand in meine und senkt ihren Blick. Ihre Hand ist kalt, die Finger knochendünn, und nun reicht es wohl wieder mit Händeschütteln, denn in einer flotten Bewegung hat sie ihre Hand schon wieder zurückgezogen.

»Ich bin deine Tante Tara«, erkläre ich ihr und kneife die Augen zusammen, als ich das Krächzen in meiner Stimme höre.

»Wir freuen uns so, dass du hier bist. Was passiert ist, tut uns alles so leid, aber dass du nun bei uns wohnen wirst, finden wir schön.«

Das beantwortet Hannah mit einem fast unhörbaren Wispern. »Hi«, sagt sie.

Ich lächele ihr zu. Aber sie lächelt nicht zurück.

Leider bleibt uns vor Cassies Fußballpartie nicht mehr so viel Zeit, wie ich gehofft hätte. Ich wollte Hannah nach Hause bringen und ihr eine auferzwungene Stunde auf dem Fußballplatz ersparen, damit sie sich schon mal an das Haus gewöhnen kann. Aber da wir so lange gebraucht haben, um Hannah zu finden, müssen wir uns beeilen, wenn wir es noch vor dem Anstoß schaffen wollen.

Cassie lässt sich auf der Rückbank nieder und mir entgeht nicht, dass sie ihr Vorrecht auf den Beifahrersitz sofort abgegeben hat. Aber es scheint sie gar nicht zu kümmern. Ohne es auszusprechen, scheint sie beschlossen zu haben, dass unter den Cousinen das Recht des Älteren gelten wird. Ich starte den Motor und Cassie erklärt derweil, warum sie ihre Sporttasche dabeihat.

»Tut mir leid«, sage ich zu Hannah. »Ich dachte, ich würde genug Zeit haben, um dich erst mal zu Hause abzuliefern.«

»Schon okay«, sagt sie, hält ihren Blick dabei allerdings zum Fenster hinaus gerichtet. »Wir können ja zuschauen.«

Ich entdecke ein Lächeln im Gesicht meiner Tochter. Sie ist begeistert, dass sie vor ihrer Cousine spielen darf, und nun erklärt sie Hannah weiter, dass sie als Ausputzerin eingesetzt wird und dass ihre Mannschaft letztes Jahr die Meisterschaft gewonnen hat. »Und heute sind viele derselben Spielerinnen am Start, also denke ich, dass unsere Chancen ganz gut stehen.«

Hannah gibt keine Antwort. Ich kann nicht erkennen, ob sie überhaupt zugehört hat, vielleicht ist ihr das alles auch egal.

Sie schaut weiterhin zum Fenster hinaus, als wir auf die Autobahn I-565 auffahren. Wir fahren Richtung Westen, an Feldern und roter Erde vorbei, an dem Lehm, der so typisch ist für den Norden Alabamas. Im Osten sind die Ausläufer der Appalachen und sanfte Hügel zu sehen. Wir fahren an Ausfahrten vorbei, die uns zu nagelneuen Wohngebieten und Schulen führen würden, und als wir die Schilder passieren, die die Altstadt Mooresville bewerben, wendet Hannah neugierig ihren Kopf. Ihre Arme bleiben verschränkt.

Sie ist so still, und ich kann es ihr nicht verdenken. Hier muss alles so anders wirken als in Louisville. Noch vor einem Tag hatte sie keinen Grund, viele Gedanken an Alabama zu verschwenden – oder an uns.

Wenige Minuten später sind wir schon auf der Brücke über den Tennessee River und fahren in das idyllische Städtchen Decatur ein. Cassies Schule und der angrenzende Fußballplatz sind nur noch ein paar Kilometer entfernt.

An einer Ampel werfe ich einen Blick zu der Jugendlichen, die hier neben mir sitzt. Sie kaut auf ihrer Unterlippe herum, hat die Arme fest um ihre Taille geschlungen, ihre Finger graben sich in ihre eigene Haut, bis die Fingerspitzen ganz weiß werden. Ihr Mund ist verzerrt, als versuche sie, ihre Gefühle unter Kontrolle zu behalten. Sie bemüht sich, nicht zu weinen.

Bei dem Anblick könnte ich zerfließen vor Mitleid. Dieses arme Mädchen! Was sie alles durchgestanden hat – immer noch durchsteht. Sie hat noch vor wenigen Tagen etwas so Furchtbares mitgemacht, sie ist ganz traumatisiert.

Cassie durchbricht das Schweigen. Sie stellt Hannah eine Frage, irgendetwas in die Richtung, ob Hannah sich für Fußball interessiert, aber als keine Antwort kommt, legt sich die Stille schwer auf unser Auto. Meine Tochter klappt den Mund zu, und als ich in den Rückspiegel zu ihr schaue, sehe ich das Rot in ihre Wangen steigen. Sie hat zu viel geplappert.

Allerdings bin ich nicht sicher, ob Hannah die Frage überhaupt mitbekommen hat. Sie scheint in Gedanken versunken und starrt durch das Fenster jedes Einkaufszentrum, jede Tankstelle an. Vergleicht sie das alles mit ihrem Zuhause? Vermisst sie ihre Mutter? Klagt sie innerlich über ihr Leben, das nun nie mehr so sein wird wie zuvor?

Meine Schultern entspannen sich ein wenig, als Cassies Schule in Sicht kommt, und auch Hannah setzt sich nun auf. Wir fahren in den Parkplatz ein, und ihr Blick klebt an den roten Ziegelsteinen des Gebäudes, an den großen Säulen am Eingang und den Fahnenstangen, die in der Mitte der u-förmigen Einfahrt stehen.

Sie hebt ihren Blick, reckt das Kinn in die Höhe und schaut aus weit aufgerissenen Augen neugierig nach draußen. Und da erkenne ich für den Bruchteil einer Sekunde meine Nichte in ihr, dieses Kleinkind, das ich einst gekannt habe und das die Welt großäugig bestaunte.

Aber dieses kleine Mädchen ist inzwischen groß geworden, und die sechzehnjährige Hannah, die nun neben mir sitzt, fährt sich mit der Hand durchs Haar. So eine schöne Farbe, pechschwarz und so glänzend wie Tinte. Ich denke daran, wie Beth ihr die Ponyfransen mit Haarclips zurücksteckte, die immer schon wenige Minuten später wieder herausrutschten. Und Hannah rannte lachend davon, die Nase fröhlich gekräuselt. An dem Tag ihrer Geburtstagsparty hat sie sich so gefreut.

Hannah mustert die Schule, während ich in Gedanken zu den Informationen zurückkehre, die Mr Fredericks mir vom Jugendamt weitergeleitet hat.

Hannah Margaret Higgins, sechzehn Jahre alt, mit ihren Impfungen auf dem neuesten Stand, keine bekannten Allergien oder chronischen Erkrankungen. Seit der Mittelstufe zu Hause unterrichtet und dazu bis vor Kurzem in der Louisville Homeschool Association eingeschrieben, unter Aufsicht ihrer Mutter, Beth Higgins. Sie hat den ACT-Test und sämtliche Prüfungen bestanden und damit die Hochschulreife erlangt, konnte aufgrund hervorragender Leistungen besondere Kurse belegen und bereits ein paar Leistungspunkte für das Studium sammeln. Sie ist schlau, lerneifrig; meine Schwester muss eine vorzügliche Lehrerin gewesen sein.

Aber eine Sache hat mich überrascht: Hannah hat noch keinen Führerschein. Sie ist im Oktober sechzehn geworden und hat sich nicht für die Prüfung angemeldet. Ich hätte gedacht, dass alle Teenager heutzutage nur darauf brennen würden, sich hinters Steuer setzen zu dürfen. Aber Hannah, die zu Hause unterrichtet wurde und die meiste Zeit mit ihrer Mom verbrachte, muss es mit dem Autofahren wohl nicht eilig gehabt haben. Meine Schwester hat sie gefahren, wohin auch immer sie wollte, oder ihre Freunde haben sie abgeholt.

Aber wie es wohl jetzt damit steht? Morgens kann ich sie zur Schule bringen, aber nachmittags wird sie genau wie Cassie mit dem Bus fahren müssen. In ein paar Monaten kann ich ihr vielleicht Fahrstunden organisieren, damit sie ihren Führerschein kriegen kann. Mit dem Geld, das Mr Fredericks erwähnt hat, können wir womöglich auch ein gebrauchtes Auto kaufen.

Ich weiß noch, wie sehr ich mit sechzehn darauf brannte, selbst Auto zu fahren. Ich konnte es kaum erwarten, mich hinters Steuer des Toyota Corolla meiner Eltern zu setzen, und habe jede Gelegenheit dazu genutzt, sei es für eine Shoppingtour oder eine Übernachtung bei Freunden. Bis zum Haus unserer Nachbarn war es fast ein Kilometer und bis zur Landstraße, die in die Stadt führte, noch mal acht mehr. Für mich war der Führerschein der Weg in die Freiheit – der, wie sich herausstellte, hauptsächlich zu Partys führte, was erklärt, warum meine Noten es nie mit Hannahs aufnehmen konnten. In dieser Hinsicht ist sie ganz ihre Mom.

Im selben Bericht stand auch, dass Hannah sich an der Uni auf die Wissenschaften konzentrieren möchte – vor allem auf Biologie, da Veterinärmedizin als eines ihrer Lernziele angegeben ist. Ich denke an meine eigene Tochter, deren Noten okay, aber nie sonderlich bemerkenswert waren. Vielleicht wird es meiner Tochter sogar sehr guttun, eine solche Musterschülerin im Haus zu haben.

Ich suche uns einen Parkplatz an der Rückseite des Gebäudes, näher an den Umkleiden. Cassie springt aus dem Auto und ruft: »Drückt mir die Daumen!«, bevor sie im Schulgebäude verschwindet, um sich umzuziehen.

Zurück bleiben nur Hannah und ich.

Sie kaut an einem Fingernagel herum. Ich auch. Sie senkt ihre Hand und ich mache es ihr nach. Offensichtlich haben wir dieselben nervösen Angewohnheiten.

Hannah dreht sich zu mir und es ist das erste Mal, seit wir das Auto bestiegen haben, dass sie mich ansieht. Länger, als sie es am Flughafen gewagt hat. »Ich muss dir was sagen«, erklärt sie und ihre Lippen beben. Ich versuche, mich zu wappnen, aber da gräbt sich die Übelkeit schon in meinen Bauch.

FÜNF

»Sie fehlt mir«, sagt sie. »Und ich wünschte, ich hätte dich früher besser gekannt. Ich wünschte, du und meine Mom hättet euch nicht auseinandergelebt, damit du Teil unseres Lebens hättest sein können.« Ich höre ihr zu, aber dabei ist mir, als könnte mein Brustkorb jeden Moment in sich zusammenklappen, so schwer, wie die Schuld und das Grauen auf mir wiegen. »Und ich wünschte, ich hätte Cassie früher kennengelernt«, fügt sie hinzu. »Wir hätten zusammen aufwachsen können. Wir hätten Freundinnen sein können.«

»Hannah, es tut mir so leid. Deine Mom und ich …«

»Sie hat dich vermisst«, sagt sie und senkt ihren Blick. »Sie war einsam.«

Ich kämpfe mit den Tränen und ein dumpfer Schmerz legt sich über meine Schläfen.

Hannah fährt fort: »Aber das können wir ja jetzt nicht mehr ändern. Cassie und ich können versuchen, die verlorene Zeit wettzumachen. Ich bin hier und jetzt ist es so, wie es ist, also müssen wir versuchen, klarzukommen. Ich werde bei euch wohnen und wir machen das Beste draus.« Sie nickt, als wolle sie sich selbst überzeugen. »Nur so können wir die Dinge wieder geradebiegen.«

Ich reibe mir über den Hals. »Es tut mir so leid«, flüstere ich.

»Ich weiß, dass da einiges geschehen ist ... zwischen euch beiden. Mir ist klar, dass es da einiges an Schuld hin- und herzuschieben gab.«

Ich wische mir über die Augen und nicke. Wie erwachsen sie doch klingt. Sie gibt sich solche Mühe, zu verstehen, warum wir so gehandelt haben, warum wir beschlossen haben, unsere Familie auseinanderzureißen. Und sie will ihr Bestes geben. Dasselbe will sie von mir. Es besteht noch die Chance, alte Wunden zu heilen, weil Hannah noch Hoffnung hat, genau wie meine Tochter. Sie möchte, dass das hier klappt. Ich kann nur staunen, dass Beth und ich zwei so kluge, emotional gefestigte Mädchen großgezogen haben.

Ich möchte meine Nichte in die Arme schließen. Ich möchte mich über die Mittelkonsole beugen und ihr für ihre Worte danken. Aber das tue ich nicht. Stattdessen sage ich nur: »Danke, dass du das gesagt hast, Hannah. Ich glaube auch daran; ich bin sicher, dass alles gut werden wird.«

Sie weicht meinem Blick wieder aus, aber ihre Schultern sinken nach unten. Mir wird klar, dass es sie jedes bisschen Entschlossenheit gekostet hat, das sie hatte, diese Worte auszusprechen. Nun weiß sie nicht, was sie als Nächstes tun soll.

»Ich meine es ernst«, bekräftige ich. »Wir freuen uns so, dass du hier bist und dass du bei uns wohnen wirst. Ich weiß, dass du gerade furchtbar leidest. Ich kann mir kaum ausmalen, wie sehr ...«

Sie setzt gerade zu einer Antwort an, als mehrere Mädchen aus der Umkleide herausstürzen, Spielerinnen aus Cassies Mannschaft. Einige davon entdecken mich im Auto und winken in meine Richtung. »Hi, Ms Jenkins!«, rufen sie, bevor sie zu ihrer Trainerin laufen.

Hannah hebt den Kopf. In ihren Augen lese ich Sehnsucht. Die Mädchen sehen glücklich und sorglos aus, wie sie so auf den Sportplatz rennen.

»Jetzt können wir gehen«, verkündet Hannah und streckt eine Hand zum Türgriff.

Ich schaue wieder zur Umkleide hinüber, im Bewusstsein, dass Cassie gleich aus der Tür treten könnte. Jeden Moment wird sie ihre Stollenschuhe schnüren und nach draußen rennen.

Ob sie es wohl ihren Mitspielerinnen erzählt hat? Haben sie sich umgedreht und mir zugewunken, weil sie einen Blick auf Hannah erhaschen wollten? Weil Cassie ihnen in ihrer Aufregung von ihrer Cousine erzählt hat, von unserer neuen Mitbewohnerin?

Ich trete auf den Gehsteig und Hannah macht es mir nach. Sie schaut sich um und ich mich auch. Rufe von der Tribüne ziehen meine Aufmerksamkeit auf sich und einer der Schiedsrichter bläst in seine Pfeife.

Ich höre, wie Hannah sagt: »Tante Tara?«

Da steigt Wärme in mir auf. Dass sie mich nach all der langen Zeit nun so nennt, schmilzt mir das Herz. Ich lächle ihr zu. »Ja, Schatz?«

»Denk aber nicht, dass du deswegen aus dem Schneider bist.«

»Was meinst du, Liebes?«

Sie richtet sich auf. Nun ist sie nicht mehr in sich zusammengesunken, wie sie es im Auto war, und sie sieht mich geradeheraus an, die Schüchternheit verflogen.

»Was zwischen dir und meiner Mom passiert ist«, fährt sie fort. »Was du Grandma und Grandpa angetan hast.« Sie holt laut Luft. »Ich weiß nicht, ob ich dir das verzeihen kann.«

Meine Hände fliegen zu meinem Herzen. »Oh, Hannah.«

»Meine Mom hat dir das nie verziehen, wusstest du das?

Sie war so wütend. Und trotzdem bin ich nun hier. Sie hat mich in deine Obhut gegeben und das kann ich kaum fassen.«

Aber ihre Mom dachte ja, dass das hier nie geschehen würde. *Nur eine Formalität*, so hat Mr Fredericks es erklärt.

Mit einem unterdrückten Schluchzen in der Stimme fragt Hannah: »Tante Tara, was hast du bloß getan?«

Einige der Eltern haben sich schon auf der Tribüne niedergelassen, andere klappen Gartenstühle auf und setzen ihre Kühlboxen daneben ab. Ich aber will nichts weiter tun, als fortrennen und mich in meinem Auto verstecken.

Ich muss Hannah meine Seite der Dinge erklären, das weiß ich, aber dann lässt uns Cassie beide zusammenzucken, als sie an uns vorbeirennt. »Fast schon Zeit fürs Spiel«, ruft sie dabei.

»Hannah«, setze ich an, aber sie deutet mit ihrem Kinn Cassie hinterher.

»Das Spiel«, sagt sie und geht voraus.

Ich kann die eiskalte Panik in meiner Kehle nur unter Schmerzen hinunterschlucken. Was genau hat meine Schwester ihr erzählt? Sie muss mir die gesamte Schuld zugeschoben haben. Dieselbe Geschichte, die sie sich auch nach dem Tod unserer Eltern selbst weisgemacht hat, sogar nachdem die Polizeiermittlung keine Schuld meinerseits feststellen konnte. Der Tod unserer Eltern wurde als Unfall eingestuft. Aber das hat Beth nie davon abgehalten, es mir vorzuwerfen.

Du bist schuld, hat Beth mir ins Gesicht geschrien. Und ich habe die Hände zu Fäusten geballt. *Ich habe nie jemanden umgebracht, Beth. Du aber schon.*

Wie sie mich angefleht hat, nicht zurückzuschauen. *Nein, Tara. Bitte.* Wir haben uns abgewandt; das Geheimnis, das wir zwischen uns trugen, verfestigte sich, und hinter uns löschten die Flammen alles aus.

Wie betäubt folge ich Hannah zur Tribüne, während sich

meine Eingeweide verknoten. Schuldgefühle brodeln in mir, aber auch Wut, dass meine Schwester den Kopf ihrer Tochter mit Lügen gefüllt hat, nur um mich dann als gesetzlichen Vormund festzulegen. Warum sollte sie so etwas tun? Kein Wunder, dass Hannah nicht bei mir sein möchte. Sie denkt, ich wäre schuld. Sie hat nur eine Seite der Geschichte gehört.

Das hätte man so viel besser handhaben können, Schwesterherz. Du hast alles nur viel, viel schlimmer gemacht.

Hannah und ich lassen uns nicht auf der Tribüne nieder, sondern stellen uns an die Seite. Ich setze meine Sonnenbrille auf und nicke ein paar der anderen Eltern zu, die ich kenne, bin aber erleichtert, als das Spiel beginnt und keine Zeit bleibt, ihnen Hannah vorzustellen.

Es ist ein flottes Spiel und es fällt mir schwer, aufmerksam bei der Sache zu bleiben. Zwischendrin erkenne ich ein Defensivmanöver meiner Tochter, die den Ball mit einem kräftigen Tritt quer übers Feld befördert. Eine andere Spielerin nimmt den Ball mit der Brust an und ihre Mannschaft schießt ein Tor. Das Publikum jubelt und einige Leute rufen: »Go Bears!« Ich sehe Fionas Dad, der von der Tribüne herunterpfeift. Rasch ziehe ich den Kopf ein, es ist mir peinlich, dass ich ihn für jemand anderen gehalten hatte.

Diese angespannten Schultern, das dunkle Haar. Die Art, wie er so selbstsicher auf meine Tochter zuging.

Er muss für das zahlen, was er getan hat, hat Beth gesagt.

Cassie feiert ein weiteres Tor und wirft dann einen Blick in unsere Richtung. Ich applaudiere, aber die Knochen meiner Finger schmerzen und mein Körper scheint von der Erde losgelöst.

Meine Nichte dagegen ist ganz hingerissen von dem Spiel. Ihr Kopf fliegt hin und her und sie hat alles im Blick. Cassie lässt sich zurückfallen und klärt den Ball. Sie wirft uns erneut einen Blick zu und Hannah applaudiert laut.

Die Bears gewinnen drei zu eins und die Mädels springen

begeistert auf und ab. Dann kommt meine Tochter auf uns zugerannt. Sie strahlt übers ganze Gesicht, höchst zufrieden darüber, dass sie vor ihrer Cousine so hervorragend gespielt hat.

Doch als sie näher kommt, wird Cassie langsamer. Sie muss erkannt haben, wie steif wir dastehen und dass keins unserer Gesichter zu einem Lächeln verzogen ist. Ihr Blick schießt zwischen uns hin und her. »Was ist los?«

Ich setze gerade dazu an, ihr zu versichern, dass alles in Ordnung ist, als Hannah sagt: »Das war der Hammer! Du spielst megagut.« Sie hebt die Hand und sofort löst sich Cassies angespannte Miene. Sie verzieht den Mund zu einem breiten Grinsen und klatscht mit ihrer Cousine ab.

»Toll gemacht«, sagt Hannah. »Ganz im Ernst. Deine Mannschaft ist super. Du ganz besonders.«

Ich kann mich eines gewissen Schocks über die plötzliche Änderung in Hannahs Gebaren nicht erwehren, bin aber auch erleichtert. Vielleicht ist auch sie erleichtert, jetzt, wo sie mir ihre Gefühle gestanden hat, und ist die Last damit losgeworden. Oder vielleicht hat es sie aufgeheitert, Cassie beim Spielen zuzusehen.

»Wenn ihr jetzt schon so gut seid«, meint Hannah, »wird eure Mannschaft nächstes Jahr absolut genial sein.«

»Danke«, erwidert Cassie, deren Lächeln immer noch mit dem ihrer Cousine wetteifert. »Spielst du auch Fußball?«

»Habe ich früher, ist aber schon lange her.«

»Wieso hast du aufgehört?«

»Irgendwann war ich es einfach leid, aber manchmal fehlt es mir.« Sie legt sich eine Hand über die Augen und lässt ihren Blick über das Feld schweifen. Der Schiedsrichter bückt sich nach den Kegeln, während die Trainerinnen am Spielfeldrand etwas besprechen. »Es hat mir Spaß gemacht, dir da draußen zuzuschauen«, erklärt Hannah. »Da sind bei mir ganz viele Erinnerungen aufgekommen.«

»Super, das freut mich.« Cassie fährt mit der Hand durch

ihren Pferdeschwanz und zupft an einer verfilzten Strähne herum.

Hannah lächelt mir zu, und in ihrem wissenden Blick, in den leicht hochgezogenen Augenbrauen liegt etwas, das mir verrät, dass sie mir zwar noch nicht verziehen haben mag, aber ihren Ärger nicht vor Cassie zeigen wird. Sie wird ihre kleine Cousine nicht damit belasten, da sie die Dinge doch besser machen will. Wie sie es vorhin gesagt hat: *Cassie und ich können versuchen, die verlorene Zeit wettzumachen.*

Und dann erstarre ich. *Cassie und ich.* Mich hat sie dabei nicht mit eingeschlossen.

SECHS

»Na, habt ihr Hunger?« Nach ihrem anstrengenden Spiel bin ich sicher, dass Cassie das bejahen wird, hoffe aber, dass auch Hannah Lust darauf hat. Unser erstes gemeinsames Abendessen zu dritt.

Ich parke vor Tommy's Burgers und da steht auch schon Tommy, der Besitzer, und schreit über die Theke hinweg Anweisungen, während er schwungvoll Bestellungen eintippt. Sobald wir das Restaurant betreten, breitet er die Arme zum Gruß aus.

Im Laufe der Jahre hat Tommy uns viele Male kommen und gehen sehen, oft nur Cassie, die hereingerannt kommt, um unsere Burger und Pommes abzuholen, die die Papiertüte schon mit Fett durchtränkt haben, bevor sie am Auto angekommen ist. Doch hin und wieder, vor allem nach einem erfolgreichen Spiel, nehmen wir unser Abendessen auch im Restaurant ein. Heute Abend ist definitiv einer dieser besonderen Anlässe.

»Das hier ist meine Nichte«, erkläre ich Tommy und deute dabei auf Hannah. »Sie wohnt ab jetzt bei uns, du wirst sie also in Zukunft bestimmt noch öfter sehen.«

Tommy klatscht in die Hände. »Wie schön!« Seine blauen

Augen leuchten aus seiner gebräunten Haut hervor, die er während vieler Stunden auf dem Golfplatz kross gebrutzelt hat. Aber seine Mundwinkel zucken, als wolle er eine Frage stellen. Er versucht, abzuschätzen, ob Hannahs Anwesenheit Gutes oder Schlechtes verheißt, da er nicht weiß, was es mit diesem Kind auf sich hat und wie es in meine Obhut gelangt ist. In der Regel muss schon etwas Tragisches geschehen, damit Kinder nicht mehr bei ihren Eltern leben, zumindest ist es meistens eine komplizierte Situation – und bei uns trifft beides zu.

Doch stattdessen sagt er: »Schön, dich kennenzulernen, Hannah. Herzlich willkommen bei Tommy's.« Dann wirft er mir ein Lächeln zu, bevor er sich Cassie zuwendet. »Wieder gewonnen?«

»Na klar«, erwidert sie.

»Fantastisch. Bears bis zum bitteren Ende, nicht wahr?«

»Ganz eindeutig.«

Tommy nickt ihr zu und bedeutet ihr, dass sie bestellen kann. Cassie und ich müssen nicht erst aufs Menü schauen, wir wissen schon, was wir wollen: Burger im Juniorformat, mit Salat und Tomaten, aber ohne Käse, da Cassie ja keine Milchprodukte zu sich nehmen darf. Hannah mustert die Speisekarte, die über Tommys Kopf an einer Tafel aufgedruckt ist, und da wird mir plötzlich klar, dass ich gar nicht gefragt habe, ob sie Burger mag, ob sie überhaupt Fleisch isst. Ist sie Vegetarierin? Wäre es ihr lieber, wir wären woanders hingegangen?

Ich überlege gerade, ob ich mich bei ihr entschuldigen soll, als Hannah fragt: »Was bestellt ihr denn normalerweise?« Daraufhin gibt Cassie unsere Bestellung bei Tommy ab. Typische Cassie-Effizienz, so kann Tommy unsere Bestellung eintippen, während sie zugleich Hannahs Frage beantwortet.

»Ohne Käse«, erinnert sie ihn.

Hannah nickt. »Das möchte ich auch.«

»Bist du sicher?«, frage ich, woraufhin Hannah mir einen

seltsamen Blick zuwirft. »Du kannst bestellen, was auch immer du möchtest. Sie haben hier auch Hühnersandwiches.«

»Nein, passt schon. Ich esse gerne Burger.«

Ich füge unserer Bestellung noch drei Getränke hinzu und ziehe meinen Geldbeutel hervor. Die Mädchen schnappen sich eine Sitznische in der Ecke und ich geselle mich einen Augenblick später dazu.

Cassie redet wieder über ihr Spiel. Es gehört zu ihren Angewohnheiten, Spiele im Nachhinein noch mal durchzukauen und dabei auf besonders gelungene Manöver oder verbesserungsbedürftige Fähigkeiten einzugehen. So, wie Hannah sich aufmerksam zu ihr lehnt, ist Cassie bestimmt scharf darauf, etwas zu besprechen, was sie beide gemeinsam haben. Das Schweigen unserer Autofahrt vorhin ist wie von Zauberhand verflogen.

»Emma hat sich super geschlagen«, sagt Cassie. »Sie hat echt alles gegeben. Nikki wird schnell wieder gesund werden und absolute Bestleistungen bringen müssen, sonst könnte sie auf der Bank landen.«

Hannah fragt: »Nikki hat sich verletzt? Was ist denn passiert?«

»Sie hat sich den Knöchel verstaucht. Aber Emma hat so gut gespielt, dass unsere Trainerin darüber nachdenken sollte, ob sie sie als aktive Spielerin einsetzt. An Nikkis Stelle würde ich mir Sorgen machen.«

»Ist Emma eine eurer Stürmerinnen?«

»Ja, sie hat das erste Tor geschossen.« Aufgeregt trommelt Cassie mit den Fingern auf dem Tisch herum, immer noch im Adrenalinrausch. »Auf welcher Position hast du denn gespielt?«

»Zentrales Mittelfeld«, antwortet Hannah. »In meiner Schulmannschaft.«

»Über die Louisville Homeschool Association?«, frage ich und klinke mich damit in ihre Unterhaltung ein.

Hannahs Blick schießt zu mir und dann wieder weg. »Ja«, erwidert sie.

»Cool«, sagt Cassie. »Ich wusste gar nicht, dass man auch bei Heimunterricht Schulmannschaften haben kann.«

»Manche von diesen Heimunterrichtsverbänden organisieren das als Freizeitbeschäftigung. Macht Spaß.«

Meine Tochter zieht die Nase kraus. Nicht absichtlich, aber mir ist klar, was sie denkt. »Hat es dir gefallen, zu Hause unterrichtet zu werden? Ich weiß schon, dass manche das toll finden, aber mir kommt das so ruhig vor. Viel mehr weiß ich gar nicht darüber.«

»Ich fand's prima, mir hat das gefallen.« Hannah schiebt sich eine Haarsträhne hinter das Ohr, und zum ersten Mal fällt mir auf, dass sie Nagellack trägt, die letzten paar metallicblauen Farbsplitter sind noch zu sehen. »Aber ich weiß auch, dass ich ab jetzt nicht mehr zu Hause unterrichtet werden kann, und das ist okay.« Sie schaut zu mir. »Ich kann das verstehen.«

Ich gebe keine Antwort, bin aber dankbar, dass das Jugendamt ihr das bereits erklärt hat.

»Wie funktioniert das dann mit der Schulmannschaft im Heimunterricht?«, fragt Cassie. »Ihr macht eure Schularbeiten zu Hause, trefft euch aber zum Training?«

»Genau. So war es bei mir jedenfalls.«

»War deine Mannschaft gut?«

»In der Mittelstufe schon. Wir haben die Kreismeisterschaft gewonnen und hatten sogar eine eigene Pep-Rally und so.«

Cassie wirkt gleichermaßen aufgeregt wie eifersüchtig. Ihre Mannschaft hat sich letztes Jahr für die Meisterschaft qualifiziert und trotzdem gab es keine Pep-Rally und auch sonst keine Veranstaltung, um sie vor dem Spiel zu feiern. Derartige Events sind in der Regel der Football-Mannschaft vorbehalten. »Eine Pep-Rally für die Kinder im Heimunterricht?«, wiederholt Cassie. »War das in einer öffentlichen Sporthalle oder so?«

»Na ja, nicht wirklich«, erklärt Hannah. »Du kannst dir das eher als eine Gruppe Kinder und Eltern vorstellen, die auf einem Parkplatz auf und ab springen.«

Cassie lacht, und in Gedanken sehe ich meine Schwester vor mir, wie sie genau das tut: wie sie auf und ab springt und dabei ein Schild für Hannah in die Höhe hält. Bestimmt war es das beste Schild auf dem gesamten Parkplatz.

»Mom, so was sollten wir auch mal ausprobieren«, sagt Cassie. »Selbst wenn am Ende nur die Familien und so kommen.«

»Gute Idee«, sage ich, mustere dabei aber Hannah. Das ist eine sehr wertvolle Information für mich, ein kleiner Einblick in ihr Leben mit meiner Schwester.

Außerdem ist das interessant, weil es heißt, dass sie noch bis vor ein paar Jahren nicht so zurückgezogen gelebt haben, wie Mr Fredericks es mir beschrieben hat. Sie waren bei Fußballspielen und haben sich mit den Familien anderer Kinder getroffen. Was wohl passiert sein mag? Was hat Beth dazu gebracht, sich während der letzten paar Jahre so von der Welt abzuschneiden und in ihr Zuhause zurückzuziehen?

Hat sie den Kontakt zu diesen anderen Eltern aufrechterhalten? Hannah hat seit der Mittelstufe nicht mehr Fußball gespielt, aber vielleicht hat Beth über die Jahre noch mit ein paar dieser Eltern gesprochen. Ich sollte Detective Gillespie danach fragen und sehen, ob er irgendetwas herausfinden kann. Vielleicht gibt es da jemanden, der weiß, was in den Tagen oder Wochen vor Beths Tod in ihr vorging. Vielleicht hat sie jemandem erzählt, sie würde sich Sorgen wegen irgendetwas machen.

»Bestellnummer siebenundfünfzig!«

Cassie springt von ihrem Sitz auf und flitzt zur Theke hinüber. »Ich hol's schon.«

Hannah wirft mir ein schmales Lächeln zu, das ich erwidere. Die Unterhaltungen der anderen Familien um uns herum werden immer lauter, aber mich stört der Lärm nicht. Ich spüre, wie meine angespannten Schultern Millimeter um Millimeter nach unten wandern. Wenn meine Nichte lächelt, wirkt sie weicher, weniger hartkantig, und ihre Wut mir gegenüber lässt nach.

Cassie kommt mit unserem Essen zurück. Sie reicht die aluverpackten Burger herum und faltet die Pommestüte auf, die wir uns teilen können. »Ketchup?«, fragt sie.

»Klar«, sagt Hannah und Cassie drückt genug Ketchup aus der Flasche, dass es für eine zehnköpfige Familie reichen würde.

»Ups.« Sie schließt die Flasche wieder.

Ich sehe zu, wie die Mädchen essen. Meine Tochter zerkaut erst eine Handvoll Pommes, bevor sie in ihren Burger beißt. Hannah macht es genauso. Cassie nippt an ihrem Getränk, Hannah ebenfalls. Meine Nichte kopiert jede ihrer Bewegungen, und der Anblick ist sowohl putzig als auch surreal; die beiden werfen einander verstohlene Blicke zu und kichern dabei. Bestimmt ist ihnen nicht entgangen, wie ähnlich sie sich mit dem glatten schwarzen Haar und der olivfarbenen Haut sehen. Ihnen ist klar geworden, dass sie nun eine Schwester haben.

Ich lasse das alles auf mich wirken. Die beiden zu beobachten, das ist, als würde die Uhr zurückgedreht, es erinnert mich an die Zeiten, als Beth und ich auf unserer Veranda herumgammelten, während unsere Mutter Eiscreme machte. Wie sie gesummt hat, wenn sie Sahne und Zucker zusammenmischte und in einer großen Schüssel verrührte, je nach Jahreszeit in unterschiedlichen Geschmacksrichtungen, wobei der Familienfavorit immer Vanille mit Brombeere blieb. Jeden Sommer aßen wir das schüsselweise und plauderten dabei auf der Veranda.

Ob Beth wohl Moms Küchenschüsseln genommen und Hannah beigebracht hat, wie man per Hand Eiscreme macht? Hat sie diese Familientradition fortgeführt?

Als ich ein Kind war, hat Beth mich manchmal die Sahne umrühren lassen. Sie hat Moms Lieder mitgesummt, ein Kirchenlied, oder auch mal ein Weihnachtslied, was uns besonders zum Lachen brachte, wenn es mitten im Sommer war. Ich habe mir oft den Löffel geschnappt und ihn heimlich abgeleckt, und Beth hat mich erwischt, es aber nie jemandem verraten. Damals blieben unsere Geheimnisse noch unter uns.

»Schmeckt dir dein Burger?«, frage ich Hannah.

»Ja, sehr gut.«

»Wir haben schon dein Zimmer vorbereitet«, erklärt Cassie aufgeregt. »Wir haben ein paar Sachen gekauft, die dir hoffentlich gefallen werden. Eine neue Decke, eine Lampe, solche Sachen.«

»Danke. Das war total nett von euch.«

»Auch einen Schlafanzug.« Meine Tochter strahlt. »Morgen geht Mom mit dir Klamotten kaufen, nicht wahr, Mom? Dann kannst du dir aussuchen, was du magst. Im Einkaufszentrum gibt's jede Menge cooler Läden. Ich wünschte, ich könnte auch mitkommen, aber ich muss zur Schule.«

»Ich fänd's auch toll, wenn du mitkommen könntest«, sagt Hannah. Ihr Blick wandert zu der Bluse und der Jeans hinunter, die sie trägt. »Ich freu mich schon darauf, etwas anderes anzuziehen zu haben.« Sie zieht eine Grimasse.

Cassie zuckt mit den Schultern. »Ich finde, das steht dir.« Und dann beißt sie wieder in ihren Burger. Cassie hat sich bisher nicht viel aus Klamotten gemacht, doch ich frage mich, ob sich das wohl ändern wird, nun, da Hannah bei uns wohnt. Schon jetzt bemerke ich, wie sie den Nagellack ihrer Cousine beäugt.

»Keine Sorge, Hannah«, sage ich. »Wir nehmen nur die Sachen, die dir gefallen. Das wird Spaß machen.«

»Total«, bekräftigt sie, schaut dabei aber nicht auf und ihre Antwort klingt leblos.

Cassie freut sich so unbändig darauf, Hannah ihr neues Zimmer zu zeigen, dass sie ihre Cousine sofort beim Handgelenk packt, sobald wir das Haus betreten. Sie zieht sie den Gang hinunter.

Obwohl die Einrichtung eigentlich recht selbsterklärend ist, besteht Cassie darauf, auf jedes kleine Detail hinzuweisen: die neue Decke, das Nachtkästchen und dazu alle Dinge, die wir im Laden ausgesucht haben. Sie setzt sich auf Hannahs Bett und hüpft ein paarmal auf und ab, dass die Matratze unter ihr nur so quiekt. Hannah macht es ihr nach und dann lachen beide.

»Das ist echt schön«, sagt Hannah und streicht das Bettlaken mit einer Hand glatt. Sie bewundert ihre neue Lampe, bevor sie mir zugewendet sagt: »Ich hoffe, das war nicht allzu viel Aufwand.«

»Ach, überhaupt nicht«, streite ich ab.

»Blau ist meine Lieblingsfarbe. Wie cool, dass ihr das erraten habt.« Langsam, einer nach dem anderen, lockern sich die Knoten in meinem Nacken. Vielleicht traut Hannah sich immer mehr aus ihrem Schutzpanzer heraus.

»Du kannst dir später aussuchen, was auch immer du noch magst«, erklärt Cassie. »Fotorahmen, Dekoartikel, alles, was du willst.«

Ich stehe im Türrahmen und denke darüber nach, wie erstaunlich es doch ist, dass Cassie und ich noch gestern Abend an ebendieser Stelle standen und versucht haben, uns vorzustellen, wie Hannah wohl sein würde, wie sie aussehen würde. Und nun ist sie hier, sitzt auf dem Bett und betrachtet ihr Zimmer. Bis gestern hätte ich es nicht für möglich gehalten. Und dass meine Schwester sterben würde, hätte ich auch nicht gedacht.

Cassie redet nun wieder. Sie beschreibt ihre Schule und

erklärt, dass die Austin High nicht weit von ihrem Schulgelände entfernt ist. »Deine Schule liegt auf der anderen Seite der großen Umgehungsstraße.« Sie schaut zu mir. »Wir werden dir bald mal alles zeigen, vielleicht morgen, nicht wahr, Mom? Nach der Schule und wenn ihr beide einkaufen wart, können wir Hannah doch rumfahren?« Sie wartet meine Antwort gar nicht erst ab. »Dann kannst du das alles mal sehen. Ich denke, es wird dir hier gefallen. Und deine Schule wird dir auch gefallen. Die ist ganz schön groß, aber ich habe gehört, dass die Mensa super sein soll. In drei Jahren komme ich auch auf die Highschool, ich kann es kaum erwarten!« Sie zieht ihre Knie unters Kinn und verschränkt ihre Finger ineinander.

»Eure Schließfächer und Klassenzimmer sind im Erdgeschoss und im ersten Stock«, fährt Cassie fort. »Und es gibt haufenweise Clubs, bei denen ihr mitmachen könnt, nicht bloß Sport, auch andere Sachen, vielleicht findest du da ja was, was dir Spaß macht. Zum Beispiel die Schülervertretung oder die Theatergruppe. Ich hab gehört, die Rektorin ist streng, aber cool.«

Hannah nickt. Es sind viele Informationen, die sie hier auf einmal verarbeiten muss, ich fürchte, Cassie könnte es vielleicht ein wenig übertrieben haben. Aber dann stellt Hannah Cassie zu meiner Erleichterung selbst ein paar Fragen.

»Hast du Freunde in der Nachbarschaft? Leute, mit denen du viel rumhängst?«

»Ja, Emma, sie war die, die das erste Tor geschossen hat. Und dann noch Katie, die wohnt eine Straße weiter.«

»Und da kommst du schnell hin?«

»Ja, zu Fuß, ist nicht weit.«

Hannah lächelt. »Ich würde die beiden gern kennenlernen.«

Cassie erwidert ihr Lächeln. »Und ich würde dich ihnen gern vorstellen. Sie sind echt super. Aber ein anderes Mädchen gibt's da auch noch, Marissa, und die ist einfach furchtbar. Sie geht mir total auf die Nerven.« Cassie verdreht die Augen und Hannah macht es ihr nach.

»Okay, von der halten wir uns fern«, sagt Hannah.

Ich ziehe mich zurück, meine Anwesenheit ist hier nicht mehr nötig. Ich bin ein Eindringling in diesem geteilten Moment und muss mich ihnen nicht aufdrängen. Hier sitzen zwei Teenager – na ja, ein Fast-Teenager und eine Sechzehnjährige –, die sich lachend über Freunde und die Schule unterhalten. Der Gedanke, dass Cassies Träume von endlosen Übernachtungspartys so bald schon begonnen haben, zaubert mir ein Lächeln ins Gesicht.

Keins der Mädchen bemerkt, wie ich das Zimmer verlasse. Ich mache mich auf den Weg zur Küche, um mir ein Glas Wasser zu holen. Dann werfe ich einen Blick auf mein Handy und sehe nach, ob der Detective mir wieder eine Nachricht hinterlassen hat. Ich höre Cassie fragen: »Und, was meinst du? Gefällt dir das alles hier?«

Und Hannahs kurzes Zögern ist das, was meine Aufmerksamkeit weckt. »Alles ... na ja, es ist halt so neu. Aber ich werde mich schon daran gewöhnen.«

»Ich hoffe, dass es dir in Decatur gefallen wird. Es ist halt eine Kleinstadt, nicht wie Louisville – also, nicht dass ich viel über Louisville wüsste.«

»Ich weiß. Ihr seid uns ja nie besuchen gekommen.«

Und nun schweigt meine Tochter. Die Vorstellung, wie sie nicht weiß, was sie sagen soll, aber sich trotzdem eine Erklärung zurechtlegt, lässt mich die Augen zusammenkneifen. *Ich wusste bis gestern gar nicht, dass es dich gibt. Ich wünschte, wir hätten euch besuchen können, aber meine Mum ...* Dabei sollten diese Erklärungen von mir kommen, nicht von meiner Tochter.

Doch dann sagt Hannah: »Schon okay. Kannst du ja nichts dafür.« Und dann wechselt sie das Thema, irgendwas von wegen Musik, eine neue Band, und meine Tochter geht fröhlich darauf ein.

Ich bin im Wohnzimmer angekommen, als sich die Tür zu Hannahs Zimmer schließt. Eine der beiden ist aufgestanden, um sie zuzuschieben, ich weiß nicht, ob es Cassie war oder Hannah, aber die beiden wollen nun unter sich sein. Sie sind im Begriff, ihre eigene kleine Clique zu gründen, und ich bin die langweilige Erwachsene, die nicht eingeladen ist. Aber das ist okay und ich bin froh, dass die beiden einander haben. Cassie wird uns zusammenhalten.

Dann höre ich ein Kreischen – aus Hannahs Schlafzimmer.

Etwas Schweres fällt zu Boden und mein erster Gedanke ist, dass eine von ihnen vom Bett gepurzelt ist. Als Nächstes erklingt hektisches Fußgetrappel.

Cassie schreit: »*Mom!*«

Da reiße ich schon die Tür auf. Jeder Muskel meines Körpers ist zum Zerbersten gespannt. Ich bin bereit, mich auf alles zu stürzen, was da geschehen sein mag. Ich muss meine Mädchen beschützen.

SIEBEN

»Was ist?«

Die Mädchen sitzen nicht mehr auf dem Bett, sie stehen nun am Fenster. Verletzt sind sie nicht, was mich erleichtert, aber sie bewegen sich auch nicht. Sie haben mir die Rücken zugekehrt und sehen nach draußen.

Wir haben keine Vorhänge aufgehängt und die gleichen Plastikjalousien, die in allen anderen Zimmern angebracht sind, zieren auch Hannahs Fenster. Sie sind aufgezogen und bieten eine klare Sicht auf die Einfahrt und das, was die Mädchen so erschreckt hat. Das unverkennbare Flackern eines Feuers.

Ich kann es kaum fassen. Schon die zweite Nacht in Folge brennt hier ein Feuer direkt an unserem Haus, diesmal aber auf der Vorderseite.

Ich eile zum Fenster. Das hier ist nicht die Feuerschale der Nachbarn, sondern irgendetwas anderes. Die Flammen brennen in der Nähe des Gehsteigs und steigen immer weiter in die Höhe.

Oranges Glühen, Krachen, Rauch steigt auf – anscheinend aus einer Mülltonne. Schwarzes Plastik schmilzt und die Tonne verformt sich in der Hitze. Auf dem Boden daneben liegt ein großer, dichter Klumpen, aber was das ist, kann ich nicht erkennen. Das wird als Nächstes in Flammen aufgehen, alles wird auflodern und dann wird die Feuersbrunst nach meinem Haus greifen.

Mein Herz schlägt mir bis zum Hals. Über Hannah hat die Spur direkt zu uns geführt. Wer auch immer das hier tut, wird auch den Rest unserer Familie auslöschen.

Hannah weicht vom Fenster zurück, ihre Hände zittern. »Es brennt«, wispert sie und die orangeroten Flammen spiegeln sich in ihren Augen wider. »*Es brennt!*«, kreischt sie.

Ich packe die Mädchen bei den Armen und zerre sie hinter mir her. »Wir müssen sofort hier raus.« Wir rennen aus Hannahs Zimmer heraus und stürzen nach draußen. Ich weise sie an, auf der Straße zu bleiben. Cassie klammert sich an Hannah und Hannah packt sie ebenfalls bei den Armen.

Wie traumatisch das hier für Hannah sein muss, entgeht mir nicht. Ich muss schnell etwas tun. Ich trete näher an meinen Vorgarten heran und sage mir, dass ich die Nachbarn rufen sollte. Oder den Notruf wählen.

Ich klopfe meine Taschen ab, fühle aber kein Handy. Verdammt, das habe ich im Haus liegen lassen. Das Heulen einer Feuerwehrsirene erklingt in der Ferne und kommt immer näher, während das zugehörige Feuerwehrauto durch unsere Nachbarschaft schießt. Es hat schon jemand den Notruf gewählt.

Bestimmt unser Nachbar, Bobby, denn der kommt jetzt aus dem Haus nebenan gerannt, die Haare nass, das T-Shirt feucht, als wäre er gerade erst aus der Dusche getreten. Er wedelt beim Laufen mit den Armen.

»Abstand halten!«, ruft er.

Die Mülltonne steht auf dem Gehsteig, nicht auf dem Rasen, aber ich trete trotzdem rasch auf den Betonboden hinüber. Die Tonne ist mit Zweigen und Rasenschnitt gefüllt, auch knorrige Äste stechen daraus hervor. Das Holz brennt heiß und verwandelt sich in schwarze Kohle, die grünen Blätter lösen sich in Asche auf. Auf dem Boden liegen die zersägten Ringe eines Baumstammes aufgestapelt.

Keuchend kommt Bobby auf dem Gehsteig an. Er hat einen Gartenschlauch mitgezerrt, den er aber fallen lässt, als er das Feuerwehrauto um die Kurve schlittern sieht.

»Tut mir so leid«, sagt Bobby. »Mein Schwager ist so ein Idiot.«

»Was?«

»Er hat eine geraucht und muss die Kippe wohl nicht komplett ausgedrückt haben, bevor er sie hier reingeschmissen hat. Die Blätter und die Äste sind alle so trocken, dass das Ganze Feuer gefangen hat.« Er fährt sich mit der Hand durchs Haar und zieht eine Grimasse, als die Feuerwehrleute aus dem Löschfahrzeug steigen. »Gott, wie peinlich.«

Zwei Feuerwehrleute treten näher und ich richte meine Aufmerksamkeit wieder auf die Mädchen. Sie sind in Sicherheit, sie sind nicht nähergetreten, aber ihre Augen sind weit aufgerissen, vor allem Hannahs. Sie wirkt, als könne sie jeden Moment aus der Haut fahren.

Ermorden könnte ich Bobbys Schwager für das hier.

»Tut mir so leid«, wiederholt Bobby und erklärt den Feuerwehrleuten: »Wir mussten einen Baum fällen und mein Schwager ist hier, um uns zu helfen. Er hat geraucht und mit seiner Kippe nicht aufgepasst.«

Sie ertränken das Feuer im steten Strahl ihres Löschschlauchs, der allerdings die Mülltonne umwirft und deren Inhalt auf dem Boden verteilt. Am Ende bleibt nichts als der beißende Gestank geschmolzenen Plastiks und eine nasse Pampe auf dem Asphalt.

»Wir müssen Ihnen wohl nicht erklären, wie gefährlich das war«, sagt ein Feuerwehrmann. »Nur ein starker Windstoß und schon hätten die Funken weiterfliegen können, das Feuer hätte sich auf die Häuser ausbreiten können.«

»Ich weiß. Ich entschuldige mich vielmals.« Bobbys Blick funkelt wütend in Richtung seiner Haustür, als stünde er kurz davor, seinen Schwager zu erwürgen. Wenn er dabei Hilfe braucht, stelle ich mich gern zur Verfügung.

Ich starre auf den schwarzen Haufen vor uns.

»Alles in Ordnung?«, fragt Bobby.

Ich gebe keine Antwort. Ich möchte nicht die Beherrschung verlieren, vor allem nicht vor den Mädchen. Außerdem möchte ich mir nicht anmerken lassen, wie sehr mich das hier mitgenommen hat – noch ein Feuer, das zweite in Folge.

Es war nur ein Unfall, versichere ich mir selbst. Muss ja so sein.

»Wir räumen dieses Chaos hier weg«, verspricht Bobby. »Keine Sorge. Wir hätten das gar nicht so nahe an euren Vorgarten stellen sollen.« Und dann deutet er mit dem Daumen auf einen Pick-up, der einen guten Teil der Straße einnimmt und vermutlich seinem Schwager gehört.

Die Feuerwehrleute fragen Bobby, ob sie kurz reinkommen und mit seinem Schwager sprechen können.

»Auf jeden Fall«, sagt Bobby. »Wenn Sie schon dabei sind, können Sie ihm ja vielleicht gleich noch sagen, dass er das Rauchen sein lassen soll?«

Ich sage den Mädchen, dass sie im Wohnzimmer bleiben sollen. Sie müssen das nicht durch Hannahs Fenster mitansehen. Jemand ist jetzt dort draußen und schaufelt den verbrannten Müll weg. Sogar durch die geschlossene Tür können wir das ekelhafte Scharren hören; der Rauchgeruch ist bis ins Haus gedrungen und haftet an unserer Kleidung.

Ich sehe nach Hannah. Es ist noch nicht lang her, dass Rauch und Asche auch an ihrem Gesicht hafteten.

Sie sitzt stumm auf dem Sofa. Cassie sagt irgendetwas von wegen Fernsehen und Hannah nickt zwar, kann ihren Blick aber auf nichts fokussieren, sie steht unter Schock. Schließlich kuschelt sie sich neben meiner Tochter ein und stützt ihr Kinn auf ihre Hand. Süß, die beiden so zu sehen, die so sehr wie Schwestern wirken.

Ich finde mein Handy und gehe in mein Zimmer, wo ich die Tür hinter mir zuziehe, damit ich Detective Gillespie anrufen kann. Er schuldet mir noch ein Update.

Nach dem dritten Klingeln geht er ran. »Hallo, Ms Jenkins?«

»Haben Sie schon was herausgefunden?«

Ich höre eine Folge schneller Klicks, sein Kugelschreiber. Im Hintergrund klingelt noch ein Telefon. Es ist schon fast acht Uhr abends und er muss wohl noch im Polizeirevier sein. Gut. *Arbeite weiter*, beschwöre ich ihn. *Ermittle schneller*. Wir müssen diesem Verbrechen auf den Grund gehen, und zwar bald.

»Was wissen Sie inzwischen?«, frage ich.

»Ms Jenkins, ich kann im Moment nicht ins Detail gehen, aber ich versichere Ihnen, dass wir jeder Spur nachgehen. Wir werden die verdächtige Person gleich morgen Früh befragen.«

»Wen haben Sie denn in Verdacht?«

»Ich fürchte, das kann ich Ihnen nicht sagen.«

»Wie sind Sie ihm oder ihr auf die Spur gekommen?«

Er umgeht meine Frage. »Wir überprüfen derzeit die Telefondaten Ihrer Schwester. Ihr PC ist bei dem Brand zerstört worden, wir haben also keinen Zugriff auf die Festplatte, allerdings hat sie einige Dateien in der Cloud gespeichert. Diese gehen wir ebenfalls durch.«

»Und?«

»Ihre Schwester hat mehrere Nachrichten erhalten. Genauer kann ich derzeit darauf nicht eingehen. Diese Nachrichten, in Kombination mit dem, was Ihre Nichte uns erzählt hat, gaben uns mehr als genug Anlass, die fragliche Person herzubeordern.«

»Wussten Sie, dass meine Nichte inzwischen hier bei uns wohnt? Beths Tochter.«

Er zögert kurz. »Ja, das war mir bewusst.«

Ich möchte ihm erzählen, dass meine Nichte in Gefahr schwebt, und meine Tochter auch, doch stattdessen frage ich: »Diese Person, die meiner Schwester geschrieben hat, war das ein Mann oder eine Frau?«

»Das kann ich Ihnen derzeit nicht mitteilen.«

»Was waren das für Nachrichten?«

»Ms Jenkins«, erwidert er gedehnt.

»Können Sie es mir morgen sagen?«

Er klickt wieder mit seinem Stift herum. »Ich erzähle es Ihnen, sobald ich etwas Konkretes in der Hand habe. Keine Sorge, Ms Jenkins. Sie müssen uns vertrauen. Wir tun, was auch immer wir können, um herauszufinden, wer hierfür verantwortlich ist.«

Ich senke den Hörer und lege auf. *Wir tun, was auch immer wir können.*

Sagen sie das nicht immer? Allerdings hat er auch keine Ahnung, wonach er sucht, und das ist ganz eindeutig meine Schuld.

Dienstag

Morgens fragt Hannah, ob wir Blumen kaufen können. »Weiße Rosen für meine Mom«, erklärt sie, nachdem wir Cassie zur Schule gebracht haben. »Ich dachte, das wäre etwas Nettes, was wir für sie tun könnten. Wo sie ja keine öffentliche Beerdigung oder sonst was wollte.« Ihre Augen sind rot angelaufen.

»Natürlich«, versichere ich ihr.

Ich fahre gerade auf die Straße hinaus, als Hannah fragt: »Gibt es hier einen Park, in den wir gehen können? Oder irgendeine Art von Gewässer? Mom hat sich am Wasser immer wohlgefühlt.«

Ich nicke und denke dabei an den Park, der sich an den Tennessee River schmiegt.

In meiner Erinnerung wandere ich zurück zu dem Bach, an dem Dad Beth und mir das Angeln beigebracht hat. Wir hatten die gleiche Angel und haben unsere Hosen bis übers Knie hochgerollt, um dann stundenlang am Bachufer zu stehen. Beth war immer geduldiger als ich.

Bevor wir das Haus heute Morgen verlassen haben, habe ich meiner Chefin eine E-Mail geschrieben, um ihr zu sagen, dass ich nach dem Tod meiner Schwester ein paar Tage freinehmen werde. Da ich noch einige Urlaubstage übrighabe, sollte das kein Problem sein, zumal ich gestern Nacht einige Zeit damit verbracht habe, alle meine Meetings auf nächste Woche zu verlegen. Meine Chefin, die Besitzerin der Kelly Bishop Advertising-Agentur, hat mir darauf genau die Antwort gegeben, die ich mir erhofft hatte: *Nimm dir so viel Zeit, wie du brauchst.* Kelly war schon immer gut darin, zu erkennen, wenn jemand aus dem Team zu krank zum Arbeiten war oder aus persönlichen Gründen freinehmen musste. Außerdem habe ich wirklich Glück, dass ich hier einen Job gefunden habe, der mich bei der Stange hält.

Auch Cynthia habe ich noch schnell eine SMS geschickt, damit sie Bescheid weiß. In Windeseile kam auch schon ihre Antwort.

Soll ich nach der Arbeit vorbeikommen und mal nach dir sehen? Vielleicht was zu essen mitbringen?

Das Angebot habe ich abgelehnt, aber es hat mir ein Lächeln ins Gesicht gezaubert. Cynthia weiß, wie ungern ich koche, und hatte bestimmt ein Bild von mir mit einer weiteren Tüte Fast Food vor Augen.

Wird schon wieder, habe ich ihr geantwortet. *Ich brauche nur etwas Zeit für mich.*

Der Plan für heute ist, neue Kleidung für Hannah einzukaufen und sie in der Schule anzumelden. Aber da uns noch eine Stunde bleibt, bis das Einkaufszentrum öffnet, können wir definitiv Hannahs Wünschen nachkommen und Blumen für ihre Mutter kaufen.

Hannah sucht sich einen kleinen Strauß mit weißen Rosen aus, den sie an ihre Brust gepresst hält. Während wir zum Hafen Richtung Fluss und Park hinunterfahren, sagt sie nicht viel. Die Sonne scheint, ein kühles Lüftchen weht und für einen Spaziergang am Flussufer entlang ist es warm genug. Ich schlage vor, dass wir zu einem Pavillon in der Nähe einer großen Rasenfläche gehen.

Hannah läuft voraus. Sie hält den Kopf gesenkt, in Gedanken versunken, und ich folge ihr. Sie kann den Weg vorgeben. Ich halte erst an, wenn sie so weit ist.

Hannah hat dasselbe Paar Adidas-Schnürschuhe an wie am Flughafen, grau mit weißen Streifen, lässig, aber modern. Es gefällt ihr und das ist gut, da wir beide nicht dieselbe Schuhgröße haben. Der Rest ihres Outfits stammt komplett aus meinem Schrank.

Heute Morgen hat es uns einige Minuten gekostet, unter meinen Klamotten etwas zu finden, das nicht zu groß war und auch nicht »zu steif« – Cassies Worte. *Moms Arbeitskleidung*, hat sie neckend gesagt und dabei auf meine grauen Anzüge und schwarzen Hosen gedeutet. Hannah hat ihr einen wissenden Blick zugeworfen, sich aber letztendlich für eine Jeans entschieden. Diese hat allerdings zugegebenermaßen einen für sie zu weiten Bund, weshalb wir einen Gürtel hinzugefügt haben. Dann hat sie noch einen meiner dünneren Pullis ausgewählt.

»Keine Sorge«, habe ich ihr versichert, als sie sich selbst im Spiegel beäugte. »In der Mall findest du noch was anderes.«

Hannah geht auf eine Baumgruppe am Rande des Wassers zu. Mit den Rosen in den Händen schaut sie in die Wellen hinab.

Im darauffolgenden Schweigen frage ich mich, ob ich das Wort ergreifen soll. Vielleicht könnte ich ein wenig zu meiner Schwester sagen, ein Gedicht aufsagen oder irgendeine Art von Trauerrede halten. Hannah ist erst sechzehn und hat so etwas wahrscheinlich noch nie tun müssen. Als ihre Großeltern und ihr Vater starben, war sie noch zu klein. Das hier durchstehen zu müssen, wird ein schwerer Schlag für sie sein.

Hannah stößt ein Schluchzen aus. Nun schweigt sie nicht mehr und mir ist, als hätte jemand in meine Brust gegriffen und mein Herz herausgerissen. Sie zupft ein Blütenblatt von dem Strauß ab und lässt es zu Boden schweben. Dann pflückt sie ein weiteres, das vom Wind erfasst wird und von einer Seite zur anderen fliegt, bis es auf dem Wasser landet.

»Ich vermisse sie so sehr«, sagt sie.

»Es tut mir so leid, Hannah. Deine Mom ... sie war ein wunderbarer Mensch.« Meine Kehle brennt.

»Warum hat das passieren müssen?«, heult sie. »Wer hat ihr so was nur antun können? Haben die mich auch umbringen wollen?« Der Gedanke lässt sie erbeben.

»Nein, Hannah«, beschwichtige ich sie. »Bitte, denk so was doch nicht. Niemand wird dir wehtun.« Ich verziehe mein Gesicht und versuche, es vor ihr zu verbergen.

»Aber fast wäre es doch so gewesen«, widerspricht sie. »Was, wenn ich es nicht rechtzeitig aus dem Haus rausgeschafft hätte? Und in der Falle gesessen hätte? Ich hätte sterben können. Das wäre gut möglich gewesen.« Sie erstickt fast an einem weiteren Schluchzer. »Aber ich hätte sie nie zurücklassen dürfen. Ich hätte zurückgehen und Mom holen sollen.«

Ich ziehe ihren Kopf an meine Schulter. »Sie hätte gewollt, dass du dich in Sicherheit bringst, Hannah, und das hast du getan. Das war genau richtig von dir. Du bist entkommen und hast überlebt.«

»Aber ich ...« Sie gibt ein Wimmern von sich, und Tränen

laufen über ihr Kinn in den Blumenstrauß hinein. »Es ist meine Schuld.«

»Du musstest doch Hilfe holen gehen.«

Sie weint, ich ebenfalls, aber bald beruhigt sie sich wieder. Schniefend schaut sie zu mir. »Ich hab dich übrigens gestern Abend gehört, am Telefon. Hast du mit dem Detective geredet?«

Ich wische mir über die Augen. Sie muss wohl im Gang gestanden und es darum mitbekommen haben. »Ja, mit Detective Gillespie. Er war auch der, mit dem du gesprochen hast, oder?«

»Was hat er gesagt? Weiß er schon mehr?«

»Sie werden jemanden befragen, viel mehr wollte er aber nicht verraten.« Ich mustere sie zaghaft. Ich weiß nicht, ob jetzt der richtige Zeitpunkt ist, Hannah im Gegenzug ein paar meiner eigenen Fragen zu stellen. »Es geht wohl um eine Spur, auf die du sie gebracht hast.«

Sie nickt.

»Was hast du dem Detective erzählt, Hannah? Das wollte er mir nicht sagen. Weißt du, wer das getan haben könnte?«

»Sie war zu einem Date verabredet. Sie hatte jemanden kennengelernt, online, über irgendeine Datingseite. Erst hat sie sich darauf gefreut, ihn zu treffen, aber dann ...«

Noch ein Beispiel dafür, dass meine Schwester doch nicht ganz so zurückgezogen gelebt haben mag, wie Mr Fredericks denkt. Sie hat sich zu Dates verabredet und neue Leute kennengelernt.

»Was ist dann passiert? Dieser Mann ...?« Ein neuer Gedanke schießt mir durch den Kopf. »Denkst du, er hat deiner Mom etwas angetan?«

Sie schüttelt den Kopf. »Nein. Ich weiß nicht. Sie hat sich nie mit ihm getroffen. Zu dem Date ist sie nicht erschienen.«

»Hat sie gesagt, was passiert ist?«

»Nur, dass sie es sich anders überlegt hat und nicht mehr

hingehen wollte. Aber er hat ihr danach einige Nachrichten geschickt. Er war ziemlich wütend.«

»Aber es war doch nur ein erstes Date«, befinde ich. »Das hätte doch keine allzu große Sache sein sollen, oder?«

»Schien er nicht so zu sehen. Er hat gesagt, er saß über eine Stunde im Restaurant und hat auf sie gewartet und sich dabei wie ein Idiot gefühlt. Diese Nachrichten ... was er darin zu ihr gesagt hat ... er war ganz schön fies.«

Meine Stimme bebt. »Was hat er denn gesagt, Hannah?«

»Dass sie kein Recht hatte, ihn zu versetzen. Dass er sich ihretwegen lächerlich gefühlt hat. Dass sie es bereuen würde, seine Zeit verschwendet zu haben.«

»Mein Gott«, hauche ich.

»Aber echt. Deswegen musste ich das dem Detective sagen. Ihr Date wäre letzte Woche gewesen.«

Ich nicke ihr zu. »Das hast du gut gemacht, Hannah, dass du das dem Detective erzählt hast. Das war sehr mutig.«

Doch jetzt weint sie wieder. »Meine arme Mom«, sagt sie. »Von all den Kerlen, die sie online hätte treffen können. Könnte er so was wirklich getan haben? So wütend gewesen sein, dass er sie umgebracht hat? Das ist doch krank, oder? Wegen einem verpassten Date.«

Das ist in der Tat krank, und mein Magen verkrampft sich. Einfach böse. Dieser Mann muss ja geistesgestört sein. Die Polizei muss ihn so schnell wie möglich finden.

Auch mein Herz rast inzwischen. Wer ist dieser Mann? Was, wenn er derjenige ist, den wir all die Jahre gefürchtet haben? Der jetzt aus den Schatten ans Licht getreten ist. Genau, wie ich gedacht hatte. Dass sein Plan, auch Hannah umzubringen, nicht funktioniert hat, hat ihn bestimmt rasend gemacht.

Ich frage: »Weißt du, wie er heißt? Dieser Mann, mit dem deine Mom sich treffen wollte?«

»Rick Joffrey.« Da muss ich blinzeln. Der Name sagt mir

gar nichts. »Mom hat mir sein Profilbild gezeigt. Das war zumindest der Name, den er sich auf dieser Datingseite gegeben hat.«

»Hast du ihn gesehen?«, frage ich. »Hast du gesehen, wer am Haus war und das Feuer gelegt hat?«

»Nein, und das ist total seltsam. Das habe ich dem Detective auch gesagt. Ich war in meinem Zimmer und dann hat es sich mit Rauch gefüllt. Ich bin nach unten gerannt, konnte Mom aber nicht finden. Das Feuer hat sich so schnell ausgebreitet. Es war schon im Wohnzimmer und alles war so heiß. Ich hatte solche Angst. Ich bin durch ein Fenster raus.«

»Hast du jemanden wegrennen sehen? Oder ein Auto?«

»Nein, denn wo hätte er denn hingehen sollen? Ich habe auch kein Auto ankommen hören. Und wegfahren auch nicht. Du kannst dich bestimmt an diesen Kiesweg erinnern? Auf dem hört man immer, wenn jemand kommt oder geht. Und ich habe nichts gehört.«

Sie hat recht. Unser Farmhaus war das letzte Grundstück an der Route 30 und wir wussten immer, wenn jemand angefahren kam, sei es der Postbote oder Dad, der von der Arbeit nach Hause kam. In der Highschool fanden Beth und ich das sehr praktisch, weil wir so genau wussten, wie viel Zeit uns noch blieb, bis die Jungs, mit denen wir verabredet waren, uns abholen kamen. Wenn ihre Reifen auf dem Kies knirschten, wussten wir, dass wir noch ein paar Minuten Zeit hatten, unserem Make-up den letzten Schliff zu geben.

Hannahs Nasenspitze ist rot angelaufen. »Mom …«, schluchzt sie und zupft eine Rose aus dem Strauß heraus.

Der Stiel will erst nicht und verhakt sich in den Dornen der anderen Blumen, bis sie ihn schließlich entwirrt kriegt und ins Wasser fallen lässt. Wir sehen zu, wie die Blume dahintreibt, Blüte und grüner Stängel nur gerade so über der Wasseroberfläche. Ein schöner Anblick, eine wunderbare Geste, und Hannah wirft noch eine Blume dazu, sodass nun zwei Rosen im Wasser schweben.

»Wie wir beide«, sagt Hannah. »Es gab immer nur uns zwei.«

Das bricht mir das Herz. Genauso denke ich auch über Cassie und mich.

Wir hätten nicht so einsam sein müssen, Beth.

»Ich liebe dich, Mom«, flüstert Hannah. »Du wirst mir immer fehlen.« Dann fügt sie hinzu: »Wir werden herausfinden, wer dir das angetan hat. Wir werden dafür sorgen, dass derjenige bestraft wird. Dafür tun wir, was immer nötig ist. Das verspreche ich dir.«

Die Heftigkeit von Hannahs Worten, ihre Wut, ihr giftiger Tonfall erschrecken mich. Allerdings hat sie ja jedes Recht, sich Rache zu wünschen. Sie muss erleben, wie der Gerechtigkeit Genüge getan wird. Und ich auch.

ACHT

Gemächlich gehen wir gerade zum Auto zurück, als ich sie aufhalte und frage: »Hannah, könnten wir darüber sprechen, was du gestern vor dem Spiel zu mir gesagt hast?«

Sie hält den Rest des Blumenstraußes noch im Arm und sieht zu mir. Erst zeichnet Verwirrung ihr Gesicht, bis die Erinnerung sie einholt. »Das tut mir leid, ganz im Ernst. Ich bin nur … Ich bin einfach verwirrt. All das, was Mom mir erzählt hat, was sie mir seit Jahren erzählt hat. Mehr habe ich nie darüber erfahren.« Sie zieht den Kopf ein. »Auch die Chandlers haben mir das erzählt.«

Ich spanne die Schultern an. »Charles und Regina Chandler? Was genau haben sie dir erzählt?«

Hannah bleibt stehen und windet sich. Sie wirkt ganz anders als gestern, bei diesem wutentbrannten Gefühlsausbruch. Jetzt scheint das Thema ihr unangenehm zu sein.

»Hannah«, sage ich, »ich habe Grandma und Grandpa nichts getan. Bitte, das muss du mir glauben. Das war ein tragischer Unfall, ein furchtbares Missverständnis.« Sie sieht nicht zu mir auf und ich kann mich gerade so davon abhalten, ihr einen Finger unters Kinn zu legen, um es anzuheben. »Was passiert ist, war schrecklich. Zu wissen, dass deine Mom mir all die Jahre die Schuld dafür gegeben hat, macht mich sehr traurig. Es war einer der vielen Gründe dafür, dass ich fortgegangen bin.« Dass ihre Mom mich rausgeschmissen hat, füge ich nicht hinzu – und werde ich auch nicht. »Dass die Chandlers dasselbe denken, ist schrecklich. Aber ich habe ihnen nicht wehgetan, das musst du einfach wissen. Ich habe meine Eltern geliebt und vermisse sie jeden Tag.«

»Aber Mum hat gesagt …« Ihre Wangen laufen rot an. »Sie hat gesagt, wenn du nicht dort gewesen wärst …«

»Da hat sie recht, Hannah. Ich hätte in dieser Nacht nicht dort sein sollen, aber das war nicht der Grund, warum sie gestorben sind. Grandpa …«

Doch da unterbricht mich Hannah. »Tante Tara, wäre es okay, wenn wir das ein andermal besprechen? Meine Mom …« Nun senkt sie den Blick auf den Blumenstrauß. »Das ist einfach alles ein bisschen zu viel auf einmal.«

Nun sind es meine Wangen, die erröten. Ich fühle mich furchtbar. Ich muss der rücksichtsloseste Mensch auf Erden sein. Über meinem Bedürfnis, mich zu rechtfertigen, habe ich ganz vergessen, wie sehr sie momentan trauert. Gerade eben erst haben wir beide ihrer Mutter gedacht, und während sie an dieser Trauer zu tragen hat, muss ich ihr die Trauer um ihre Großeltern wirklich nicht erneut aufbürden.

Wir haben Zeit, ermahne ich mich selbst. Wichtig ist es schon, und irgendwann werde ich Hannah meine Seite der Geschichte erklären. Sie muss einfach wissen, dass sie nicht mit einer Mörderin zusammenlebt.

Ich war nicht schuld, möchte ich zu ihr sagen. *Ich war nie schuld.*

Im Einkaufszentrum ist es relativ leer, und da es eben erst geöffnet hat, begegnen wir hauptsächlich Menschen im

Rentenalter in grellweißen Turnschuhen und erschöpft wirkenden Müttern, die Kinderwägen vor sich herschieben und hin und wieder vor einem Schaufenster stehen bleiben. Die Babys schlafen friedlich und manche von ihnen treten dabei mit ihren strumpfsockigen Füßen um sich.

Als Erstes machen wir beim Kaufhaus Belk Halt. Ich hoffe, dass Hannah hier einige Basics finden wird.

Ziellos schlendern wir umher, wobei ich mich zurückhalte. Ich möchte ihr nicht zu sehr über die Schulter schauen, während sie die Auslagen in der Junior-Abteilung mustert. Sie schiebt mehrere Kleiderbügel zur Seite, betrachtet die Stücke, dann wandert sie weiter zum nächsten Kleiderständer. An einem Tisch sucht sie sich einen Pullover heraus.

Doch dann entdeckt sie die Calvin-Klein-Abteilung, wo sie einen bauchfrei geschnittenen Hoodie und eine dazu passende Jogginghose beäugt. Beide sind grau und weiß, genau wie ihre Schuhe. Sie hält das Outfit hoch, um es mir zu zeigen, und ich recke den Daumen in die Höhe. Sie nickt und das allerwinzigste Lächeln zieht sich über ihr Gesicht, als sie sich die Kleidungsstücke über den Arm hängt.

»Gibt es hier auch einen Express?«, fragt sie.

Ich entsinne mich, dass dieser Laden im oberen Stock zu finden ist. »Ja. Da war ich allerdings schon seit Jahren nicht mehr.«

Sie wirft einen Blick auf die Sachen, die sie im Arm hält. »Wäre es okay, wenn ich die hier erst mal mitnehme?«

Während ich meine Kreditkarte durch den Kartenleser ziehe, rufe ich mir in Erinnerung, dass das Geld bald kommen wird. Es wird alles gut werden. Mr Fredericks hat mir versichert, dass die Überweisung bis nächste Woche auf meinem Konto eingehen sollte, damit wir Klamotten für Hannah kaufen können. Ich muss mir keine Sorgen machen.

Meine Nichte nimmt die Einkaufstüte entgegen und wir gehen Richtung Rolltreppe. Im anderen Laden angekommen, geht sie auf eine Auslage im vorderen Bereich zu, wo schwarze Tops mit Paillettenträgern warten. Das ist allerdings etwas zu schick, sie legt das gewählte Stück wieder weg. Ich wandere nach hinten, wo ich Regale mit allen Arten von Jeans finde, die der Mensch sich nur ausdenken kann: stonewashed, schwarz, skinny, Jeggings, hoher Bund, niedriger Bund. Ich lasse den Blick über die Auswahl schweifen. Was Teenager heutzutage wohl so tragen?

Da kommt zum Glück eine Verkaufsberaterin herbeigesegelt und wirft uns ein Lächeln zu, welches meine Nichte scheu erwidert. Die Frau trägt einen eleganten schwarzen Rollkragenpullover mit einer roten Wildlederhose. Ihre Arme sind mit Armreifen behangen, die fröhlich klimpern, während sie die Klamotten durchgeht und Outfits zu unserer Beurteilung herauszieht.

Schließlich führt sie Hannah zu einer Umkleide, in der sie unsere Auswahl anprobieren kann. Geduldig warte ich davor und sehe den Vorhang der Kabine flattern, während sie darin ein Stück nach dem anderen anzieht. Ich unterdrücke den Drang, zu fragen, ob sie Hilfe braucht, so wie ich es bei Cassie tun würde. Allerdings steht die Verkäuferin neben mir auf Abruf bereit, also halte ich mich zurück.

Hannah tritt aus der Kabine und führt das erste Outfit vor, wobei sie aber recht scheu ist und sich kaum selbst im Spiegel betrachten kann. Sie trägt eine Jeans im Stonewashed-Look mit mittelhohem Bund und dazu einen leichten hellrosafarbenen Pullover.

»Das steht dir ganz hervorragend«, befindet die Verkäuferin und ich nicke zustimmend. Hannah streicht mit den Händen über den Pullover und wagt einen Blick in den Spiegel.

Die Verkaufsberaterin erwähnt, dass sie derzeit einen Sale haben, weshalb ich Hannah ermutige, noch ein paar Teile mehr auszusuchen. Sie findet eine weiße Jeans, mehrere langärmlige

Oberteile und ein paar Unterhemden, die sie bei kaltem Wetter unter ihren Pullovern tragen kann.

»Wie steht es mit Unterwäsche?«, frage ich. Ihre neuesten Schätze haben wir bereits eingepackt und aus dem Laden getragen. Sie wird mehr brauchen als das, was Cassie und ich für sie ausgesucht haben. Und einen zweiten Schlafanzug noch dazu.

Wir gehen zu Victoria's Secret, wo sie zu meiner Erleichterung an den spitzenbesetzten Teilen vorbeigeht, in Richtung eines Tisches mit schlichten Slips und Bustiers. Nichts von dem, was sie sich aussucht, ist Grund zur Beunruhigung, und ich kann erleichtert aufatmen, obwohl ich mich zugleich schuldig fühle, dass ich mir bei einer Sechzehnjährigen über so etwas Sorgen mache. Aber wie steht es später damit? Was, wenn Hannah jemanden kennenlernt und auf Dates gehen möchte? Sie wird langsam erwachsen. Irgendwann wird sie vielleicht verspieltere Sachen wollen. Sie wird neue Freundschaften schließen, was sie zu Partys und Trinkgelagen führen könnte. Ich werde Regeln aufstellen müssen, bis wann sie zu Hause zu sein hat. Allgemein werden wir einige Regeln aufstellen müssen. Solcherlei Probleme stehen mir mit meiner Tochter bisher noch bevor, doch nun stecke ich auf einmal mittendrin.

Hannah sucht sich einen blauen Baumwollschlafanzug aus und dazu eine bequeme Hose. Sie beäugt einen weiteren Stapel Klamotten und wählt dann noch eine schwarze Jogginghose aus.

Dann sieht sie zu mir. »Ist das zu viel?«

»Nimm dir, was auch immer du möchtest, Hannah. Du wirst sowohl für zu Hause als auch für die Schule Kleidung brauchen.« Sie wendet den Blick ab, wirkt nicht überzeugt. »Das ist völlig in Ordnung«, versichere ich ihr, bevor wir zur Kasse treten.

Ihr Lächeln ist so dankbar, so fröhlich, dass es diesmal sogar ihre Augen erreicht. Und da stockt mir der Atem – in diesem Augenblick sehe ich meine Schwester vor mir.

»Vielen Dank, Tante Tara«, sagt Hannah.

Kann sein, dass wir tatsächlich Fortschritte machen.

In der Warteschlange vor der Kasse bewundert sie eine Auslage mit Körpersprays, aus der sie ein pinkes Fläschchen mit Satinschleife nimmt. Sie sprüht sich etwas aufs Handgelenk und ich ziehe meine Nase kraus. Ein pappig süßer Duft, genau das, was Teenager gern tragen. Dazu nimmt sie sich noch einen Lipgloss und legt dann alles auf den Tresen. Erneut zücke ich meine Kreditkarte.

Beim Gehen schlenkert Hannah mit den Tüten, während ich meinen Blick über die restlichen Läden schweifen lasse. Wohin soll es als Nächstes gehen?

Vor einer Boutique namens Francesca's machen wir halt und Hannah fragt, ob sie mal reingucken darf. Sie findet dort ein paar Oberteile, die ihr gefallen, und dazu ein Paar goldene Ballerinas.

Vor einem Tisch voller Kerzen bleibt sie stehen und mustert die kupferfarbenen Gläser mit den hellgoldenen Deckeln und blauen Verpackungen, die alles von Lavendeldüften bis Zitronengras-Salbei versprechen. Hannah hebt eins der Gläser an ihre Nase und atmet tief ein.

»Magst du Duftkerzen?«, fragt sie.

»Ja.« Ich schnuppere ebenfalls an einer der Kerzen. Jasmin.

»Meine Mom hat Duftkerzen geliebt. Abends hat sie immer welche angezündet, tagsüber auch. Eigentlich ständig.« Sie setzt das Glas ab. »Das war so friedlich, nur wir beide.«

Ich kann mir meine Schwester gut dabei vorstellen. Beim Malen hat sie das auch immer getan.

»Welchen Duft hatte sie am liebsten?«

»Eigentlich alle. Aber Vanille fand sie wohl am besten.« Sie greift nach einer Kerze mit der Aufschrift Vanille und saugt den

Duft in sich ein. Ihr Lächeln ist bittersüß; bestimmt stürmen gerade Erinnerungen an ihre Mom auf sie ein.

»Kann ich davon ein paar kaufen?«, fragt Hannah. »Das wäre sehr schön. So als Erinnerung an Mom.«

»Selbstverständlich.«

Nachdem wir gezahlt haben, erinnere ich Hannah daran, dass wir bald gehen sollten. Es wird Zeit für unseren Termin im Schulsekretariat. Das lässt sie etwas zusammenzucken, womöglich aus Angst vor der großen öffentlichen Highschool. Als wir die Einkaufstüten im Auto verstauen, sagt sie kein Wort. Die ganze Fahrt über bleibt sie stumm.

Wir sind an der Austin High angekommen und Hannah spannt sich sichtlich in ihrem Sitz an. Ist es hierfür noch zu früh? Mache ich ihr zu viel Druck? Vielleicht sollten wir noch ein paar Tage warten, bevor wir ihr so etwas Großes wie den Schulbesuch aufbürden. Sie hatte ja noch kaum Zeit zum Trauern. Allerdings war Hannah ja diejenige, die meinte, sie wolle ihre Schularbeit nicht schleifen lassen. Heute Morgen hat sie gesagt, das gehe in Ordnung. Dass sie ihre guten Noten beibehalten wolle.

Hannah starrt auf das Gebäude aus Ziegelsteinen und Beton. Eine Fensterwand erstreckt sich bis zum Dach und über dem Gesims prangen in großen Buchstaben die Worte Austin High.

Ich parke das Auto und Hannah lässt ihren Blick über den Bereich schweifen, in dem die Schüler ihre Autos parken, über die Parkausweise an ihren Rückspiegeln und die Sticker an ihren Stoßstangen. Sie gibt einen erstickten Laut von sich.

Ich strecke die Hand zum Schlüssel, um den Motor wieder anzulassen. »Wir können es auch morgen versuchen. Wir können den Termin verschieben.«

»Nein«, widerspricht sie, macht aber auch keinerlei Anstalten, das Auto zu verlassen. Sie sieht zu, wie ein Mädchen vor der Eingangstür von ihren Eltern abgeliefert wird und ins Schulgebäude geht, den Schulrucksack geschultert.

Hannah trommelt mit den Fingern auf ihre Handflächen. Sie senkt den Blick. Sie kennt hier keine Menschenseele. Mit ihrem bisherigen Heimunterricht wird das hier nichts gemein haben.

Hannah sagt: »Ich schaffe das, oder? Ich bin mehr als bereit. Und wer weiß? Vielleicht gefällt es mir ja.«

Ich warte ab, ob sie ihre Tür aufschiebt, und tatsächlich tut sie das. Langsamen Schrittes geht sie los.

Ich drücke einen Knopf am oberen Treppenabsatz und halte mein Gesicht in die Überwachungskamera, bis jemand für uns auf den Buzzer drückt. Aus Lautsprechern erklingt ein lautes Geräusch und dann folgt eine Ansage zur nächsten Unterrichtsstunde. Wir stehen im Eingangsbereich hinter ein paar Glastüren, während eine Horde Jugendlicher die Gänge flutet. Es erklingt hallendes, abgehacktes Gelächter, das Quietschen von Turnschuhen, das Knallen von Spindtüren. Ein Mädchen ruft ihrer Freundin zu, dass sie auf sie warten soll.

Hannah reckt den Kopf, um alles zu beobachten. Nun wirkt sie zum Glück nicht mehr nervös und ihr Blick folgt der lärmenden Schülermeute den Gang hinunter.

Ich fülle ein Dokument aus, das mir auf einem Klemmbrett gereicht wurde, während die Hilfskraft uns informiert, dass die Schulsekretärin bald für uns da sein wird.

Hannah tritt zu einem Schaukasten, in dem zahlreiche Pokale präsentiert werden. Als sie den Siegerpokal entdeckt, den die Leichtathletikmannschaft letztes Jahr bei den Staatsmeisterschaften gewonnen hat, muss sie grinsen. Wird sie in ihrer Zeit hier ebenfalls eine Sportart aufnehmen? Wird sie einem Club beitreten, so wie Cassie es ihr vorgeschlagen hat?

Eine Frau kommt eifrig auf uns zugewuselt und begrüßt uns herzlich. »Ich bin Mrs Carlisle, die Schulsekretärin.« Sie streckt erst mir, dann Hannah ihre Hand hin, bevor sie uns in ihr Büro führt. Sie ist eine kleine Frau mit grauem Haar, das in einer lockeren Kurzhaarfrisur auf ihre Ohren fällt, außerdem trägt sie eine grüne Hornbrille, die sie sofort sympathisch aussehen lässt. Auf ihrem Schreibtisch stapeln sich zahlreiche Ordner, von denen jeder mit entsprechenden Aufklebern versehen wurde.

Sie schiebt den Stapel beiseite und macht so Platz für ihre Arme. »Bitte, setzen Sie sich«, sagt sie und deutet auf ein farblich abgestimmtes Paar Lehnstühle. »Du musst wohl Hannah sein.« Sie lächelt meiner Nichte zu.

»Ja, das stimmt«, erwidert Hannah.

»Herzlich willkommen in der Austin High. Herzlich willkommen in Decatur, Alabama!« Dann lächelt die Schulsekretärin mir zu. »Hannahs Schulunterlagen wurden uns bereits von ihrem Heimunterrichtsverband zugesendet, und damit ist alles in bester Ordnung. Hannahs bisherige Leistungen liegen genau dort, wo sie in ihrer Klassenstufe sein sollten, tatsächlich hat sie ihren Mitschülern eventuell schon etwas voraus.« Sie schaut zu meiner Nichte. »Du bist ein kluges Mädchen, Hannah. Ein bemerkenswertes Talent. Du kannst stolz darauf sein, was du schon alles erreicht hast. Dein Heimunterrichtsverband hat ganze Arbeit geleistet. Ich habe nicht den geringsten Zweifel, dass du sämtliche Prüfungen hier mit Bravour bestehen wirst.«

Nun sehe ich Hannah zum ersten Mal strahlen, so wie Cassie es nach ihrem Fußballspiel getan hat. Die beiden färben aufeinander ab.

Mrs Carlisle blättert einige Dokumente auf ihrem Schreibtisch durch. »Wir stellen gerade noch deinen Stundenplan auf und arbeiten die letzten paar Details aus«, fährt sie fort. »Wir wollen sicherstellen, dass wir dein bisheriges Bildungsniveau beibehalten können, du sollst in den Fortgeschrittenenkursen bleiben.« Sie hakt etwas auf einem Dokument ab. »Bis Donnerstagmorgen sind wir für sie bereit. Wie klingt das?«

Das ist in zwei Tagen. Ich schaue fragend zu Hannah, welche fragend zu mir sieht. Sie zuckt mit den Schultern. »Okay«, beschließt sie.

Mrs Carlisle faltet ihre Hände. »Du schaffst das, meine Liebe, versprochen. Es wird dir hier ausgesprochen gut gefallen, du wirst schon sehen.«

Sie reicht mir einen Stapel Formulare, die ich ausfüllen soll, während sie etwas in ihren PC tippt. Ich schreibe meine Adresse auf und gebe meine Nummer als einzigen Kontakt für Notfälle an. Ich möchte die Einzige sein, die sie von der Schule abholen kann, das ist wichtig.

Ich bitte Hannah, mir ihre Sozialversicherungsnummer zu sagen, welche sie mir diktiert. Dann fülle ich den Rest der Dokumente aus und setze noch einige Häkchen, bevor ich alles an Mrs Carlisle zurückreiche.

Hannah wird ein Schullaptop zur Verfügung gestellt, den sie fest umklammert. Mrs Carlisle informiert uns, dass sie uns Hannahs Stundenplan bis morgen zusenden wird. »Und keine Minute später«, bekräftigt sie mit einem Lächeln. »Hannah, wir freuen uns schon darauf, dich hier zu haben.«

»Danke«, murmelt sie.

Wir sind schon bei der Tür angekommen, als Mrs Carlisle Hannah eine Hand auf den Arm legt. »Hannah, das mit deiner Mom tut mir furchtbar leid. Das geht uns hier allen so. Falls du also irgendetwas brauchen solltest, musst du nur fragen. Unsere Vertrauenslehrerin ist immer im Haus, sie ist ein wunderbarer Mensch. Du kannst jederzeit mit uns sprechen.« Ihr mitfühlender Blick wandert nun zu mir und ich nicke ihr dankbar zu.

Doch als wir zum Eingangsbereich gelangen und Hannah ein paar Schritte entfernt ist, legt Mrs Carlisle nun wiederum mir ihre Hand auf den Arm. Mit gesenkter Stimme sagt sie: »Wir werden uns gut um sie kümmern, Ms Jenkins. Machen

Sie sich keine Sorgen. Falls irgendetwas sein sollte, sagen wir Ihnen Bescheid.« Sie deutet in Richtung der Überwachungskameras, die in jeder Ecke des Eingangsbereichs mit rot blinkenden Warnlampen hängen. Dann nickt sie zu den abgesperrten Glastüren hinüber, die Besucher von den Schülern in den Gängen trennen.

Mein Herz schlägt mir bis zum Hals. Was für Informationen hat das Jugendamt mit Hannahs Schulunterlagen noch mitgesendet? Hat Detective Gillespie sich hier gemeldet?

Mein Blick schießt wieder zu ihr. Warum sollte die Schulsekretärin es für notwendig befinden, mich in punkto Sicherheitsmaßnahmen zu beruhigen?

NEUN

Wir brauchen jetzt etwas zum Mittagessen. Hannah hat seit dem Frühstück nichts mehr gegessen, ich auch nicht, aber sie hat sich nicht beschwert. Sie scheint fest entschlossen, die Dinge so zu nehmen, wie sie kommen, und dabei so wenig Aufruhr wie nur möglich zu veranstalten. Sie wünscht sich so sehr, dass das hier funktioniert.

Wir suchen uns einen Tisch in einem Café in der Nähe, wo ich mir einen Kaffee bestelle. »Einen Latte, bitte. Mit fettarmer Milch und einmal Zucker.«

Zu meiner Überraschung bestellt auch Hannah einen Kaffee. »Schwarz«, sagt sie an den Kellner gewandt.

Als dieser geht, bemerke ich: »Wow, schwarz?«

Sie zuckt mit den Schultern. »So schmeckt er mir. Mom und ich haben früher oft zusammen eine *fika* gemacht. Das ist Schwedisch für Kaffeepause und eine Gelegenheit, sich eine Auszeit zu nehmen und den Moment ganz ohne Eile zu genießen. Mom fand das Konzept super, von vorne bis hinten.« Bei der Erinnerung leuchten ihre Augen auf. »Wir haben also jeden Nachmittag eine *fika* gemacht, und das war so schön.« Sie sieht zu, wie einer der Baristas die Kaffeebohnen mahlt. Im

Hintergrund schäumt eine Cappuccino-Maschine Milch auf. »Das wird mir richtig fehlen.«

»Das musst du nicht aufgeben«, versichere ich ihr. »Wir beide können zusammen Kaffee trinken.«

Sie senkt ihren Blick, aber ich weiß trotzdem, was sie denkt. Das wäre nicht dasselbe. »Du musst doch zur Arbeit«, sagt sie.

»Aber wenn ich nach Hause komme? Oder am Wochenende?«

»Vielleicht.« Sie spielt an ihrer Speisekarte herum.

Auch ich richte meinen Blick nun auf das Menü.

Heute Morgen habe ich Cassie gesagt, dass sie nicht mit dem Bus nach Hause fahren muss, da ich nicht auf der Arbeit bin und heute Nachmittag Zeit habe. Wir können sie direkt von der Schule abholen.

Der Rest unseres Mittagessens verläuft nett. Angenehm. Wir bestellen beide Club-Sandwiches und nippen entspannt an unseren Kaffees. Hannah fragt nach meinem Job und ich erkläre ihr, dass ich mir ein paar Tage freigenommen habe, um bei ihr sein zu können. Sie möchte wissen, was ich normalerweise tue, und ich beschreibe ihr einige der Werbekampagnen, die wir derzeit am Laufen haben, darunter eine für das örtliche Fitnessstudio, dank derer sich die Anzahl der abgeschlossenen Mitgliedschaften bereits erhöht hat. »Das ist ja toll«, erwidert sie und wirkt dabei ehrlich interessiert.

Ich erzähle ihr auch von meiner Freundin Cynthia. »Hoffentlich kannst du sie bald mal kennenlernen. Sie hat zwei Söhne, die allerdings deutlich jünger sind. Vielleicht am Wochenende? Sie könnte mal vorbeikommen?« Hannah gibt keine Antwort. »Oder wann immer du dazu bereit bist. Hat keine Eile.« Ich räuspere mich. »Wie steht es mit dir? Und deinen Freunden?« Sie nennt mir keine Namen, sagt aber, dass sie ihre Freunde vermissen wird. Sie waren jahrelang zusammen im Heimunterrichtsverband und können den Kontakt immer noch per E-Mail aufrechterhalten.

»Die meiste Zeit habe ich mit Mom verbracht«, erklärt sie. »Wir sind nicht oft ausgegangen, Mom wollte das auch gar nicht. Sie war eher ein Stubenhocker.« Sie zuckt wieder mit den Schultern. »Also hatten wir stattdessen unsere *fikas*.«

Dieses Bild der Stubenhockerin kann ich nur schwer mit Beth vereinbaren. So hätte ich mir meine Schwester nicht vorgestellt. Der Anwalt hat es ja geradezu so klingen lassen, als hätte sie wie eine Einsiedlerin gelebt, und auch mit dieser Beschreibung tue ich mich noch schwer.

Tag für Tag und Jahr für Jahr wurde Hannah offenbar immer mehr zur einzigen Freundin ihrer Mom.

Was ist passiert, Beth? Wieso hast du dich von der Welt zurückgezogen?

Als Cassie uns im Auto entdeckt, kommt sie förmlich auf uns zugesprungen. Sie ist so daran gewöhnt, mit dem Bus zu fahren, dass ihr das hier ein absolutes Vergnügen ist. Sie grinst von einem Ohr zum anderen, und als Hannah sich zu ihr auf die Rückbank setzt, um ihr ihre neuen Klamotten zu zeigen, ist ihre Freude nicht mehr zu steigern.

Die beiden reden ununterbrochen, und mehr als einmal sehe ich im Rückspiegel zu, wie sie die Köpfe zusammenstecken. Hannah zeigt Cassie einen Pullover. Meine Tochter nickt zustimmend. Dann hält sie ein langärmliges Oberteil in die Höhe und Cassie sagt, dass ihr auch dieses gefällt.

»Ich hab noch mehr.« Hannah deutet nach hinten.

»Wie cool«, antwortet Cassie. »Das möchte ich alles sehen.«

»Wirst du«, versichert Hannah. »Sobald wir zu Hause sind.«

Zu Hause ... Bei diesen Worten spüre ich ein Flattern in der Brust. Wir ziehen das durch. Es wird wirklich alles gut werden. Hannah lebt sich hier ein, Stück für Stück, und alles wird gut. Wir sind jetzt eine neue kleine Familie.

In unserer Einfahrt versuche ich, nicht zu dem schwarzen Schmierfleck hinzusehen, den die brennende Mülltonne hinterlassen hat. Ich hoffe, die Sauerei wird vom nächsten Regenguss und von ein paar weiteren Tagen bei Wind und Wetter fortgewaschen werden. Ich brauche diesen verstörenden Anblick nicht, und Hannah noch weniger.

Cassie schnappt sich einige der Einkaufstüten und Hannah nimmt sich den Rest. Wir sind noch kaum im Haus angekommen, als die beiden schon in Hannahs Zimmer sitzen und die neuen Klamotten über ihrem Bett verteilen, dann reißen sie sämtliche Preisschilder ab. Ich überlasse sie ihrem Tun, ein frohes Lächeln auf dem Gesicht wegen der innigen Beziehung, die die beiden zueinander aufbauen.

Ich lege meine Handtasche auf die Arbeitsplatte und stecke Hannahs Schullaptop ein, um ihn aufzuladen. Bis zum Unterrichtsbeginn am Donnerstagmorgen soll alles für sie bereitstehen.

Ich ziehe mein Handy hervor und werfe einen Blick in mein E-Mail-Postfach, nur für den Fall, dass von der Arbeit etwas reingekommen sein sollte. Aber im Büro wissen so gut wie alle Bescheid, dass ich mir nach dem Tod meiner Schwester einige Tage freigenommen habe, weswegen sie mich nicht behelligen möchten. Es ist schön, diesen Freiraum zu haben, und ich atme tief aus. Auch meine Kunden haben weder Probleme noch Fragen, was mich erleichtert. Nichts, worum ich mich kümmern müsste.

Allerdings hat Mr Fredericks mir geschrieben und nach Hannah gefragt. Er informiert mich darüber, dass sich bald jemand vom Jugendamt bei mir melden wird.

Ich mache mir eine Notiz zur Erinnerung, dass ich beim Jugendamt wegen psychologischer Betreuung fragen muss. Bestimmt können sie mir dort geeignete Therapeuten in unserer Gegend empfehlen, die auf Kinder in derartigen Situationen spezialisiert sind. Auf Trauerberatung.

Das Lachen der Mädchen hallt bis zu mir und erneut zieht sich ein Lächeln über mein Gesicht. Vielleicht ist Cassies Gesellschaft für den Moment alle Therapie, die Hannah braucht, um diese ersten paar Tage zu überstehen.

Erneutes Gelächter; ich bin versucht, durchs Wohnzimmer zu gehen und meinen Kopf um die Ecke zu recken, um ihnen zuzusehen, doch gerade als ich mich in Bewegung setzen möchte, steht eine von ihnen auf, um die Zimmertür zu schließen. Ein leises Klicken, genau wie am Abend zuvor, ihr geheimer Mädelsclub ist in vollem Gange. Ich denke daran, wie Beth und ich es früher genauso gemacht haben.

Ich erwäge, Cynthia anzurufen, aber die ist bestimmt noch bei der Arbeit. Und selbst, wenn sie früher Feierabend gemacht haben sollte, hetzt sie sich wohl gerade ab, um ihre Zwillinge zu einer ihrer vielen Lacrosse-Stunden zu bringen. Auch wenn sie gerade noch dabei sein sollte, ihre Ausrüstung zusammenzupacken, sollte ich sie nicht stören. Wenn ich ihr von Hannah erzähle, brauche ich ihre volle Aufmerksamkeit. Außerdem brauche ich ihre Hilfe, um mir über etwas klar zu werden.

Also trete ich stattdessen vor die Tür und sammele meine Post ein. Wieder in der Küche angekommen, schmeiße ich ein Sammelsurium verschiedener Kataloge in den Müll und lege unsere neueste Hypothekabrechnung zur Seite, bevor meine Finger einen quadratischen Briefumschlag ertasten. Sieht aus wie eine Einladung, vielleicht eine Vermählungsanzeige. Der Umschlag ist beigefarben, es steht kein Absender darauf. Auf dem Poststempel steht Louisville, Kentucky. Datiert vor zwei Tagen.

Louisville, Kentucky …

Vielleicht eine Beileidsbekundung von Mr Fredericks, der mir sein Mitgefühl bezüglich des Tods meiner Schwester ausdrücken möchte. Das hier wirkt wie etwas, was er tun würde. Aber warum hätte er keine Absenderadresse angeben sollen?

Ich reiße den Umschlag auf und bewundere die Karte, auf der in einer wunderschönen Aquarellmalerei eine einzelne Taube zu sehen ist, die in ihrem Schnabel ein langes Band hält. Darüber stehen die Worte *Aufrichtige Anteilnahme* gedruckt.

Ich schlage die Karte auf.

Das Streichholz brennt, die Flammen kommen näher.
Pass nur gut auf.

Meine Hände zittern und das Papier zwischen meinen Fingern bebt. Mein Blick wird so unscharf, dass ich gar nicht mehr lesen kann, was dort steht. Was mir angedroht wird.

Sie haben mich gefunden. Es war nur eine Frage der Zeit. Ich wusste, dass das passieren würde.

Die Karte fällt zu Boden. Wir sind hier nicht mehr sicher. Wir sind hier schon seit Tagen nicht mehr sicher.

Ich sollte den Mädchen ihre Taschen packen und ihnen sagen, dass wir gehen müssen. Wir werden Alabama hinter uns lassen und ... ja, wohin sollen wir fahren? Und was dann? Rufe ich dann Cynthia an, die Anteil an einer Eigentumswohnung in Gulf Shores hat? Wir könnten auch in einem Hotel unterkommen. Wir könnten alle paar Tage das Hotel wechseln, während ich versuche, mir darüber klar zu werden, was wir als Nächstes tun können. Bis Detective Gillespie mich anruft und sagt, dass sie jemanden festgenommen haben und wir endlich in Sicherheit sind.

Aber die Mädchen ... wie soll ich ihnen das erklären, ohne sie in Furcht und Schrecken zu versetzen? Wie kann ich das Risiko eingehen, sie so zu verstören? Sie sind zu jung. Sie verstehen das nicht. Sie sollten das auch nicht verstehen müssen.

Ich muss Detective Gillespie anrufen.

Das Streichholz brennt.

Beth ist bei einem Hausbrand umgekommen, die Flammen haben sie gefressen. Hannah ist nur gerade so eben davongekommen.

Vor Jahren haben auch meine Schwester und ich ein Feuer entzündet. Und die Flammen kamen immer näher.

Ich rufe den Detective an, und entweder erkennt er meine Nummer und ignoriert mich oder er ist im Verhörraum beschäftigt, jedenfalls geht er nicht ran. Vielleicht spricht er in ebendiesem Moment mit Rick Joffrey. Vielleicht hat dieser bereits gestanden und nun erheben sie Anklage gegen ihn.

Wenn Rick Joffrey meiner Schwester Drohnachrichten gesendet hat, könnte er mir dann auch diese Karte geschickt haben?

Die Karte ist am Sonntag versendet worden, einen Tag bevor Hannah in ihr Flugzeug Richtung Huntsville gestiegen ist. Wusste er bereits, dass sie hierherkommen würde?

Eine halbe Stunde später versuche ich es erneut bei Detective Gillespie und komme durch.

»Ich weiß über Rick Joffrey Bescheid«, erkläre ich. »Hannah hat mir gesagt, dass er Ihre große Spur ist, weil sie sich seinetwegen Sorgen gemacht hat. Hat er den Mord an meiner Schwester gestanden?«

»Rick Joffrey gibt an, am Freitag auswärts unterwegs gewesen zu sein. Wir sind momentan dabei, sein Alibi zu überprüfen.«

»Auswärts unterwegs?« Ich verziehe den Mund. »Klingt nach einer billigen Ausrede, meinen Sie nicht?«

»Er hat einen Tankstellenbeleg, der bestätigt, dass er sich kurz außerhalb der Stadtgrenze Louisvilles aufgehalten hat, aber er hätte auch einfach wieder umdrehen können. Die Fahrt zum Grundstück Ihrer Schwester wäre problemlos zu schaffen gewesen. Im Moment schließen wir noch nichts aus.«

»Wo ist er denn jetzt?«

Er schweigt.

Die Erkenntnis trifft mich hart. »Sie haben ihn laufen lassen?«

»Das mussten wir. Derzeit gibt es nichts, was ihn mit dem Tod Ihrer Schwester in Verbindung bringt.«

»Ist Rick Joffrey überhaupt sein echter Name?«

»Wie bitte?«

»Heißt er wirklich so?«

»Ja. Wieso sollte das denn nicht sein echter Name sein?«

»Diese Nachrichten«, fahre ich fort. »Er hat meiner Schwester Nachrichten geschickt, Hannah hat mir erzählt, was drinstand. Könnte das als Motiv gelten?«

»Sie bieten definitiv Anlass zur Besorgnis. Aber bis wir jemanden finden, der ihn in der Nähe des Hauses Ihrer Schwester gesehen hat, oder irgendetwas, das ihn direkt mit dem Brand in Verbindung bringt, können wir ihn nicht festnehmen.«

»Also hat er zugegeben, dass er Beth all das geschrieben hat?«

»Ja. Und er hat eingestanden, dass das falsch von ihm war. Er hat die Fassung verloren. Aber er hat behauptet, dass er sie nie im Leben umgebracht hätte.«

»Denken Sie, er könnte nach Alabama kommen?«

»Was bringt Sie denn zu dieser Annahme?«

Anstelle einer Antwort frage ich: »Haben Sie der Schule von Hannah erzählt?«

»Der Schule? Nein. Dafür bin ich nicht zuständig.«

Ich runzle die Stirn. Warum hat die Schulsekretärin sich denn dann so verhalten? War es vielleicht Mr Fredericks, der sie angerufen hat? Nach allem, was passiert ist, könnte er sich berufen gefühlt haben, die Schulverwaltung zu warnen.

Über die Jahre habe ich ein Auge auf die beiden gehabt. Das war ich Ihren Eltern nach ihrem Tod schuldig.

Ich hake nach: »Wissen Sie, ob Rick Joffrey noch in Louisville ist?«

»Wir haben ihm strikte Anweisung gegeben, die Stadt nicht zu verlassen, bis er für unsere Ermittlungen nicht mehr relevant ist.«

»Ich glaube, er könnte mir etwas geschickt haben – jedenfalls hat mir irgendjemand etwas geschickt. Das wurde vor zwei Tagen versendet.« Mit dem Bild nach unten liegt die Karte vor mir auf dem Fliesenboden.

»Was wurde Ihnen zugeschickt?«

»Es sieht aus wie eine Beileidskarte, ist aber keine. Und was darin geschrieben steht, ist eine Drohung. Kann man nicht anders verstehen.«

Ich höre, wie sich eine Tür schließt, der Detective scheint in ein anderes Zimmer getreten zu sein und im Hintergrund ist es nun viel leiser. Er nimmt das hier ernst, und das lässt mein Herz doppelt so schnell rasen wie zuvor.

»Was steht da?«

Ich hebe die Karte auf, doch die Worte verschwimmen vor meinen Augen. Ich versuche, mich zu fassen und mich auf die Handschrift zu konzentrieren, dann lese ich ihm die Sätze laut vor. Angestrengt atme ich in den Hörer hinein.

»Sie haben diese Karte noch bei sich?«

»Ich starre gerade darauf.«

»Wurde sonst noch etwas darauf geschrieben?«

»Nein. Keine Unterschrift, keine Absenderadresse. Aber sie stammt aus Louisville. Der Poststempel ist auf vorgestern datiert«, wiederhole ich.

»Okay. Ich muss Sie bitten, Fotos von Vorder- und Rückseite zu machen und sie mir zu schicken. Die Karte selbst senden Sie bitte per Express an das Polizeirevier Louisville, schreiben Sie ›Zu Händen von Detective Gillespie‹ darauf. Das ist wichtig, nennen Sie unbedingt *meinen* Namen, okay? Wir überprüfen sie dann auf Fingerabdrücke.«

Ich muss schlucken – ich habe meine eigenen Fingerabdrücke doch schon überall auf der Karte verteilt, auf dem Briefumschlag ebenso. Und ich habe sie zu Boden fallen lassen, und nun kleben Fussel und sämtlicher Dreck darauf, der sonst noch auf meinem Fliesenboden zu finden sein mag. Mein Magen verkrampft sich. Habe ich sämtliche Beweise bereits vernichtet?

»Aber meine Fingerabdrücke …«, setze ich an.

»Keine Sorge. Wir suchen auch nach sämtlichen anderen Spuren, die die verantwortliche Person hinterlassen haben könnte. Speichel vom Briefumschlag. Schweiß.« Der Gedanke ist so abstoßend, dass ich mich zwingen muss, die Karte nicht wieder fallen zu lassen. »Sobald Sie die Fotos gemacht haben«, sagt er, »schicken Sie mir alles zu.«

Wir beenden unser Telefonat und ich lege Karte und Briefumschlag auf die Arbeitsplatte. Dann schieße ich mehrere Fotos mit meinem Handy, Vorder- und Rückseite, bevor ich noch Nahaufnahmen der Drohnachricht mache.

Das Streichholz brennt … Die Worte tanzen vor meinen Augen, die ich rasch zudrücke.

Weiter den Gang runter unterhalten sich Cassie und Hannah. Sie haben Musik aufgelegt und Cassie singt bei einem der Songs mit. Ich bin froh, dass die beiden so gar keine Ahnung von dem haben, was hier passiert. Sie dürfen es nie erfahren. Ich darf ihnen keinen Schrecken einjagen.

Ich schicke dem Detective meine Fotos und suche mir einen Plastikbeutel mit Zipper. Dort schiebe ich Karte und Umschlag hinein und gebe mir Mühe, die Luft rauszulassen, damit der Beutel flach aufliegt.

Detective Gillespie hat mich angewiesen, die Karte so bald wie möglich auszusenden, weshalb ich zur nächstgelegenen FedEx-Filiale fahren muss.

Ich klopfe schnell an Hannahs Tür und die Mädchen

halten lang genug in ihrem Geplauder inne, dass ich ihnen sagen kann, dass ich schnell was erledigen muss. »Bin aber bald wieder da.«

»Kein Problem, Mom«, sagt Cassie. Hannah schaut nicht einmal zu mir auf.

Mit der Karte in meiner Handtasche eile ich zum Auto.

Sie wissen, wo wir wohnen. Sie haben unsere Adresse.

Sobald ich wieder zu Hause bin, bestelle ich uns eine Alarmanlage. Wir dürfen kein Risiko eingehen. Die Gefahr ist hier und steht direkt vor unserer Tür.

ZEHN

Der FedEx-Mitarbeiter versichert mir, dass mein Päckchen am nächsten Tag bis spätestens Mittag ankommen wird, was mich aber nicht davon abhält, eine Sendungsnummer einzufordern und mehrere Bilder des FedEx-Umschlags zu machen. Ich muss nachweisen können, dass ich die Karte an Detective Gillespie geschickt habe.

Jedes Mal, wenn die Türklingel läutet und jemand hereinkommt, schießt mein Blick zur Tür. Während ich vor seiner Theke auf und ab tigere, beäugt der Mitarbeiter mich skeptisch.

Ich atme tief ein und aus und wünsche mir nichts mehr, als diese Transaktion hinter mich zu bringen. Ich muss nach Hause zu meinen Mädchen.

Sobald der Mitarbeiter meine Kreditkarte über sein Gerät gezogen hat, legt er den Umschlag in eine Kiste und gibt mir damit grünes Licht, endlich zur Tür rennen zu dürfen.

Die Mädchen stehen in der Küche – sie sind in Sicherheit. Irgendetwas bräunt im Ofen vor sich hin, Cassie sagt mir, dass es panierte Hähnchenstreifen sind, die sie im Gefrierfach gefunden hat. »Sind in zwanzig Minuten fertig«, verkündet sie, aber ich habe keinen Hunger.

Die Mädchen wollen mir einen Teller zurechtmachen, doch ich sage ihnen, ich hätte Arbeit zu erledigen und müsse mich damit in mein Zimmer setzen. Sie geben keine Antwort, als ich mir meinen Laptop schnappe und damit den Gang hinunter verschwinde.

Auf meinem Bett öffne ich meinen Browser. Ich sollte seinen Namen nicht eintippen – ich sollte es nicht einmal probieren.

Ich gebe mir Mühe, es mir auszureden, aber die Versuchung ist zu stark. Ich kann sie nicht unterdrücken; nach dem heutigen Tag und vor allem nach dieser Karte muss ich einfach wissen, wie er aussieht. Ich muss wissen, ob er mit einer bestimmten Familie in Verbindung steht. Einer Familie, die wir seit Jahren zu vergessen versucht haben.

Rick Joffrey. Ich tippe seinen Namen ein und starte die Suchanfrage. Dann halte ich den Atem an – in wenigen Sekunden werde ich das Gesicht des Mannes sehen, der meine Schwester getötet hat. Jeden Moment könnte ich in seine Augen sehen.

Die Seite lädt und zeigt mir Artikel um Artikel über den Charakter Joffrey aus *Game of Thrones* an, diesen mordlustigen, sadistischen Prinzen, aber einen *Rick Joffrey* finde ich nirgends.

Ich versuche es erneut mit möglichen Taufnamen, Richard, Frederick, und erhalte mehrere Ergebnisse. Ich lasse mich in meine Kissen sinken. Das hier ist schwerer, als ich dachte.

Vielleicht über Facebook? Auch dort finde ich nicht viel, was auf einen Richard oder Rick Joffrey hindeutet, und niemand hat Louisville als Wohnort angegeben.

Ist Rick Joffrey überhaupt sein echter Name? Diese Frage habe ich dem Detective vorhin gestellt. Ich lösche meine derzeitige Suchanfrage, um es erneut zu probieren. Kann ich es wagen, *seinen* Namen einzutippen? *Den* Namen? Bin ich bereit, zu sehen, was er nach all den Jahren so macht?

Hat er es hinter sich gelassen und eine eigene Familie gegründet? Vielleicht hat er eine Frau und Kinder. Ob die wohl wissen, was er angerichtet hat, auf welch kranke, verdrehte Art er nach Rache gestrebt hat?

Meine Hände schweben erstarrt über der Tastatur – ich wage es nicht, hinzusehen – und dann schlage ich den Laptop zu.

Mittwoch

»Du hast echt Glück«, verkündet Cassie am nächsten Morgen. Sie und Hannah sitzen am Tisch vor einem kleinen Stapel Waffeln, vor Cassie steht noch ein Glas Saft. »Noch ein ganzer Tag, bis du zur Schule gehen musst.«

»Hey«, entgegnet Hannah, »hast du mir nicht gesagt, dass es mir da so gut gefallen wird?«

Cassie grinst. »Hab ich, und das wird es auch. Ich bin bloß neidisch, dass du heute wieder mit Mom abhängen darfst.« Sie schaut zu mir. »Was habt ihr denn für heute vor? Noch mehr Shopping?«

Ich puste in meinen Kaffee und warte, dass er ein bisschen abkühlt, damit ich die ganze Tasse auf einmal leeren kann. Inzwischen kann kein Koffein der Welt meinen Schlafmangel mehr ausgleichen. Meine Augenringe sind lilagraue Kreise, gegen die Concealer einfach nicht mehr ankommt, ganz gleich, wie viel man davon aufträgt. Ich muss es wissen, ich habe getan, was ich konnte.

Hannah und Cassie dagegen wirken gut ausgeschlafen, und das ist nur richtig so. Sie haben immer noch keine Ahnung, was hier vor sich geht.

»Da wir jetzt Hannahs Stundenplan bekommen haben«,

erkläre ich, »werden wir heute Schulsachen einkaufen. Sie braucht einen Schulrucksack, Hefte, Stifte, solche Sachen.«

»Klingt super.« Cassie runzelt die Stirn. »Ich verpasse hier echt alles, was Spaß macht.«

»Stimmt doch gar nicht«, widerspricht Hannah. »Heute Nachmittag hast du Fußballtraining, oder? Das macht doch Spaß.«

Cassie schiebt ihren Teller beiseite. »Stimmt. Ich wäre halt gerne mit euch beiden unterwegs.«

»Heute Abend erzähl ich dir alles«, versichert Hannah. »Keine Sorge. Fußballspielen klingt ehrlich gesagt deutlich spannender als Hefte kaufen.« Dann lächelt sie mir zu. »Nicht böse gemeint.«

Ich gebe keine Antwort, weil ich zu sehr damit beschäftigt bin, auf mein Handy zu schauen und die FedEx-Sendungsverfolgung zu aktualisieren. Das letzte Update kam vor dreißig Minuten, als mein Päckchen in einem Warenhaus außerhalb Louisvilles in Kentucky eintraf. Seitdem wurde es noch keinem Lieferfahrzeug zugewiesen. Ich klammere mich an mein Handy und wünsche mir, ich könnte das Päckchen stattdessen einfach direkt auf Detective Gillespies Schreibtisch beamen.

»Alles okay?«, fragt Cassie.

Ich entspanne meine Gesichtszüge. »Alles prima, mein Schatz.« Ich nippe an meinem Kaffee, aber er ist noch zu heiß und ich verziehe den Mund.

Ein Blick auf die Uhr sagt mir, dass wir uns sputen müssen. Ich schütte meinen Kaffee in eine Thermoskanne und bedeute Cassie, dass sie die Teller zum Spülbecken tragen soll. Sie lässt etwas Wasser darüber laufen, dann steckt Hannah sie in die Spülmaschine. Die beiden geben ein gutes Team ab.

Im Auto fragt Cassie: »Und was habt ihr noch so vor, sobald ihr die Schulsachen habt?«

Ich schaue zu Hannah und sie erwidert unschlüssig meinen Blick. So weit hatte ich ehrlich gesagt noch nicht gedacht. Mein ganzes Augenmerk ist darauf gerichtet, dass es endlich Mittag wird, damit das Päckchen ankommt und der Detective es auf Fingerabdrücke untersuchen kann.

»Ich weiß nicht. Was möchtest du denn machen?«

Hannah starrt zum Fenster hinaus. »Wäre es vielleicht in Ordnung, wenn wir ein Handy für mich besorgen? Früher hatte ich eins, aber das ist bei dem Brand zerstört worden.«

Ich reiße die Augen weit auf. Natürlich möchte sie ein Handy haben. Sie ist sechzehn. Sie möchte bestimmt mit ihren Freunden reden können, vielleicht auch Instagram oder Snapchat verwenden.

Eigentlich eine gute Idee, Hannah ein Handy zu besorgen. Sie muss mich ja anrufen können, falls Not am Mann ist. Und sie soll den Notruf wählen können.

»Ja«, stimme ich zu. »Wir holen dir ein Handy.«

»Wie cool«, bemerkt Cassie. »Dann kannst du dir auch eine tolle Hülle dafür aussuchen. Vielleicht was mit Glitzer oder was Pinkes. Mom, denkst du, sie haben vielleicht irgendwo so ein Sonderangebot, wo man eins bezahlt und zwei kriegt? Dann könnte ich auch eins haben?«

Seit Jahren bettelt mich Cassie schon an, dass sie ein Handy möchte. Ich weiß gar nicht mehr, wie oft ich den Satz *In meiner Klasse haben schon alle eins* inzwischen gehört habe. Trotzdem habe ich mich so lange dagegen gesperrt, wie ich nur konnte. Ich möchte nicht, dass sie jetzt schon in den Sog der sozialen Medien gerät und dort nach Likes süchtig wird, um ihr Selbstbewusstsein entweder zu steigern oder es am Boden zerstört zu sehen. Außerdem liegt es in meiner Verantwortung, sie vor den Widerlingen dieser Welt zu beschützen, vor den Perversen, die sie kontaktieren und ihr unanständige Nachrichten schicken könnten. Dass es solche Männer gibt, weiß ich nur zu gut.

Aber was, wenn auch Cassie in Gefahr schwebt? Sie muss die Möglichkeit haben, mich anzurufen. Was, wenn jemand versucht, sie aufzugreifen, wenn sie aus dem Bus steigt?

Ich gebe Cassie keine Antwort, sage damit aber auch nicht Nein, woraufhin ein hoffnungsvolles Lächeln sich über ihr Gesicht breitet. Hannah zwinkert ihr zu.

Nachdem wir meine Tochter abgeliefert haben, machen wir uns auf zum nächsten Geschäft für Bürobedarf, wo Hannah einen Rucksack und eine Tasche für ihr Mittagessen findet. Dann suchen wir noch einige Hefte und Ordner sowie Textmarker und Millimeterpapier zusammen.

»Den ACT-Test hast du inzwischen abgehakt?«, frage ich, als wir unsere Artikel aufs Kassenband legen. »Bei der hervorragenden Punktzahl, die du schon erreicht hast, musst du ihn wahrscheinlich nicht noch einmal ablegen, es sei denn ...«, ich werfe ihr einen Blick zu, »es sei denn, du möchtest das gerne. Man kann den Test ja so oft ablegen, wie man will.«

Sie lächelt. »Achtundzwanzig Punkte sind ja schon ziemlich gut.«

»Ich dachte, es waren dreißig?«

»Dreißig«, sagt sie und greift nach den Ordnern. »Kann auch sein. Mom hat mich den Test so oft ablegen lassen, da ist es schwer, den Überblick zu behalten. Aber vielleicht könnte ich es noch mal probieren?« Sie beißt sich auf die Unterlippe und ich kann ihren Ehrgeiz erkennen. »Vielleicht schaffe ich noch mehr?«

»Wenn du so weitermachst, bieten sie dir noch ein Stipendium an«, sage ich zu ihr und sie grinst.

Im Verizon-Laden um die Ecke sucht Hannah sich dann das neueste iPhone aus, dessen Bildschirm so groß ist, dass das Handy in meiner eigenen Hand winzig dagegen wirkt. Außerdem wählt sie eine Hülle mit einem hübschen blauen Paisleymuster dafür aus. »Was hältst du davon?«

»Sieht super aus.«

»Und was ist mit Cassie? Sie schien von der Vorstellung ja ganz begeistert. Wäre ja vielleicht ...«, sie legt den Kopf zur Seite, »nützlich?«

Damit sie einen Notfallknopf hat, den sie drücken kann, ja. Damit sie ihren Standort mit uns teilen kann, über den wir sie finden können, definitiv.

Aber das sage ich nicht, sondern: »Ich weiß. Sie wünscht sich schon seit einer Weile ein Handy.«

»Cassie macht einen ziemlich reifen Eindruck auf mich. Sie ist ein verantwortungsbewusstes Kind. Ein klasse Kind.«

Dankbar lächele ich ihr zu. »Das ist sie wirklich ... Ich mache mir einfach Sorgen.«

Sie schaut verständnisvoll zu mir. »Keine Sorge, ich kann ihr helfen. Und sicherstellen, dass sie nicht süchtig nach TikTok wird.«

Ich murmele: »Genau. TikTok.« Und unterdrücke ein Lachen. Dabei gehen meine Ängste im Moment weit über die sozialen Medien hinaus.

Hannah fährt mit den Fingern die ausgestellten Modelle entlang, bis einer der Bildschirme aufleuchtet.

»Hannah ...«, sage ich wie nebenbei, »wenn du mit deinen Freunden von daheim redest, kannst du bitte nicht zu konkret darauf eingehen, wo du jetzt wohnst?« Neugierig wendet sie sich zu mir. Ich zaudere, überlege, wie ich das hier am besten formulieren kann. »Vielleicht sagst du ihnen erst mal nicht, wo du wohnst?«

Kurz steht sie wie erstarrt da und es vergehen noch einige Sekunden, bis meine Worte bei ihr ankommen. »Meinst du, wegen ...?«

»Das können wir nicht genau sagen«, erkläre ich. »Die Polizei ist nicht sicher. Aber lass uns lieber auf Nummer sicher gehen, okay? Lass keine Apps auf deinen Standort zugreifen. Du kannst mit deinen Freunden sprechen, das ist okay – das will ich dir nicht vorenthalten –, aber sag ihnen nicht, wo genau du bist. Nicht, bis die Polizei denjenigen gefasst hat, der deiner Mom das angetan hat.«

Sie beißt auf ihrer Unterlippe herum und setzt dann eine tapfere Miene auf. »Verstehe.«

»Nur für den Augenblick«, bekräftige ich leise; mir ist jeder Moment dieser Unterhaltung zuwider. Ich lächle ihr zu. »Und Kopf hoch. Heute ist ein großer Tag. Ich kaufe Cassie auch ein Handy.«

Da hellt sich ihr Gesicht auf. »Echt? Sie wird ausflippen vor Freude. Bestimmt will sie eine Handyhülle mit Glitzer, das hat sie ja im Auto gesagt.«

Sie geht zum Regal, um eine Hülle für Cassie auszusuchen, und alle Sorgen wegen dem, wovor ich sie gerade gewarnt habe, sind verflogen. Jetzt ist sie einfach ein junges Mädchen, das es nicht erwarten kann, seiner Cousine zu zeigen, was wir ihr mitgebracht haben.

ELF

Es dauert fast eine Stunde, die beiden Handys einzurichten. Hannah sucht sich selbst ein Passwort aus und ich denke mir eines für meine Tochter aus. Ich möchte jederzeit auf Cassies Handy zugreifen können, um zu sehen, was sie damit tut und mit wem sie redet. Der Verkäufer zeigt mir außerdem, wie ich Kindersicherungen einrichten kann.

»Sie können bestimmte Nummern blockieren«, erklärt er. »Und Zeitlimits setzen. Einstellen, was für Inhalte bei Onlinesuchen erscheinen dürfen.«

»Das ist gut.«

»Möchtest du mein Passwort auch haben?«, fragt Hannah. »Das wär okay, würde mir nichts ausmachen. Mom hat auch manchmal ein Auge auf mein Handy geworfen.«

Ich überlege einen Moment lang. Schwierig. Wo muss ich hier die Grenze setzen? Sie ist sechzehn und wünscht sich bestimmt ein bisschen Privatsphäre. Ich sollte ihr diese Eigenverantwortung zugestehen. »Schon in Ordnung, Hannah. Ich vertraue dir.«

Sie dreht sich zu mir und langsam breitet sich ein Lächeln auf ihrem Gesicht aus.

Sobald wir zu Hause sind, sagt Hannah, dass sie ihre Schulsachen sortieren und ihren Rucksack packen möchte, aber ich weiß schon, worauf sie eigentlich scharf ist – sie möchte mit ihrem neuen Handy herumspielen. Es steckt schon in seiner blauen Paisleyhülle, und während der Fahrt hat sie bereits Instagram heruntergeladen und ihr Gmail-Konto eingerichtet. Nun tippt sie eine einzige Nummer in ihre Kontakte, ruft aber noch niemanden an. Auch SMS versendet sie noch keine. Vielleicht möchte sie damit warten, bis sie allein ist.

»Kann ich deine Handynummer haben?«, fragt Hannah. »Und Cassies auch?«

Ich reiche ihr mein eigenes Gerät, damit sie sich unsere Kontaktdetails zuschicken kann.

In der Verizon-Filiale hat der Verkäufer Hannah noch gefragt, ob sie eine Apple-ID hat, damit er das Handy mit ihrem Konto verknüpfen kann, aber da hat sie den Kopf geschüttelt und gesagt: »Nein, ich fange hier ganz von vorne an.« Sie hat mir einen wissenden Blick zugeworfen. »Neue Stadt, neues Handy, neue Kontakte. Nur für den Fall der Fälle.«

»Dann verlierst du aber auch alle deine Bilder von früher«, hat er erklärt.

Und das ließ mich kurz innehalten. Was ist mit den Fotos von ihrer Mom? Den letzten, die Hannah womöglich vor Beths Tod von ihr gemacht hat, was ist mit ihren gemeinsamen Erinnerungen? Auch ich würde sie gerne sehen. Aber Hannah sagte: »Ich habe nie viele Fotos gemacht. Und die paar wenigen habe ich alle bei Amazon Photos hochgeladen, so kann ich darauf zugreifen.«

Also haben der Verkäufer und Hannah ihr gemeinsam ein brandneues Konto eingerichtet.

Meine Nichte bricht in Richtung ihres Zimmers auf, den Rucksack in der einen Hand, das funkelnagelneue Handy in der anderen. Sie ist gerade dabei, ihre Tür zuzuziehen, als sie sagt: »Noch mal vielen Dank, Tante Tara. Ich kann es kaum erwarten, Cassie später zu überraschen.«

Ich weiß, dass meine Tochter sich vor Freude überschlagen wird, was mich aber nicht davon abhält, die Life360-App herunterzuladen, mit der man den Standort anderer Geräte einsehen kann, und sie sofort mit dem Handy meiner Tochter zu verbinden. Dann schicke ich Hannah ebenfalls eine Einladung zu Life360, welche sie unverzüglich annimmt. Sehr gut, nun kann ich jederzeit sehen, wo die Mädchen mit ihren Geräten sind.

Eine SMS-Benachrichtigung leuchtet auf meinem Bildschirm auf, vermutlich von Hannah. Sie schreibt mir aus ihrem Zimmer. Ich grinse. Wie schön, dass sie schon Spaß damit hat.

Aber da steht: *Päckchen ist angekommen*. Von Detective Gillespie.

Wann können Sie mir mehr sagen?, frage ich.

Wir suchen bereits nach Fingerabdrücken.

Werden Sie Rick Joffrey erneut befragen?

Ja.

Wann? Heute noch?

Aber da muss der Detective bereits seine Antwort getippt haben, so schnell, wie seine Nachricht erscheint.

Kann sein, dass Rick Joffrey uns über seinen Aufenthaltsort belogen hat.

Ich klammere mich an mein Handy und warte gespannt, was er als Nächstes sagt.

Der Detective schreibt: *Womöglich hat ihn jemand zum Haus Ihrer Schwester fahren sehen.*

»Wie schnell kann eine Alarmanlage eingerichtet werden?«, frage ich in den Telefonhörer. »Ich brauche eine für mein Zuhause.«

Die Verkäuferin summt beim Tippen. Sie sucht mir den nächsten verfügbaren Techniker heraus und sagt mir dann, dass morgen um neun Uhr in der Früh jemand kommen kann.

Nachdem das erledigt ist, beruhige ich mich selbst damit, dass ich das Geld, das Beth uns hinterlassen hat und das ich nun dafür einsetze, mich um Hannah zu kümmern, für diese saftige Rechnung verwenden kann.

Dann überprüfe ich sämtliche Rauchmelder im Haus, um herauszufinden, welche nicht mehr funktionieren oder neue Batterien brauchen, als ich Hannah telefonieren höre.

Ich tapse zu ihrer Tür hinüber. Das ist ihr erstes Telefonat mit den Leuten aus der Heimat, und ich bin neugierig, mit wem sie spricht. Mit ihrer besten Freundin? Jemandem aus dem Heimunterrichtsverband?

Ich stelle mich seitlich neben die Tür, damit Hannah den Schatten meiner Füße nicht durch den Türschlitz sehen kann.

»Ganz okay«, sagt Hannah. »Eigentlich ziemlich gut. Ja ... sie sind nett. Sie scheinen ehrlich bemüht ... Ich weiß, total seltsam. Sie ist überhaupt nicht so, wie ich erwartet hätte. Gar nicht so, wie ich sie mir vorgestellt hatte, nach allem, was ich gehört habe.«

Mein Herzschlag beschleunigt sich.

»Du meinst, sie tut nur so?«, fragt Hannah. »Nie im Leben.« Schweigen. »Ich hoff's zumindest nicht. Sie wirkt eigentlich ganz aufrichtig. Sicher. Aber ich muss jetzt hier wohnen, also hoffe ich mal, dass das nicht stimmt. Klar, ich könnte es wohl auch herausfinden. Ich hab schon so was zu ihr gesagt. Ja, nee ... das kam nicht so gut an.«

Ich senke meinen Blick gen Boden.

Was du Grandma und Grandpa angetan hast.

»Cassie?«, sagt sie. »Die ist super. Ein echt cooles Mädel. Ihre Mom hat ihr heute ein Handy gekauft, sie wird durchdrehen, wenn sie das sieht.« Die Matratze quietscht und Hannah muss wohl aufgestanden sein, denn nun höre ich das Klappern der Jalousien, die sie aufzieht, um rausschauen zu können.

»Schon gut. Musst nicht traurig sein. Ich weiß ... du fehlst mir auch. Wir kriegen das schon alles irgendwie raus. Das Feuer war echt furchtbar und ich hatte solche Angst, aber das ist jetzt vorbei. Ich bin hier und alles wird gut.« Einen Augenblick später lässt sie die Jalousien wieder herunterfallen; sie landen klackernd auf dem Fensterbrett. »Mach dir keine Sorgen«, bekräftigt sie. »Wir sehen einander wieder.«

Ich ziehe mich zurück, möchte sie nicht mehr belauschen und vor allem nicht dabei erwischt werden. Wie könnte ich ihr denn zeigen, dass ich ihr vertraue, während ich zugleich vor ihrer Tür horche? Es tröstet mich zwar, dass sie jemanden hat, mit dem sie reden kann, aber es macht mich auch traurig, dass die beiden nun voneinander getrennt wurden. Auseinandergerissen. Vielleicht sollten wir hinreisen? Natürlich nicht sofort, aber vielleicht in ein paar Monaten? Dann könnte Hannah ihre Freunde treffen, und bestimmt gibt es bis dahin eine Grabstelle für Beth, an der wir ihr gedenken können.

Ich bin im Wohnzimmer angekommen, als ich bemerke, dass Hannah nicht mehr redet. Ich vermute, dass sie ihr Telefonat beendet hat, dann erkenne ich, dass sie weint. Ein lang gezogenes, trauervolles Schluchzen, das aus ihrem Zimmer zu mir dringt.

»Mooom ...«

Ich laufe zu ihrer Tür zurück und bleibe unschlüssig davor stehen. Die Arme weint so bitterlich, dass sie Schluckauf davon bekommt. Ihre Stimme klingt gedämpft, als drücke sie ihr Gesicht in ein Kissen.

Ich klopfe an die Tür. »Hannah?« Als keine Antwort

kommt, versuche ich es erneut. »Hannah, ich komme jetzt rein.« Ich öffne die Tür und sehe sie wieder auf ihrem Bett liegen, zusammengekauert auf eine Seite gedreht; Tränen laufen ihr übers Gesicht. Die Vorderseite ihres neuen Pullis ist schon völlig durchnässt.

»Ach, Hannah«, sage ich und setze mich neben sie.

Sie stößt erneut ein Schluchzen aus und ich lehne mich vor, um meinen Arm um ihre Schultern zu legen. Ich reibe ihr über den Rücken. Sie setzt sich auf und lässt sich mit schmerzverzerrter Miene in meine Arme fallen. Ihr Kopf liegt an meiner Brust, sie bebt und mit jedem Schluchzen heben und senken sich ihre zarten Schultern.

Ich halte sie fest und wiege sie vor und zurück. Ich tue mein Bestes, sie zu trösten, so wie ich es bei Cassie tun würde.

»Ich vermisse sie«, heult Hannah und klammert sich an mich. »Ich will sie zurückhaben. Ich will meine Mom zurückhaben, jetzt sofort.«

»Ich weiß, meine Süße.« Nun weine ich auch und der Schmerz schnürt mir die Kehle zu.

Ich hätte mir eigentlich denken können, dass es so sein würde, dass Hannahs Trauer wechselweise aufwallen und abebben würde. Es ist ja noch keine Woche her und sie beginnt gerade erst, ihren Schmerz zu verarbeiten. Bestimmt liegt es daran, dass sie mit jemandem aus ihrer Heimat telefoniert hat, dadurch sind diese Gefühle wieder auf sie eingestürzt.

»Ich hatte solche Angst«, schluchzt sie. »Als es gebrannt hat …«

Ich schließe sie in meine Arme. »Das ist jetzt vorbei. Mach dir keine Sorgen«, beschwichtige ich sie und streiche ihr übers Haar.

Sie hat Ohrlöcher, das ist mir vorher gar nicht aufgefallen. Ohrringe trägt sie allerdings keine. Sie hat ja nichts mitgebracht. Sie ist schreiend aus ihrem Haus gerannt mit nichts als den Klamotten am Leib.

»Mom …«, wimmert sie, »o Gott, sie muss solche Angst gehabt haben.« Ein Schauder läuft ihr über den Körper. »Wusste sie, was geschieht? War ihr klar, dass sie bald sterben würde?« Ihr Leid schneidet mir ins Herz und ich kann doch nichts tun, als sie festzuhalten. Ich weiß nicht, wie ich diesen Schmerz anders lindern könnte.

»Alles wird wieder gut«, wispere ich. Irgendwann wird Hannahs Schluchzen unregelmäßiger und ihr Atem geht leiser. Ihr Körper entspannt sich. Nun ist sie nicht mehr so steif wie eben, als ich sie im Arm hielt.

Sie reibt sich über die Augen und atmet tief durch. Ihre Nase läuft und auch ich schniefe noch.

Sie seufzt wieder auf und entzieht sich meiner Berührung. Stumm sitzen wir beide nebeneinander, bis ich sage: »Es tut mir so leid, dass das alles passiert ist, Hannah. Von ganzem Herzen.«

Sie starrt auf ihre bloßen Füße hinab. Ihre Ballerinas liegen weggekickt auf einer Seite des Zimmers. Ihre Beine baumeln vom Bett herunter.

»Ich versteh es einfach nicht. Was da passiert ist.«

»Die Polizei wird noch Klarheit schaffen«, versichere ich mit Nachdruck. *Sie werden Fingerabdrücke finden. Von der Karte weißt du noch nichts, Hannah, und ich möchte dir deswegen keine Angst einjagen, aber sie werden die Person finden, die dafür verantwortlich ist. Wir werden herausfinden, wer es war.* »Detective Gillespie arbeitet unermüdlich an dem Fall. Bald werden sie jemanden festnehmen.«

Hannah reibt sich über die Nase und schaut misstrauisch zu mir hoch. »Nein. Ich meinte das, was zwischen dir und meiner Mom passiert ist. Was du getan hast.« Sie holt noch einmal tief Luft. »Was du meiner Familie angetan hast.«

Ich weiche zurück, mir stockt der Atem.

Was du meiner Familie angetan hast.

Ihrer Familie, nicht unserer. Ich stehe immer noch am Rand. Vielleicht wird sie mir nie verzeihen können.

»Hannah, so war das nicht. Es war nicht so, wie du denkst.«

»Ich versteh es einfach nicht«, wiederholt sie. »Nach all den Jahren sehe ich dich endlich wieder und du machst so einen netten Eindruck. Gar nicht so, wie meine Mom dich beschrieben hat, ich hatte mir dich ganz anders vorgestellt. Aber irgendwie ... Ich weiß einfach nicht, was ich glauben soll. Ich bin so verwirrt. Du wirkst gar nicht so, als könntest du ...«

»Hannah, bitte ...«

»Ich möchte dich lieb haben, Tante Tara, wirklich. Ich möchte hier glücklich werden und mich sicher fühlen. Aber ich hab Angst.« Ihr Kinn bebt. »Und dabei geht's mir nicht mal nur darum, was mit Grandma und Grandpa passiert ist.«

»Ich habe nicht ...«

Sie stößt einen lauten Atemzug aus. »Mom hat gesagt, dass du noch jemanden umgebracht hast. Und alle darüber belogen hast. Dass du Louisville deswegen verlassen hast, dass das der wahre Grund dafür war.«

Mein Herz dröhnt wie ein Schlagluftbohrer in meiner Brust. *Sie weiß Bescheid.*

Ich bemühe mich, die Hände vor meiner Nichte nicht zu Fäusten zu ballen. Ich gebe mein Bestes, mir meine Wut nicht anmerken zu lassen.

Eines ist glasklar: Meine Schwester hat sie angelogen.

ZWÖLF

Mein Handy klingelt. Ich erwarte, die Louisviller Vorwahl zu sehen, und hoffe darauf, dass es der Detective ist, oder Mr Fredericks mit einem Update, aber auf dem Bildschirm steht *Unbekannte Nummer*. Trotz meiner pochenden Kopfschmerzen gehe ich ran. Der Schmerz, den meine Unterhaltung mit Hannah in mir geweckt hat, tobt immer noch durch meinen Körper.

Als ich das Gespräch annehme, höre ich nichts als Stille.

Ich starre auf mein Handy. Die Anzeige verrät mir, dass das Gespräch immer noch läuft. Irgendjemand wartet dort am anderen Ende der Leitung und sagt dabei kein Wort.

»Wer ist da?«

Keine Antwort.

»Was wollen Sie von mir?«

Immer noch nichts.

»Sie müssen die falsche Nummer erwischt haben.« Und damit lege ich auf.

Ein Telefonverkäufer? Ein automatisierter Werbeanruf, der einfach einige Sekunden gebraucht hat, um hochzufahren?

Aber da klingelt mein Handy erneut und wieder erscheint *Unbekannte Nummer* auf dem Display.

»Hallo?«, melde ich mich. Doch auch dieses Mal herrscht nur Schweigen. Ich lege auf.

Nachdem ich Hannahs Zimmer verlassen habe, setze ich mich an den Küchentisch. Sie hat mich gebeten, zu gehen und ihr etwas Zeit für sich zu geben. Erneut klingelt mein Handy.

Verflucht sei die Person, die da anruft. Ich gehe gar nicht erst ran. So schnell meine Finger mich lassen, tippe ich auf *Ablehnen*.

Nun ertönt ein anderer Klingelton, diesmal aus Hannahs Zimmer. Sie hat noch keinen besonderen Klingelton ausgewählt, weshalb die voreingestellte Standardmelodie losdudelt. Ich höre ein Schniefen, bevor sie sich mit einem vorsichtigen »Hallo?« meldet.

Ich spitze die Ohren.

Ist das ihre Freundin, ihr Freund von vorhin? Oder jemand anderes?

Aber sie sagt nichts weiter. Der Augenblick zieht sich endlos in die Länge, bis ich ziemlich sicher bin, dass sie aufgelegt hat.

Erneut klingelt ihr Handy. »Hallo? Wer ist denn da?«

Ich renne förmlich zu ihrem Zimmer.

»Wer ist da?«, wiederholt sie. »*Hallo-o?*«, fügt sie mit dem übertriebenen Frust eines Teenagers hinzu.

Ich schiebe ihre Tür auf und ihr Kopf wirbelt herum, sie wirkt überrascht, mich so bald schon wiederzusehen.

»Alles okay?«, fragt sie, gerade als ich ihr dieselbe Frage stellen will.

»Wer war das gerade am Telefon?«

»Keine Ahnung. Hat kein Wort gesagt.« Mit gerunzelter Stirn schaut sie auf ihr Display. »Denkst du, das war, weil ich eine neue Nummer hab oder so was?«

»Was für eine Nummer wurde denn angezeigt?«

»Keine, Nummer unbekannt.« Ich zucke zusammen, aber sie schaut nicht zu mir, nur zu Boden. Sie zuckt mit den Schultern, wirkt genervt. »Das wird ja noch lästig werden, wenn ich wirklich die alte Nummer von irgendwem hab und mich dauernd Leute anrufen, weil sie denken, ich wär jemand anderes.«

Aber ihr Handy bleibt still. Der Bildschirm bleibt dunkel, genau wie meiner.

Ich kaue auf meiner Unterlippe herum. Ob wir wohl auf irgendeiner Liste gelandet sind, als ich Hannah zu meinem Mobilfunkvertrag hinzugefügt habe? Aber so etwas würden die großen Handyunternehmen doch nie gestatten. Außerdem ist Hannahs Nummer ja erst seit ein paar Stunden aktiv.

Ich zögere noch einen Moment, dann sage ich »Okay« und gehe langsam wieder aus ihrem Zimmer.

Sie legt den Kopf schief. Ihr Gesicht ist vom Weinen ganz verquollen, die Augen kleine Schlitze, aber sie fragt: »Wolltest du was Bestimmtes, Tante Tara?«

»Was? Nein, ich wollte nur ... ich wollte nur nach dir sehen.«

»Okay.« Neugierig blinzelt sie mich an.

Ich gehe zur Küche zurück und hole sofort Cassies Handy herbei – ist sie auch angerufen worden? Ich erwarte, mehrere verpasste Anrufe darauf zu entdecken, aber da ist nichts. Wer auch immer das war, hat nur Hannah und mich auf dem Kieker.

Etwa eine Stunde später kommt meine Nichte aus ihrem Zimmer. Ihre Augen sind nicht mehr rot, aber sie hält sie trotzdem auf den Boden gerichtet. Sie macht einen verlegenen Eindruck, als wäre ihr peinlich, was sie vorhin zu mir gesagt hat. Ihre Beklommenheit ist fast greifbar.

Auch ich tue mich schwer damit, ihr in die Augen zu sehen.

Ich schäme mich, weil sie denkt, ich hätte etwas Furchtbares getan, laut dem, was Beth ihr erzählt hat. Hat sie Angst vor mir? Ich gebe mir alle Mühe, einen normalen Eindruck zu machen, aber das Ganze liegt mir wie Blei auf der Brust. Vorsichtig geht sie um mich herum.

Hannah fragt mich, wann Cassie nach Hause kommt. »In ungefähr einer halben Stunde«, erwidere ich. Heute fährt Cassie mit einer anderen Familie nach Hause, wir Eltern wechseln uns da in der Regel ab.

Sie fragt, ob sie mir dabei helfen darf, Cassie mit ihrem neuen Handy zu überraschen, und schlägt vor, dass wir es einpacken und eine Schleife darum binden. Eine schöne Art, die Zeit totzuschlagen, in seltsamer Stimmung, während wir beide so tun, als hätte meine Nichte mich nicht im Prinzip gerade eine Mörderin genannt.

Cassie hat das Haus kaum betreten, als sie das Geschenk auf dem Küchentisch auch schon entdeckt hat und aufkreischt. Ein so ohrenbetäubendes Geräusch, dass ich laut lachen muss. Sie zerfetzt das Geschenkpapier, um an den Inhalt zu kommen.

Dann hält sie sich das Handy ans Kinn und quietscht: »*O mein Gott!* Mein eigenes Handy? Ganz echt jetzt?« Sie schlingt mir die Arme um den Hals. »Ganz, ganz lieben Dank.«

»Na ja, jetzt, wo deine Cousine hier wohnt, werden wir wohl mehr koordinieren müssen. Da sollten wir miteinander in Kontakt bleiben.«

Was ich damit eigentlich sagen möchte: *Dieses Handy ist dein Rettungsanker, falls du einen brauchst.*

»Oh, absolut.« Dann wendet sie sich Hannah zu. »Die Hülle ist der Hammer. Gefällt mir tierisch gut.«

»Die hat Hannah für dich ausgesucht«, erkläre ich ihr.

Nun zieht Cassie Hannah in eine Umarmung. »Einfach spitze.«

»Wir haben das meiste schon für dich eingerichtet.« Ich zeige ihr das Passwort und die E-Mail-App. »Da hast du alles.«

»Danke, Mom«, sagt sie und geht ihre Apps durch. »Heißt das, ich darf jetzt auch Instagram haben?«

»Ja«, erwidere ich zögerlich.

Hannah wirft mir einen Blick zu. »Ich zeige ihr die richtigen Privatsphäreeinstellungen, Tante Tara. Keine Sorge. Hat meine Mom mir auch gezeigt, und mein eigenes Handy habe ich ebenfalls so eingerichtet.« Sie bedeutet Cassie mit gekrümmtem Finger, dass sie ihr folgen soll. »Komm, ich erklär dir alles.«

Ich schaue den beiden hinterher. Die Schlafzimmertür schließt sich hinter ihnen, diesmal mit einem lauteren Klicken. Cassie quietscht schon wieder.

Ich bin zu kaputt, um Abendessen zu kochen. Meine Energiereserven sind komplett aufgebraucht. Mein Körper schmerzt und harte Knoten graben sich in meine Schultern.

Ich bestelle uns was über eine App. Ein bisschen verschwenderisch und nichts, was wir uns besonders oft gönnen, denn die Lieferkosten allein bewirken meist schon, dass ich mich doch dazu aufraffe, das Essen abzuholen. Aber ich bin körperlich, mental und emotional völlig ausgelaugt und es ist einfach zu leicht, diesen Bestellknopf anzutippen. In spätestens einer halben Stunde wird uns das Abendessen serviert.

Ich bestelle bei dem Griechen, den Cassie so gern hat. Hähnchenspieße und dazu Hummus, frisches Gemüse und Pita Chips. Heute werde ich mich dazu zwingen, auch etwas zu essen. Es ist wichtig, dass ich bei Kräften bleibe. Das hier ist alles Neuland, nach dem, was Hannah mir vorhin gesagt hat.

Sobald ich die Bestellung aufgegeben habe, durchwühle ich unseren Kühlschrank und nehme mir ein Bier. Um meine Nerven zu beruhigen. Ich nippe daran, und gleich noch einmal, bis mir klar wird, wie still es im Haus geworden ist. Die

Mädchen reden nicht mehr. Und sie lachen auch nicht über die lustigen Videos, von denen ich erwartet hätte, dass sie sie auf YouTube anschauen. Sie geben auch keine Kommentare zu Instagram ab.

Die Tür zu Hannahs Zimmer scheint wieder etwas aufgesprungen zu sein und ich bleibe leise im Gang davor stehen. Das Licht ist ausgeschaltet, aber trotzdem dringt ein Leuchten aus dem Zimmer hervor, das sich flackernd an den Wänden abzeichnet.

Ich sehe die Mädchen auf Hannahs Bettkante sitzen. Beide Gesichter sind gesenkt, ihre Augen weit aufgerissen, als wären sie vom Kerzenlicht wie gebannt, ja, wie hypnotisiert. Aber was die Mädchen da anstarren, ist nicht nur eine Kerze, nein, es ist ein ganzer Haufen, den sie auf dem Nachttisch aufgereiht haben. Jedes einzelne Glas und jede Metalldose, die Hannah aus dem Einkaufszentrum mitgebracht hat, brennt zugleich.

Die Härchen auf meinen Armen stellen sich auf; ich versichere mir selbst, dass Hannah Cassie einfach nur ihre Einkäufe zeigen möchte. Auch einige dünne Kerzen sind dabei, ich erkenne sie als die, die in meiner Küchenschublade lagen – lange, spitz zulaufende Kerzen in Einweckgläsern aus unserer Speisekammer. Sie kleben in den Gläsern und jeder einzelne Docht brennt. Wann hat Hannah die denn dort herausgezogen und wie konnte mir das bisher entgehen? Cassie muss ihr gezeigt haben, wo unsere Kerzen sind.

Gerüche von Zitronengras, Salbei und irgendetwas Säuerlichem – vielleicht Grapefruit? – hängen in der Luft. Aber was mich am meisten überwältigt, ist der Vanilleduft. Beths Lieblingsduft, die größte Kerze, die ganz vorne steht. Das ist auch die Flamme, auf die Hannah sich am meisten konzentriert.

Der Anblick der Mädchen und das Leuchten der Kerzen ist schön und seltsam zugleich und beunruhigt mich zutiefst. Gänsehaut zieht sich über meine Arme und mir klappt die Kinnlade herunter, als ich sehe, wie Hannah sich näher an die

Flamme heranlehnt. Sie schaut starr hinein, als warte sie darauf, dass sich ihr ein Geheimnis offenbart, irgendetwas in der Flamme, das nur sie sehen wird.

Die Flamme ist so nah an ihrem Haar! Ich muss dafür sorgen, dass sie mehr Abstand hält. Ich möchte nicht, dass sie sich verbrennt.

Und daneben sitzt meine Tochter. Cassie lehnt sich ebenfalls nach vorn, die Augen fast schon hypnotisiert aufgerissen. Genau wie ihre Cousine lehnt sie sich so weit vor, wie sie kann, ohne sich die Wimpern zu verbrennen. Genau wie Hannah blinzelt sie kein einziges Mal.

Ich trete einen Schritt vor. »Cassie?«

Doch meine Tochter schaut nicht zu mir, lehnt sich nur noch mehr vor, bis ihre Wangen im Licht der Kerzen in orangerotem Leuchten erglühen. Die Flammen tanzen und winden sich auf den Dochten. Von allen ertönt dieses Knistern und Zischen.

»Cassie«, wiederhole ich, diesmal lauter. Ich schalte die Deckenlampe an und nun hebt Hannah endlich den Kopf.

»Oh, hi, Tante Tara.«

Cassie aber schaut nicht zu mir.

»*Cassie*«, sage ich noch einmal. Noch eine Sekunde vergeht, bevor sie den Blick abwendet und mich anfunkelt.

»Was denn?«, fragt sie.

Mir weicht alle Farbe aus dem Gesicht. *Was soll das heißen, was denn?*

»Ist alles okay, Schatz? Du hast einfach nur dagesessen, total weggetreten.«

»Gar nicht weggetreten. Ich habe was beobachtet.«

»Was hast du beobachtet?«

»Ziemlich cool, oder?«, fragt Hannah mit einem Grinsen.

Mein Blick schießt zwischen den beiden hin und her. »Was ist cool?«

»Die Flamme«, erklärt Cassie. »Hannah hat mir das erzählt,

aber mir war's bis dahin noch nie aufgefallen. Wenn man ganz genau hinschaut, sieht es so aus, als würden die Flammen tanzen. Sie *tanzen*, Mom, und das sieht so schön aus. Ist dir das schon mal aufgefallen? Möchtest du auch mal gucken?«

Ich rege mich nicht.

Es sind ja nur Kerzen. Aber all diese Flammen ... dieses Feuer, das das Haus meiner Schwester niedergebrannt und Beth getötet hat. Es kommt mir seltsam vor, dass Hannah so etwas tun würde, dass sie so viele Flammen in ihrem Zimmer haben möchte, nach all dem, was ihr vor weniger als einer Woche zugestoßen ist.

Die Mädchen grinsen mir schelmisch entgegen und mich schaudert. Noch vor wenigen Augenblicken glich die Szene hier einer Teenager-Séance.

»Das sind zu viele Kerzen«, ermahne ich sie und puste die erste davon aus, die größte Kerze ganz vorne. Die mit Vanille, Beths Lieblingsduft. »Die Brandgefahr ist zu groß. Wir müssen vorsichtig sein.«

Cassie runzelt die Stirn und wirft Hannah einen Blick zu.

Meine Tochter bläst die restlichen Kerzen aus, während Hannah uns zusieht. Das Zimmer stinkt nach Rauch und ich wedle mit den Armen vor meinem Gesicht herum, bevor ich die Kerzengläser an mich ziehe. »Die bringe ich jetzt zurück in die Küche.«

Hannah fragt: »Hast du das je ausprobiert?« Und ihre Worte lassen mich erstarren. »Tante Tara, hast du je in die Flammen geschaut?«

Ich schüttle den Kopf. Das habe ich schon einmal gehört. Eine Erinnerung hallt leise in meinen Gedanken wider.

Ich schüttle den Kopf. »Nein, das habe ich noch nie gemacht.«

DREIZEHN

Donnerstag

Der Morgen rast in einem Wirbel von Aufregung und Nervosität an uns vorüber. Heute ist Hannahs erster Tag an ihrer neuen Schule.

Meine Tochter steht früh auf und springt als Erste unter die Dusche. Und dann höre ich Bewegung aus Hannahs Zimmer. Sie ist langsam, trödelt schon fast.

Ich bin mir der Uhrzeit sehr bewusst, weil wir früher als sonst das Haus verlassen müssen, wenn ich erst Cassie und dann Hannah abliefern soll.

Meine Nichte ist angespannt – so viel ist klar. Sie versucht, es sich nicht anmerken zu lassen, aber die Besorgnis lässt sich nicht leugnen. Zögerlich geht sie zum Küchentisch und zwingt ein paar Bissen Toast und eine halbe Tasse Kaffee hinunter, bevor ich verkünde, dass wir jetzt gehen müssen. Beide kriegen eine Brotzeitdose und dann scheuche ich sie zur Tür hinaus.

»Heute wird ganz super«, verspricht Cassie. »Mach dir keine Sorgen, Hannah. Dir wird's gut gehen. Und du wirst bald neue Freunde finden.« Ich ertappe meine Tochter dabei, wie sie ihr Handy in ihre Hosentasche steckt.

»Benutz das nicht im Unterricht«, warne ich sie. »Sonst müssen deine Lehrer es beschlagnahmen, und ich habe keine Lust auf einen Anruf, dass ich dich abholen kommen soll.«

»Mach ich nicht«, sagt sie, aber ich glaube ihr nicht, vor allem, als ich sie dabei erwische, wie sie Hannah zugrinst. Die Versuchung wird zu unwiderstehlich sein, die Handys zu neu, die beiden werden sich im Laufe des Tages schreiben wollen. Cassie wird wissen wollen, wie es ihrer Cousine geht.

Vor der Junior High ist meine Tochter aus dem Auto gehüpft, jetzt ist Hannah an der Reihe. Sie lässt den Kopf hängen und starrt auf den Rucksack hinab, der ihr zu Füßen liegt.

»Ich habe dir Geld auf deine Mensakarte geladen, falls du dir irgendwas zusätzlich kaufen musst«, erkläre ich. »Lass mich wissen, falls es noch Dokumente gibt, die ich unterschreiben muss. Falls du irgendwelche Probleme haben solltest, kannst du mich anrufen oder bei Mrs Carlisle vorbeischauen.«

»Ich schaff das schon.« Aber das Beben in ihrer Stimme kann sie nicht verbergen.

»Irgendjemand muss dir zeigen, wo dein Schließfach ist, und dein Klassenzimmer. Frag einfach am Empfang nach.«

Sie gibt keine Antwort.

»Hast du deinen Stundenplan?«

»Ich hab mir extra noch eine Kopie ausgedruckt.«

»Gut gemacht.« Das wird mit einem winzigen Lächeln belohnt.

Wir fahren in den Parkplatz ein, wobei wir heute zu dieser Uhrzeit am Ende einer langen Autoschlange warten müssen. Aus ihren eigenen Autos ergießen sich Ströme an Schülern, die auf das Schulgebäude zusteuern, manche in kleinen Dreier-

und Vierergrüppchen, andere gähnend und allein. Ich schaue in den Rückspiegel, als ein Bus hinter uns einfährt.

»Ah, bevor ich es vergesse, da ich den Rest der Woche zu Hause bin, hole ich dich heute von der Schule ab, und Cassie auch. Du kannst vor der Schule auf mich warten.«

Nun sind wir vor dem Haupteingang angekommen, und mit Mühe fasst Hannah sich ein Herz und greift nach ihrem Rucksack. »Wird schon schiefgehen«, sagt sie mit leicht zusammengekniffenen Augen. Kann gut sein, dass auch sie gestern Nacht nicht allzu viel Schlaf abbekommen hat.

Ich lege ihr eine Hand auf den Arm. »Du wirst das ganz toll machen, Hannah. Denk an das, was Mrs Carlisle gesagt hat. Du bist ein kluges Mädchen und wirst dich im Unterricht mühelos behaupten können. Du wirst neue Freundschaften schließen. Das ist doch aufregend.«

Sie nickt und dann ist sie auch schon ausgestiegen, bald sind ihr glänzendes schwarzes Haar und ihr Rucksack im Meer der restlichen Schüler kaum noch auszumachen. Ich recke den Kopf, um noch einen letzten Blick auf sie zu erhaschen. Irgendwo dort drüben ist sie, in der Menschenmenge, die durch die große Flügeltür strömt.

Ich fahre davon, aber das Flattern in meinem Bauch lässt nicht nach. Mir ist, als hätte ich Cassie wieder zum ersten Mal im Kindergarten abgeliefert, ich spüre die angespannten Nerven einer besorgten Mutter. *Bitte mach, dass sie einen schönen Tag hat.*

Ich kann mich noch gut erinnern, wie hart das Leben als Highschool-Schülerin sein kann, der Umgang mit den anderen Schülern, den Fieslingen. Allerdings hatte ich eine große Schwester, die auf mich aufgepasst hat. Sie hatte ein Auge auf mich. Hannah hat niemanden.

Der Techniker für die Alarmanlage parkt seinen Van auf die Minute pünktlich vor meinem Haus. Super, so muss ich nicht den ganzen Vormittag herumsitzen und warten. »Wir garantieren absolute Pünktlichkeit«, erklärt er, als ich mich bei ihm bedanke. »Wir wissen, wie wichtig die Sicherheit von Heim und Haus unseren Kunden ist.«

Er hat ja keine Ahnung.

Etwa eine Stunde, mehrere gebohrte Löcher und einige piepsende Geräte später testet er die Anlage, die aus zwei Bedienfeldern an der Wand besteht: eines an der Vordertür, das andere an der Hintertür. Außerdem habe ich Sensoren an jedem Fenster installieren lassen. Der Techniker setzt einen Anruf ab, um sicherzustellen, dass das System verbunden ist, dann reckt er den Daumen nach oben und erklärt mir, wie es funktioniert.

Eigentlich recht simpel. Es gibt einen Hauptknopf, den Notfallknopf – der größte Knopf, den ich drücken kann, wenn ich Hilfe brauche. Außerdem ist noch ein schneller, zweistufiger Prozess vonnöten, um meine PIN einzurichten. Ich weiß genau, aus welchen vier Ziffern diese bestehen wird.

Ich danke ihm, als er fertig ist, und reibe mir über die Arme, um meine sorgenvollen Gedanken zu beschwichtigen. Auf dem Bedienfeld blinkt ein grünes Licht und das beruhigt mich. Mit nur einem Knopfdruck können wir jetzt Hilfe rufen. Dann kommt in wenigen Minuten die Polizei. Ich kann nachts schlafen, ohne Angst haben zu müssen, dass gerade jemand einbricht und wir es nicht merken. Wenn nötig, können auch die Mädchen diesen Notfallknopf drücken.

Meine Finger schweben über dem Bedienfeld. Schalte ich den Alarm gleich ein? Soll ich mich einsperren, jetzt, am helllichten Tag?

Ich möchte gerade auf *Aktivieren* tippen, als ein Auto vor meinem Haus haltmacht und das Knallen der Türen erklingt.

Cynthia? Nein, die hätte mich wissen lassen, dass sie vorbeikommen wird.

Ich linse durch die Jalousien und entdecke ein graues, viertüriges Auto, das hinter meinem steht. Im Moment ist das Gesicht des Fahrers nicht zu erkennen. Wenige Augenblicke später geht eine Frau um das Fahrzeug herum und bleibt kurz stehen, um mein Haus zu mustern. Sie zupft ihr Jackett zurecht. Etwas eng um die Hüften, aber ihr Anzug steht ihr, mit seinem schlichten burgunderroten Design und dem Rock, der direkt über den Knien endet. Sie wirft einen Blick auf ihr Handy, vielleicht um die Adresse zu überprüfen. In den Händen hält sie ihre Handtasche und eine rote Mappe.

Ich öffne die Tür, bevor sie anklopfen kann. Sie lächelt mir zur Begrüßung entgegen; trotzdem bin ich sofort angespannt.

Mein Magen verkrampft sich. Hat Detective Gillespie sich an die Polizei vor Ort gewendet? Ist noch etwas passiert?

Sie streckt mir ihre Hand hin und zaghaft ergreife ich sie. »Mein Name ist Morgan Elstein«, stellt sie sich vor. »Ich bin vom Jugendamt, es geht um Ihre Nichte, Hannah Higgins.«

Mir fällt ein Stein vom Herzen. Natürlich, das Jugendamt.

»Dürfte ich reinkommen?«

Ich laufe rot an, als mir bewusst wird, wie unhöflich ich mich bisher verhalten habe. Ich trete einen Schritt zurück und sortiere meine Gedanken. »Ja. Der Anwalt hat mir Ihren Besuch bereits angekündigt.«

Sie tritt in mein Haus und lässt einen prüfenden, nicht besonders verstohlenen Blick durch das Wohnzimmer schweifen. Sie mustert die beige Couch und den dazu passenden großen Sessel, die schon etwas durchgesessenen Sitzkissen. Dann schaut sie zur offenen Küche hinüber, zu den Arbeitsplatten aus Resopal, die ich wohl nie durch Granit ersetzen lassen werde. Kurz schaut sie den Gang hinunter in Richtung der Schlafzimmer, bis ihr Blick wieder in dieses Zimmer zurückwandert. Durch das Fenster sind unsere schlichten Terrassenmöbel gut zu sehen, auf ihrer kahlen Betonfläche ohne Blumenkästen. Zum Dekorieren hatte ich bisher keinen Kopf.

Auf einmal fühle ich mich befangen beim Gedanken daran, was sie wohl hiervon hält. Ist mein Haus gut genug? Sauber genug? Was denkt sie wohl beim Anblick unserer spärlichen Möbel?

Sie presst die Lippen in einem verhaltenen Lächeln zusammen und legt den Kopf zur Seite, als lausche sie auf etwas, auf einen Zuruf – ich habe keine Ahnung, was sie zu hören hofft. Sie wirft einen raschen Blick in Richtung der Schlafzimmer.

Dann schaut sie zu mir und nickt. Anscheinend habe ich irgendeine Art Test bestanden. Sehr gut. Meine Schultern entspannen sich. Wir haben ein bescheidenes Heim, und von unserem jetzigen Standort aus kann man im Prinzip schon alles sehen, was es gibt, aber es ist einigermaßen ordentlich. Staubgesaugt habe ich schon weiß Gott wie lang nicht mehr, aber es stapeln sich keine Müllsäcke in den Ecken. Die Böden sind nicht schmutzverkrustet. Ich bin nüchtern und bei klarem Verstand – nun ja, so klar der menschliche Verstand in so einer Situation eben sein kann. Ich habe ein regelmäßiges Einkommen.

»Ich habe mir ein paar Tage freigenommen«, erkläre ich, da ich plötzlich das Bedürfnis verspüre, mich für meine Anwesenheit mitten am Tag zu rechtfertigen. Aber schließlich ist sie ja diejenige, die diesen Hausbesuch gemacht hat. Sie ist einfach aufgetaucht, als hätte sie schon gewusst, dass ich hier sein würde. Ich füge hinzu: »Die ganze Woche, damit ich Zeit mit Hannah verbringen und sichergehen kann, dass sie sich gut einlebt.«

Sie mustert mich mit ihren großen braunen Augen. Hübsche Augen, selbst unter dick mit Mascara verklebten

Wimpern. »Das ist schön«, sagt sie. »Ich freue mich, dass das möglich war.«

»Hannah ist allerdings nicht hier. Sie geht seit heute wieder in die Schule; wenn Sie mit ihr sprechen möchten, wäre das also nur nachmittags möglich.«

Sie lächelt. »Das ist in Ordnung. Das hier ist nur der erste Besuch, damit wir schon mal miteinander bekannt werden können. Zum Beschnuppern sozusagen.« Ihr Lächeln wird breiter, nun blitzen Zähne daraus hervor. »Außerdem, wow, schon wieder in der Schule? Ich bin beeindruckt.« Sie schaut zum Kaffeetisch hinüber, wo Cassie ihre Trinkflasche hat stehen lassen, neben einem Haargummi und einem schmutzigen Teller. Aber sonst ist da nichts. Ms Elstein kann deutlich erkennen, dass das hier ein stabiles, sicheres Zuhause für jedes Kind wäre.

»Es ist gut, dass sie schon wieder in die Schule geht, Ms Jenkins«, bekräftigt sie. »Das wird ihr enorm dabei helfen, sich hier einzuleben.«

Und damit löst sich noch ein Knoten in meinen Schultern.

»Hannah hat da tatsächlich selbst das Tempo angegeben«, erkläre ich ihr. »Sie ist sehr tapfer.« Ich deute auf die Couch. »Möchten Sie sich setzen und etwas trinken? Kaffee, Tee?«

»Nichts für mich, danke. Ich möchte nicht zu viel Ihrer Zeit in Anspruch nehmen, Ms Jenkins. Wie gesagt, das hier ist nur ein erster Besuch.« Wir setzen uns auf das Sofa, wobei sie aber darauf bedacht ist, einigen Abstand einzuhalten. Dann legt sie noch ihre rote Mappe und ihre Handtasche zwischen uns.

»Also …« Ich falte die Hände ineinander und warte darauf, dass es weitergeht. Ich möchte das jetzt hinter mich bringen.

Aber Ms Elstein lässt keinen Fragenkatalog vom Stapel und zieht auch keine Checkliste aus ihrer roten Mappe. Stattdessen sitzt sie nur stumm da und taxiert mich. Eilig hat sie es dabei auch nicht, obwohl sie doch meinte, es würde nicht lang dauern. Mir ist, als wären wir Freundinnen, die sich zum

Kaffeeklatsch getroffen haben, nur dass keine von uns ein Wort sagt und ich nicht die geringste Ahnung habe, was diese Frau will.

Sie wirft mir ein Lächeln zu und ich erwidere es, aber bald fällt es mir immer schwerer. Mit jedem Augenblick, der verstreicht, wird das Schweigen unangenehmer. Ist das hier noch ein Test? Will sie sehen, ob ich zappelig werde und vor ihr die Nerven verliere?

Ich fahre mir mit den Fingern durchs Haar.

»Möchten Sie sich noch etwas umsehen?«, frage ich. »Ich könnte Ihnen Hannahs Zimmer zeigen?«

»Sie haben wirklich ein schönes Zuhause«, erwidert sie. »Wohnen Sie schon lange hier?«

»Seit etwa zehn Jahren.«

Ihr Blick schweift zum Fenster hinaus. »Scheint eine gute Gegend zu sein. Sicher und ruhig. Bestimmt eine gute Gegend für Familien?«

»Oh, ja.« Ich nicke. »Es gibt hier richtig viele Kinder. Die Nachbarn sind toll. Meiner Tochter gefällt es hier sehr gut.«

Sie mustert mich schon wieder – ich spreche zu schnell –, und ich greife mir an den Blusenkragen. Obwohl er schon korrekt sitzt, zupfe ich daran herum. Dann überkreuze ich meine Füße und schäme mich, dass ich keine Schuhe trage und dass mein Nagellack schon mal besser ausgesehen hat.

Sie schaut zu dem Bilderrahmen auf unserem Kaminsims. »Ist das Ihre Tochter?«

»Genau. Cassie. Sie ist elf.«

»Ein hübsches Mädchen.«

»Danke.«

»Schwarze Haare, genau wie ihre Mom.« Sie nickt. »Auch Hannah sieht sie sehr ähnlich. Und jetzt hat Ihre Tochter auf einmal eine ältere Cousine, die bei ihr wohnt. Wie geht sie damit um, dass jetzt noch jemand hier lebt?«

»Ganz hervorragend«, antworte ich. »Tatsächlich freut sie

sich. Die beiden sind innerhalb dieser kurzen Zeit schon richtig zusammengewachsen. Ich glaube, es tut Hannah gut, jemanden in ungefähr ihrem Alter hier zu haben.«

»Ja, das glaube ich gern. Und wie steht es mit Ihnen?«, fragt sie. »Wie gehen Sie mit alldem um?«

»Ich?« Ich lache nervös auf. »Ich nehme es Tag für Tag so, wie es kommt. Sie können sich bestimmt vorstellen, wie entsetzlich es war, vom Schicksal meiner Schwester zu erfahren.«

Da wird ihre Stimme sanfter. »Es tut mir aufrichtig leid.«

»Danke.«

»So wie ich es verstehe, waren Sie und Ihre Schwester entfremdet?«

Ich nicke bedächtig. »Das war sehr traurig und ich bereue es zutiefst. Ich bin sicher, dass es Beth genauso ging. Trotz allem muss sie wohl gewusst haben, dass ich im Fall der Fälle der richtige Vormund wäre. Nach allem, was Hannah durchgemacht hat, nach ihrer Flucht aus einem brennenden Haus, bin ich so froh, dass meine Nichte hier bei uns sein kann. Wir können uns um sie kümmern.«

»Das ist gut zu hören«, erklärt Ms Elstein. »Wirklich. Das kann nicht jeder. Es ist schon eine schwere Bürde, ein weiteres Kind großzuziehen.«

»Zum Glück geht es uns aber gut damit. Cassie und ich möchten unbedingt, dass es funktioniert. Wir wollen nur, dass Hannah glücklich ist, und Hannah arrangiert sich bereits.« Ich lege meine gefalteten Hände in den Schoß.

»Es würde Ihre Schwester freuen zu hören, dass sich jemand um Hannah kümmert. Denken Sie, sie braucht eine psychotherapeutische Behandlung? Haben Sie in den letzten Tagen irgendetwas beobachtet, was Anlass für eine Therapie gäbe?«

Ich denke an das Schluchzen aus Hannahs Zimmer, ihre Unsicherheit darüber, ob sie sich in diesem Haus und insbesondere mir gegenüber sicher fühlen kann. An die fortlaufenden

Ermittlungen zum Tod ihrer Mutter. An die Kerzen gestern Nacht.

»Ja, ich denke, eine Therapie wäre eine gute Idee«, bestätige ich.

»Es gibt in der Gegend mindestens zwei Therapeuten, die die nötigen Qualifikationen für Menschen in Hannahs Situation haben. Wenn Sie möchten, kann ich Ihnen die Kontaktdetails der beiden zukommen lassen.«

»Das wäre super.«

»Dass die derzeitige Situation für Hannah traumatisch ist, ist mehr als verständlich. Wer kann schon sagen, wie sehr ihre Gefühle gerade Achterbahn fahren und wie sie Tag für Tag darauf reagieren wird. Haben Sie Wutausbrüche beobachtet oder andere heftige Gefühlsaufwallungen?«

»Sie hat schon mehrmals geweint.«

»Hat sie sich irgendwie ungewöhnlich verhalten?«

»Ich glaube, sie hangelt sich einfach so von Tag zu Tag.«

Ihr Blick wandert zur Seite, zu dem Bedienfeld der Alarmanlage neben der Tür. »Ist das eine neue Anlage?«

»Ja. Gerade eben erst installiert.« Neugierig mustere ich sie. »Woher wussten Sie das?«

»Mir ist vorhin ein Van mit dem Logo einer Alarmanlagenfirma entgegengekommen. Ich habe nur gut geraten.« Sie legt den Kopf schief. »Gibt es irgendetwas, was Sie mir mitteilen möchten? Hat Ihnen etwas solche Sorgen bereitet, dass Sie es für nötig befanden, eine Alarmanlage zu installieren?«

»Nun, ich würde sagen, der Tod meiner Schwester durch Brandstiftung hat mich durchaus erschreckt.« Das beantwortet sie mit einem entschuldigenden Blick.

»Ja«, sagt sie. »Das kann ich verstehen. Ms Jenkins, ich möchte Ihnen erneut mein Beileid dazu ausdrücken, unter welchen Umständen Ihre Schwester gestorben und dass deren Tochter aufgrund einer solchen Tragödie nun zu Ihnen gekommen ist. Sie haben mein tiefstes Mitgefühl für alles, was

Sie und Ihre Familie gerade durchstehen müssen. Ich hoffe sehr, dass die verantwortliche Person bald gefasst wird. Hoffentlich gibt Ihnen das etwas Seelenfrieden zurück.«

Ich versuche, die aufwallenden Tränen wegzublinzeln.

»Hannahs Sicherheit hat für uns oberste Priorität«, fährt sie fort, »und ebenso, dass sie bei einer Familie wohnen kann, in der sie sich sicher und wohlbehütet fühlt. Und mir scheint es ganz so, als würden Sie ihr genau das bieten. Sie machen Ihre Sache ganz hervorragend, Ms Jenkins. Hannah kann sich glücklich schätzen.«

Ich atme erleichtert aus. »Vielen Dank. Das hoffe ich sehr. Manchmal mache ich mir schon Sorgen deswegen.«

Sie schaut erneut zu der Alarmanlage hinüber. »Falls irgendetwas geschehen wäre, würden Sie es mir sagen, ja?«

Mein Körper spannt sich an. Ich möchte ihr nicht von der Drohnachricht erzählen, die mir zugeschickt wurde. Ich möchte nicht, dass sie unser Zuhause als unsicher einstuft. Dann würden sie Hannah von hier fortholen, und sie ist doch gerade erst bei uns angekommen. Wir hatten noch nicht genug Zeit miteinander.

»Der Detective, der im Fall meiner Schwester ermittelt, hält mich auf dem Laufenden«, erwidere ich. »Aber ich bin immer noch nervös. Bis die Person dingfest gemacht wurde, die Beth das angetan hat, wird es mir schwerfallen, mich sicher zu fühlen.«

»Ms Jenkins, gemäß aller Informationen, die mir bereitgestellt wurden, handelt es sich bei dem Brand und dem Schicksal Ihrer Schwester um einen Einzelfall. Tragisch und entsetzlich, aber keine Wiederholungstat. Wer auch immer das getan hat, hatte es auf Ihre Schwester abgesehen und sonst niemanden. Hannah ist in Sicherheit. Genau wie Sie und Ihre Tochter.« Dann schießt ihr Blick wieder zu der Alarmanlage hinüber. »Wobei es natürlich nicht schadet, zusätzliche Vorsichtsmaßnahmen zu treffen. Wann haben Sie denn vor, die Anlage einzuschalten? Nachts? Oder auch tagsüber, wenn Sie bei der Arbeit sind?«

»Das weiß ich noch nicht.« Kurz überlege ich. »Hauptsächlich nachts. Ich muss schlafen können.«

»Falls irgendetwas geschieht, sagen Sie der Polizei Bescheid, ja? Wir müssen auf Hannah achtgeben.«

»Selbstverständlich.« Trotzdem fängt mein Herz an zu rasen.

»Hatten Sie in letzter Zeit Besuch von Fremden?«, fragt sie. »Hat irgendjemand Hannah belästigt? Gab es irgendwelche seltsamen Anrufe?«

Mir stockt der Atem. »Wie kommen Sie auf diese Fragen, Ms Elstein? Wissen Sie etwas, was ich nicht weiß?«

Sie hebt ihre Hände in einer beschwichtigenden Geste. »Nein, nichts dergleichen. Aber in Fällen wie diesem, wo die Mutter eines Kindes unter tragischen Umständen stirbt und das Kind bei einer neuen Familie untergebracht wird, deren Mitglieder aufgewühlt sind und besondere Vorsichtsmaßnahmen treffen – zum Beispiel eine neue Alarmanlage installieren –, muss ich bestimmte Fragen stellen.«

Ich schweige.

»Okay«, sagt sie und klopft sich mit den Händen auf die Knie. Sie sammelt ihre Besitztümer zusammen. »Vielen Dank für Ihre Zeit. Wie angekündigt, nur ein kurzer Besuch.« Erneut streckt sie mir ihre Hand hin. »Ich weiß es sehr zu schätzen, dass Sie auch ohne Termin zu diesem Gespräch bereit waren. Unangekündigte Besuche sind wichtig, ich hoffe, Sie verstehen das.«

»Ja«, erwidere ich. »Und was ist mit Hannah? Sollten wir nach der Schule einen Termin für sie ausmachen?«

Sie wirft einen Blick auf die Uhr. »Ich melde mich, um das zu arrangieren, wenn Ihnen das passt?«

Ich öffne ihr die Tür.

»Sie sind ein guter Mensch, Ms Jenkins. Danke, dass Sie sich um dieses Kind kümmern.«

»Ich könnte es mir gar nicht anders vorstellen«, erwidere ich aus vollem Herzen.

»Gut. Ich werde mich bei Ihnen melden. Falls Sie mich brauchen, können Sie mich jederzeit anrufen.«

Sie ist schon fast die Einfahrt hinunter, als ich ihr hinterherrufe: »Und Sie schicken mir die Namen dieser Therapeuten, ja? Für Hannah?«

Sie winkt mir mit ihrem Handy zu. »Ja, ich melde mich.«

Ich sehe zu, wie Ms Elstein sich in ihr Auto setzt und den Motor anlässt. Sie setzt aus der Einfahrt zurück und winkt mir noch einmal zu, bevor sie auf die Straße fährt.

Erst als sie hinter einer Kurve verschwindet, wird mir klar, dass sie diese rote Mappe nie aufgeschlagen hat. Sie hat mir nicht gezeigt, was darin war, obwohl es sich dabei doch bestimmt um Hannahs Akte handelte.

Und warum war sie so an unserer Alarmanlage interessiert? Und woher wusste sie über diese seltsamen Anrufe Bescheid?

Sie hat gesagt, ich kann sie jederzeit anrufen – aber sie hat mir keine Visitenkarte dagelassen. Sie hat mir überhaupt keine Kontaktdetails gegeben. Ich habe sie nicht gebeten, sich auszuweisen.

VIERZEHN

Mein Handy klingelt, und als ich darauf Detective Gillespies Nummer entdecke, werde ich nervös.

»Sind Sie mit dem Jugendamt in Kontakt?«, frage ich.

»Wie bitte?«

»Haben Sie dem Jugendamt irgendetwas erzählt, was Sie mir nicht erzählt haben?«

»Da kümmert sich eine komplett andere Abteilung drum.«

»Sie weiß über den Fall meiner Schwester Bescheid.«

»Was ist denn los? War heute jemand bei Ihnen?«

»Ja.«

»Nun, das stand ja auch zu erwarten. Hannahs Fall erfordert mehr Fingerspitzengefühl als manch anderer. Da wird das Jugendamt schon vorbereitend über die Umstände rund um den Mord ihrer Mutter informiert worden sein.«

»Sie hat gesagt, sie will nach Hannah sehen, aber ...« Es fällt mir schwer, es in Worte zu fassen. »Aber je mehr ich darüber nachdenke, desto seltsamer ... der ganze Besuch war irgendwie seltsam. Sie war sehr an meiner Alarmanlage interessiert.«

»Sie haben eine Alarmanlage installiert? Sehr gut.«

»Sie schien viel zu sehr daran interessiert, wann ich die einschalten würde. Das kam mir komisch vor.«

»Es ist in jedem Fall gut, eine Alarmanlage zu haben.«

»Weiß sie über die Drohnachricht Bescheid, die ich erhalten habe? Denkt sie vielleicht, dass Hannah in Gefahr schwebt? Wird sie sie mir wegnehmen?«

»Nein, darüber kann sie nichts wissen. Wieso? Haben Sie ihr davon erzählt?«

»Nein, aber sie hat wegen seltsamer Anrufe nachgefragt.«

Er zögert. »Was denn für seltsame Anrufe?«

»Jemand hat uns ein paarmal angerufen. Gestern. Als Anrufer wurde nur *Unbekannte Nummer* angezeigt. Derjenige hat nichts gesagt, aber auch nicht aufgehängt, als hätte jemand darauf gewartet, dass wir zuerst etwas sagen. Hannah ist auch mehrfach angerufen worden.«

»Wer hat Hannahs Nummer?«

»So gut wie niemand, das ist es ja gerade. Sie hat erst gestern ihr neues Handy mit der neuen Nummer bekommen.«

»Und die Person hat nichts gesagt?«

»Keinen Mucks.«

»Ist das heute wieder passiert?«

»Nein. Mir jedenfalls bisher nicht. Wenn Hannah nach Hause kommt, frage ich sie danach.«

»Okay, also ein paar seltsame Anrufe gestern und am Tag zuvor diese Karte in der Post.«

Meine Stimme bebt. »Ja.«

»Und heute Vormittag ein Besuch vom Jugendamt.«

»Ja, aber …«

»Aber Sie denken, das war nicht wirklich das Jugendamt.«

Das lässt mich innehalten. Das hatte ich damit nicht sagen wollen, oder doch? Jetzt, wo er diese Sorge laut ausgesprochen hat, klingt es so absurd. Ich befürchte ja selbst schon, ich hätte nicht mehr alle Tassen im Schrank, das muss er jetzt nicht auch noch denken. Aber kann er es mir denn wirklich verdenken? Jemand hat mich, hat uns bedroht. Mit Feuer.

Mein Herz rast. *Ich habe diese Frau, die sich als jemand vom Jugendamt ausgegeben hat, in mein Haus gelassen.*

»Ich schaue mal nach, wer in Ihrer Region für Hausbesuche verantwortlich ist«, verspricht Detective Gillespie. »Wie hieß sie denn?«

»Morgan Elstein.«

»Bestimmt hat das schon alles seine Richtigkeit. Sich als Mitarbeiter des Jugendamtes auszugeben, ist illegal, und welchen Zweck hätte es denn? Aber ich überprüfe das und melde mich bei Ihnen.«

Ich höre ihm kaum zu. »Denken Sie, sie wollte mein Haus auskundschaften? Sie hat sich gründlich umgesehen und immer wieder in den Gang geschaut.« Meine Kehle schnürt sich zu. Sie hätte problemlos die Türen zählen und sich jedes Fenster einprägen können. Hannah musste sich ja selbst aus einem Fenster retten.

»Ihr Haus auskundschaften?«, wiederholt der Detective. »Das glaube ich kaum.« Dennoch umklammere ich mein Handy so fest, dass meine Knöchel weiß anlaufen. »Ms Jenkins«, sagt er, »Sie denken immer noch, dass jemand es auf Sie abgesehen hat, nicht wahr?«

Ich starre zu Boden.

»In unserem ersten Gespräch haben Sie gesagt: *Ich bin als Nächste dran. Erst Beth, dann ich.* Damals wusste ich nicht, was ich davon halten sollte, und habe nicht groß nachgehakt. Aber nach allem, was passiert ist, mit der Drohnachricht, den Anrufen und Ihrer Sorge bezüglich der Frau, die Sie besucht hat ... Sie denken, dass jemand Sie im Visier hat, oder nicht?« Erneutes Schweigen. »Was veranlasst Sie dazu, das zu denken?«

»Ich ... ich weiß nicht ...«

»Was verschweigen Sie mir?«

Ich setze mich. Meine Knie sind so wackelig und das Blut rauscht in meinem Kopf. Scham flutet mein Herz, Angst meine Lungen – mit jedem Tag, der vergeht, wechseln die Emotionen sich leichter ab.

Die Uhr tickt, Tara. Du wusstest, dass es so kommen würde.

Ich gebe keine Antwort.

»Ms Jenkins, bisher haben wir uns aufgrund dieser Nachrichten, die Rick Joffrey Ihrer Schwester geschickt hat, auf ihn konzentriert. Wir sind davon ausgegangen, dass es sich hierbei um einen Einzelfall handelt, mit Ihrer Schwester als einzigem Ziel. Eine Art grausamer Wutausbruch vonseiten dieses Mannes.« *Ein Einzelfall.* Genau das, was Ms Elstein gesagt hat. »Aber wie Sie sehen, haben sich die Dinge verkompliziert. Und falls Rick Joffrey *nicht* dafür verantwortlich ist und nicht derjenige ist, auf den wir unser Augenmerk richten sollten, falls jemand anderes hiermit in Verbindung steht, müssen Sie es mir sagen. Und das jetzt sofort.«

Ich konzentriere mich auf meine Atemzüge. Immer schön langsam ... einatmen, ausatmen ... genau wie all die anderen Male, an denen ich mich selbst beruhigen musste. Ich schaffe das.

»In dieser Karte steht etwas von Flammen. Von einem Streichholz. Von Feuer. Genau das also, was Ihre Schwester umgebracht hat. Und Sie wussten, dass so etwas kommen würde, nicht wahr? Sie wussten, dass Sie in Gefahr schweben, noch bevor Sie Ihren Briefkasten geöffnet haben. Deswegen frage ich Sie jetzt: Hat es jemand auf Ihre Familie abgesehen?«

Mein Körper bebt, meine Knie schlottern.

Wir wollten uns doch nie erwischen lassen, Beth. Das haben wir einander versprochen.

Damals standen wir am Straßenrand und sie sagte mir, dass dies die einzige Möglichkeit sei, dem ein Ende zu setzen. Unsere einzige Möglichkeit, ihn zu bestrafen und mich zu schützen. Und doch war das nur der Anfang.

»Ms Jenkins«, fährt er fort. »Ich weiß, dass ich bisher nicht allzu freigiebig mit Informationen war. Das muss frustrierend gewesen sein und es tut mir leid. Allerdings war es nie meine Absicht, Ihnen Schaden zuzufügen und Sie im Ungewissen zu lassen. Bei Fällen wie diesem müssen wir sehr vorsichtig sein und ich darf nur ein bestimmtes Maß an Details mit anderen teilen. Das betrifft auch Familienmitglieder – vor allem Familienmitglieder. Die Familien möchten immer helfen, den Mörder zu fassen, aber zugleich besteht die Gefahr, dass sie es jemandem erzählen könnten, der es dann an die Presse weitergibt. Damit wären entscheidende Informationen, die nur der Polizei vertraut sein sollten, plötzlich öffentlich bekannt. Von einem Moment zum anderen.« Um das zu verdeutlichen, schnipst er so laut mit den Fingern, dass ich zusammenzucke.

»Also bitte, keine Hemmungen, Ms Jenkins. Ihnen ist doch klar, dass wir nicht herausfinden können, wer Ihrer Schwester das angetan hat, wenn Sie Informationen vor uns geheim halten. Tatsächlich könnte das alles nur noch schlimmer machen. Das könnte als Rechtsbehinderung gewertet werden – und das ist ein Verbrechen.« Hitze steigt mir ins Gesicht. »Das wollen wir doch beide vermeiden, oder?«

Ich bemühe mich um einen neutralen Tonfall. »Mir war nicht klar, dass Sie auch gegen mich ermitteln.«

»Das tue ich nicht. Aber wir ermitteln im Fall Ihrer Schwester. In Louisville, in Kentucky. Bisher hatte ich noch keinen Grund, Sie über zwei Staatsgrenzen hinweg herzubeordern, um Sie zu befragen. Ich habe die Polizei in Alabama nicht eingeschaltet. Sollte ich das jetzt tun? Wird das nötig sein?«

Mein Blick richtet sich auf eine Ameise, die am Küchenboden entlangkriecht. Ich könnte einen Fuß ausstrecken und sie zerquetschen. Es wäre ganz leicht.

Ich antworte: »Ich kann Ihnen gleich sagen, dass Sie nur Ihre Zeit verschwenden würden, wenn Sie sich auf mich konzentrieren.«

»Ich habe mich mit Ihrer Familiengeschichte beschäftigt, Ms Jenkins. Mit Ihrer Vergangenheit, der Ihrer Schwester. Aber vor allem mit Ihrer. Ich muss schon sagen, dass da ein paar Dinge mein Interesse geweckt haben.« Nun spüre ich, wie sich die Hitze auch zwischen meine Schulterblätter brennt. »Ich habe mit einigen Leuten telefoniert. Mit Leuten, die Sie und Ihre Familie kannten. Dabei kam einiges auf, das mich das Geschehene noch einmal überdenken lässt.«

Eine kalte Faust krallt sich in mein Herz. Meine Gedanken rasen. Ich brauche mehr Zeit – ich bin noch nicht bereit, darüber zu reden. Weder über meine Vergangenheit noch über die meiner Schwester.

»Was haben Sie denn bezüglich der Fingerabdrücke herausgefunden?«, frage ich. »Was hat die Karte ergeben?«

Ein reines Ablenkungsmanöver, und das ist auch ihm klar. Aber er spielt mein Spiel mit.

»Wir haben Ihre Fingerabdrücke darauf gefunden, dazu noch ein paar andere, die wir einem Postmitarbeiter sowie Ihrem Postboten zuordnen konnten. Sonst nichts. Der Absender muss den Umschlag mit einem Schwamm befeuchtet haben, bei der Briefmarke handelt es sich um eine selbstklebende Art. Die Art von Karte wird in Zwanzigerpacks landesweit in allen möglichen Läden verkauft, das können wir also kaum nachverfolgen. Und auch die Tinte war nichts Besonderes. Soweit wir wissen, könnte die Nachricht mit jedem beliebigen Kugelschreiber verfasst worden sein. Die Karte wurde in einen Postkasten geworfen, niemand hat dafür eine Postfiliale betreten. Es gibt keine Videoaufnahmen. Wir haben derzeit keine Möglichkeit, festzustellen, wer Ihnen die Karte geschickt hat.«

Und habe ich nicht genau das erwartet? Die Leute heutzutage wissen Bescheid. Man muss nur eine Zeit lang *Law & Order* angucken, um zu erfahren, wie man einen Brief verschickt, ohne Spuren zu hinterlassen. Auch aus zahllosen Thrillern kann man so etwas lernen.

»Sind Sie gar nicht neugierig, warum Ihre Fingerabdrücke bereits im System hinterlegt waren?«, fragt der Detective.

Das lässt mich innehalten. »Ich bin sicher, die Antwort darauf wissen Sie bereits.«

»Bitte helfen Sie mir doch kurz, ein paar Fakten zu bestätigen.«

Ich reibe mir über die Stirn, wo sich ein pochender Schmerz ausgebreitet hat. »Meine Eltern haben mich von der Polizei festnehmen lassen, weil ich bei ihnen eingebrochen bin.«

»Und weiter?«

»Das war *unser* Haus.«

»In dem Sie allerdings schon nicht mehr gewohnt haben. Die beiden haben Sie gebeten, zu gehen. Warum das, Ms Jenkins? Warum haben sie das getan?«

Mein Gesicht brennt. Nicht nur wegen der Richtung, die dieses Gespräch eingeschlagen hat, sondern auch wegen der Erinnerungen, die der Detective damit in mir weckt. Die quälende Demütigung, die mir wie ein Messer in den Bauch sticht; die Stimme meiner Mutter, die in meinen Gedanken widerhallt: *Du hast Schande über uns gebracht, Tara.*

»Es gab da einen Unfall«, setze ich an. »Monate vorher. Das war nicht … da war jemand …«

Es war nicht meine Schuld. Wie oft muss ich das den Leuten noch erklären? Es war nicht so, wie sie alle dachten. *Er* war schuld – nicht ich. Bestimmt nicht ich.

Aber dann brannte es und Beth hat mich gezwungen, am Straßenrand stehen zu bleiben. Sie war die, die mir gesagt hat, wann wir gefahrlos gehen konnten.

Und dann diese Nacht, in der meine Eltern starben. Da hätte ich auch nicht zugegen sein sollen. Ich habe Hannah die

Wahrheit gesagt. Niemand kann verstehen, was mein Vater sich dabei gedacht hat.

Weiße Flecken erstrahlen hinter meinen Augenlidern und flackern, mir wird schwindelig. Ich fühle mich überfordert. Meine Kopfschmerzen pochen immer heftiger und ich stähle mich in Gedanken für den Migräneanfall, der darauf folgen könnte.

Ich schaue mich nach einem Glas um – ich brauche Wasser –, aber auf dem Tisch steht keines und ich bin nicht sicher, ob meine Beine stark genug sind, um mich den Weg bis zum Spülbecken zu tragen. Den Kopf heben kann ich vor lauter Schmerzen schon nicht mehr.

Diese Schmerzen ... Sie winden sich mit scharfen Messerstichen um meinen Schädel.

Detective Gillespie hat wieder zu sprechen begonnen, aber das blende ich aus. Kann sein, dass er mir dieselbe Frage noch einmal stellt, wieder und wieder, aber das ist mir egal. Er wird langsam ungeduldig, und auch das ist mir egal.

»Ms Jenkins?« Doch seine Stimme klingt, als spräche er durch eine dicke Watteschicht mit mir. Alles ist gedämpft und ich wünsche mir, dass seine Stimme noch weiter forttreibt und dass er mich in Ruhe lässt. Aber das tut er nicht. Stattdessen spricht er nun lauter, deutlicher. »Ms Jenkins«, sagt er, »sprechen Sie mit mir. Was für ein Unfall? Was hat das damit zu tun, dass Ihre Eltern Sie haben festnehmen lassen?«

Ich murmle: »Das wissen Sie doch schon.«

»Was für ein Unfall?«, wiederholt er.

»Das wissen Sie schon. Sie wissen das doch *alles* schon.« Ich lasse meinen Kopf hängen.

»Sagen Sie mir, was geschehen ...«

Und das gibt mir den Rest. Meine Stimme wird zum Knurren und meine Worte schießen wie Kanonenkugeln auf ihn zu. »Spielen Sie nicht mit mir, Detective. Hören Sie auf, mich zu verarschen.«

Nun schweigt er und ich schließe die Augen, warte auf seine Reaktion.

Meine Hand wandert zu meiner Stirn. *Scheiße.* Das hätte ich nicht sagen sollen. Ich hätte auch nicht so mit ihm sprechen sollen.

Meine Gefühle haben das Steuer an sich gerissen und dabei eine Seite meiner Persönlichkeit offenbart, die ich lieber verborgen gehalten hätte. Ich habe mich so bemüht, dieses Mädchen in mir zu vergraben. Ich möchte nicht mehr so ängstlich sein.

Die Uhr tickt …

Ich wische mir den Schweiß von der Stirn. *Tara*, sagt eine Stimme in meinem Kopf. *Du vermasselst es gerade.*

»Was?«, fragt der Detective. »Was haben Sie gesagt?«

Ich reibe mir über den Nacken. Mir war gar nicht klar, dass ich irgendetwas laut gesagt habe.

»Ist alles in Ordnung, Ms Jenkins?«

Die Schmerzen wollen einfach nicht verschwinden. Ich muss mich zusammenreißen und Detective Gillespie zeigen, dass ich mich unter Kontrolle habe.

»Alles gut«, erwidere ich, und zu meiner Erleichterung klingt meine Stimme nun weder leblos noch wutentbrannt.

Erst Beth, dann ich … und schon zerstreuen sich meine Gedanken wieder.

»Tut mir leid«, fahre ich fort. »Ich war in letzter Zeit enorm gestresst. Das hier ist … es ist alles zu viel. Ich habe seit Tagen kaum geschlafen.«

Seine Antwort verrät mir, dass er mir nicht glaubt. Dass er mir schon seit Tagen nicht geglaubt hat.

»Ms Jenkins«, fragt er, »was versuchen Sie, zu verbergen?«

FÜNFZEHN

Ich wische mir über den Mund, über den Schweißfilm, der sich auf meiner Oberlippe gebildet hat.

»Ich werde Ihnen alles erzählen. Aber erst, nachdem Sie mir mehr über Rick Joffrey erzählt haben.«

»Das wird die Dinge doch nur verzögern …«

»Erst muss ich erfahren, ob ich ihn als Verdächtigen ausschließen kann.«

»Das ist *meine* Aufgabe«, sagt er.

»Aber *mein* Leben«, gebe ich zurück. »Und die Sicherheit meiner Mädchen.«

Ich erkenne seinen Sinneswandel daran, wie er atmet. Er gibt nach; er ist schlau genug, diesen Gesprächsfaden mit mir nicht verlieren zu wollen. »Wir haben ihn gebeten, zu einer erneuten Befragung zu kommen, und er ist dieser Bitte nachgekommen«, erklärt der Detective. »Er streitet ab, Ihnen diese Karte geschickt zu haben. Er hat uns eine Handschriftenprobe gegeben, die auch nicht übereinstimmt, was allerdings offen gestanden keine eindeutige Methode ist, jemanden auszuschließen. Deswegen haben wir immer noch offene Fragen.«

»Und was ist mit dieser anderen Sache?«, hake ich nach.

Dem entscheidenden Detail, auf das ich die ganze Zeit gewartet habe. »Sie haben gesagt, jemand hätte ihn eventuell zum Haus meiner Schwester fahren sehen?«

»Genau. Die Chandlers, die Nachbarn. Sie erinnern sich, am Morgen des Hausbrandes ein silberfarbenes Auto an ihrem Haus vorbeifahren gesehen zu haben. Rick Joffrey fährt einen Chevy Malibu in Metallicgrau. Nicht silberfarben, aber doch verdammt nah dran. Wir haben den Chandlers ein Foto gezeigt, aber sie waren unsicher. Sie erinnern sich weder an Marke noch Modell des Autos, und wer auch immer dort vorbeigefahren ist, war zu schnell, als dass sie viel hätten ausmachen können. Auf dieser Straße wirbeln Autoreifen ganz schön viel Staub auf.«

»Ja«, bestätige ich, »das stimmt.«

Das war immer eines der größten Probleme mit der Route 30, dieser gepflasterten zweispurigen Landstraße, die sich durch die sanften Hügel Kentuckys schlängelt, bevor sie an unseren entlegenen Grundstücken ankommt – auf den letzten paar Meilen verwandelt sich der Asphalt in Kies, bevor die Straße in einer Sackgasse vor unserem Haus und dem umliegenden Farmgelände endet. Jedes Auto zieht darauf eine Staubwolke nach sich, als braue sich ein Sturm zusammen.

»Der einzige Grund, warum den Chandlers dieses Auto überhaupt aufgefallen ist«, fährt der Detective fort, »ist, dass davor lange Zeit nicht viel Verkehr unterwegs war. Das letzte Mal, dass sie jemanden zu Ihrer Schwester haben fahren sehen, war bereits mehrere Wochen her, und dabei handelte es sich um einen Lastwagen, der Lebensmittel lieferte. Seitdem nichts mehr. Soweit ich weiß, lebte Ihre Schwester sehr zurückgezogen. Stimmt das?«

Ich kaue auf meinem Daumennagel herum.

»Wer auch immer da zu Besuch kam, kam etwa dreißig Minuten später wieder zurück. Gesehen haben die Chandlers diesmal nichts, sie haben nur den Motor gehört. Das Problem ist allerdings, dass der zeitliche Ablauf nicht passt. Wer auch immer das war, war schon lang wieder fort, bevor die Rauchwolken kamen, mindestens zwei Stunden, bevor die Chandlers wegen des Feuers den Notruf wählten.«

»Also selbst wenn das Rick Joffrey war, oder jemand anderes, denken Sie nicht, dass diese Person das Feuer gelegt hat?«

»Wir suchen derzeit nach anderen Anfahrtmöglichkeiten, nur für den Fall der Fälle. Wir suchen die Gegend gründlich ab. Ms Jenkins, schauen Sie, ich teile Ihnen all das mit, damit wir an einem Strang ziehen können. Verstehen Sie, was ich sage? Wir müssen zusammenarbeiten. Denn sobald ich mit meinem Teil fertig bin, sind Sie an der Reihe. Sie müssen mir alles erzählen. Okay?«

Ich zögere, dann sage ich: »Ja.«

»Wir haben Reifenspuren gefunden, die zu Rick Joffreys Auto passen, allerdings auf der anderen Seite der Farm – und zwar auf der *ganz* anderen Seite. Anscheinend ist er an der County Line Road rechts rangefahren und eine Weile stehen geblieben. Sagt Ihnen das noch was?«

»Ja.« Kein Kunststück, wo ich diese Straße doch bestimmt hundertmal entlanggefahren bin. Die County Line Road führt zwar nicht in die Stadt hinein, aber wer in einen der Nationalparks oder für ein Picknick und einen Wanderausflug in die Natur fahren möchte, muss dort entlang. In die Richtung bin ich mehrmals gefahren, um einen bestimmten Ort zu erreichen, an den ich mich oft fortgestohlen habe, aber das muss er ja nicht erfahren.

»Das Problem ist nur«, fährt der Detective fort, »dass wir nicht feststellen können, an welchem Tag er diese Reifenspuren hinterlassen hat. Wir können nicht mit letzter Sicherheit sagen, dass das am Freitag war. Wir können nur raten.«

»Und was hatte Rick Joffrey dazu zu sagen?«

»Dass er ihre Adresse herausgefunden hat und am Tag zuvor dorthin gefahren ist. Er wollte mit Ihrer Schwester sprechen, und da sie auf keine seiner Nachrichten reagiert hat, wollte er es persönlich versuchen. Aber dann hat er sich verirrt. Er hat die Orientierung verloren und ist irgendwann wieder weggefahren.«

»Hat er denn kein Navi?«, frage ich ungläubig.

»Entweder das oder er lügt.«

Natürlich, denke ich.

»Meinen Sie, er war dort, um sie zur Rede zu stellen?«, frage ich. »Und dass sie nicht aufgemacht hat oder ihm gesagt hat, er soll gehen, woraufhin er das Haus angezündet hat?«

»Das überprüfen wir gerade. Aber genau deswegen muss ich auch wissen, ob ich damit auf dem richtigen Dampfer bin. Denn wenn er sein Auto irgendwo anders geparkt hat, hätte er sich durch die Felder schlagen können.«

Mir läuft ein Schauer über den Rücken. Er ist zur Farm gerannt. Das würde erklären, warum Hannah niemanden hat vorfahren hören. Aber was ist mit dem Auto, das die Chandlers am Morgen gesehen haben? Hannah hat keinen Besuch erwähnt.

»Hannah hat kein Auto gehört«, rufe ich ihm in Erinnerung. »Auch das nicht, das die Chandlers gesehen haben.«

»Sie hat geschlafen.«

»Okay, also noch mal zum Mitschreiben. Rick Joffrey streitet ab, zum Haus meiner Schwester gefahren zu sein, aber die Nachbarn haben ein Auto gesehen. Ob es seines war oder ein anderes, wissen wir nicht. In der Einfahrt meiner Schwester wurden seine Reifenspuren nicht entdeckt, wohl aber an der County Line, welche ganz am anderen Ende der Farm liegt. Er gibt an, er wäre am Tag zuvor dort gewesen.«

»Genau. Es sei denn, er lügt, was das alles angeht.«

»Wenn man durch die Felder gehen will, muss man meilenweit laufen«, erkläre ich ihm. »Da kommt erst noch die Richmond-Farm, dann die Hutcheson-Farm und der

Wasserspeicher, dazu ein Gehege nach dem anderen voller Schafe und anderer Tiere, und dann noch die Maisfelder.«

»Für die Strecke braucht es fast eine Stunde«, bestätigt er. »Wir haben das mit der Stoppuhr gemessen.«

Diese Felder. Wenn ich die Augen schließe, sehe ich sie vor mir. Diese wunderschöne Gegend in Kentucky, in der wir so glücklich waren, in der wir aufgewachsen sind. Damals, bevor der Tod sie verunstaltet hat. Wie friedlich es dort war.

Zwischen der County Line Road und den Ausläufern unseres Grundstücks liegen hektarweise Ackerland, sanfte Hügel und Wiesen und dann kommt dieser Zaun, an dem Dad dauernd herumreparieren musste. Nach seinem Tod wird Beth sich wohl darum gekümmert haben.

Dann ist da der Bach, an dem wir jeden Sommer geangelt haben, Karpfen und Felsenbarsche, die Mom dann in der Pfanne gebraten hat. Kuchen aus Äpfeln, die wir per Hand im Obstgarten gepflückt haben. Beth und ich haben an windigen Tagen Drachen steigen lassen; am vierten Juli hatten wir mal damit angefangen, und dann war es zu unserer Tradition geworden. Mit der Zeit wurden wir sogar ziemlich gut darin, und dann ging es an Heuballen vorbei, die hoch über unseren Köpfen aufragten, während wir miteinander um die Wette rannten, die Drachen über uns im Wind flatternd und auf- und abschießend. Meiner sah aus wie ein Marienkäfer und Beths wie ein grellgrüner Schmetterling. Mom hat uns dabei zugesehen und hin und wieder ermahnt, dass wir unsere Leinen nicht ineinander verheddern sollen.

Sie hat auch Picknicks für uns vorbereitet. Da trug Mom dann krügeweise Limonade und auch Decken aus dem Haus. Wir fanden unsere Lieblingsstelle am Bach, und dort lagen wir auf dem Rücken, barfuß, die Bäuche gefüllt, und starrten in die Wolken, deren Formen wir zu erraten versuchten. Wann immer er konnte, legte Dad sich dazu, und so vertrödelte unsere kleine Familie die Nachmittage, bis die Sonne unterging und die

Stechmücken sich um unsere Beine drängten. Nachts rannten wir durch die Felder, um Glühwürmchen zu fangen und in Gläser zu stecken.

Das waren einige der schönsten Zeiten überhaupt. Glücklichere Zeiten. Ich verstehe gar nicht, wie alles so zerbrechen konnte.

Das Feuer hat sich rasch ausgebreitet, hat der Detective gesagt.

Hat der Mensch, der meine Schwester ermordet hat, sich wirklich durch ebendiese Felder geschlagen? Sich fluchend Blätter aus dem Gesicht geschoben, während seine Gedanken von Mordlust erfüllt waren? Ist er über den Bach gesprungen, an dem wir so gern geangelt haben, und durch all die Orte gestürmt, an denen Beth und ich getobt und gespielt haben? Kam er auf dem Weg zum Haus durch den Obstgarten, wo Hannah einst mit ihrem Hundewelpen herumgetollt ist?

Er hat das Feuer im Wohnzimmer gelegt. Er wusste, dass Beth dort gemalt hat, und vielleicht hat er gehofft, es würde ihr wehtun. Und dann ist er weggerannt. Durch die Felder ist er zu seinem Auto geflohen, schweißüberströmt und panikerfüllt – oder vielleicht verspürte er gar keine Panik, nur Genugtuung, nur triumphierende, kranke, verdrehte Wiedergutmachung in dem, was er getan hatte – während das Haus meiner Familie bis auf die Grundmauern niederbrannte, mit meiner hilflosen Schwester darin; während meine Nichte als Einzige entkam.

Hat dieser Mensch – wenn es denn Rick Joffrey war – das wirklich getan?

»Wo ist er jetzt?«, frage ich.

»Wir haben ihn in Gewahrsam genommen, um ihm weitere Fragen zu stellen. Aber uns läuft die Zeit davon. Viel länger werden wir ihn nicht festhalten können, nicht ohne konkrete Beweise. Er hat keinen Anwalt angefordert, was entweder eine interessante Entscheidung ist oder ein Zeichen, dass er nichts zu verbergen hat. Die Nachrichten, die er Ihrer Schwester geschickt hat, werfen kein gutes Licht auf ihn, aber das macht ihn noch nicht zwangsläufig zum Mörder. Er streitet alles ab.«

Ich kämpfe mich durch all diese Details, während meine Handflächen erneut schweißfeucht werden.

»Ms Jenkins«, sagt er, »wir müssen jemanden finden, der sein Auto am Straßenrand gesehen hat oder einen Mann von Rick Joffreys Statur durch die Felder hat laufen sehen, bevor er wieder zurückgerannt ist. Sonst haben wir nicht viel und wir haben auch keine Möglichkeit, ihm das mit der Karte anzuhängen. Wir werden weiterermitteln, aber ich brauche Ihre Hilfe. Muss ich sonst noch etwas über diesen Mann wissen? Gibt es da noch jemanden, auf den wir ein Auge werfen sollten?«

Die Uhr tickt ... wieder hallt die Mahnung in meinem Kopf wider.

Wie viel soll ich ihm erzählen? Wie viel darf ich ihm erzählen?

»Hat irgendjemand Sie oder Ihre Schwester bereits zuvor bedroht? Gibt es nach all dem, was Ihnen vor all den Jahren zugestoßen ist, jemanden, der Ihnen oder Ihrer Familie wehtun möchte? Besteht die Möglichkeit, dass mehr als eine Person dahintersteckt?«

Mehr als eine Person ... nun hat er die entscheidende Frage gestellt. Die auch ich mir schon gestellt habe.

Meine Hände sind nass vor Schweiß und meine Finger hinterlassen feuchte Flecken auf der Handyhülle.

»Irgendjemand war wütend genug, um das Feuer zu legen, das Ihre Schwester getötet hat«, fährt der Detective fort. »Und dieselbe Person könnte Ihnen diese Karte geschickt haben. Könnte Sie bedroht haben. Was, wenn der- oder diejenige Hannah noch einmal angreift?«

Nein. Nicht Hannah. Auf keinen Fall Hannah. Sie war damals noch zu jung. Klar, kann sein, dass sie manches gehört oder gesehen hat, aber sie war doch erst drei. Wie viele Erinnerungen bleiben einem denn bitte allgemein aus diesem Alter?

Wir haben uns immer darauf verlassen, dass sie sich schon nicht erinnern wird. Jedenfalls hat Beth das so gesagt.

Schon wieder kochen die Erinnerungen in mir hoch. Ich muss unbedingt herausfinden, wie ich sie effektiver unterdrücken kann.

Das Streichholz brennt, die Flammen kommen näher.

Was das heißen soll, ist wohl nur zu klar.

»Ms Jenkins«, sagt der Detective, »nun sind Sie an der Reihe. Erzählen Sie mir alles.«

SECHZEHN

Vor dreizehn Jahren

Beth haut mit ihrer Hand auf die Hupe. »Tara, jetzt mach schon! Wir sind spät dran.«

»Komme schon!« Ich renne die Verandatreppe hinunter und lande mit den Füßen im Kies unserer Einfahrt.

Heute ist ein großer Tag – Hannahs Geburtstag. Sie wird drei Jahre alt und wir schmeißen ihr auf dem Farmgelände unserer Eltern eine Party.

Den Morgen haben wir damit verbracht, die Veranda mit pinken Luftschlangen und Luftballons zu dekorieren. Später werden die Kinder sich im Obstgarten Äpfel pflücken und damit Apfeltauchen spielen. Ich hoffe, dass sie daran ihren Spaß haben werden, und kann mir jetzt schon die kleinen Münder mit den winzigen Zähnchen vorstellen, die sich in die rote Apfelhaut bohren, unter nassen Gesichtern, Pferdeschwänzen, die ins Wasser hängen, und vollgesogenen T-Shirts. Hoffentlich hat meine Schwester Extrahandtücher parat und mehrere Kameras noch dazu. Davon werden wir viele Bilder schießen wollen.

Ich schiebe mich hinters Lenkrad, während Beth zerknüllte Essenstüten und Kassenzettel vom Beifahrersitz schiebt und ein Paar meiner Schuhe auf die Rückbank wirft. »Dein Auto ist die reinste Müllhalde«, bemerkt sie mit einem genervten Lachen. »Außerdem ist's kaum zu fassen, wie langsam du bist. Was hat dich denn so lang aufgehalten?«

»Ich habe meine Schuhe gesucht.«

»Diese Schuhe?« Sie deutet auf die, die sie eben nach hinten geworfen hat.

»Nein, andere.«

Aber in Wahrheit saß ich in meinem Zimmer und habe etwas gelesen. Seine neueste SMS.

Ich will dich sehen. Heute Abend. Selber Ort, selbe Zeit.
Und keine Sorge, niemand hat etwas spitzgekriegt.

Ich habe die Nachricht gelöscht. Auf ihn werde ich bestimmt nicht hören.

Beth wühlt in meiner Mittelkonsole herum, die von den verschütteten Resten meines gestrigen Slushies noch komplett klebt. »Was ist denn das alles für Zeug?« Sie hält eine Schere und eine Rolle Geschenkband in die Höhe.

»Na, um alles für die Geburtstagsfeier deiner Tochter zu dekorieren.«

»Und du dachtest, Mom hätte das nicht eh alles schon da?«

»Ich wollte helfen und Initiative zeigen.«

»Wie lieb von dir«, sagt sie und bedeutet mir dann, dass ich den Motor anlassen soll. »Auf geht's, wir haben keine Zeit zu verschwenden.«

Also setze ich die Einfahrt hinunter und wirble Kies und Staub hinter uns auf.

Ich bemerke, wie Beth ihr Gesicht verzieht. Wenig überraschend. Sie hasst meinen Fahrstil und findet immer, dass es in meinem Auto stinkt – tut es wahrscheinlich auch. Irgendwo auf dem Rücksitz liegt noch ein halb aufgegessenes Sandwich herum, außerdem riecht man immer noch den Schlamm von dem Musikfestival, das ich letztes Wochenende mit einigen Freundinnen besucht habe. Die Erinnerung zaubert mir ein Lächeln ins Gesicht. Zwei dieser Freundinnen werden bald meine Mitbewohnerinnen sein.

Wir schießen die Route 30 hinunter und meine Schwester klammert sich an ihre Armlehne.

»Was denn?« Ich grinse. »Du hast doch gesagt, wir sind spät dran.«

»Ja, aber trotzdem möchte ich gerne lang genug am Leben bleiben, um den Geburtstagskuchen meiner Tochter abzuholen.«

Ich zwinkere ihr zu. »Uns passiert schon nichts.«

Wir rasen am Haus der Chandlers vorbei. Ich sehe zwar niemanden draußen stehen, winke aber aus reiner Gewohnheit trotzdem. Man weiß ja nie, ob sie nicht vielleicht im Garten arbeiten oder aus dem Fenster schauen, während wir vorbeifahren.

Ich trommle mit den Händen auf mein Lenkrad und summe mit dem Radio mit. Beth tut es mir gleich. Die besten Hits von heute, KISS FM, dazu das Dröhnen meines kleinen Autos. Es hält sich wacker, trotz meines Bleifußes und meiner Raserei. Wenn ich diese langen Landstraßen entlangfliege, bringe ich es schon mal auf hundertzwanzig, hundertvierzig, fast schon hundertsechzig km/h. Aber irrwitzig bin ich dabei nicht, und bisher hatte ich noch keinen Unfall, wobei es hoffentlich auch bleiben wird. Wann immer ich ein anderes Auto sehe, trete ich auf die Bremse, und ich halte die Augen nach Streifenwagen offen.

Meine Eltern haben mir diesen gebrauchten Toyota Corolla

geschenkt, als ich auf der Highschool war, und sobald ich meinen Führerschein hatte, konnte ich es kaum erwarten, damit durchzustarten. Die alte Metallkiste hat inzwischen mein Studium, die erste Arbeitsstelle, die zweite und auch die jetzige überlebt, bei der ich mit etwas Glück auf eine vielversprechende Beförderung hinarbeite.

Beth hat mir mehr als einmal vorgeschlagen, ich solle mir doch ein neues Auto kaufen, worauf ich immer wieder frage: Und womit soll ich das bezahlen? Mein derzeitiger Job am Empfang eines Hotels ist okay und ich habe die Tagschicht, weshalb ich mich nicht nachts mit den Gästen herumschlagen muss, aber ausreichen tut das nicht. Allerdings ziehen meine Chefs mich derzeit für eine Position in der Eventplanung in Betracht, die nicht nur eine Gehaltserhöhung mit sich bringen, sondern sich auch gut im Lebenslauf machen würde. Damit könnte ich solide Berufserfahrung sammeln, was das Organisieren von Hochzeiten und Wohltätigkeitsveranstaltungen angeht.

Im Moment muss ich aber noch jeden Dollar zweimal umdrehen. Zwar verdiene ich genug, um für meine Ausgaben aufzukommen, für Spritkosten, Lebensmittel und Kleidung, wann immer ich mir neue leisten kann, da wir uns in der Arbeit gut präsentieren müssen, aber viel mehr auch nicht. Das ist einer der Hauptgründe dafür, dass ich nach dem Studium wieder bei meinen Eltern eingezogen bin.

Aber das wird sich bald ändern. In einem Monat werde ich mit zwei Freundinnen zusammenziehen und das elterliche Farmhaus hinter mir lassen. Ich trete aufs Gaspedal. Ich kann es kaum erwarten, hier rauszukommen.

Mit vierundzwanzig sollte ich wirklich eine eigene Wohnung haben, ohne dass mir meine Eltern, vor allem Mom, wegen schmutzigen Geschirrs und Klamotten auf dem Schlafzimmerboden aufs Dach steigen.

Beth dagegen ist verheiratet und hat ein Kind – beziehungsweise war sie verheiratet. Letztes Jahr ist Alex, ihr Mann, gestorben, und das war so brutal, wie es sich anhört. Sie waren sowieso zu jung zum Heiraten, Beth war erst zweiundzwanzig und dann kam auch schon die süße, geliebte kleine Hannah. Aber eines Tages, völlig unvermittelt, hat Alex beschlossen, dass ihm das Familienleben nicht mehr zusagt und dass er gehen muss. Er hat gesagt, er gehe mit seiner Rockband auf Tour, das sei *seine Berufung*, es war kaum zu fassen. Dabei war die Band furchtbar und ich konnte mir nicht vorstellen, dass irgendjemand Geld zahlen würde, um ihnen zuzuhören. Und als krönenden Abschluss hat Alex noch seine neue Freundin mit auf Tour genommen. Das hat er vor niemandem verborgen, auch nicht vor meiner Schwester.

Dann ist die gesamte Band eines Nachts umgekommen, als ihr Van sich auf der Autobahn vor Atlanta überschlug. Der Bassist saß hinter dem Steuer und muss wohl eingeschlafen oder noch vom letzten Gig betrunken gewesen sein.

Irgendwie ist es traurig, und ich gebe es nur höchst ungern zu, aber um Alex ist es mir nicht schade. Wer lässt denn bitte seine Ehefrau und kleine Tochter sitzen? Wer nimmt seine Freundin mit auf Tour und geht damit noch hausieren, während die Frau allein mit dem Kind zu Hause sitzt? Meine Schwester ist die gutherzigste Person, die ich kenne, und sie könnte niemandem etwas zuleide tun, höchstens im äußersten Notfall. In ihrer Ehe mit Alex hätte sie eindeutig Besseres verdient gehabt als diesen charakterlosen Möchtegernmusiker mit den treulosen Händen.

Aber ich bin stolz auf Beth und darauf, wie weit sie es gebracht hat. Sie verdient mit dem Verkauf ihrer Kunstwerke ihr eigenes Geld und hat einige Stücke in den Galerien der Stadt ausgestellt. Hauptsächlich malt sie Landschaften und bäuerliche Szenen – denn wer freut sich nicht über den Anblick einer glücklichen braunen Kuh?

Außerdem hilft die Malerei Beth dabei, mit ihrer Trauer

und der widersprüchlichen Mischung aus Wut und Scham umzugehen. Die meisten Leute hier in der Gegend wissen Bescheid, wie Alex gestorben ist – es wurde in sämtlichen regionalen Nachrichtensendern ausgestrahlt – und dass seine Freundin an seiner Seite gestorben ist. Die Leute klatschen darüber, wie Alex die beiden hat sitzen lassen.

Mom bekniet Beth schon seit Langem, nach Hause zurückzuziehen, damit sie ihr mit Hannah helfen kann. Sie sagt, wenn Beth weitermalen will, sollte jemand ein Auge auf die Kleine haben, damit sie nicht mit den Malutensilien in Berührung kommt. »Das Zeug ist doch giftig«, hat Mom gesagt und angeboten, das zweite Wohnzimmer in ein Kunstatelier umzuwandeln. Ich denke, nach einigen Monaten und mehreren Nachfragen zieht meine Schwester es langsam in Betracht. Ihr ist klar, dass sie die Hilfe gut brauchen kann. Auch die Aussicht auf frisch gekochte Mahlzeiten und kostenlose Kinderbetreuung ist verlockend.

So wird also meine große Schwester wieder bei unseren Eltern einziehen, während ich mich aufmache in die Welt.

»Wir müssen den Kuchen abholen«, erklärt Beth, »und damit gleich wieder nach Hause, damit er nicht zerschmilzt. Dann gucken wir nach Hannah und stellen sicher, dass es ihr mit dem Welpen gut geht.« Sie wirft mir einen Blick zu. »Ist es nicht unfassbar, dass Mom ihr einen Hund geschenkt hat? Sie hat mich nicht einmal gefragt.«

»Das war reines Kalkül.« Ich grinse schief. »Sie möchte dich mit aller Kraft nach Hause befördern.«

»Aber jetzt muss ich mich um Hannah kümmern *und* einen Welpen stubenrein kriegen.«

»Nur noch ein Grund mehr, mit dem Mom dich dazu bewegen kann, nach Hause zu kommen, die alte Strippenzieherin. Sie würde alles für dich tun. Das weißt du doch.«

»Für dich aber auch.«

»Na ja, von nun an wird sie sich auf Hannah konzentrieren.«

Der heutige Tag begann damit, dass mich ohrenbetäubendes Gekreische aus dem Schlaf riss und mein Herz zum Rasen brachte. Ich bin hochgesprungen, voll Sorge, dass etwas Furchtbares geschehen war, doch als ich die Treppe hinuntergetaumelt kam, sah ich schon, was all die Aufregung verursacht hatte. Mom und Dad hatten Hannah einen Cocker Spaniel geschenkt, ein herziges kleines Ding, braun wie Karamell.

Hannah sprang so lange auf und ab, bis ich dachte, der Welpe würde sich vor Furcht noch einnässen. Beth musste die Arme um ihre Tochter schlingen, um sie wieder zu beruhigen. »Ich weiß, wie aufregend das ist, meine Süße. Aber du musst einen Gang runterschalten. Du machst ihm Angst.«

»Ein Hund!«, quietschte Hannah. »Ich nenne ihn Woger.« Und da mussten wir alle darüber lachen, mit welcher Geschwindigkeit die Kleine sich einen so gewöhnlichen Namen ausgesucht hatte. Roger. Sogar ich musste kichern, während ich mir den Schlaf aus den Augen rieb.

»Ist er nicht süß, Tante Tawa?«, fragte sie und presste ihn fest an sich.

Beth sucht in ihrer Handtasche herum. »Damit wird das Haus ganz schön voll«, sagt sie. »Wenn wir alle gemeinsam dort wohnen, jetzt auch noch mit Hund.«

»Ich habe eine Wohnung gefunden.« Ich schaue verstohlen zu ihr. »Das wollte ich dir sowieso erzählen. Nächsten Monat ziehe ich aus.«

Beth hält inne. Ein breites Lächeln zieht sich über ihr Gesicht. »Freut mich für dich«, sagt sie.

Wieder schaue ich zu ihr. »Passt vom Timing her perfekt. Es war ja nur eine Frage der Zeit, bis Mom dich und Hannah wieder nach Hause lockt. Und du hast recht, mit uns allen zusammen wäre es ziemlich voll.«

Sie lächelt, und dass sie sich so offensichtlich für mich freut, ist mir eine große Erleichterung. »Wo ist denn diese Wohnung?«

»Kurz vor Clarksville, das ist näher beim Hotel.«

»Und wirst du mit jemandem zusammenwohnen?«

»Mit zwei Freundinnen. Die arbeiten auch in dem Hotel.«

»Klingt absolut perfekt.«

»Mom wird sich freuen, wenn sie mich los ist, dich möchte sie viel lieber dahaben.«

»Nee«, entgegnet Beth lachend, »die, die sie wirklich dahaben will, ist Hannah.«

Mein Blick wandert zu ihr. »Dich auch.«

»Du bist doch das Baby. Um dich macht sie sich andauernd Sorgen.«

»Na ja, ich denke, inzwischen hab ich ihre Gastfreundschaft aber ausgereizt.«

»Und ich finde es super, dass du jetzt was Eigenes hast.« Nun wühlt sie wieder in den Tiefen ihrer Handtasche herum. »Hab ich dich.« Sie zieht einen Streifen Kaugummi hervor.

Einige Kilometer später gehe ich vom Gas, als wir auf die Stadt zufahren. Vor mir blinken Ampeln und Bremslichter rot auf.

»Da vorne«, sagt Beth und deutet auf ein Gebäude zur Linken. Auf einem Holzschild steht in grellpinker Schnörkelschrift *Emmas Kuchenladen* geschrieben.

»Hast du da nicht letztes Jahr schon ihren Geburtstagskuchen gekauft?«

»Da gibt's einfach die besten.«

Schon beim Aussteigen weht mir der köstliche Duft gebackener Leckereien frisch aus dem Ofen entgegen. Bäckereien sind mein Kryptonit, vor allem, wenn sie Cupcakes anbieten. Bei meinem Traumevent würden sie kleine Portionen aller nur denkbaren Desserts anbieten, damit die Leute ein bisschen von allem probieren könnten, eine Art Probemenü für Nachtisch. In Kentucky bieten wir so was schon für Whiskey an, wieso also nicht auch ein Tablett voll Dessertpröbchen?

Wenn ich diesen Job in der Eventplanung kriege, kann ich es ja der nächsten Gruppe gegenüber erwähnen, die eine Wohltätigkeitsveranstaltung plant. Vielleicht gefällt ihnen das Konzept.

Über unseren Köpfen bimmelt eine Glocke, als wir den Laden betreten. Mir läuft das Wasser im Mund zusammen, während mein Blick umherwandert: zu den süßen Zimtschnecken im Ofen und den Reihen von Erdbeerkuchen und Chocolate Chip Cookies in der Auslage.

Neben meiner Schwester reihe ich mich in die Warteschlange ein. Heute ist Samstag und hier ist dementsprechend viel los. Beth kaut auf ihrem Kaugummi herum, während wir warten. Sie wiegt sich von Seite zu Seite, was sie immer tut, wenn sie sich in ihren Gedanken verliert. Ihre Konzentration liegt auf der Liste mit Sachen, die sie vor der Party noch erledigen muss.

Gerade möchte ich sie necken, weil sie so mit den Zähnen malmt, als ich erkenne, wer vor uns steht. Sein dunkles Haar wird an den Schläfen schon schütter und er trägt einen schwarzen Anorak. Geduldig wartet er, die kantigen Schultern entspannt, die Hände locker herabbaumelnd.

Ich senke den Blick.

Die Frau an der Kasse bedeutet ihm, dass er herantreten soll. Er greift nach seiner Bestellung, einer weißen Schachtel, auf die jemand einen Beleg geklebt hat. Dann reicht er ihr ein Bündel Geldscheine und winkt ab, als sie ihm Wechselgeld geben will, mit den Worten, das sei Trinkgeld. Sie lächelt ihm herzlich zu. Er dreht sich um und entdeckt uns, seine Augen leuchten auf – diese stechend grünen Augen, die schnell erkennen, dass ich nicht alleine bin.

Beth sagt: »Ach, hallo, Mr Robash. Na so was, dass wir uns hier treffen!« Sie lehnt sich nach vorn, um ihn zu umarmen, was er etwas unbeholfen erwidert, die Dessertschachtel balancierend. »Wie geht es Ihnen?«, fragt sie.

Mein Blick bleibt starr zu Boden gerichtet. Hank Robash kennen wir schon, seit wir Kinder sind. Er arbeitet für unseren Dad.

Er räuspert sich. »Was macht ihr Mädels denn hier?«

»Wir holen einen Kuchen ab«, erklärt Beth.

Sein Haar ist kürzer als bei unserem letzten Treffen, welches erst ein paar Tage her ist. Er sieht gut aus und ist braun gebrannt, was er vielen Wochenenden auf dem Golfplatz zu verdanken hat. Um seine Augen sind nur allerfeinste Fältchen zu erkennen.

Die Kurzversion lautet: Hank und seine Frau haben viele Jahre mit dem Kinderkriegen gewartet, und als es dann so weit war, haben sie ihre Söhne mit auf die Farm gebracht. Dad schmeißt dort gerne Grillfeste und Partys für die Belegschaft. Eines Jahres hat er sich sogar als Weihnachtsmann verkleidet und die Jungs saßen kichernd auf seinem Schoß. Aber wegen des Altersunterschiedes haben Beth und ich nie viel Zeit mit ihnen verbracht. Die Robash-Jungs spielten auf unserer Reifenschaukel, während wir Langeweile vorschoben und fragten, ob wir uns mit unseren Freunden treffen durften. Inzwischen sind Eli und Patrick in der Highschool.

Und noch ein wichtiges Detail: Ich möchte Hank Robash nie wiedersehen. Wir hätten den Kontakt schon vor langer Zeit abbrechen sollen.

Beth wirft einen Blick auf die Schachtel in seinen Händen. »Was haben Sie denn da Feines?«

»Donuts für die Jungs. Sie sind schon wieder Klassenbeste geworden.« Er wirft sich in die Brust. Er war schon immer so stolz auf die beiden.

»Ach, toll«, sagt Beth. »Sie sind so schlau.«

»Das haben sie von ihrer Mom«, bemerkt er schmunzelnd.

Beth lacht freundlich, natürlich lacht sie. Sie ist zu jedermann so nett.

Ich sehe zu, wie die Leute vor uns sich Richtung Kasse bewegen. Wir sind als Nächste an der Reihe und das ist gut so, dann können wir dieses Small-Talk-Spielchen endlich hinter uns lassen. Mit jeder Sekunde, die wir hier stehen, wird mir immer übler.

Ich schaue ihm nicht in die Augen, spüre aber dennoch seinen Blick auf mir ruhen. Mir wird ganz heiß davon. Dann wendet er sich wieder meiner Schwester zu. »Und was habt ihr zwei heute noch vor? Hoffentlich was Schönes?«

»Wir holen einen Geburtstagskuchen für Hannah ab«, erklärt Beth. »Heute Nachmittag schmeißen wir ihr eine Party, unsere Eltern sind auch dabei. Ach, eigentlich …«

Nein. Tu das bloß nicht, Beth. Wage es ja nicht.

»Vielleicht möchten Sie ja auch kommen?« Und schon schießt Hitze durch meinen Körper. »Die Jungs werden wohl nicht allzu viel Interesse an der Geburtstagsparty einer Dreijährigen haben, aber Sie und Mrs Robash vielleicht? Unsere Eltern würden sich so freuen, Sie zu sehen.« Sie wendet sich zu mir. »Wäre das nicht nett, Tara? Bestimmt hätten Mom und Dad doch gern ein paar Freunde auf der Party?«

Ich gebe keine Antwort und wünsche mir nichts sehnlicher, als dass der Boden sich öffnen und mich verschlingen möge.

»Ach, ich weiß nicht«, sagt er. »Dein Dad hatte mich doch die ganze Woche auf der Arbeit an der Backe. Bestimmt hat er mich schon satt.«

Aber Beth lässt nicht locker. »Bitte, kommen Sie. Sie waren all die Jahre immer so gut zu uns, und Hannah hat Sie richtig gern. Was Sie ihr zu ihrer Geburt geschenkt haben, war so lieb.« Sie legt den Kopf schief. »Außerdem wäre es schön, Mrs Robash mal wiederzusehen. Unsere Mom würde sich sehr freuen.«

Ich möchte hier und jetzt bitte sterben. Ich möchte zu einer Pfütze zerschmelzen und durch die Ritzen im Fliesenboden versickern.

Die Frau an der Kasse winkt uns zu sich und ich schieße nach vorn; den Arm meiner Schwester umklammernd, springe ich förmlich zur Kasse.

»Um vier Uhr geht es los«, sagt Beth. »Wollen Sie nicht doch kommen, Mr Robash?«

Ich halte den Atem an. Er wird doch sicherlich ablehnen, oder? Jeder vernünftige Mensch würde die Einladung ablehnen. Er wird sich eine Ausrede ausdenken. Sagen, er hätte schon etwas anderes vor. Eine Verabredung, sich mit einem anderen Ehepaar zum Essen zu treffen. Oder vielleicht geht es Mrs Robash heute nicht gut. Ihm stehen endlos viele Möglichkeiten zur Verfügung.

Aber Hank *nickt* – er *nickt* und nimmt die Einladung an.

»Na gut. Dann kommen wir vorbei«, erwidert er. »Um vier?« Sie nickt und er neigt seinen Kopf in ihre Richtung. »Danke für die Einladung.«

»Super«, sagt Beth und wendet ihre Aufmerksamkeit dann der Frau an der Kasse zu.

Hank macht sich zum Aufbruch bereit, doch bevor er den Laden verlässt, tritt er zu mir. Viel zu nah. Der würzige Duft seines Aftershaves lässt mich zusammenzucken, obwohl ich ihn früher so genossen habe – ich habe ihn oft darauf angesprochen, ebenso auf den Waschmittelduft seiner Kleidung. Seine Frau verwendet immer zu viel Weichspüler.

»Dann sehen wir uns wohl später«, sagt er und streift meine Schulter. Seine Berührung fährt mir wie ein Blitzschlag bis tief in die Knochen.

SIEBZEHN

Vor dreizehn Jahren

Wir spielen mit dem Feuer. Anders kann man wohl kaum beschreiben, was wir hier tun. Dass Hank nun beschlossen hat, im Haus meiner Eltern aufzutauchen – mit seiner Frau –, ist ein weiteres irrwitziges Risiko, und ich kann kaum fassen, dass er es eingegangen ist.

Ist ihm wirklich so langweilig? Ist er so ein Draufgänger? Vielleicht hat er dieses Wochenende ja nichts Besseres zu tun, als zur Geburtstagsparty der *Enkeltochter seines Chefs* zu gehen? Er wird herumschlendern und mit den anderen plaudern und es dabei wagen, seine Ehefrau und mich so nah beieinanderzuhaben. Mich, seine ehemalige Geliebte, auch wenn er das Adjektiv gerne streichen würde.

Ich glaube, Hank gefällt das Gefährliche daran. Die Dramatik. Vielleicht erregt es ihn ja sogar.

Als die beiden ankommen, hält seine Frau Gloria Geschenke in den Händen. Ein eingewickeltes Päckchen für Hannah und einige Flaschen Lagerbier, das Hank laut ihrer Aussage selbst zu Hause gebraut hat. »Mein cleverer Mann«, sagt sie und schenkt meinen Eltern ein Glas ein. Außerdem hat sie noch eine Servierplatte dabei, auf der ihre *weltberühmten russischen Eier* präsentiert liegen – zumindest nennt sie sie so. Ich hasse russische Eier.

Wie ich sie so auf der Veranda beobachte, rutscht mir das Herz in die Hose. Das hier ist alles grundfalsch. Sie sollten nicht hier sein. Jetzt wird alles nur noch schlimmer werden.

Hannahs Welpe Roger dreht derweil bei jedem Neuankömmling und jedem Geräusch komplett durch. Mit all den übermäßig aufgeregten Kleinkindern im Zuckerrausch, die den Kleinen knuddeln wollen, ist es viel zu laut. Sie streicheln ihm über das weiche Fell. Ich mache mir Sorgen, dass eins der Kinder ihn zu fest an sich drücken könnte, oder vielleicht wird einer der Erwachsenen über den zu ihren Füßen herumwuselnden Roger stolpern.

Und wenn, dann ist es garantiert Hank. Er ist so von sich selbst eingenommen, dass er kaum sieht, wo er hintritt. Bestimmt wird er nur Augen für mich haben und nicht für seine Frau – und erst recht nicht für den Hund.

Hank begrüßt alle mit einer Umarmung, und niemand ist über seinen Besuch so überrascht wie mein Dad. Genau wie Beth vorhergesagt hat, ist er begeistert, einen Freund mit auf der Party zu haben. »Komm, wir machen es uns gemütlich und trinken dieses Bier, das du mitgebracht hast.« Er klopft Hank herzhaft auf die Schulter.

»Dass Beth uns eingeladen hat, war wirklich nett«, sagt Mrs Robash und haucht neben der Wange meiner Mom ein Küsschen in die Luft, dann sucht sie ein Plätzchen, an dem sie ihre russischen Eier abstellen kann. Mom räumt ein Eckchen auf dem Tisch frei und Mrs Robash – Gloria – rückt ihre Servierplatte zurecht.

Beth plaudert mit einigen Eltern, von denen manche nur ihre Kinder abliefern und andere mit einem Bier in der Hand noch ein bisschen verweilen. Dad und Hank machen es sich in benachbarten Gartenstühlen bequem. Ihre Gläser sind randvoll mit Hanks Lagerbier gefüllt, von dem Dad nun einen Schluck nimmt. Er schmatzt anerkennend. »Schmeckt ganz hervorragend.« Hank setzt ein Lächeln auf.

»Danke, Chef«, antwortet er.

Ich winde mich. *Chef.* Wie ekelhaft, wie unverschämt, am liebsten möchte ich laut aufschreien. Was habe ich mir nur dabei gedacht?

Früher war es anders, als wir nicht im Kreise unserer Familien sein mussten und beides getrennt halten konnten. Hank hat gesagt, er könne mir helfen. Könne mir etwas Geld leihen. Außerdem hat er mir angeboten, bei den Hotelmanagern wegen des neuen Jobs ein gutes Wort für mich einzulegen; anscheinend ist er mit ihnen befreundet.

Aber das hier ... dass er auf der Geburtstagsparty meiner Nichte aufgetaucht ist und hier herumhängt, während seine Frau nur wenige Schritte entfernt ist? Das ist zu viel.

Alle lachen und genießen ihre Plaudereien an diesem wunderschönen Samstagnachmittag – alle, bis auf mich. Falls sich irgendwer wundert, warum ich immer noch am anderen Ende des Tisches sitze, so hat noch niemand nachgefragt. Ich tue so, als wäre ich voll damit beschäftigt, Geschenke einzusammeln und die Snackschalen aufzufüllen.

Dabei behalte ich Hank jedoch im Blick und frage mich angespannt, was er wohl vorhat. Als ich ihm nicht geantwortet habe, ist er wohl davon ausgegangen, dass wir uns heute Abend nicht treffen würden – und auf diese Art will er das nun ändern. Er wird mich überreden. Er wird seiner Frau eine seiner vielen Ausreden liefern.

Gloria, ich muss noch mal schnell einkaufen gehen.

Wie oft kann ein einzelner Mann zum Supermarkt fahren müssen, weil er schon wieder etwas einzukaufen vergessen hat? Sie muss doch ahnen, dass etwas nicht stimmt. Vorsichtig linse ich zu ihr hinüber. Noch ein Grund mehr, dem Ganzen ein Ende zu setzen.

Mom und Gloria sitzen beieinander und unterhalten sich. Hank erzählt meinem Dad einen Witz, über den dieser laut und herzhaft lacht, während Hank ihre Gläser erneut auffüllt.

Ich lege noch mehr Snacks und Trinkpäckchen aus. Beth löst sich aus der Gästeschar, um sich für meine Hilfe zu bedanken, worauf ich mein Gesicht verziehe. Wenn sie nur wüsste.

Auf der Suche nach irgendetwas anderem, das ich auf mein Tablett laden könnte, mache ich mich auf in Richtung Küche. Dort bleibe ich am Spülbecken stehen und schaue aus dem Fenster. Hank und mein Dad sind nun endgültig in ihrem Gespräch versunken und haben die Köpfe zusammengesteckt. Dann lehnen sie sich zurück und brüllen vor Lachen. Hank muss wieder einen Witz erzählt haben, mein Dad klatscht sich vor lauter Heiterkeit aufs Knie. Sogar Mom und Gloria müssen kichern angesichts ihrer Freude.

Hank steht auf und sagt irgendetwas von wegen Toilette. Er schwankt ein bisschen, was aber außer mir niemandem aufzufallen scheint.

Schweiß perlt auf meiner Stirn. Er ist auf dem Weg nach drinnen.

Kaum dass Hank mich entdeckt, beginnt er zu lächeln. Und dann lässt er seine Augen – diese verdammten stechend grünen Augen – mit einer ausladenden Geste durch das Haus schweifen, um sicherzugehen, dass wir allein sind. Sind wir auch. Die Partygäste sind alle noch draußen. Sein Blick wandert nach oben und dann gemächlich meinen Körper entlang.

»Nette Party«, bemerkt Hank und kommt einen Schritt näher.

Ich trete vom Fenster weg, damit uns niemand sehen kann, was ihn aber nur dazu ermutigt, noch näher zu kommen.

Ich drücke mich nach hinten gegen die Arbeitsplatte. »Du solltest nicht hier sein, Hank. Das ist doch Wahnsinn.«

»Ach, komm schon. Ist doch nur eine kleine Party.«

»Was hast du dir nur dabei gedacht?«, zische ich. »Du hättest Beth sagen müssen, dass du schon was vorhast, dass du zu beschäftigt bist. Du hättest Gloria nicht mitbringen müssen.«

Ich rutsche zur Seite und er tut es mir nach. Wieder setzt er ein Grinsen auf. Dieses Spiel macht ihm Spaß. Er möchte weiterspielen.

Und da wird mir klar, dass auch nicht mehr dahintersteckt. Für Hank bin ich nur eine von vielen jungen Frauen, die er mit Geld hat anlocken können. *Ich kann dir diesen Job verschaffen*, das hat er mir mehr als einmal gesagt, und ich war dumm genug, um darauf hereinzufallen. So starken Selbsthass wie in diesem Moment habe ich noch nie gespürt.

Ich lehne mich von ihm weg, möchte mehr Abstand zwischen uns schaffen, nicht zuletzt, da sein Atem so nach Bier stinkt. Mein Blick schießt zur Verandatür, die weiterhin geschlossen ist. Keiner kommt ins Haus, aber ich bin trotzdem in äußerster Habachtstellung.

»Das ist zu riskant«, warne ich ihn. »Ich möchte das nicht mehr.«

»Es weiß doch niemand Bescheid«, beschwichtigt er mich. »Hab ich dir doch gesagt. Wie oft muss ich's dir noch sagen?« Er zwinkert mir zu. »Das mit dir und mir errät doch in hundert Jahren keiner.« Er hält sein Bier fest und schwankt hin und her.

Ich schiebe ihn weg, woraufhin er sich aber nur noch weiter zu mir lehnt.

»Also«, fragt er, die Augenbrauen hochgezogen, »sehen wir uns heute Abend?«

»Nein.«

»Na, komm schon, Püppchen.« Wie ich es hasse, wenn er mich so nennt. »Möchtest du denn keine Zeit mit mir verbringen? Da, wo es schön ruhig ist ...« Er presst seinen Körper an meinen und mit Mühe drehe ich meinen Kopf zur Seite. »Na, komm schon«, wispert er. »Sag Mr Hank, dass du dich mit ihm treffen möchtest.« Er hebt eine Hand, um mir eine Haarsträhne hinters Ohr zu stecken.

Und da höre ich jemanden aufkeuchen und mit Mühe einen Schrei unterdrücken.

Dann ein geflüstertes Kreischen. »Was zur Hölle machst du denn da, Hank?«

Es ist Gloria. O Gott, *es ist Gloria.*

Hank wirbelt zu ihr herum und ich stoße ihn fort. Er stolpert auf unsicheren Füßen.

»Nichts, mein Schatz. Hab mich nur mit Tara unterhalten.« Aber seine Worte kommen als Lallen heraus und seine Wangen laufen rot an.

Da liegt etwas absolut Niederschmetterndes in ihrem Blick. Die Art, wie ihre Lippen zittern und ihre Augen sich verengen, verrät mir, dass sie nicht überrascht ist. Dass sie das hier erwartet hat. Sie hatte schon so ihren Verdacht, was Hank und andere Frauen angeht – vielleicht wusste sie auch schon von vielen vor mir.

Ich sollte gehen. Ich sollte diese Küche verlassen und nach draußen gehen. Ich sollte in mein Auto steigen und nie wieder zurückkommen.

Aber ich rühre mich nicht. Und in Glorias funkelnden Augen liegt so viel Hass. »Du widerst mich an«, faucht sie.

»Ist nicht so, wie es aussieht, Schatz.« Er schüttelt sein Bier ein klein wenig. »Ich hab nur zu viel getrunken, mehr nicht.«

»Ausgerechnet mit Tara?«, kreischt sie, woraufhin ihr stechender Blick zu mir schießt. »Und *Tara*? Was zur Hölle hast du dir nur dabei gedacht?«

Mir ist kotzübel. Ich kann ihr kaum in die Augen sehen. Das hier ist unerträglich. Wie ein bloßgestelltes Kind starre ich zu Boden. Ich weiß selbst nicht, was ich mir dabei gedacht habe. *Ich habe das alles nicht so gewollt … Ich wollte Ihnen nie wehtun, Mrs Robash.*

»Hast du den Verstand verloren?«, fährt Gloria fort. »*Die Tochter von deinem Chef?* Die halb so alt ist wie du?« Sie wedelt mit den Händen in seine Richtung. »Wir kennen Tara, seit sie ein Kind ist. Seit sie so alt ist wie Hannah jetzt.« Ihre Schreie werden immer vehementer. »Du bist einfach nur ekelhaft, Hank. Du bist schon seit so langer Zeit nur noch widerwärtig.«

Dann starrt sie wieder zu mir. »Und du, Tara? Was machst du, wenn dein Dad davon erfährt? Was wird deine Familie dazu sagen?«

Mein Atem geht schwer. Bald werde ich die Konsequenzen tragen müssen. Und die Schuldzuweisungen, die ich absolut verdient habe.

Aber dann brennt sich Angst in mein Herz. Sie wird es meinem Dad doch nicht sagen, oder? Sie würde Hanks Job nicht derart aufs Spiel setzen. Sie würde unsere beiden Familien nicht damit zerrütten.

»Es ist nicht so, wie du denkst«, beteuert Hank, und ich schüttle angewidert den Kopf. Was für ein Klischee, es ist so ekelhaft. Diese haltlose Ausrede, die immer irgendjemand vorschiebt.

Gloria stürmt zur Seite, um ihre Handtasche zu holen. »Ich möchte das gar nicht erst hören.« Sie zieht ihren Autoschlüssel heraus. »Ist mir scheißegal, wie du nach Hause kommst, Hank, ganz ehrlich. Denk dir was aus, ich gehe jetzt.« Sie geht zur Haustür und reißt sie auf, um sie hinter sich wieder zuzuschlagen.

Hank wirft mir einen Blick zu, wendet ihn dann erschrocken ab. Er sieht jemand anderen an – jemanden, der hinter mir steht.

In all der Aufregung habe ich meine Schwester gar nicht

gehört. Mir war nicht klar, dass sie in die Küche gekommen ist. Und ich weiß nicht genau, wie viel Beth gehört hat, aber es war wohl genug. Das verrät der leidvolle, ungläubige Blick, mit dem sie uns anstarrt.

Hank stellt sein Bier auf die Arbeitsplatte und lehnt sich gegen die Granitfläche, um das Gleichgewicht zu bewahren.

»Schaff ihn von hier fort«, sagt Beth. »Ich sage Mom und Dad, dass sie nach Hause mussten, dass irgendwas aufgekommen ist. Aber …« Sie wirft mir einen vielsagenden Blick zu. »Wir können später darüber sprechen, okay? Aber für den Moment musst du ihn heimfahren. Er kann hier nicht bleiben, nicht vor allen anderen und den Kindern. Bring ihn heim und komm gleich wieder zurück. Verstanden, Tara?«

Ich folge ihr aufs Wort, denn ich weiß, dass sie recht hat. Er ist viel zu betrunken und die Situation ist viel zu brisant, um sie vor einem Haufen Gäste weiterzuführen.

»*Ooooh*, das gibt Ärger«, lallt Hank.

Sie verschränkt die Arme vor der Brust. »Jetzt sofort«, sagt sie mit Nachdruck.

Inzwischen laufen mir Tränen über die Wangen und in mir steigt Wut über Hanks und meine schiere Dummheit auf. Allerdings bleibt mir nichts anderes übrig. Ich tue, was meine Schwester mir sagt, und helfe ihm, zur Vordertür hinaus auf mein Auto zuzutaumeln. Ich werde ihn so schnell abliefern, wie ich nur kann. Mir egal, ob Gloria ihn aussperrt, das ist nicht mein Problem. Ich werde sofort wieder nach Hause fahren, genau wie Beth gesagt hat.

Heute Abend werde ich mit meiner Schwester sprechen, sobald Hannah und unsere Eltern im Bett sind. Ich werde ihr diesen Fehltritt erklären, dass es nur was Kurzes hätte sein sollen, eine Übergangssache, während Hank mir half. Ich wollte nicht, dass es so weit kam, und schäme mich. *Aber, ja, Beth, Hank*

Robash ist nicht der Familienfreund, für den wir ihn gehalten haben. Und ich war nicht die Schwester, die du dir erhofft hast.

Stumm fahren wir die Route 30 hinunter, und so sehr es mich anwidert, Hank in meinem Auto sitzen zu haben, rufe ich mir doch ins Gedächtnis, dass es nicht mehr lang sein wird. Noch fünfzehn Minuten und dann kann ich ihn für immer rausschmeißen.

»Das wird ja jetzt verzwickt«, sagt er und hickst, worauf ich mich noch fester ans Lenkrad klammere. »Gloria wird sich ganz schön aufregen, aber da lass ich mir schon was einfallen. Ich kann sie wieder runterbringen. Ich sag ihr, dass sie sich das nur eingebildet hat und dass wir nur geplaudert haben.« Sein Blick kriecht zu mir. »Und mehr war es ja auch nicht, oder? Sie muss ja nichts erfahren. Wir waren nur zusammen in der Küche.«

»Du hast dich an mich gepresst«, entgegne ich. »Und mir eine Haarsträhne hinters Ohr gesteckt.« Mein Blick schießt in seine Richtung. »Sie ist nicht dumm, Hank. So, wie sie reagiert hat, war das bestimmt auch nicht das erste Mal, dass sie dir gegenüber Verdacht geschöpft hat.« Ich schlage mit der Hand aufs Lenkrad. »Ich bin so eine Idiotin.«

»Das heißt dann wohl, dass wir uns heute Abend doch nicht treffen, was?«

Mir fällt die Kinnlade herunter. Ich könnte ihm eine reinhauen.

Ich drehe die Klimaanlage, so hoch ich kann, und verschiebe alle Lüftungsschlitze so, dass die Luft mir ins Gesicht knallt. Was habe ich mir nur dabei gedacht? Was stimmt denn mit mir nicht?

Hank mault: »Was ist denn eigentlich dein Problem? Warum regst du dich so auf? *Ich* bin doch der, der sich mit Gloria rumschlagen muss, nicht du. Ich muss heimgehen zu ihr und ihrem ganzen Gemecker, und jetzt kommst *du* mir auch noch mit deinem Frust? Damit verschon mich mal lieber, brauchst gar nicht so schmollen. Du benimmst dich so …« Seine Worte kommen immer langsamer und dann stößt er einen Seufzer aus. »Ihr Weiber seid doch alle gleich. Jede einzelne. So viel Arbeit. So viel Aufwand. Alles Zicken.«

Seine Worte schlagen mir ins Gesicht und ich reiße so heftig am Lenkrad, dass das Auto ins Schlingern kommt, bevor ich gegensteuern kann. Erneut reiße ich am Lenkrad, wodurch das Auto aber nur noch weiter schleudert.

Wir sind alle gleich.

»Scheiße, was stimmt denn mit dir nicht?«, schreit Hank. »Willst du uns umbringen?«

Ich beschleunige und meine kleine Karre hüpft ratternd vorwärts, als ich aufs Gaspedal stampfe.

Alles Zicken.

So, findest du, Hank? Wir sind alle nichts als Spielzeug für dich, bis du uns nicht mehr unterhaltsam findest? Sobald deine Frau davon erfährt, sind wir nichts mehr wert.

Er starrt erst zu mir, dann auf die Straße, als ich immer schneller fahre. Ich werfe einen Blick auf den Tacho – knapp hundertdreißig, dann hundertfünfunddreißig, hundertvierzig.

»Brems!«, brüllt er.

Wie habe ich das Gloria nur antun können? Und dann noch mit einem Angestellten meines Dads? Jemandem, dem mein Dad jahrelang vertraut hat. Meine Eltern werden mir nie verzeihen. Und Beth? Sie ist immer noch auf der Party und bemüht sich um Small Talk, während sie gleichzeitig zu verstehen versucht, was ich getan habe. Enttäuscht ist bestimmt gar kein Ausdruck dafür, wie sie sich fühlt.

Die Robash-Jungs sind doch erst Teenager. Was werden sie von ihrem Dad denken? Und was von mir, der älteren Freundin, die sie früher immer auf der Reifenschaukel hat spielen lassen? Wenn ihre Mom Hank endgültig rausschmeißt, werden sie am Boden zerstört sein.

Wir nähern uns der Kreuzung mit der County Line Road, aber ich beschließe, eine andere Route zu nehmen. Ich biege in die Dug Hill Road ein. Ein kleiner Umweg, so brauchen wir länger in die Stadt, aber so schnell, wie ich fahre, laufe ich sonst Gefahr, noch vor Gloria anzukommen. Ich möchte nicht dort sein, wenn sie in ihre Einfahrt fährt, und ihr schon wieder gegenüberstehen müssen.

Vor uns liegt eine Rechtskurve und ich trete wieder aufs Gas.

»Brems«, wiederholt Hank. Diesmal streckt er außerdem eine Hand Richtung Lenkrad aus, als wolle er mich aufhalten.

Ich zucke zusammen. Panik überkommt mich. Eine meiner Hände schießt hoch, um Hanks Arm und seine widerlichen, glitschigen Finger loszuwerden, seinen biertriefenden Atem, während die andere verzweifelt versucht, das Auto unter Kontrolle zu behalten.

Ich geb dir das Geld, das du brauchst.

Ich kenne die Hotelmanager. Den Job kriegst du.

Warum habe ich denn dann noch nichts von ihnen gehört, hm, Hank? Warum warte ich immer noch auf ihren Anruf?

Ich stoße seine Hand von mir fort, aber er ist stärker. Erneut greift er nach dem Lenkrad und zieht kräftig daran. Ich schlage in seine Richtung, während das Auto mit kreischenden Reifen auf der Straße hin- und herschlittert.

»Fass mich nicht an!«

»Ich hab gesagt, *brems*!«, schreit Hank.

Aber mein Fuß bleibt auf dem Gaspedal. Ich bremse nicht – ich möchte nicht bremsen. Ich möchte nie wieder tun, was Hank Robash mir sagt.

ACHTZEHN

Vor dreizehn Jahren

Hank lässt das Lenkrad los, doch dann knallt sein Arm direkt auf meinen Unterkiefer. Der Schmerz kommt ohne Vorwarnung und schießt mir direkt in den Nacken, als dumpfes Pochen, das in meinen Schädelknochen ausstrahlt.

Ich kreische auf und mir wird schwarz vor Augen. Erst ist alles dunkel, dann explodieren Lichtblitze vor mir. Ich reiße die Augen auf und blinzle mehrmals, versuche mich zu konzentrieren, damit wir nicht verunglücken.

Aber es ist so schwer und ich verliere die Kontrolle. Meine Hände werden vom Lenkrad geschleudert, und wieder schlittert das Auto auf der Straße umher. Der Schmerz ist überwältigend und mir ist schwindlig, der Asphalt verwandelt sich in ein endloses schwarzes Band und dann ist da keine Straße mehr, nur noch Gras und Bäume und ein riesiges Schlagloch, in das wir frontal hineindonnern, sodass das Fahrwerk des Autos mit einem *Bäm* an die Kante knallt. Davon werden wir etwas langsamer, aber nicht allzu sehr, denn schon prallen wir mit großer

Wucht gegen irgendetwas anderes. Wir streifen es von der Seite.

Wir schießen nach vorn, unsere Körper werden erst vorwärts, dann rückwärts geschleudert, die Sitzgurte graben sich tief in unsere Oberkörper. Dann explodieren die Airbags in unseren Gesichtern, Plastik schlägt mir entgegen und mir kribbeln die Wangen wie nach einer Ohrfeige.

Das Auto wird brutal durchgeschüttelt und bleibt dann endlich stehen. Mir wird klar, dass ich schreie. Dass ich die ganze Zeit geschrien habe, ohne es zu merken. Doch nun höre ich mich selbst, durch den Lärm quietschenden Metalls und splitternden Glases hindurch, das zu Boden fällt. Der Motor rattert und bebt. Der Kühler zischt.

Ich falle in meinen Sitz zurück, dankbar, noch am Leben zu sein und meine Arme und Beine bewegen zu können. Ich schiebe den Airbag von mir und befreie mein Gesicht so gut es geht vom Plastik, während Schmutz und Staub mich husten lassen.

Die Welt ist nun verstummt, bis auf das leise Ticken des Motors. Irgendwo hinter mir fällt noch ein Teil der Karosserie mit einem Krachen zu Boden. Hank gibt keinen Mucks von sich.

Ich werfe einen Blick in den Rückspiegel und erkenne, dass wir seitlich gegen einen Telefonmast geprallt sind. An Hanks Seite. Die Beifahrertür ist zerknautscht und wurde in seine Richtung gedrückt.

Hank rührt sich nicht. Und da verwandelt sich meine Wut darüber, dass er mich geschlagen hat, und über alles, was wir getan haben, in Angst. Hinter dem aufgeblasenen Airbag kann ich sein Gesicht kaum erkennen. Und ich kann nicht erkennen, ob er atmet. Ich strecke eine Hand zu ihm aus.

»Hank?« Ich schüttle ihn. Sein Körper schwankt, aber er gibt keine Antwort. »Hank! Wach auf!«

Ich klettere hastig aus dem Auto und renne zur Beifahrertür, aber da wird es schwierig. Wir stehen am Rande einer Hügelkuppe. Nach dem Zusammenprall mit dem Telefonmast ist das Auto an einen Abhang geraten, der sich noch etwa zehn Meter weiter nach unten erstreckt, bis der Boden wieder eben wird und das Waldgebiet erreicht. Unten erwarten uns reihenweise Bäume.

Ich stemme mich gegen die Beifahrertür, um das Gleichgewicht zu bewahren, aber meine Schuhe sind rutschig und ich muss mich anstrengen, um nicht hinunterzustürzen. »Hank!«, kreische ich, aber er rührt sich immer noch nicht.

Ich schiebe den Airbag zur Seite, bis ich endlich sein Gesicht erkennen kann. Er ist blutverschmiert und eindeutig verletzt. Und dann gibt er ein Stöhnen von sich und seine Augenlider flackern.

Ich seufze auf. Was zwischen uns war, ist vorbei, die ganze widerliche Affäre – er ist so ein Ekel –, aber den Tod wünsche ich ihm doch nicht. Ich kann ihn nicht so sterben lassen.

Ich eile zur Fahrerseite, um mein Handy zu suchen. Ich muss den Rettungsdienst rufen. Doch als ich das tue, rutscht das Auto nach vorn, unter den Reifen lösen sich Dreck und Kies, bis alles vorwärts geschoben wird. Mein Auto macht einen Satz, die Reifen verlieren den Halt auf dem Abhang und drohen, nach vorn zu schlittern.

Ich springe zur Seite, und da rast mein geliebter Toyota auch schon den Hügel hinunter, samt Hank. Ich schreie auf und bin mir ziemlich sicher, dass auch er schreit, bis das Auto knirschend zum Stehen kommt. Die Bäume hat es nur um wenige Meter verfehlt. Ich schaue mich um, doch jetzt, wo das Auto dort unten steht, kann uns niemand mehr von der Straße aus sehen. Sollte jemand vorbeikommen, wäre vielleicht nicht einmal zu sehen, dass hier ein Unfall stattgefunden hat.

Ich haste mit rutschenden Schuhen den Hügel hinunter, bis ich irgendwann hart auf meinen Hintern falle. Ich schiebe mich wieder hoch. Es ist nicht leicht, die Beifahrertür zu öffnen, aber schließlich kriege ich es doch hin und sehe nach Hank. Er stöhnt. Ich grabsche auf dem Rücksitz herum, kann mein Handy aber nicht finden.

Hank leckt sich Blut von den Lippen. Er drückt sich eine Hand an die Stirn, doch als unsere Blicke sich treffen, lacht er, ein irres Lachen, das jede meiner Gehirnzellen in rasende Wut taucht. Er ist betrunken und nimmt nichts hiervon ernst. Auf irgendeine verdrehte Art findet er das hier immer noch lustig.

Ich sage mir, dass ich den Notruf wählen werde, weil es nur richtig ist. Ich möchte Hank nicht auf dem Gewissen haben. Ich möchte nicht, dass seine Söhne ohne einen Vater aufwachsen müssen.

Ich suche den Fußbereich ab, aber immer noch kein Handy – nur Müll, Münzgeld, leere Fast-Food-Tüten und die Schuhe, die Beth vorhin noch nach hinten geworfen hat. Die Rolle Geschenkband, von dem ich dachte, wir könnten Hannahs Geschenke damit verzieren, hat sich gelöst. Die Schere, die ich mitgebracht habe, klemmt in der Mittelkonsole.

Hank stößt erneut ein Lachen aus. »Du irres Weibsstück.« Er wischt sich über die Nase, als noch mehr Blut sein Kinn hinunterläuft. Ich möchte ihm ins Gesicht schlagen, so wie er mich vorhin erwischt hat.

Nun taste ich zum ersten Mal mein Gesicht und meinen eigenen Körper nach Verletzungen ab. Mein Kopf tut mir weh, garantiert habe ich ein Schleudertrauma, und mein Kiefer pocht schmerzhaft. Aber ich werde mich schon erholen, auch wenn sich dort, wo Hank mich getroffen hat, bestimmt ein blauer Fleck bilden wird.

»Was zur Hölle hast du getan?«, fragt er.

»Hank, wo ist dein Handy?« Ich klopfe seine Hosentaschen ab. »Hast du es dabei?«

»Mein Handy …? Keine Ahnung.« Er legt den Kopf langsam zur Seite, als ich an seiner Hose herumtaste. Er grinst. »Oh, pass lieber auf, sonst gefällt mir das noch.«

Ich ziehe meine Hände zurück.

Er seufzt. »Es steckt in Glorias Handtasche. Wann immer wir ausgehen, nimmt sie es an sich. Sie sagt, sonst lasse ich es dauernd irgendwo liegen. Aber ich glaube, sie möchte einfach in meinen SMS rumschnüffeln.«

Ich beiße die Zähne zusammen. *Kann mir kaum ausmalen, warum.*

Ich sollte wieder den Hügel hochrennen. Ein anderes Auto herbeiwinken oder nach meinem Handy suchen. Vielleicht ist es aus dem Fenster geflogen und liegt nun irgendwo im Gras.

Hank gluckst schon wieder vor sich hin. »Du bist echt eine durchgeknallte Schlampe, weißt du das? Irre, irre Tara.«

Ich beiße mir so fest auf die Zunge, dass ich Blut schmecken kann. »Es ist aus, Hank. Das zwischen dir und mir, was wir getan haben. Ich möchte das nicht mehr. Es ist gut, dass deine Frau es herausgefunden hat. Dass es auf diese Art sein musste, ist furchtbar, aber es ging nicht anders. Du musst aufhören, ihr das anzutun.«

Mit einem Ruck lehnt er sich nach vorn und packt mich am Handgelenk, eine so unvermittelte Bewegung, dass ich mich gar nicht darauf vorbereiten kann. Seine grünen Augen verdunkeln sich und er sagt: »Du hast nicht zu bestimmen, wann das mit uns vorbei ist, verstanden? Du hast da gar nichts zu melden. So läuft das hier nicht – so ist das noch *nie* gelaufen.« Ich wimmere und er drückt noch fester zu. »Weißt du, was ich alles machen kann? Ich kann mir das Geld für deine Wohnungskaution zurückholen. Ich kann dafür sorgen, dass dein Mietvertrag sich in Luft auflöst. Ich kann den Hotelmanagern sagen, dass sie dich rausschmeißen sollen, und das mit der Beförderung kannst du auch vergessen. Wenn du es dir mit mir versaust, findest du nirgends mehr einen Job. Dafür werde ich schon sorgen.« Er lehnt sich noch näher zu mir. »Leg dich nicht mit mir an, Tara. Du solltest es besser wissen. *Ich* habe hier das Sagen. Schon immer gehabt.«

Er verdreht mein Handgelenk, bis es brennt und die Haut sich wund anfühlt. Ich versuche, mich loszureißen, abzuhauen, aber er ist zu stark.

Er reißt wieder an meinem Arm, als ich mit der anderen Hand nach der Tür, nach dem Lenkrad grabsche, nach irgendetwas, in das ich meine Finger krallen kann, um mich fortzuziehen. Ich schlage auf die Hupe, die laut losplärrt, was mir aber auch nichts bringt. Wir sind irgendwo im Nirgendwo und selbst wenn uns jemand hört, wird es eine Weile dauern, bis man uns hier am Fuße dieses Hügels findet.

»Lass mich los!«, kreische ich, mit den Beinen wild um mich tretend. Ich kicke und schiebe, suche verzweifelt nach genug Halt, um mich aus dem Auto stemmen zu können. Doch je heftiger ich mich wehre, desto fester klammern sich seine Finger in mein Fleisch.

»Was ihr Weiber nur immer habt«, knurrt Hank. »Am Anfang seid ihr alle so gut, so gefällig, so dankbar. Und dann überlegt ihr es euch immer anders und denkt, ihr könntet einfach Schluss machen, wann immer euch danach ist. Aber das wird nie geschehen.« Speichel sammelt sich in seinen Mundwinkeln. Einzelne Tropfen landen auf meinem Gesicht und ich wende mich in tiefer Abscheu weg.

»Ich hab gesagt, du sollst loslassen!«

Meine andere Hand sucht nach irgendetwas, an dem ich mich festhalten, mit dem ich auf ihn einschlagen kann. Und dann schließen sich meine Finger um den Plastikgriff meiner Schere. Ich zerre daran, das spitze Ende hat sich durch den Unfall in die Mittelkonsole gebohrt, aber irgendwann löst es sich doch. Ich ziehe meinen Arm zurück und stoße die Schere nach vorn.

Metall versinkt in Fleisch und macht dabei ein widerliches

Geräusch, wie ein zerberstender Kürbis an Halloween. Die Schere durchdringt Hanks Hemd und gräbt sich in seinen fleischigen Brustkorb. Ich bebe – sein Herz habe ich nur um wenige Zentimeter verfehlt.

Er lässt mich los, und nun schreie ich angesichts des Blutes, das aus ihm hervorquillt und den blauen Baumwollstoff seines Hemds durchtränkt. Es erblüht in einem hellroten Fleck, der rasch größer wird. Ich glaube, ich muss kotzen.

Sein Gesicht verzerrt sich und ich falle rückwärts aus dem Auto. Hart lande ich im Gras, der Aufprall verschlägt mir den Atem, während er nun wieder schreit.

Ich richte mich auf. Die Schere steckt in seinem Brustkorb und Blut tropft auf seinen Bauch. Ich denke nicht, dass ihn diese Verletzung umbringen wird, aber weh tut sie auf alle Fälle.

Ich taumle, mir ist ganz schwummrig zumute. *Ich habe jemandem gerade eine Schere ins Fleisch gerammt.*

Ich krümme mich vornüber, die Hände auf die Knie gestützt, und würge in Richtung Gras. *Ich habe Hank eine Schere ins Fleisch gerammt.*

Ich weine und heule, jeder Zentimeter meines Körpers bebt, als seine hervorquellenden Augen sich öffnen und er mich anfunkelt, um dann seinen Blick auf die Schere zu richten.

»Was zur Hölle war das denn?«, brüllt er. »Damit kommst du nicht ungeschoren davon, Tara.«

Und da renne ich fort. Ich klettere schluchzend den Hügel hinauf, suche mein Handy, grabsche im Gras herum und zerre an den Halmen. An einem Stück Glas schneide ich mir den Finger auf.

Blut strömt über meine Hand, aber das ist mir egal, denn zwischen all den zerstörten Metallteilen finde ich mein Handy. Es liegt mit dem Bildschirm nach unten dort und ich stürze mich darauf, ergreife es mit beiden Händen. Dann breche ich auf dem Abhang zusammen und frage mich, was ich tun soll.

Im Auto kann ich immer noch den Umriss von Hanks Kopf ausmachen. Er stöhnt weiterhin, flucht aber auch zwischendurch. Er stößt Obszönitäten aus, brüllt die schrecklichsten Sachen, und immer geht es dabei um mich. Wut explodiert in meinem Kopf.

Ich sollte den Notruf wählen, doch stattdessen entscheide ich mich für eine andere Nummer. Ein großer Fehler. Ich dachte, es würde helfen. Ich dachte, die Dinge würden anders laufen, aber das taten sie nicht. Nicht einmal annähernd.

NEUNZEHN

Gegenwart

»Ein Autounfall«, erkläre ich dem Detective und starre dabei auf meinen Küchenboden. »Das ist schon lange her. Der Fahrer war bei meinem Dad angestellt. An dem Tag war die Geburtstagsparty meiner Nichte, wo er zu viel getrunken hat. Er ist von der Straße abgekommen.«

Es war Beths Idee, allen zu sagen, Hank hätte darauf bestanden, sich statt meiner hinters Steuer zu setzen.

»Er ist dabei ums Leben gekommen, ja?«, fragt der Detective.

»Genau.«

»Er starb, als das Auto Feuer gefangen hat?«

Feuer ... Ich kneife fest meine Augen zusammen. »Ja, das stimmt.«

»Im Polizeibericht steht, dass seine Frau bereits nach Hause gefahren war und dass Sie sich erboten haben, Mr Robash heimzufahren. Aber dort ist er nie angekommen.«

»Er war deutlich betrunkener, als ich dachte. Ich hätte nie zulassen sollen, dass er sich hinters Steuer setzt.«

»Aber im Bericht stand auch, dass Sie nicht in den Unfall involviert waren. Dass er Sie am Straßenrand rausgeworfen hat.«

Mein Atem geht immer flacher. Auch dieser Teil der Geschichte war einer von Beths Einfällen.

»Er hat Sie dort zurückgelassen.«

»Ja.«

Er schweigt kurz. »Mir ist allerdings nicht klar, warum seine Frau, Gloria Robash, Ihnen die Schuld an diesem Unfall gegeben hat. Wieso sollte sie denken, Sie hätten ihn getötet, wo Sie doch nicht einmal mehr im Auto saßen?«

Weil sie etwas gesehen hat, das sie nicht hätte sehen sollen. Weil sie Verdacht geschöpft hat. Aber das kann ich ihm nicht sagen. Das kann ich ihm niemals sagen. Das kann ich niemandem gegenüber zugeben.

Vor dreizehn Jahren

Die Nummer, die ich wählte, war Beths. Ich brauchte ihre Hilfe. Zumindest würde sie mich abholen und von hier fortbringen können.

Auf meine hysterischen Erklärungen reagiert Beth erst mit Schweigen, dann ihrerseits mit einem hastigen Wortschwall. »Moment … mach mal langsam. Du hattest einen Unfall?« Eine Tür schlägt zu, ich glaube, sie ist ins Haus getreten. Das Gelächter der Kinder im Hintergrund verklingt. »Geht's dir gut? Bist du verletzt?«

Ich denke an die Prellung an meinem Kinn und verziehe das Gesicht. »Bei mir ist alles okay. Aber Hank …«

»Was ist denn passiert?«

Mir kommen die Tränen.

Atemlos spricht sie weiter. »Tara, du machst mir Angst. Hast du schon einen Krankenwagen gerufen?« Nun höre ich das unverkennbare Klimpern eines Schlüsselbundes, vermutlich hat sie sich den Autoschlüssel von unserem Dad geschnappt. »Wo bist du?«

»Aber was ist mit Hannahs Geburtstagsparty?«

»Soll das ein Witz sein? Mach dir doch darum keine Sorgen. Mom und Dad können das übernehmen. Viele von den Kindern sind eh schon wieder fort. Ich sage ihnen einfach, ich müsste noch was für Hannah abholen.«

»Okay«, wispere ich.

»Wo bist du?«, fragt sie noch einmal. »Was hat er gemacht? Ich dachte, du fährst.«

»Bin ich auch.«

»Und wo ist er?«

»Immer noch im Auto.«

»Ist er verletzt?«

»Schon, ja. Aber ich hab noch was gemacht, Beth. Was ganz Schlimmes.«

Jetzt höre ich eine Tür knallen. »Bleib, wo du bist, Tara. Mach nichts mehr, bis ich bei dir bin, verstanden?«

Ich erkläre ihr, wo ich bin, oder zumindest, wo ich zu sein vermute, da ich weder Schilder noch Orientierungspunkte erkennen kann. Ich traue mich nicht, mich an die Straße zu stellen, für den Fall, dass irgendwer anderes vorbeifährt. »Das Auto wirst du nicht sehen«, erkläre ich ihr. »Es ist einen Abhang hinuntergerutscht. Aber schau, ob du einen Telefonmast sehen kannst, da sind wir dagegen gefahren. Ich halte auch nach dir Ausschau.«

»Okay. Halt die Ohren steif.«

Dann breche ich im Gras zusammen, Tränen strömen mir übers Gesicht und in meinem Kopf dreht sich ein einziger Gedanke im Kreis ... *Ich habe auf jemanden eingestochen ...*

Wenn Hank sich davon erholt, wird er es mich büßen lassen, genau wie er es mir angedroht hat. Er wird nach Schichtende vor dem Hotel auf mich warten. Er wird es mich teuer zu stehen kommen lassen.

Bis Beth uns findet, vergehen zehn, höchstens fünfzehn Minuten, aber mir kommt es wie eine Ewigkeit vor. Sie hat einige Splitter meines Scheinwerfers entdeckt und ein Stück meiner Stoßstange, das abgerissen wurde. An dem Telefonmast sind Lackspuren meines Toyota Corolla klar zu erkennen.

Ich halte mich versteckt, bis ich sicher bin, dass sie es ist, die herbeifährt. Kein anderes Fahrzeug ist zwischenzeitlich hier entlanggekommen, und dafür bin ich dankbar. Als sie mich sieht, entfährt ihr ein Keuchen; ich muss wohl ganz entsetzlich aussehen. Meine Haare sind in einem wilden Nest verknotet und mein Kiefer ist angeschwollen wie ein Luftballon. Ich lege eine Hand an mein Kinn und wieder lässt mich der Schmerz zusammenzucken.

Als ihr Blick auf die verstümmelte Karosserie meines Autos dort am Fuß des Hügels fällt, klappt ihr die Kinnlade herunter. Hank sitzt immer noch darin. Während der vergangenen paar Minuten ist er still geworden, und das lässt Sorge in meinem Herzen hochkochen. Vielleicht ist er doch schwerer verletzt, als ich dachte.

»Was ist passiert?«, fragt sie und hilft mir den Hügel hinunter. Wir weichen Metallfetzen aus und versuchen dabei, nicht auszurutschen.

Sie hat die Beifahrerseite nun erreicht, ich aber bin stehen geblieben. Ich möchte ihm keinen Schritt näher kommen.

Beth tippt ihm auf die Schulter. »Hank?« Und dann fliegt ihre Hand zum Mund. »Was ...?« Sie springt vom Auto zurück. »Da steckt eine *Schere* in seiner Brust.« Sie reißt die Augen auf. »Tara, warum steckt eine Schere in seiner Brust?«

Ich kann nicht antworten.

Wieder schaut sie zu ihm. »Er blutet, ist aber noch am Leben. Hast du schon einen Krankenwagen gerufen?«

Ich stammle: »N... nein. Ich dachte, du machst das.«

»Ich dachte, *du* machst das.«

»Ich wollte erst dich anrufen«, schluchze ich. »Ich wusste nicht, was ich sonst tun soll. Ich hab auf ihn eingestochen … wie soll ich das denn erklären?«

Beth packt mich bei der Schulter und schaut mir lang und streng in die Augen. »Tara, erzähl mir ganz genau, was hier passiert ist.«

»Er wollte mich nicht loslassen.« Ich zeige ihr mein Handgelenk, die blutige, wundgescheuerte Haut. »Und er hat mir ins Gesicht geschlagen.«

»Er hat *was*?«

Ich erzähle ihr alles über unsere Affäre, dass ich sowieso Schluss machen wollte, dass Gloria uns trotzdem in der Küche erwischt hat. Ich erzähle ihr von den Versprechungen, die Hank mir gemacht hat, und dass er mich finanziell unterstützt hat. Dass er versprochen hat, mir diese Stelle im Hotel zu verschaffen, und dass ich es ihm abgekauft habe. Ich erzähle ihr, was er über Frauen gesagt hat. Darüber, dass wir alle gleich wären.

»Er hat mich am Handgelenk gepackt und ich hatte solche Angst, Beth. Ich dachte, er würde nie wieder loslassen. Und dann ist mir die Schere in die Finger gekommen … und ich wusste nicht … ich wollte das nicht …«

Meine Schwester schaut mir unbeirrt in die Augen.

»Was soll ich bloß tun? Vielleicht nehmen sie mich fest und schmeißen mich ins Gefängnis. Ich saß doch hinterm Steuer …«

»Nein«, entgegnet sie. »So weit kommt es auf *keinen* Fall. Ich werde nicht zulassen, dass sie das mit dir machen.« Ihr Gesichtsausdruck verhärtet sich. »Dieser Mann da ist ein Arschloch. Er hat dich benutzt. Er hat dich ausgenutzt und bestochen. Was für ein kranker Mensch. Ein erwachsener Mann.« Dann wird sie bleich. »Mein Gott, die Party, ich hatte ja keine Ahnung. Ich hab ihn eingeladen und du hast gar nichts gesagt. Du hättest doch …«

»Ich wollte nicht, dass irgendjemand davon erfährt, Beth. Ich habe solche Angst. Er hat gesagt, dass er sich an mir rächen wird, dass er mich überall finden kann.« Inzwischen bebe ich am ganzen Körper, bis runter zu den Fingerspitzen. »Was, wenn er mir wehtut?«

»Das wird er nicht.«

Ich starre das Auto an. »Was, wenn die Schere tiefer drinsteckt, als ich dachte? Was, wenn er verblutet? Dann verklagen sie mich wegen *Mord*, Beth. Ich habe ihn angegriffen.«

»Nein«, widerspricht sie. »Er hat dich angegriffen. Guck dir doch nur mal dein Gesicht an. Er hat dich *geschlagen*. Er wollte dich nicht gehen lassen, also hast du getan, was du tun musstest. Das war reine Selbstverteidigung.«

»Aber die Polizei ...« Meine Stimme verliert sich im Nichts. »Die Polizei wird das nicht so sehen. Die werden versuchen, es mir anzuhängen. *Ich* saß am Steuer. *Ich* habe auf ihn eingestochen.«

»Nicht, solange ich ein Wort mitzureden habe.«

Und da zerbricht irgendetwas im Gesicht meiner Schwester. »Damit kommt er nicht davon«, sagt sie und kehrt zum Auto zurück. Sie murmelt und flucht vor sich hin, und erst kann ich kaum verstehen, was sie sagt, bis ihre Worte endlich zu mir vordringen. »Er saß am Steuer. So erzählen wir es allen. Er hat das Auto zu Schrott gefahren, nicht du. Du hast nie auf ihn eingestochen, verstanden? Das muss niemals jemand erfahren.«

»Aber wie denn? In seiner Brust steckt eine *Schere*. Wie wollen wir das denn wegerklären?«

»Sie werden dir das nicht anhängen«, versichert sie mir. »Das lasse ich nicht zu.« Ihr Gesicht verfinstert sich. »Und das von einem Mann, mit dem wir aufgewachsen sind, dem wir vertraut haben. Dem unser Dad vertraut hat.« Sie beugt sich über Hank. »Hilf mir, ihn zu bewegen. Wir müssen ihn jetzt sofort bewegen.«

»W... was?«

»Du hast mich schon verstanden.« Sie greift ins Auto hinein und zieht die Schere mit einem Ruck aus Hanks Brust. Sie wirft sie in den Fußraum, wo sie klirrend zwischen Glassplittern landet. Blut quillt Hank aus der Brust, was sie aber nicht zurückzucken lässt. Sie sagt nur noch einmal: »Hilf mir, ihn zu bewegen.«

Nun kommt Leben in mich.

Beth schiebt einen Arm hinter seinen Rücken und versucht, ihn aus dem Sitz zu hieven. Aber Hank ist schwer und rührt sich nicht. Meine Schwester keucht und versucht, seinen Körper aus dem Auto zu wuchten. »Hilf mir!«, kreischt sie.

Ich packe ihn bei den Beinen und zerre ihn heraus. Sie zieht ihn an den Schultern nach oben, während ich meine Hände um seine Knöchel klammere und dabei nicht mehr denke, nicht mehr überanalysiere. Ich tue einfach, was meine Schwester mir sagt. Sie hat das Ruder in der Hand. Sie wird mir helfen.

Wir rutschen und schieben, schreien und fluchen, bis wir Hanks Körper endlich zur Fahrerseite befördert haben. Beth sagt, dass wir ihn hinters Steuer setzen sollen.

Der nächste Teil ist deutlich schwieriger. Grunzend heben wir ihn hoch, stopfen seine Arme und Beine hinein, bis er im Auto sitzt. Sein Kopf wippt abscheulich auf und ab und Blut tropft ihm in den Nacken. Auch von der Stichwunde breitet sich Blut in langen Schlieren über seinem Bauch aus.

Bis er an Ort und Stelle ist, sind wir schweißgebadet. Ich weine, Beth aber nicht. Ich weiß nicht, ob ihr auch nur eine einzige Träne in die Augen geschossen ist. Sie ist eine Frau mit Plan, und was auch immer sie vorhat, ist hiermit noch nicht zu Ende.

Langsam ist mir, als ginge es hierbei gar nicht mehr um Hank. Im Gesicht meiner Schwester steht geschrieben, dass noch etwas anderes dahintersteckt, etwas Tiefergehendes. In ihr lodert glühend heiße Wut, nicht bloß wegen Hank, sondern wegen jeden Mannes, der ihr je wehgetan hat, der mir je wehgetan hat. Und vor allem, denke ich, geht es hier um Alex. Den Mann, der sie für eine andere verlassen und mit einem kleinen Kind hat sitzen lassen. Hier und jetzt rächt sie sich an jedem, der uns je das Herz gebrochen hat.

Sie weist mich an, mir das Blut von den Händen zu wischen, und ich tue, wie mir geheißen. Ihre Bluse ist blutverschmiert von dem Moment, als sie Hank hochgehoben hat, also zieht sie sie aus und bleibt im Tanktop zurück. Die Bluse wirft sie ins Auto, dann zieht sie ein Feuerzeug aus ihrer Hosentasche. Dasselbe Feuerzeug, mit dem sie vorhin die Kerzen auf Hannahs Geburtstagskuchen angezündet hat.

Mir gefriert das Blut in den Adern. »Beth, was machst du denn da?«

Sie zieht ihren Daumen nach hinten und das Feuerzeug zündet. Eine Flamme bildet sich und sie starrt lange, lange hinein. Mir wirft sie keinen Blick zu, ihre Augen sind starr auf die Flamme gerichtet. »Hast du schon mal genau hingeschaut?«, fragt sie. »Wenn man eine Flamme ganz genau ansieht, sieht man sie tanzen.«

Taubheit legt sich über meinen Körper. Ich weiß nicht, was Beth vorhat, aber es gefällt mir nicht. Es gefällt mir ganz und gar nicht, wie sich das hier entwickelt hat.

In diesem Moment verzerrt lodernde Wut das Gesicht meiner Schwester. Sie hat es so satt, sich so zu fühlen, und am meisten hat sie es satt, nichts dagegen tun zu können – dagegen, wie ihr Leben sich entwickelt hat, was Alex getan hat, was die Männer tun werden, die nach ihm kommen werden, und Hank – und sie will Rache. Sich selbst konnte sie vor diesem Schmerz nicht schützen, aber sie wird tun, was auch immer sie kann, um mir zu helfen.

»Ich zünde das Auto an«, sagt sie.

»*Was?*«

»Versuch nicht, mich aufzuhalten.«

»Beth. Das kannst du nicht tun.« Hank hängt vornübergebeugt hinter dem Lenkrad. Er hat immer noch keinen Mucks von sich gegeben.

»Er würde sowieso sterben. Er ist schwer verletzt und verblutet, während wir hier stehen.«

»Das kannst du nicht wissen. Uns bleibt noch Zeit, wir können Hilfe holen.« Ich ziehe mein Handy hervor. »Wir können einen Rettungswagen rufen.«

»Und dann?«, fragt sie und hebt ihren Daumen, woraufhin die Flamme so schnell verschwindet, wie sie eben erschienen ist. »Hat er nicht gesagt, dass er sich an dir rächen wird? Und nicht nur das – ja, Tara, du hast hinterm Steuer gesessen. Du hast mit einer Schere auf ihn eingestochen. Notwehr, schön und gut, aber wie weit wird uns diese Erklärung bringen? Du hattest eine Affäre mit diesem Mann und vor noch nicht einmal einer Stunde hat euch seine Frau erwischt. Ihr wart beide wütend. Ihr habt euch gestritten. Die Polizei wird behaupten, du hättest diesen Unfall gebaut, um ihn zu verletzen, vielleicht sogar, um ihn umzubringen. Und als das nicht ausreichte, hast du ihm die Schere in die Brust gestoßen. Das wird Hank so bestätigen. Die Polizei wird sich alles Mögliche ausdenken, um dir die Schuld in die Schuhe zu schieben, und das werde ich nicht zulassen.«

»Beth … nein …«, schluchze ich. »Wenn wir das Auto anzünden, wird er …«

»Wenn seine Leiche verbrennt, wird keiner über die Stichwunde Bescheid wissen.« Sie zieht wieder ihren Daumen über das Feuerzeug und erweckt es funkensprühend zum Leben. Die Flamme flackert, als sie nach vorn tritt.

Sie öffnet die Tür zum Rücksitz und sucht den Boden nach irgendetwas ab. Als sie sich wieder aufrichtet, hält sie das

Feuerzeug an ein Stück Papier und dann eine Fast-Food-Tüte, die sie gefunden hat. Sie wirft die brennenden Sachen auf den Rücksitz.

Flammen füllen die hintere Hälfte meines Autos aus. Alles passiert so schnell und Rauch breitet sich im Innenraum aus, um irgendwann in den Himmel zu entweichen.

»Beth … *was machst du denn da?*«, kreische ich. Aber bewegen tue ich mich nicht und sie auch nicht. Das Inferno scheint sie zu fesseln.

Sie stößt ein Lachen aus – ein echtes Lachen –, bevor sie zu schluchzen beginnt. Sie weint so heftig und bebt dabei so unbändig, dass ich nichts weiter tun kann, als sie festzuhalten, während wir beide auf mein brennendes Auto starren.

»Beth, wir können ihn immer noch rausziehen.«

»Nein.« Sie wischt sich über die Augen. »Lass ihn drin.«

Die Flammen kriechen auf den Fahrersitz zu, auf dem Hank sitzt. Die Hitze kommt seinem Gesicht immer näher und dann hören wir ihn aufstöhnen.

Erst nur ganz leise, sodass ich mir einreden kann, es wäre nur Einbildung. Aber nein, das ist Stöhnen und es kommt von Hank. Er ruft nach Hilfe. Er bemüht sich, das Kinn zu heben.

O mein Gott, er ist nicht mehr bewusstlos. Er wacht langsam auf und die Hitze brennt sich in seinen Rücken. Um seinen Kopf stehen schon die ersten Flammen, der Schmerz muss unvorstellbar sein. Rauch wabert um sein Gesicht und er beginnt zu würgen. Er kann sich nicht aus dem Auto befreien, er ist zu schwach.

»*Beth!*«, brülle ich. »Wir müssen ihn retten!« Ich springe nach vorn, aber Beth zerrt mich zurück.

»Ich hab *Nein* gesagt.« Und damit wirft sie sich auf mich und zwingt mich zu Boden. Wir treten und kämpfen und rollen umher, bis ich innehalte. Bis ich aufgebe. Inzwischen ist es zu spät, die Flammen haben sich um Hanks Kopf gelegt und er schreit vor Schmerz.

Hank Robash verbrennt – verbrennt bei lebendigem Leib – und es ist der abscheulichste Anblick, den man sich vorstellen kann. Das ist mein finsterster, abgrundtiefster Alptraum, der mich all die Jahre seither heimsucht, der mich mitten in der Nacht aufschrecken und mein Zimmer absuchen lässt, in der festen Überzeugung, es müsse in Flammen stehen. Ich bin sicher, dass ich in einem Feuer umkommen werde, genau wie er.

Erst Hank, dann Beth, dann ich.

Hanks Gesicht verschwindet hinter einer Feuerwand und ich kann nicht mehr hinsehen. Seine Schreie durchschneiden die Luft, bis meine eigenen Schreie sie begleiten.

»Schau nicht hin«, weist Beth mich an.

Ich kneife fest die Augen zusammen, aber das kann die Geräusche nicht fernhalten, die Hank von sich gibt. Tiergleiche, tiefe, schmerzerfüllte Schreie, bis sie ihm wortwörtlich aus der Kehle gebrannt werden. Die Flammen löschen alles aus und Hank verstummt.

ZWANZIG

Vor dreizehn Jahren

Beth befiehlt mir, in Dads Auto zu steigen. Ich bin wie betäubt. Meine Beine, mein Herz, ja, meine Seele haben sich in Ruß und Asche verwandelt. Dafür kommen wir ohne jeden Zweifel in die Hölle.

Beth schiebt mich auf den Beifahrersitz und stolpert dann selbst zum Fahrersitz. Sie lässt den Motor an und wendet in rasantem Tempo, um uns zurück zum Haus unserer Eltern zu bringen. Die Sonne geht gerade unter, und ist es nicht seltsam, wie gut ich mich an den Anblick erinnern kann: der verbrannte Orangeton des Himmels und dahinter der blaue Schimmer der herankriechenden Dämmerung ... der grausame Haufen aus Metallschrott und verbranntem Fleisch, den wir zurücklassen.

Diese Felder, diese Wiesen ... ich werde sie nie wieder auf dieselbe Art ansehen können.

Beth redet rasch vor sich hin. Ihr Blick wandert zu mir, um zu sehen, ob ich noch mitkomme, was mir sehr schwerfällt. »Wir müssen unbedingt dieselbe Geschichte erzählen«, betont sie erneut.

»Mom und Dad hab ich schon erzählt, dass Hank zu viel getrunken hat«, fährt sie fort. »Du hast angeboten, ihn nach Hause zu bringen. Wir sagen, dass er darauf bestanden hat, selbst zu fahren, dann aber streitlustig wurde. Du hattest Angst, vor allem, nachdem er dich geschlagen hat. Du hast ihn angefleht, dich aussteigen zu lassen. Und da ich sowieso unterwegs war, um noch was für Hannah abzuholen, hast du mich angerufen und mir erzählt, was passiert ist. Ich bin hergefahren und habe dich eingesammelt. Du standest am Straßenrand.« Sie schielt zu mir rüber. »Hörst du mir zu, Tara? Hörst du, was ich dir sage?«

Ich kann einfach nicht aufhören zu weinen.

Sie fährt fast so schnell wie ich vorhin, mit nervösen Bewegungen, den unsteten Blick auf die Straße gerichtet, dann auf das Dashboard, dann wieder auf mich.

»Er hat das Auto ganz allein zu Schrott gefahren. Okay, Tara? Du warst gar nicht dort. Da hatte ich dich schon abgeholt. Wir hatten keine Ahnung, dass er so gefährlich gefahren ist. Und durch den Unfall hat das Auto Feuer gefangen.«

Ich schlucke und schniefe, die Hände auf die Brust gepresst.

Ich kann Hanks Schreie einfach nicht aus meinem Gedächtnis verbannen. Mir ist, als müsse ich mich übergeben, ich öffne das Fenster einen Spaltbreit.

Aus der Ferne kommt uns ein Auto entgegen und mein ganzer Körper verkrampft sich. Auch Beths Schultern spannen sich an, als der Fahrer den Arm aus dem Fenster streckt und winkt.

Beth geht vom Gas. »Scheiße, das kann doch jetzt nicht wahr sein«, sagt sie.

Es ist Gloria. Gloria sitzt in dem Auto, das auf uns zukommt, und nun bin ich sicher, dass ich gleich in Ohnmacht fallen werde. Ich werde mitten auf der Straße umkippen oder in diesem Auto sterben.

Was macht Gloria bloß hier draußen? Warum ist sie nicht zu Hause?

Beth öffnet ihr Fenster, als Gloria ihres ganz runterrollt. Meine Schwester tut so, als wäre alles in bester Ordnung. »Hi, Mrs Robash. Alles okay?«

Glorias wutentbrannter Blick brennt mir ein Loch ins Herz, und ich wende meinen Kopf ab. Ich kann dieser Frau nicht in die Augen sehen, nicht jetzt, wo sie weiß, was Hank und ich getan haben. Nicht jetzt, wo wir dieses furchtbare Verbrechen begangen haben.

»Ich war wieder auf dem Weg zu deinen Eltern, um Hank abzuholen. Dieses Arschloch, er hat's ja gar nicht verdient …« Sie weint, versucht die Tränen aber zu unterdrücken, vor allem in meiner Gegenwart. »Er war betrunken, ich hätte ihn nicht zurücklassen sollen. Aber deine Eltern haben gesagt, er wäre schon fort.«

Meine Mundwinkel hängen leblos herunter. Alles in mir will nur noch schreien und schreien.

Beth sagt: »Er hat Taras Auto genommen. Das hätte er nicht tun sollen, aber er hat darauf bestanden. Tara ist mitgekommen, damit sie das Auto wieder zurückfahren konnte. Sie braucht es für ihre Schicht morgen.« Sie wirft mir einen bedeutungsschwangeren Blick zu. »Aber Tara hat Angst bekommen und ihm gesagt, dass sie aussteigen will. Er hat sie irgendwo am Straßenrand rausgeschmissen.«

»Er hat sie rausgeschmissen? Was war denn los?« Sie schnaubt. »Ach, ich weiß. Ein Streit unter Liebenden?«

Ich beiße mir auf die Unterlippe und versuche, nicht aufzuschluchzen.

»Tara …« Sie funkelt mich an. »Du und diese ganze Sauerei. Was du meiner Familie angetan hast. Alles, was zwischen euch beiden gelaufen ist. *Nichts* davon wird jetzt einfach wieder verschwinden, verstanden? Ich werde euch beiden nie verzeihen, was ihr getan habt.«

»Können wir das für den Moment auf sich beruhen lassen, Mrs Robash?«, bittet Beth. »Ich muss Tara nach Hause bringen. Ich muss zur Party meiner Tochter zurück. Schließlich war es ganz schön verstörend, dass er meine Schwester hier einfach mitten im Nirgendwo am Straßenrand hat stehen lassen.«

Gloria sagt: »Die fängt sich schon wieder. Aber ich frage mich doch, was ihr zwei überhaupt hier draußen zu suchen habt.«

»Das wollte ich Sie auch gerade fragen«, entgegnet Beth kühl. »Route 30 wäre der schnellere Weg.«

Gloria zögert. »Ein Teil von mir hat Angst, ihn in einem Wrack an irgendeiner Kreuzung zu finden. Oder zusehen zu müssen, wie die Polizei ihn wegen Trunkenheit am Steuer festnimmt. Also bin ich diesen Umweg gefahren.« Sie schnieft noch einmal und spannt dann ihren Mund an.

Beth dagegen bleibt so gelassen wie eh und je. Sie deutet in Richtung der Straße hinter uns, was mich zusammenzucken lässt. Irgendwo dort hinten steigt Rauch in den Himmel, von Hanks brennender Leiche. Gloria bleiben nur noch ein paar Meilen, bis sie die Unfallstelle erreicht.

»Bestimmt ist Mr Robash inzwischen schon zu Hause«, erklärt Beth. »Fährt wahrscheinlich gerade die Einfahrt hinauf. Sicher und unbeschadet.« Sie nimmt ihren Fuß von der Bremse und lässt das Auto anrollen. Doch dann hält sie noch einmal an. »Oh, noch was, Mrs Robash«, fügt sie hinzu. »Wenn Sie mit ihm sprechen, können Sie ihm dann bitte sagen, dass meine Schwester ihr Auto morgen wieder braucht? Hoffentlich hat er es gut behandelt.«

Und damit lassen wir Gloria hinter uns, ich bin völlig fassungslos über die Kühnheit meiner Schwester. Gloria macht sich wieder in die entgegengesetzte Richtung auf, ohne die geringste Ahnung, was dort auf sie wartet.

Gloria war es, die den Rauch entdeckt hat. Sie hat die Metallteile am Straßenrand erspäht und das brennende Autowrack. Sie hat den Notruf gewählt und die Informationen in den Hörer hineingeschrien.

Mir vorzustellen, wie Gloria dort saß und auf die Polizei wartete, ist mir unerträglich. Wie unfassbar schlecht muss ihr gewesen sein bei dem Gedanken, dass Hank verbrannt und verkohlt dort im Auto sitzen könnte.

Es vergingen mehrere Stunden, bis die Polizei feststellte, dass das Auto auf meinen Namen gemeldet war. Und weitere vierundzwanzig Stunden, bis sie sicher waren, dass die Leiche darin die von Hank Robash war.

Unsere Familie war schockiert, als die Polizei diese Nachricht überbrachte. Alle glaubten auch meine Version der Geschichte: Dass Hank mich rausgeworfen hatte. Sie waren entsetzt, dass er mir ins Gesicht geschlagen und mich dann am Straßenrand zurückgelassen hatte. An diesem Punkt war mein Kinn bereits angeschwollen und ein dunkellila gefärbter blauer Fleck erstreckte sich bis zu meinem Ohr hinauf.

Die Polizisten saßen uns gegenüber im Wohnzimmer, und meine Eltern erbebten ob der Nachricht, dass Hank tot war, während mein Dad noch versuchte, sich über seine Gefühle für seinen ehemaligen Mitarbeiter klar zu werden. Er war zutiefst erschüttert darüber, dass ein Mann, den er für einen Freund gehalten hatte, seine Tochter geschlagen hatte. Dass jemand, mit dem er gern Zeit verbrachte und Golf spielte, mir wehgetan hatte, wo ich doch nur versucht hatte, ihn nach Hause zu bringen.

Einer der Polizisten sagte: »Was für ein Glück, dass Sie nicht im Auto saßen, Tara. Sonst wären auch Sie Opfer dieses Unfalls geworden.«

Und genau, wie Beth gehofft hatte, ist mit Hanks Leiche auch jeder Hinweis auf eine Stichwunde verbrannt. Dass ihm eine Schere in der Brust steckte, haben die Flammen verborgen.

Das Feuer hatte so heiß gebrannt, dass es schwer war, jede einzelne Verletzung festzustellen, die er durch den Unfall davongetragen hatte. Niemand würde je davon erfahren.

So kaufte uns die Polizei also unsere Geschichte ab, und zum Glück gab es keine anderen Zeugen. Damit hätte die Tortur überstanden sein sollen, so erhofften wir es uns.

Doch an Gloria nagten unerbittliche Zweifel, und je öfter sie jede Einzelheit dieses Tages in Gedanken erneut durchkaute, desto stärker wurden ihr Misstrauen und ihre Wut. Dass sie uns an genau dieser Straße begegnet war, so nah am Unfallort. Unsere Unterhaltung und wie nervös ich gewirkt haben musste. Vielleicht hatte auch Beths Stimme ein wenig gezittert.

Und dann fiel Gloria noch ein winziges Detail wieder ein: auf meinem Oberteil hatte sie Blutflecken gesehen.

Als ich den Kopf abgewandt hatte, nach diesem Bruchteil einer Sekunde, in dem ich Gloria in die Augen gesehen hatte, waren ihr Blutstropfen auf meinem Ärmel aufgefallen. In unserer Eile hatte Beth die überhaupt nicht bemerkt. Es war Hanks Blut.

Von Hanks Schlag war meine Lippe nicht aufgeplatzt, und Gloria war überzeugt, dass mit unserer Geschichte irgendetwas nicht stimmte. Wie hatten wir denn den Unfall nicht hören und nicht merken können, dass Hank das Auto zu Schrott gefahren hatte? Sie erzählte allen, dass ich mit im Auto gesessen haben musste, als er gegen den Mast gefahren war, und dass ich deshalb Blut auf dem Oberteil hatte. Sie sagte allen, die gewillt waren, zuzuhören, dass ich log, was den Unfall anging. Dass ich Hank dem Tode überlassen hatte. Sie war überzeugt, meine Schwester hätte mir geholfen.

Denn inmitten ihrer Trauer hatte Glorias Wut sich verhärtet. Sie hatte Hank nie wegen seiner Affären zur Rede stellen können, und nun wollte sie sich an jemandem für das rächen, was er getan hatte – also begab sie sich auf den Kriegspfad und ich war ihr Ziel. Sie musste all ihren Zorn auf jemanden richten können, und ich kam ihr gerade recht.

Ich vermute außerdem, dass das Glorias Art war, sich selbst nicht die Schuld geben zu müssen. Schlimm genug, dass er sich auf einem Kindergeburtstag so betrunken hatte, doch dann war sie noch ohne ihn losgefahren, nachdem sie sich gestritten hatten. Sie hatte ihn zurückgelassen, auf dass er sich betrunken hinters Steuer meines Autos setzte. Wenn sie ihn nach Hause gebracht hätte, wäre er jetzt noch am Leben.

Sie ging mit ihrem Verdacht zur Polizei, doch bis dahin waren mir schon keine Symptome eines Schleudertraumas mehr geblieben, und das Oberteil mit Hanks Blut hatte ich bereits entsorgt. Niemand konnte nachweisen, ob ich zum Unfallzeitpunkt im Auto gesessen hatte, zumal hier Aussage gegen Aussage stand und Hank ... nun ja, er konnte ja nichts mehr dazu beisteuern.

Auch Beth blieb bei der fabrizierten Geschichte – schließlich war es ihre Idee gewesen. Sie beteuerte immer wieder, sie hätte mich am Straßenrand eingesammelt und ich sei nicht einmal in der Nähe des Unfallorts gewesen.

Die Tage sickerten endlos dahin. Nach Hanks Beerdigung, die niemand aus unserer Familie besucht hatte, begannen meine Schwester und ich, einander aus dem Weg zu gehen. Das tat weh, doch wir konnten einander kaum in die Augen sehen, zumal mich unsere Entscheidung immer noch verfolgte – es quälte mich, dass wir einen Menschen dem Tod überlassen hatten. Des Nachts peinigten mich Hanks Schreie. Und auch meine Schwester litt darunter. Es war nicht zu übersehen, wie die Schuld uns einholte und uns mit dem folterte, was wir getan hatten, mit diesem Geheimnis, das wir vor allen verbargen.

Wir sind keine Mörderinnen, sagte Beth und schien sich damit hauptsächlich selbst überzeugen zu wollen. *Du darfst es niemals jemandem erzählen, Tara. Versprich mir das.*

Und ich habe es ihr versprochen.

Aber meine Schwester war die, die das Feuerzeug hielt. Sie war es, die das Auto anzündete und mich zu Boden drückte, während wir zusahen, wie Hank verbrannte. An diesem Tag kannte mein fassungsloses Staunen über sie keine Grenzen – und meine Angst ebenso wenig.

Wir trieben immer weiter voneinander fort. Beth gab vor, sie sei zu beschäftigt damit, ihre Sachen für den Umzug zu Mom und Dad zu packen, während ich dasselbe für meinen Auszug tat.

Irgendwie mussten wir wohl gedacht haben, wenn wir einander nur aus dem Weg gingen und nicht darüber sprachen, könnten wir auch so tun, als wäre nichts geschehen. Könnten es in Vergessenheit versinken lassen. Aber es gab da noch jemanden, der ebendas nicht zulassen wollte – Gloria.

Eines Sonntagnachmittags tauchte sie im Haus meiner Eltern auf, mit ihren Söhnen, der jüngere kreidebleich ob der Worte, die seine Mutter uns ins Gesicht schleuderte, während der ältere mit geballten Fäusten in unserer Eingangshalle stand.

Gloria sticht mit ihrem Fingernagel in meine Richtung, einem Nagel, der einst so sorgfältig manikürt war, jetzt aber abgekaut wurde. Sie kreischt: »Sie lügt. Ich weiß, dass Tara lügt. Sie saß im Auto, als sie gegen den Mast gefahren sind. Sie ist nicht vorher ausgestiegen. Sie will nur nicht, dass irgendjemand weiß, was sie getan hat.«

Ich kriege kaum einen Ton heraus. Die Robash-Familie beziehungsweise das, was nun von ihr übrig ist, steht in unserem Haus, auf Streit aus. Meine Schwester ist auch hier. Vorhin ist sie mit Hannah vorbeigekommen, die nun im Nebenzimmer spielt. Als sie die Robashes kommen hörte, ist Beth herbeigeeilt.

Nun presst sie ihren Arm an meinen, und das beruhigt mich. So nah waren wir uns schon seit Wochen nicht mehr.

»Warum sollte Tara so etwas tun?«, fragt Beth. »Warum sollte sie lügen? Sie haben doch gesehen, in welchem Zustand das Auto war. Wie hätte sie Teil eines solchen Unfalls sein können und mit nichts als einem blauen Fleck am Kinn davonkommen sollen – eine Verletzung, die *Ihr* Mann ihr zugefügt hat, das sollten wir nicht vergessen! Was für ein Monster, ihr so etwas anzutun.«

Der ältere Junge, Eli, beugt sich leicht nach vorn, aber seine Mutter streckt einen Arm aus, um ihn zurückzuhalten. Unser Dad tut dasselbe mit Beth.

Der jüngere Robash-Sohn dagegen, der ruhigere, Patrick, kauert nahe der Tür. Es steht ihm unübersehbar ins Gesicht geschrieben, dass er schreckliche Angst hat, dass er nicht hier sein möchte, aber dazu gezwungen wurde. Auch er leidet. Er weiß nicht, was er glauben soll.

Gloria wirft meinen Eltern einen eiskalten Blick zu. »Wusstet ihr, dass eure Tochter es schon monatelang mit meinem Mann getrieben hat, bevor er starb? Dass sie ihn verführt hat, bis Hank irgendwann nachgab?«, schreit sie. »*Tara* hat uns das angetan. *Er* hat uns das angetan. Die beiden haben unsere Familie zerstört.«

Meine Kehle schnürt sich zu. Nie im Leben hätte ich gedacht, dass Gloria das vor meinen Eltern aussprechen würde, und erst recht nicht vor ihren eigenen Kindern. Was zur Hölle denkt sie sich nur dabei? Was kann es ihr denn bringen, das zu tun?

Aber Gloria ist viel zu hasserfüllt. Sie ist betrogen worden und hat nun keine Möglichkeit mehr, Hank dafür leiden zu sehen. Also lässt sie alle anderen an seiner Stelle leiden.

»Mrs Robash, so war das nicht ...«, entgegne ich, verstumme aber bald wieder. Denn so war es ja *doch*. Ich habe wirklich gelogen.

Ich werfe meiner Schwester einen hilfesuchenden Blick zu,

doch in ihren Augen lese ich: *Tara, um den Teil musst du dich jetzt selbst kümmern. Ich habe alles andere erledigt.*

»Mrs Robash …«, setze ich an.

»Nein.« Sie bringt mich mit erhobener Hand zum Schweigen. »Ich möchte nichts mehr hören. Ihr zwei, ach, ihr macht mich krank. Monatelang ging das so. Und ich habe euch erwischt. Ich habe euch zusammen gesehen und du hast es nicht abgestritten, keiner von euch hat es abgestritten. Und dann hast du Hank nach Hause gefahren.«

»Nein, er ist gefahren …«

»Du wusstest, dass er Schluss machen wollte, auch mit den Geldzahlungen. Er wollte dir kein Geld mehr geben und das hat dich wütend gemacht. Du wolltest ihn bestrafen. Also hast du dein Auto gegen den Mast gefahren. Du hast ihn auf den Fahrersitz gezogen und dann bist du abgehauen.«

Meine Mom stößt ein Keuchen aus. Mein Dad schaut zu mir, dann wieder zu Gloria. Doch in meinem Kopf dreht sich nach ihren Worten alles. Gloria weiß über das mit dem Geld Bescheid.

Sie muss herumgeschnüffelt haben. Nach Hanks Tod muss sie alle Unterlagen durchgegangen sein, alle ihre Bankkonten, und wie sich herausstellt, war Hank nicht so clever, wie er dachte. Bestimmt gibt es da mysteriöse Barauszahlungen, und zufälligerweise immer an genau den Tagen, an denen Hank eine seiner Besorgungen zu erledigen hatte.

Dad sagt: »Gloria, ich weiß, das ist gerade alles viel zu viel, und uns ist klar, wie aufgebracht du bist. Wir fühlen mit dir. Wegen dem, was Hank zugestoßen ist. Aber wir können auch nicht vergessen, was er meiner Tochter angetan hat. Er hat sie verletzt, und mir ist ganz gleich, dass er dabei betrunken war. Er hat sie am Straßenrand stehen lassen. Er war nicht bei klarem Verstand …«

»Sie hat es verdient!«, kreischt Gloria. »Sie hat das alles verdient. Das hinterlistige Biest.« Wieder sticht sie mit dem

Finger nach mir. Mum schreit auf und krallt ihre Hand fest in meinen Arm.

Leiser spricht Gloria weiter: »Findest du es nicht auch seltsam, Tara, dass das Auto in Flammen aufgegangen ist? Ihr seid an einen Telefonmast gefahren und einen Hügel runtergerutscht, aber dieser Aufprall hätte doch nicht ausreichen können, um ein Auto in Brand zu setzen. Sie vermuten, dass Hank noch am Leben gewesen sein könnte, als der Wagen Feuer fing. Mein Gott ...« Sie taumelt unter dem Gewicht ihrer eigenen Worte. »Kannst du dir das ausmalen? Was muss er wohl gedacht haben? Wie viel Angst er gehabt haben muss ...« Sie wischt sich über die Augen und versucht, sich wieder zu fassen. »Ich verstehe einfach nicht, wie das passieren konnte. Es ergibt keinen Sinn. Ihr seid nicht gegen einen Baum gefahren, der Motor ist nicht zerknautscht worden.«

»Wir wissen es nicht«, erwidert Dad. »Taras Auto war schon alt, sie hatte es seit der Highschool. Irgendetwas muss wohl passiert sein.«

»Das Auto hat Feuer gefangen, und doch ist Tara mit kaum mehr als einem Kratzer davongekommen?«

»Und genau deswegen wissen wir doch, dass sie zum Unfallzeitpunkt nicht im Auto saß«, entgegnet Dad.

»Das kaufe ich ihr nicht ab.« Sie funkelt mich an. »Von dir hätte ich das nie gedacht, Tara. Nie im Leben hätte ich gedacht, dass er so tief sinken würde. Es ist doch auch kaum zu fassen, oder?« Ihr Blick schießt zu meinen Eltern. »Und ihr, ihr hattet ja auch keine Ahnung. Sie haben uns alle hintergangen, direkt vor unserer Nase. Mein Hank und eure Tochter.«

Dad lässt seinen Arm sinken. »Gloria, ich denke, du gehst nun besser. Bitte. Halt deine Söhne da raus und bring sie nach Hause.« Er lotst sie Richtung Tür.

Doch da zieht Gloria ein Handy aus ihrer Handtasche, eines, das ich überall erkennen würde – Hanks Handy.

»Ich habe jede SMS«, verkündet sie. »Alles, was Hank und

Tara einander geschrieben haben, all die Lügen, die sie gesponnen haben. Wie oft sie sich getroffen haben. Ich habe das alles in unseren Handyaufzeichnungen gefunden, all die Beweise. Beweise, dass zwischen den beiden etwas lief.«

»Das stimmt nicht«, bestreitet Dad. Doch als sein Blick zu mir wandert, fließt Unsicherheit in seine Augen. »Das würde Tara niemals tun.«

»Nein, nie«, bestätige ich.

»Nein, nie was, Tara?«, keift Gloria. »Du würdest ihn nie dem Tod überlassen? Oder du würdest nie eine Affäre mit einem verheirateten Mann haben?« Sie wedelt mit dem Handy vor den Gesichtern meiner Eltern herum. »Ich kann euch alles zeigen.« Dann nickt sie in Richtung ihrer Söhne. »Die beiden haben jede einzelne Nachricht gelesen. Sie wissen, was die beiden getrieben und was sie zueinander gesagt haben.« Mich schaudert bei dem Gedanken, dass sie ihren Söhnen das angetan hat, dass sie ihnen dieses Wissen aufgebürdet hat, mit dem man sie nie hätte belasten sollen. Sie zieht den Namen ihres Vaters durch den Dreck. Sie sehnt sich so verzweifelt nach Rache.

»All das Geld, das Hank dir gegeben hat«, fährt Gloria fort, »das ist *unser* Geld. Das Geld meiner Jungs. Du hast ihn ausgenutzt, Tara, und dann hast du ihn sitzen lassen.«

»Nein«, jammere ich, »das würde ich nie ...«

»Wir melden das bei der Polizei.« Nun hat der ältere Sohn, Eli, das Wort ergriffen. Seit sie unser Haus betreten haben, blieb sein Blick immer starr auf mich gerichtet, sein Mund entschlossen verzogen. Über die Jahre ist er so groß geworden. Alle beide eigentlich.

Donuts für die Jungs, hat Hank gesagt. *Sie sind schon wieder Klassenbeste geworden.*

Wie stolz er immer auf die beiden war.

Eli sagt zu mir: »Wir haben der Polizei gesagt, was du getan hast. Dass du ihn bewusst zurückgelassen hast. Sie haben versprochen, das genauer zu untersuchen. Dieser Fall ist noch nicht abgeschlossen.« Das Gesicht höhnisch verzogen, schaut er nun zu Beth. »Und über dich wissen wir auch Bescheid. Du hast deiner Schwester geholfen, nimmst sie in Schutz. Du bist genauso verantwortlich dafür.«

In donnerndem Tonfall wiederholt Dad: »Ich habe gesagt, ihr geht jetzt. Ich werde nicht einfach dastehen und zulassen, dass ihr in unserem Zuhause solche Sachen behauptet.«

Der jüngere Sohn, Patrick, huscht zur Tür.

Aber Eli sagt: »Noch hast du alle an der Nase herumgeführt, Tara. Aber nicht mehr lang. Das schwöre ich dir.«

»Ich hab gesagt, ihr *geht* jetzt«, knurrt Dad.

Sie wenden sich zur Tür, doch dann sagt Gloria noch: »Ihr werdet beide für das zahlen, was ihr getan habt.« Sie funkelt meine Schwester und mich an. »Ihr werdet das noch bereuen.« Und dann stapft sie die Einfahrt hinunter, ihre Söhne im Schlepptau. Patrick lässt den Kopf hängen, Eli dagegen wirft uns noch einen langen, hasserfüllten Blick zu. Dann steigt er ins Auto und knallt die Tür hinter sich zu.

Wir hören, wie Kies unter ihren Reifen hochgeschleudert wird, als Gloria die Straße entlangrast. Ich halte den Atem an, bis ich sicher bin, dass sie fort sind.

Keiner rührt sich. Keiner macht einen Mucks.

Meine Schwester schaut verstohlen zu mir, um zu sehen, wie es mir geht, aber da sieht sie nichts Gutes. Ich bebe am ganzen Körper, kann einfach nicht aufhören. Tränen laufen mir übers Gesicht.

»Ich versteh gar nicht, was hier gerade passiert ist«, murmelt meine Mum. Sie schaut zu mir, Nervosität steht ihr ins Gesicht geschrieben. »Was hat sie da nur geredet?« Sie senkt ihren Blick, fixiert einen Fleck im Teppich, dann sucht sie erneut meine Augen. »Das, was sie da über dich und Hank gesagt hat ... das stimmt doch nicht, oder? Oder, Tara? Das stimmt doch nicht?«

Allein die Tatsache, dass sie das fragt und dass Gloria meinen Eltern etwas so Furchtbares erzählt hat, lässt mich unter neuen Tränen erzittern. Und das gibt meinen Eltern alle Antwort, die sie brauchen.

Mom wendet sich ab. Sie kann es nicht begreifen – will es nicht begreifen. Sie sagt irgendetwas von wegen, sie müsse nach Hannah sehen, und verlässt das Zimmer.

Auch Dad wendet sich von uns ab. Im Gang angekommen, wirft er mir noch einen Blick zu, der mir einen tödlichen Stich versetzt. Tränen brennen in meinen Augen. Da, in seinem Gesicht, kann ich es sehen: Er beginnt, an mir zu zweifeln.

In seinem Büro angekommen, knallt Dad die Tür hinter sich zu, genau wie Eli es getan hat. Unter dem Aufprall springt im Wohnzimmer ein Familienfoto vom Haken und fällt zu Boden, ein tiefer Riss zieht sich nun durch das Bild. Das Glas ist so zersprungen, dass unsere Gesichter gar nicht mehr zu erkennen sind.

EINUNDZWANZIG

Gegenwart

Detective Gillespie gibt mir einen kurzen Moment, um mich zu sammeln. Aber lang lässt er mich nicht verschnaufen.

»Ist ja eine wilde Geschichte, die Gloria Robash da erzählt hat«, sagt er. »Aber das ließ sich nie nachweisen, nicht wahr? Die Polizei befand, Hank sei ums Leben gekommen, als er Ihr Auto zu Schrott gefahren hat.«

»Genau.«

»Ich weiß, wie schwer das ist, und da gibt es auch so viel wieder hervorzukramen, aber es gibt da noch etwas, worüber wir beide sprechen müssen. Bezüglich dem, was ich vorhin gesagt habe. Warum ich Ihre Fingerabdrücke im System finden konnte.«

War ja nur eine Frage der Zeit, bis wir wieder hier ankommen würden.

»Sie haben ja bereits erwähnt, dass Ihre Eltern Anklage gegen Sie erhoben haben, weil Sie bei ihnen eingebrochen sind. Ihre Eltern wollten Sie nicht mehr dort wohnen haben. Warum das, Ms Jenkins? Warum wollten sie Sie nicht mehr im Haus haben?«

»Ich hatte eine eigene Wohnung gefunden.«

»Aber sie wollten nicht einmal, dass Sie sie besuchen kommen.«

»Das war eine komplizierte Angelegenheit.«

»Anscheinend gibt es in Ihrem Leben viele komplizierte Angelegenheiten.«

Sein Kommentar reizt mich. Er versucht es noch einmal.

»Was haben Sie denn getan, was Ihren Eltern Anlass gab, die Türschlösser auszutauschen?«

Mein Blick wandert zur Zimmerdecke hinauf.

»Haben Sie gefunden, was Sie gesucht haben?«

Seine Frage kommt der Wahrheit viel zu nahe. Ich ermahne mich, ihm nicht zu antworten.

»Ms Jenkins«, sagt er, »es ist an der Zeit, dass wir über Ihre Eltern sprechen. Über die Nacht, in der sie gestorben sind. Sie müssen mir erzählen, was passiert ist.«

Vor dreizehn Jahren

Glorias Besuch mit ihren Söhnen war der Beginn einer finsteren Phase für meine Familie. Der Verdacht allein war ja schon zerstörerisch genug, aber Gloria lief richtig Amok und ging sogar so weit, jede einzelne unserer SMS und die Zeitstempel jedes unserer Anrufe auszudrucken. In einer Aktenmappe legte sie meinen Eltern alles auf die Türschwelle. Die Affäre konnte ich nun nicht mehr leugnen.

Eine Zeit lang stand ich richtig neben mir. Schuldgefühle machen so etwas mit einem. Und auch Geldsorgen können einen Menschen zu allem Möglichen treiben.

Meinen Job im Hotel habe ich verloren. Ich konnte kaum schlafen – ständig weckten mich Alpträume, in denen ich Hank schreien hörte, das brennende Auto sah und den Gesichtsausdruck meiner Schwester, als sie dieses Feuerzeug in der Hand hielt –, und irgendwann war ich einfach zu oft zu spät zur Arbeit erschienen und sie mussten mich entlassen. Damit konnte ich mich auch von meiner Beförderung verabschieden. Bis zum heutigen Tag weiß ich nicht, ob Hank je wirklich vorhatte, bei den Managern ein gutes Wort für mich einzulegen. Wahrscheinlich war das von Anfang an nichts als eine Lüge.

In einem Diner, in dem hauptsächlich Bauern und Trucker auf der Durchfahrt haltmachten, fand ich eine neue Anstellung als Kellnerin. Das Trinkgeld war miserabel, der Kaffee roch immer verbrannt und mir war jede Sekunde dort verhasst. Aber ich konnte mich einfach nicht genügend zusammenreißen, um mir etwas anderes zu suchen, und mit den Mietzahlungen geriet ich immer weiter in Verzug. Es war nur noch eine Frage weniger Wochen, bis meine Mitbewohnerinnen mir sagen würden, dass sie mir kein Geld mehr würden leihen können, und ich konnte es ihnen nicht einmal verübeln. Ich würde ausziehen müssen, aber wohin nur? Am Ende wanderte ich von Freundin zu Freundin und von Couch zu Couch.

Dad fiel es schwer, mit mir zu reden. Es muss ihm so eine Qual gewesen sein, jeden Tag ins Büro zu gehen, sein Büro, in dem sich nach und nach die Kunde von Hank und seiner Tochter ausbreitete. Der Autounfall, unsere Affäre und dazu noch die Gerüchte, die Gloria weiter fleißig säte.

Mom wusste nicht, was sie davon halten sollte. Sie bat mich, eine Zeit lang nicht mehr nach Hause zu kommen. *Nur, bis Gras über die Sache gewachsen ist*, sagte sie. Diese Bitte allein reichte schon aus, um mich völlig niederzuschmettern.

So schlich ich mich davon ... und meine Lage wurde immer aussichtsloser. Es fehlte mir so dringend an Geld und es schien, als hätte die ganze Welt sich gegen mich gerichtet. Wann immer ich anderen Leuten in die Augen sah, las ich Anklage darin, und ich wurde unbesonnen. Ich baute mir meinen eigenen Teufelskreis und war mein eigener schlimmster Feind.

Ob Beth nun ebenso litt wie ich oder nicht, sie ließ es sich jedenfalls nicht anmerken, zumindest nicht mir gegenüber. Sie sagte, sie sei mit ihren Malaufträgen und den letzten Umzugsarbeiten beschäftigt.

Und dann kam dieser Anruf. Eigentlich sogar mehrere Anrufe, um genau zu sein. Ich hatte keine Ahnung, dass auch meine Eltern und meine Schwester dieselben Anrufe erhielten, aber ich hätte es mir denken müssen. Ich hätte nachfragen müssen. Dann hätten meine Eltern alles erklären und mich warnen können, dass ich mir diese lächerliche Idee aus dem Kopf schlagen musste. Aber wie sich herausstellte, war ich die Einzige in unserer Familie, die darauf hereinfiel und auf das einging, was die Person am anderen Ende der Leitung verlangte. Ich war die Einzige, die tief genug gesunken war, das Angebot in Betracht zu ziehen. Ich allein war verzweifelt genug.

Und zu Beginn schien es so harmlos. Die Anrufer sagten, sie seien von einem gewerblichen Bauunternehmen, und baten mich, ein bestimmtes Dokument zu suchen. Sie schlugen vor, ich könnte im Büro meines Dads danach suchen, mich einfach mal umsehen und ihnen eine Kopie zusenden. Sie versicherten mir, es wäre ganz einfach und würde mir eine sofortige Geldprämie einbringen. Viel mehr brauchte es gar nicht.

Ich wartete einen Tag ab, an dem ich meine Eltern außer Haus wusste, und fuhr zu ihnen. Doch zu meiner Überraschung kamen sie früher als erwartet nach Hause. Sie erwischten mich dabei, wie ich in Dads Büro herumwühlte.

Nachdem meine Eltern Anklage gegen mich erhoben hatten, kam Beth, um mich gegen Kautionszahlung aus dem Gefängnis zu holen. Allerdings wies sie mich an, nicht mehr nach Hause zu kommen. Unsere Eltern seien zu aufgebracht und hätten vor, die Schlösser austauschen zu lassen. Sie seien entsetzt, dass ich es überhaupt in Betracht ziehen würde, die Grundstücksurkunde der Familienfarm an mich zu nehmen und an Personen weiterzuleiten, die betrügerische Absichten hegen mochten. Sie hätten nie gedacht, dass ich unsere Familie derart in Gefahr bringen würde.

Falls ich damals dachte, damit hätte ich meinen absoluten Tiefpunkt erreicht, so irrte ich mich. Denn es kam noch viel schlimmer.

Ich saß in einer Bar, an deren Tresen ich Schiffbruch erlitten hatte, und tat mir ausgiebig leid, während ich mir von einem Fremden zu viele Shots Fireball-Whisky ausgeben ließ. Fairerweise muss man sagen, dass er sie mir angeboten hatte, und wer war ich, kostenlosen Alkohol auszuschlagen. Mit locker sitzendem Geldbeutel und versuchten Schmeicheleien dachte er wohl, er könnte bei mir landen. Aber ich hatte andere Pläne und sagte ihm, ich wolle nach Hause gehen. Alleine.

Zu dem Zeitpunkt hatte ich mir gerade genug Geld zusammengespart, um mir einen gebrauchten Pick-up zu kaufen. Einen mit Handschaltung, mit der ich mich ziemlich schwertat, was in betrunkenem Zustand nicht besser wurde. Aber ich musste ja jeden Tag irgendwie zur Arbeit erscheinen und mein geliebter Toyota war inzwischen nicht mehr als ein zusammengeschmolzener Blechklumpen auf irgendeinem Schrottplatz.

Ich war betrunken und muss wohl komplett auf Autopilot gefahren sein, denn als ich die Bar verließ, nahm ich die Abzweigung zur Route 30, genau wie ich es schon Tausende Male zuvor getan hatte. Ich fuhr bis zum Ende der Straße, den Fuß bleischwer auf das Gaspedal gelegt, bis ich die Einfahrt meines Elternhauses erreichte.

Und an diesem Punkt enden meine Erinnerungen. Von dem, was danach kam, ist nichts hängen geblieben.

Stunden später wachte ich unter freiem Himmel auf, bäuchlings im Vorgarten meiner Eltern hingestreckt. Die Sonne war aufgegangen und bedeckte mich mit ihrer drückenden Hitze. Ich spürte die Erde unter mir und den Schweiß, der mein T-Shirt durchtränkt hatte. Mein Mund fühlte sich an, als hätte ihn jemand mit Sand gefüllt.

Rettungssanitäter standen um mich herum, während ich langsam blinzelte, durch den Nebel in meinem Kopf hindurch. Ein zweites Team rannte währenddessen ins Haus, um meinen Eltern zu helfen. Sie lagen immer noch im Bett. Um etwa acht Uhr morgens hatte meine Schwester den Notruf gewählt, als sie unsere Mom nicht erreichen konnte. Sie wollte sie bitten, während ihrer Arbeitszeit auf Hannah aufzupassen, aber als niemand ranging, begann Beth, sich Sorgen zu machen, und rief einen Krankenwagen. Die Rettungskräfte kamen noch vor ihr am Haus an. Doch trotz ihrer schnellen Reaktionszeit konnten sie nichts mehr tun. Der Gerichtsmediziner stellte später fest, dass Mom und Dad da schon seit mindestens sechs Stunden tot waren.

Mein Pick-up stand immer noch unten in der Einfahrt. Weiter war ich nicht gekommen, denn anscheinend hatte ich damit ihren Briefkasten gerammt, woraufhin ich das Auto Auto sein ließ und zum Haus gerannt war. Aber wie war ich reingekommen? Wie hätte ich denn die Tür aufsperren sollen, wo sie doch die Schlösser ausgetauscht hatten? Nichts wies auf gewaltsames Eindringen hin, und die Sanitäter fanden mich bewusstlos auf dem Rasen. Die Polizei war der Meinung, ich hätte das Haus nie betreten.

Beth aber sah das anders. Entsetzlicherweise warf sie mir vor, ich sei eingebrochen und im Haus herumgetorkelt. Sie dachte, ich sei wieder nach draußen gegangen, aber erst, nachdem ich irgendetwas angerichtet hatte.

Sie war überzeugt, ich sei nach dem Unfall mit meinem Auto in die Garage unserer Eltern gelaufen und hätte den

Motor ihres Autos angeworfen, um damit weiterzufahren. Aber aus irgendeinem Grund hätte ich es mir dann anders überlegt oder es einfach vergessen, vielleicht sei ich auch zu betrunken gewesen, um zu wissen, was ich tat, und sei wieder gegangen. Aber dabei hätte ich das Auto laufen lassen. Und da unsere Eltern schliefen und nichts mitbekamen, atmeten sie das Kohlenmonoxid ein, diesen leisen, todbringenden Mörder, der die Luft erfüllte und sich von der Garage ins Haus schlich. Unsere Eltern waren nie aufgewacht.

So erzählte meine Schwester es der Polizei, als sie dazu befragt wurde. Dieser Verrat ihrerseits hätte mir fast den Rest gegeben. Nur wenige Monate zuvor hatte Beth neben mir gestanden und mich gebeten, niemandem zu verraten, was wir Hank angetan hatten, etwas so Entsetzliches, dass es mich immer noch bis in meine Alpträume verfolgte, dieses Geheimnis, das über mir hing wie eine finstere Gewitterwolke. Unsere einst so innige Schwesternbeziehung war daran zerbrochen, und ich hatte es keiner Menschenseele gesagt. Ich schwieg, genau wie sie es mir gesagt hatte. Vor Angst zusammengeschweißt schworen wir einander, dass wir nie ins Gefängnis gehen würden, dass niemand je erfahren würde, was wir getan hatten.

Doch so sehr ich Hank auch gehasst hatte, ich hätte ihn gerettet. Ich hätte ihn aus dem Auto gezogen. Ich hätte den Rettungsdienst gerufen und auf den Krankenwagen gewartet. Als Beth das Feuer legte, hätte ich ihn aus dem Wrack gezogen, wenn sie mich nicht zu Boden geworfen hätte.

Aber meine Schwester wollte das nicht, und so sahen wir zu, wie er verbrannte.

Und nach alldem hatte Beth sich nun gegen mich gewendet. Mit dem Tod unserer Eltern und den Schuldgefühlen, die sie nach Hanks Tod geplagt haben müssen, verfiel sie in ihre eigene Verzweiflung – die sie vor allen verborgen hielt. Und in all meinem Leid musste ich nun zusehen, wie sie mir gegenüber eine komplette Kehrtwende hinlegte. Sie gab mir die Schuld am Tod unserer Eltern. Und in den Tagen und Wochen, die darauf folgten, ähnelte ihre Reaktion auf fast schon unheimliche Weise der von Gloria Robash, die mir die Schuld an Hanks Tod gab.

Ich habe oft versucht, sie zu verstehen. Und über die Jahre habe ich gelernt, dass Trauer die Menschen dazu bringen kann, die schrecklichsten Dinge zu tun und zu sagen. Sie werden verstört, ihre Reaktionen unerklärlich. Sie sehnen sich verzweifelt danach, einen Sinn zu finden in einer Welt, die jeden Sinn verloren hat. Und um sich selbst zu schützen, um sich ihren eigenen Taten nicht stellen zu müssen, richten sie ihre Wut auf jemand anderen. Ich denke, so fällt es ihnen leichter. *Nein, ich bin hier nicht das Monster, sondern du.*

Als sie meinen Blutalkoholwert maßen, war ich immer noch betrunken, und die Ärzte befanden, das sei der Grund für meine Erinnerungslücke. Ich hatte keinen Schlüssel zum Haus und die Polizei vertrat die Auffassung, meine Eltern hätten geschlafen und mich nie ins Haus gelassen.

Doch wer hatte dann das Auto angelassen? Wer hatte den Motor in der Garage unserer Eltern laufen lassen?

Die Sanitäter entdeckten Dad in seinem Bett, mit Schuhen an den Füßen – keine Hausschuhe, sondern die braunen Oxford-Schuhe aus Leder, die er immer zur Arbeit trug. Außerdem hatte er ein komplett bis oben zugeknöpftes Arbeitshemd an. Es schien, als wäre er mitten in der Nacht aufgestanden, in der Überzeugung, er wäre unterwegs ins Büro. Dabei trug er zu Hemd und Schuhen aber immer noch seine Schlafanzughose. Sie vermuteten, unsere Mom hätte die ganze Zeit friedlich weitergeschlafen.

Eine Freundin unserer Mom meldete sich einige Tage später mit der Information, dass Mom sich zunehmend Sorgen um unseren Dad gemacht hatte. Er hatte wieder mit dem Schlafwandeln begonnen, einer Angewohnheit, an die ich mich noch aus unserer Kindheit erinnern konnte. Da konnte es vorkommen, dass er um drei Uhr nachts in die Küche ging, um Kaffee zu kochen, oder im Gang stand und mit dem Wählzeichen des Telefons ein Gespräch führte.

Auch andere Beispiele gab es, und Mom hatte Dad immer zurück ins Bett geführt, damit wir uns nicht erschreckten. Als wir älter wurden, schlafwandelte er immer seltener, irgendwann fast gar nicht mehr, und meine Eltern dachten, damit hätte diese Phase ihr Ende gefunden. Doch in den Wochen nach Hanks Tod, mit all dem Stress, der durch das Geschehene auf ihm lastete, und all den Gerüchten über mich, muss Dads Schlaf wohl wieder unruhiger geworden sein.

Laut Moms Angaben schlafwandelte Dad ein- oder zweimal pro Woche, manchmal auch häufiger. Sie entdeckte ihn vor dem Haus, wie er blicklos in den Himmel starrte, oder sah ihn im Haus nach Autoschlüssel und Geldbeutel suchen.

Die Polizei befand, Dad hätte eine seiner Episoden gehabt und sich dabei halb angezogen, dann wäre er in die Garage gegangen und hätte den Motor angelassen, nur um danach wieder ins Bett zu gehen. Seine Straßenschuhe hätte er angelassen und sich wieder unter die Decke gekuschelt, ohne zu realisieren, dass das Haus sich derweil mit giftigem Gas füllte, das ihnen beiden den Tod bringen würde.

Der Tod unserer Eltern wurde als tragischer Unfall eingestuft, und die Beerdigung war ein Ereignis. Leute aus der ganzen Stadt kamen, um ihnen Respekt zu zollen, darunter auch Dads sämtliche Mitarbeiter. Meine Schwester und ich saßen in derselben Kirchenbank, aber nicht nebeneinander. Sollte es jemandem aufgefallen sein, wie sehr meine Schwester mir aus dem Weg ging, so hat es doch niemand erwähnt. Die Totenwache ging wie in Trance an mir vorüber, ständig traten Leute zu uns und verschwammen wie in Zeitlupe zu einer Masse gramerfüllter Gesichter; Freunde und Nachbarn griffen uns bei den Händen und versicherten uns ihr herzlichstes Beileid. Alle waren beim Gottesdienst anwesend, von den

Robashes abgesehen, aber ich denke, das kann ihnen niemand nachgetragen haben. Ich hätte sie jedenfalls definitiv nicht dabeihaben wollen.

Zu dem Zeitpunkt hielt ich es schon kaum noch aus, mit meiner Schwester im selben Zimmer zu sein, und ihr ging es genauso. Die Worte, die aus ihrem Mund gekommen waren, der Vorwurf, ich wäre so betrunken gewesen, dass ich unseren Eltern etwas angetan hätte, hatten mich am Boden zerstört.

Als Mr Fredericks ein paar Tage später das Testament unserer Eltern verlas, verzog Beth zwar das Gesicht, wirkte aber nicht im Geringsten überrascht. Mir schien, dass sie schon vorher davon gewusst hatte. Entweder hatten unsere Eltern ihr davon erzählt, als sie ihr Testament einige Monate zuvor neu aufgesetzt hatten, oder der Anwalt hatte sie im Voraus informiert. Unsere Eltern wollten die Farm und das umliegende Grundstück bewahren und hatten bestimmte Vorsichtsmaßnahmen getroffen, um es vor mir zu schützen. Alles würde an meine Schwester übergehen.

Beth bat mich für die Entscheidung unserer Eltern nicht um Verzeihung. Und schlimmer noch, sie erklärte, dass sie ihren Wünschen Folge leisten würde. Ausgegrenzt und enterbt kehrte ich mehrere Tage später zur Farm zurück und flehte Beth um Entschuldigung an. Ich fragte sie, ob irgendeine Möglichkeit bestünde, die Dinge wieder ins Lot zu bringen, und beteuerte ein ums andere Mal, dass ich das Haus nicht betreten hatte. Dass ich es gar nicht hätte betreten können.

Da waren sie und Hannah bereits eingezogen und ich sah Hannah auf der Veranda spielen. Doch meine Schwester wollte mich nicht anhören. Sie wollte nicht mit mir sprechen. Als sie die Tür öffnete und mich zum Gehen aufforderte, sagte sie: *Wir haben beide schon genug Schaden angerichtet.*

Erst Jahre später ist mir bewusst geworden, was für Worte meine Schwester da gewählt hatte, wie sie es formuliert hatte. *Wir beide.*

Erst jetzt ist mir klar geworden, was sie damit meinte. Bei allen Schuldzuweisungen hat sie sich selbst mit eingeschlossen.

Danach sage ich erst einmal eine Weile lang nichts mehr zu Detective Gillespie.

Seine Stimme dringt zu mir durch, ein fernes Echo. »Ms Jenkins, ist alles in Ordnung?«

Nein, nichts ist in Ordnung, möchte ich erwidern. Ich bin niedergeschmettert und kann einfach nicht aufhören zu weinen. Er hat mich gezwungen, einen Teil meiner Vergangenheit erneut zu durchleben, den ich mit so viel Mühe aus meinen Gedanken verbannt hatte.

»Ich weiß zu schätzen, dass Sie mir das mitgeteilt haben, Ms Jenkins. Ganz ehrlich. Ich weiß, dass das alles andere als einfach war. Und was Ihren Eltern zugestoßen ist, tut mir furchtbar leid. Was für eine Tragödie, dieser schreckliche Unfall.« Er zögert. »Allerdings habe ich noch weitere Details aufgedeckt, andere Dinge, die sich zu dieser Zeit zugetragen haben. Kurz vor dem Tod Ihrer Eltern. Diese Anrufe damals. Sie waren nicht die Einzige, die angerufen wurde, auch Ihren restlichen Familienmitgliedern ging es so.«

Das weiß ich bereits, schweige aber weiter.

»Ihre Eltern haben angegeben, warum Sie in ihr Haus eingebrochen sind. Sie erklärten, Sie hätten ein bestimmtes Dokument nicht finden können, sie hätten aber kein Risiko eingehen wollen und deshalb die Schlösser austauschen lassen.«

»Was auch immer sie dachten, was ich vorhätte, ich hätte es niemals durchgezogen«, murmle ich. »Ich hätte nie zugelassen, dass es so weit kommt.«

»Aber neugierig waren Sie schon.«

»Ja, neugierig war ich.«

»Ist es nicht interessant«, fragt er, »wie die Robashes wieder ins Spiel kommen? Nach all den Jahren?« Mir stockt der Atem. »Damals könnten sie versucht haben, sich an Ihrer Familie zu rächen ... vielleicht versuchen sie es jetzt erneut? Warum haben Sie mir all das nicht vorher erzählt?«

»Was genau?«

»Das mit den Robashes.«

»Sie wissen doch schon über die Robashes Bescheid.«

»Nein, ich meine all die anderen Sachen, die geschehen sind. Sollte ich Gloria Robash in Bezug auf den Tod Ihrer Schwester unter die Lupe nehmen?«

Mir rauscht das Blut in den Ohren ... ihn diesen Namen sagen zu hören und dann noch in Zusammenhang mit Beth – da wird mir ganz schwindlig.

»Denken Sie, sie könnte Ihnen diese Karte geschickt haben?«, fragt er. »Ms Jenkins?«

»Nein. In die Richtung müssen Sie nicht ermitteln«, entgegne ich.

»Und warum nicht?«

»Weil Gloria Robash tot ist.«

ZWEIUNDZWANZIG

Gloria Robash ist vor drei Jahren an einem Herzinfarkt gestorben, beim Golfspielen in ihrer Rentnergemeinde irgendwo in der Nähe von Hilton Head, North Carolina. Sie trug eine weiße Schirmmütze und machte laut Angaben ihrer Freunde einen ganz normalen Eindruck, brach dann aber beim zehnten Loch zusammen. Ihr Herz hat einfach aufgegeben. Ich weiß nicht, warum ich mich so an diese Details klammere, kann mir aber nicht helfen. Auf ihrer Facebook-Seite, die weiterhin öffentlich einsehbar ist, habe ich die ganzen Beileidsbekundungen gelesen, die Gedenkposts, die immer wieder eintrudelten, die Worte der vielen Menschen, die sie liebten. Erst im Jahr zuvor war sie von Louisville aus dort hingezogen.

Gloria Robash lebt nicht mehr. Aber zwei Familienmitglieder verbleiben: ihre Söhne, Eli und Patrick.

Der Detective beendet unser Gespräch mit der Ankündigung, er werde alles nur Erdenkliche über die Robash-Söhne herausfinden. Ich bin völlig ausgelaugt, aber zwinge mich dennoch, Facebook wieder einmal zu konsultieren. Es ist Zeit, nach Eli Robash zu suchen.

Er wohnt immer noch in Louisville, Kentucky. Auch sonst

scheint sich nicht viel geändert zu haben seit dem letzten Mal, dass ich sein Profil angesehen habe, obwohl das bereits mehrere Jahre her ist. Ich bin naiv genug gewesen, die Bedrohung für überstanden zu halten und zu denken, es sei Gras über die Sache gewachsen. Wie dumm von mir, davon auszugehen, dass Eli es vergessen haben könnte. Wut über den Tod eines geliebten Menschen brennt lange im Herzen. Das weiß ich nur zu gut.

Eli ist älter geworden und seine Haare mit den Jahren dunkler. Er ist nicht mehr der blonde Highschool-Schüler, an den ich mich erinnere, wie er dieses letzte Mal in unserem Haus stand. Doch seine durchdringenden grünen Augen sind ihm geblieben, und auf jedem Foto hat er das gleiche freche Lächeln aufgesetzt wie sein Vater.

In Elis letztem Post ist er auf einer Cocktailparty zu sehen, an der Seite seiner Frau. Sie ist nett gekleidet, trotz der kitschigen Halskette, und er trägt Anzug und Krawatte. Mir ist zu Ohren gekommen, dass Eli Erfolg im Leben hatte, genau wie sein jüngerer Bruder. Nach dem Studium haben die beiden gemeinsam ein Unternehmen gegründet, eine Baufirma, die sehr darauf erpicht ist, Grundstücke für zukünftige Bauvorhaben anzuwerben und zu veräußern. Hank wäre so stolz auf seine Jungs.

Eli hat selbst Kinder, einen Sohn und eine Tochter. Gemäß der Fotos, die er letztes Wochenende hochgeladen hat, sind beide noch sehr klein. Er muss mit einem eigenen Unternehmen und der Kindererziehung alle Hände voll zu tun haben, wirkt aber ziemlich selbstbewusst, ziemlich glücklich. In seinem Grinsen lese ich, dass er sich danach sehnt, wichtig zu sein, ein vielversprechender, erfolgreicher Unternehmer, der der Welt seinen Stempel aufdrückt. Aber darunter lese ich ebenso glasklar, dass er dabei auch einen Haufen Kohle machen möchte.

Über Patrick finde ich nicht viel, er postet nicht in den

sozialen Medien und scheint auf seine Privatsphäre zu achten. Kluger Mann. Das bisschen, das ich finde, hat immer irgendwie mit dem Unternehmen zu tun, und selbst dann hält er sich lieber im Hintergrund. Das passt. Soweit ich mich erinnern kann, war Patrick immer der stillere, scheuere Bruder, während Eli lauter und ungestümer war. Und auch bedrohlicher.

Nach dem Tod seines Vaters hat Eli uns wochenlang schikaniert. Sogar nachdem seine Mutter meinen Eltern diesen Umschlag mit den ausgedruckten SMS hinterlassen hatte, wollte Eli es noch weitertreiben. Ihm reichte das nicht, er wollte mir und auch Beth Angst einjagen. Er wurde zum Schergen der Familie Robash.

Einmal tauchte Eli in dem Diner auf, in dem ich arbeitete, woraufhin ich fast das Tablett fallen ließ, das ich trug. Er sagte: »Jeder muss ernten, was er sät«, während Patrick ihn am Ärmel zupfte und anflehte, wieder zu gehen. Er sagte, sie könnten doch anderswo essen, und zog seinen Bruder zur Tür hinaus.

Nach Schichtende entdeckte ich Eli manchmal auf dem Parkplatz, wie er auf mich wartete. Aber er ist nie aus dem Auto gestiegen. Seine unübersehbare Anwesenheit und die Einschüchterung dahinter waren schon genug. Und sehr effektiv. Ein andermal beobachtete er mich, auf seinen Einkaufswagen gelehnt, wie ich die Gänge des Supermarkts entlangging. Bis ich mir endlich ein Herz gefasst hatte und ihn deswegen konfrontieren wollte, stand sein Wagen schon einsam und verlassen vor der Obstauslage.

Beth erzählte mir, dass er dasselbe mit ihr tat und dass sie es immer mit einem böse funkelnden Blick beantwortete. Doch dann wartete er eines Tages vor einem Park, in dem Hannah spielte, und das erschütterte sie doch – ihn so nah bei ihrer Tochter zu wissen, zu erkennen, wie weit er mit seiner Einschüchterung zu gehen bereit war.

Eli Robash. War er es, der all die Jahre später Beths Haus in Brand gesteckt hat?

Das Streichholz brennt, die Flammen kommen näher.

Und das, was er im Diner zu mir gesagt hat: *Jeder muss ernten, was er sät.*

Karma. Rache. Austauschbare Worte, je nach eigener Sichtweise, je nachdem, wie man die Dinge auslegt.

Eli glaubt nach wie vor, ich hätte seinen Vater getötet, hätte ihn dem Tode überlassen. Und er glaubt, dass Beth mir geholfen hat. Hatte er es zuerst auf meine Schwester abgesehen? Sie wohnte in seiner Nähe. In Louisville. Sie war ein viel leichteres Ziel für ihn. Und nach dem Feuer hat er mir diese Karte geschickt, um mich wissen zu lassen, dass ich als Nächste dran bin.

Es ist Zeit, die Mädchen aus der Schule abzuholen, und ich bin so erschöpft. Vielen Dank, Detective Gillespie, dass Sie mich so in die Mangel genommen und so viele Jahre alte Wunden wieder aufgerissen haben.

Ich schlucke zwei Paracetamol und dann noch eine Ibuprofen, nur für alle Fälle, bevor ich das Haus verlasse.

Zuerst hole ich Cassie ab, die es sich auf dem Rücksitz bequem macht und schon mitten in einer Geschichte über irgendeinen Streit steckt, der sich in der Pause zugetragen hat, aber ich höre nur mit halbem Ohr zu. Ich kriege einfach nicht aus dem Kopf, was der Detective gesagt hat, und bemühe mich, meine Tochter nicht sehen zu lassen, wie sehr meine Hände zittern.

Dann holen wir Hannah ab. Sie nach ihrem ersten Schultag zu sehen, lässt nervöse Anspannung in mir aufsteigen. Ging es ihr gut? Ist sie im Schülermeer untergegangen? Hat sie ihre Zeit dort gehasst?

Wir entdecken sie abseits der anderen. Sie telefoniert über ihr Handy. Sie hat ihr Gesicht abgewendet und sieht uns nicht kommen.

Geduldig warten wir. Ich möchte nicht hupen, das wäre ihr

furchtbar peinlich, und Cassie ebenfalls, also warten wir. Hoffentlich dreht sie sich irgendwann zu uns und sieht mein Auto. Und ja, das tut sie, steckt ihr Handy ein und geht auf uns zu.

»Alles okay?«

»Nur eine Freundin von zu Hause.« Sie lässt sich auf dem Beifahrersitz nieder.

»Irgendwelche seltsamen Anrufe?«

»Was für seltsame Anrufe?«, fragt Cassie.

»Ach, nicht wichtig, Schatz. Nur irgendeine unbekannte Nummer, die angerufen hat, nachdem wir Hannahs Handy aktiviert haben.« Dass ich ebenfalls solche Anrufe erhalten habe, erwähne ich nicht.

»Keine Anrufe mehr«, erwidert Hannah.

Wir fahren aus dem Parkplatz heraus. »Und? Wie war's?«

Sie zuckt mit den Schultern. »Ich denke, ganz okay?« Aber es klingt eher wie eine Frage, und ich warte ab, ob sie noch mehr dazu sagt. »Meine Kurse fand ich gut. Sie haben mir eine Mitschülerin zugewiesen, die mir helfen sollte, was am Anfang ein bisschen komisch war, aber irgendwann eigentlich ganz nett. Immerhin kenne ich jetzt schon eine meiner Klassenkameradinnen.«

»Da wirst du noch mehr kennenlernen«, versichere ich ihr. »Das braucht nur ein bisschen Zeit.«

»Was hältst du von der Mensa?«, grätscht Cassie dazwischen. »Ist die nicht riesig? Ich hab dir ja gesagt, dass die riesig ist.« Manchmal könnte ich schwören, dass das alles ist, was meine Tochter am Thema Highschool interessiert: der Speiseplan der Mensa und die Fußballmannschaften.

»Ja, die ist … groß«, bestätigt Hannah und kichert, woraufhin auch meine Tochter kichern muss.

»Entspricht der Unterricht in etwa dem, was du im Heimunterricht gelernt hast?«, frage ich.

»Ich glaube, ja. Zumindest soweit ich das bisher erkennen

kann. Ich habe ja schon die ersten zwei Monate des Schuljahrs verpasst, jetzt muss ich erst noch gucken, wo die anderen sind. Ist ein bisschen anders als das, was ich bisher gemacht hab. Aber das sehen wir ja dann.«

»Okay«, antworte ich. »Bestimmt kommt ihr bald am selben Punkt an.«

»Das sehen wir ja dann«, wiederholt sie mit einem erneuten lässigen Schulterzucken. Kurz schweigt sie, bevor sie sagt: »Ach, Cassie, ich habe die anderen über die Sportteams reden hören. Vielleicht gucke ich, ob ich es im Frühling in die Fußballmannschaft schaffe.« Sie wendet sich Cassie zu. »Ich kann's ja noch mal probieren?«

Cassie strahlt. »Das wär so cool! Dann könnten wir zu deinen Spielen kommen und dir zujubeln und …«

»Ich glaube kaum, dass ich es von der Bank runterschaffe«, sagt Hannah. »Ist ja schon lange her und ich bin echt nicht mehr in Form.«

»Na und? Weiß man doch nie. Und Spaß wird's auf jeden Fall machen. Ach, ich kann es kaum erwarten.« Den ganzen Heimweg über plappert Cassie vor sich hin und gibt Hannah den Gesamtüberblick über die Mannschaftstrikots und alles, was sie über die Trainerin, die Turnierspiele und den Übungsplan gehört hat. In Vorbereitung auf Hannahs Probespiel können sie gemeinsam trainieren, und die Aussicht darauf begeistert sie so, dass Hannah lächeln muss, was mir das Herz wärmt.

Das hier ist ein Fortschritt. Womöglich fängt Hannah ja wirklich an, ihre Zeit hier zu genießen. Sie wird neue Freundschaften schließen und vielleicht Teil der Fußballmannschaft werden. Vielleicht werden sich die Dinge für uns zum Guten wenden.

Sobald wir zu Hause ankommen, verschwinden die Mädchen, wie gehabt, in Hannahs Zimmer. Sie reden immer noch über Fußball, und als die Tür sich schließt, höre ich ihre

Stimmen nur noch gedämpft, dann das Quietschen der Bettfedern. Sie sind wieder in ihrem Privatclub verschwunden, ihrem Mädelsclub, und das ist mir nur recht, denn ich will nichts weiter tun, als mich auf die Couch kuscheln und ein Nickerchen machen. Ich will mich zu einer Kugel zusammenrollen und tausend Jahre lang schlafen. Ich werde mich einfach kurz hier hinlegen und die Augen schließen ...

Ich muss wohl eingeschlafen sein, denn etwa eine Stunde später schreibt Cassie mir aus Hannahs Zimmer eine SMS. Die Vibration in meiner Hosentasche lässt mich aufschrecken und ich klopfe mir die Tasche ab, um mein Handy zu finden.

Mom, wir haben Hunger. Was gibt's zum Abendessen?

Und so geht es los – jetzt schreiben wir uns schon SMS, wo ich doch nur ein paar Türen den Gang runter sitze.

Ich bin so müde, und die Versuchung, erneut Essen zu bestellen, ist groß. Sogar die Vorstellung, Wasser zu kochen, scheint mir im Moment schon zu anstrengend. Ich krame in unserer Vorratskammer herum, in der Hoffnung, etwas zu finden, als ich ein Auto am Haus vorbeifahren sehe – so langsam, dass es mir ins Auge sticht. Als suche dort jemand nach dem richtigen Haus – oder wolle das unsere beobachten.

Die Härchen in meinem Nacken stellen sich auf.

Als ich Eli auf Facebook gesucht habe, hatte er dieses Foto von sich und seiner Frau gepostet, aber das war Anfang der Woche. Seitdem hatte er viel Zeit. Mehr als genug Zeit, nach Alabama zu fahren.

Ich schleiche mich zum Fenster und stelle mich so dahinter, dass man mich nicht sehen kann. Ich mustere das Auto.

Ein dunkler Wagen, vielleicht dunkelgrau, ein Viertürer. Ein normaler Kleinwagen. Die Bremslichter leuchten auf. Das

Auto ist zu weit gefahren und hat nun den Rückwärtsgang eingelegt. Langsam fährt es so die Straße hinauf, bis es vor meinem Haus zum Stehen kommt, und nun sehe ich, wie jemand in einem langärmeligen, burgunderroten Hosenanzug den Arm hebt. Die Fahrerin hält ein Handy in der Hand, mit dem sie ein Foto schießt.

Das lässt mich erst erstarren und dann instinktiv zur Seite springen. Sie fährt davon.

Dieser burgunderrote Hosenanzug – Ms Elstein vom Jugendamt. Ist sie zurückgekommen, um Hannah kennenzulernen? Ich habe ihr ja gesagt, dass sie nach der Schule zu Hause sein würde.

Aber warum hat sie dann nicht angehalten? Jetzt hat sie ein Foto von meinem Haus.

DREIUNDZWANZIG

Freitag

Wieder ein Tag, an dem die Mädchen sich hektisch für die Schule fertig machen, während ich mich nur mit Mühe durch jede Bewegung schleppen kann. Gestern gab es Pasta zum Abendessen, aber erst, nachdem ich bei Mr Fredericks angerufen hatte, damit er mir den Namen der Mitarbeiterin vom Jugendamt geben konnte, die für Hannahs Akte zuständig ist. Er ging aber nicht ran, es war nach Feierabend, bestimmt hatten alle bereits das Büro verlassen. Frustrierenderweise habe ich seine Handynummer nicht.

Das mit Ms Elstein hat schon alles seine Richtigkeit, so versichere ich es mir immer wieder. Sie ist wirklich vom Jugendamt, es gäbe ja keinen Grund, warum sie es nicht sein sollte. Sie hat ein Foto geschossen, weil sie es der Akte beilegen möchte, ein Bild vom Zustand unseres Hauses. Wie sie gesagt hat, ist das hier eine ganz nette Nachbarschaft, gut für Familien.

Aber was ist mit dem Brandfleck auf dem Gehsteig vorm Haus? Mit den Spuren dieses Feuers? Mit der Angst, die das Hannah eingejagt haben muss?

Bevor wir ins Bett gingen, habe ich den Mädchen gezeigt, wie man die Alarmanlage einstellt. Ich konnte sehen, dass Cassie einige Fragen auf der Zunge brannten, aber sie nahm sich ein Beispiel an Hannah und nickte nur. Beide hörten aufmerksam zu.

Ich dachte, die Alarmanlage würde mir Frieden bringen, aber das hat sie nicht. Nicht einmal die Schlafpillen, die ich jede Nacht nehme, konnten mich davon abhalten, immer und immer wieder aufzustehen, um nach der Alarmanlage zu sehen. Die Lampe glüht rot. Niemand hat sich daran zu schaffen gemacht.

Morgens fällt mir als Erstes Cassies Frisur auf. Sie trägt die Haare offen und das tut sie sonst nie. Sie sitzt am Küchentisch und schlingt einen Müsliriegel in sich hinein, in der Hand ein Glas Saft. Aber von dem hohen Pferdeschwanz mit dem schwarzen Haargummi keine Spur. Mit den offenen Haaren, die ihr bis über die Schultern reichen, sieht sie Hannah so ähnlich.

Außerdem weht mir ein Hauch des Parfums in die Nase, das Hannah in der Mall bei Victoria's Secret gekauft hat. Der Duft ist unverkennbar, diese klebrige Süße, dieser Inbegriff des Teenager-Daseins. Der Geruch legt sich wie klebrige Zuckerwatte in meinen Mund. Auch die Lippen meiner Tochter glänzen, nicht allzu sehr, aber genug, um zu erkennen, dass sie den Lipgloss ihrer Cousine verwendet hat. Sie gibt sich Mühe, nichts davon an das Saftglas zu verschwenden, das sie gerade zum Mund führt.

Die Kaffeekanne dampft und nun kann ich mir endlich eine Tasse einschenken und mich in die Abgeschiedenheit meines Zimmers zurückziehen. Dort ziehe ich mein Handy hervor und rufe den Detective an, doch es geht nur die Mailbox ran. Ich hinterlasse ihm eine Nachricht und bitte um Bestätigung, was das Jugendamt angeht. Dass Ms Elstein bei uns vorbeigefahren ist, erwähne ich erst einmal nicht.

Ich weiß, dass ich mich paranoid verhalte. Ich bin so übermüdet. Ich versichere mir selbst, dass Ms Elstein sich im Laufe des Tages bei mir melden und einen Termin mit Hannah ausmachen wird. Ich mache mich nur unnötig verrückt.

Als Nächstes schreibe ich Cynthia. Das ist schon lang überfällig, ich hätte ihr längst erzählen sollen, was los ist. Sie hat mich schon mehrmals angerufen, um zu fragen, wie es mir geht, und obwohl ich ihr durchaus von Hannah und den neuesten Polizeiermittlungen erzählen wollte, hatte ich immer anderes im Kopf. Lebenswichtige Dinge.

Kannst du später vorbeikommen? Ich muss mit dir sprechen.

Ihre Antwort kommt fast unverzüglich. *Natürlich, was für eine Frage. Ich bring Wein mit.*

Ich beschließe, ihr per SMS von Hannah zu erzählen. Dass ich so ein Thema auf diese Weise bei ihr ablade, ist nicht fair, aber zu mehr bin ich derzeit nicht imstande. Ich muss sie für später vorwarnen, wenn sie Hannah sieht. Danach können wir immer noch auf sämtliche Details eingehen.

Ich kümmere mich jetzt um meine Nichte Hannah. Mir wurde das alleinige Sorgerecht zugewiesen.

Dieses Mal braucht Cynthia ganze dreißig Sekunden für ihre Antwort. Ich sehe die drei Punkte über den Bildschirm tanzen, verschwinden, wieder aufleuchten. Ich bin mir ziemlich sicher, dass sie mich am liebsten anrufen und dieser Neuigkeit auf den Grund gehen möchte – schließlich ist das etwas, das mein Leben komplett umgeschmissen hat. Aber Cynthia macht mir keinen Druck. Sie setzt einen nie unter Druck, und das ist einer der Gründe, warum ich sie so lieb habe.

Wir sehen uns heute Nachmittag, schreibt sie schließlich. *Ich bringe gleich zwei Flaschen mit.*

Die nächsten paar Stunden ziehen wie Nebelschwaden an mir vorüber. Nachdem ich die Mädchen zur Schule gebracht habe, sitze ich auf der Couch und warte, dass Detective Gillespie oder Mr Fredericks mich zurückrufen. Ich denke darüber nach, ins Büro zu gehen, um nach meinen Projekten zu sehen, aber das wäre doch nur verschwendete Liebesmüh. Ich kann mich nicht konzentrieren, meine Gedanken schießen ziellos umher, ganz zu schweigen davon, wie abgewrackt ich aussehe.

Meine Nerven sind so angespannt, dass ich buchstäblich aufschreie, als mein Handy wegen einer eingehenden Benachrichtigung piepst. Eine E-Mail aus der Kanzlei von Carl Fredericks, in der eine Mitarbeiterin sich dafür entschuldigt, dass Mr Fredericks mich nicht zurückgerufen hat. Er hat heute einen arbeitsreichen Tag vor Gericht vor sich. Sie weist mich auf eine Nachricht vom Jugendamt hin, die sie mir weitergeleitet hat.

Die E-Mail stammt von Ms Morgan Elstein, in der sie Mr Fredericks über ihren Besuch bei mir informiert. Wohl nicht die erste Nachricht, die die beiden ausgetauscht haben, und dass sie den Anwalt derart auf dem Laufenden hält, scheint mir etwas seltsam. Ich bin nicht sicher, ob das die Standardprozedur ist, aber dass es diese Frau wirklich gibt, erleichtert mich sehr. Nun habe ich eine Bestätigung, dass alles mit rechten Dingen zugeht. Sie hat unser Haus nicht ausspioniert. Sie wurde nicht von Eli Robash angeheuert, um uns kaltzumachen.

Meine Erleichterung steigt, als sie weiterhin erwähnt, dass sie Fotos von unserer Nachbarschaft und der Außenansicht unseres Hauses gemacht hat, die sie in ihre Akte einfügen möchte, um zu demonstrieren, in welch sicherer Umgebung Hannah nun lebt. Ich scrolle nach unten zu vorherigen Nachrichten und finde eine, in der Ms Elstein Hannahs Schulunterlagen beigefügt hat. Damals hat sie angekündigt, sie würde sich bei mir melden, was sie inzwischen ja getan hat.

Ich lasse mich in die Sofakissen sinken. Zum ersten Mal seit Tagen hat sich mein Herzschlag ein wenig beruhigt – aber wirklich nur ein wenig –, gerade als Detective Gillespie mich zurückruft.

»Ich habe mir Gloria Robash genauer angesehen«, erklärt er. »Sie ist bereits verstorben, genau, wie Sie es gesagt haben. Außerdem habe ich mir ihre Söhne vorgenommen, allerdings haben beide ein Alibi für Freitag. Sie waren in Louisville auf einer Konferenz. Der jüngere Bruder, Patrick, leitete zum Zeitpunkt der Brandstiftung gerade eine Paneldiskussion.«

»Und Eli?«

»Damit steht es schon interessanter. Eli Robash ist verspätet zu dieser Paneldiskussion aufgetaucht. Auf den Überwachungskameras ist zu sehen, wie er das Hotel verlässt, in dem die Konferenz stattfand. Erst Stunden später kam er wieder zurück.«

Jeder muss ernten, was er sät, hat Eli gesagt.

»Er gibt an, er hätte ein Meeting gehabt. Wir konnten das bestätigen, dieses fand in einem Café in der Innenstadt statt, allerdings bleibt danach immer noch ein Zeitfenster von zwei Stunden, in dem wir seinen genauen Standort nicht festnageln können. Er behauptet, er sei noch eine Weile herumgefahren und hätte sich andere Grundstücke angesehen, bevor er zur Konferenz zurückkehrte, aber das konnten wir noch nicht bestätigen. Auf den Überwachungskameras des Hotels ist zu sehen, wie er in die Parkgarage einfährt, als die Präsentation seines Bruders gerade ihren Anfang nahm.«

Ich frage: »Und während dieser zwei Stunden hätte jemand das Feuer im Haus meiner Schwester legen können?«

»Ja, davon gehen wir aus.«

»Also haben Sie mit ihm gesprochen? Eli Robash ist immer noch vor Ort?«

»Ja.«

Das löst ein paar Knoten in meinem Bauch. Es erleichtert mich, zu hören, dass er dort ist und nicht unterwegs nach Alabama.

»Und er hat freiwillig mit Ihnen gesprochen?«, frage ich.

»Er hat sich kooperativ gezeigt, falls Sie das meinen. Aber ich muss betonen, dass ich Ihnen diese Details nur weitergebe, weil ich sicherstellen möchte, dass Sie im Bilde sind. Ich möchte, dass wir zusammenarbeiten. Nun sagen Sie mir, Ms Jenkins, denken Sie, es besteht eine Chance, dass Eli Robash die Konferenz verlassen hat, um das Feuer im Haus Ihrer Schwester zu legen? Könnte er hinter all dem stecken?«

»Ja«, bestätige ich schließlich. »Das wäre möglich.«

»Natürlich müssen wir noch Beweise sammeln, aber im Moment deuten auch meine Ermittlungen darauf hin. Wir haben ihn gebeten, wiederzukommen und ein paar weitere Fragen zu beantworten.«

Eli Robash ... die Vorstellung, wie der inzwischen erwachsene Eli zum Haus meiner Schwester fährt, um sich für den Tod seines Vaters zu rächen, lässt mich den Kopf einziehen. Warum hat er dreizehn Jahre gewartet, um es uns heimzuzahlen? Irgendetwas Neues muss sich ergeben haben, das den letzten Anstoß gab.

»Noch etwas«, sagt der Detective. »Dieses Meeting in dem Café, zu dem Eli gefahren ist. Er hat sich dort mit Mr Chandler getroffen.«

Ich setze mich auf. Das ist ja äußerst interessant.

In dieser Nacht ist Hannah zu den Chandlers gerannt, um Hilfe zu holen, und sie haben sich um sie gekümmert. Sie haben angeboten, sie nach Decatur zu fahren, damit sie zu mir kommen konnte. Sie waren immer so freundlich.

Als Mr Chandler sich mit Eli Robash traf, wusste er da, was dieser dachte? Hatte er eine Ahnung, dass sein Gegenüber zum Haus meiner Schwester fahren und es in Brand stecken würde?

Die Chandlers haben mir das erzählt, hat Hannah gesagt.

Die beiden denken, ich wäre schuld an dem, was Hannahs Großeltern zugestoßen ist. Genau wie die Robashes haben auch die Chandlers mir jahrelang Schreckliches vorgehalten.

Heute sieht es vor der Schule anders aus. Hannah steht nicht mehr alleine dort, stattdessen hat sie Mrs Carlisle, die Schulsekretärin, neben sich stehen. Mein erster Gedanke ist, dass etwas passiert sein muss. Mein zweiter aber, dass sie mich doch dann bestimmt angerufen hätten.

Als ich vorfahre, bedeutet mir Mrs Carlisle, ich solle das Fenster öffnen. »Könnten Sie bitte kurz parken?«, fragt sie. Sie hat ein Lächeln aufgesetzt, aber kein entspanntes. Ihr Blick wandert zu Hannah, bevor sie wieder zu mir sieht.

Ich recke den Kopf, um einen Blick auf Hannahs Gesicht zu werfen, in dem ich aber nichts lesen kann.

Ich suche mir einen Parkplatz und Mrs Carlisle kommt über den Fußgängerweg auf uns zu. Hannah allerdings bleibt stehen, wo sie ist. Sie folgt ihr nicht und ich kann nicht erkennen, ob sie das auf Anweisung der Schulsekretärin tut oder einfach, weil sie nicht hören möchte, was mir bald zu Ohren kommen wird.

Cassie streckt ihren Kopf vom Rücksitz nach vorn, aber Mrs Carlisle bittet mich, auszusteigen, damit wir uns unter vier Augen unterhalten können. Mein Magen verknotet sich noch ein bisschen mehr.

»Was ist los?«, fragt Cassie.

»Gib mir einen Moment Zeit.« Ich schnalle mich ab.

Mrs Carlisle hat sich einige Schritte vom Auto entfernt aufgestellt, weit genug, dass Cassie uns nicht hören kann. Hannah hat sie ihren Rücken zugewandt.

»Ms Jenkins, tut mir leid, dass ich Sie so überfallen muss,

aber ich dachte, wir unterhalten uns am besten persönlich.« Über ihre Schulter schaut sie zu Hannah hinüber. »Wir haben Hannah dabei erwischt, wie sie auf der Mädchentoilette geraucht hat.«

»Wie bitte?« Das hatte ich nun überhaupt nicht von Mrs Carlisle zu hören erwartet.

Hannah hat geraucht? Aber nichts in ihrem Verhalten hat bisher darauf hingewiesen. Und wo hatte sie überhaupt die Zigarette her? Meine Nichte schaut verlegen zu Boden.

»Sie war nicht allein«, erklärt Mrs Carlisle. »Hannah sagt, sie hätte sich mit den anderen Mädchen anfreunden wollen und die hätten ihr dort auf der Toilette eine Zigarette angeboten. Sie haben alle Ärger bekommen, nicht nur Hannah. Sie mussten die Mittagspause schweigend mit einem Lehrer zubringen und während der Schulzeiten nachsitzen. Und natürlich müssen wir ihren Eltern Bescheid geben.« Sie runzelt die Stirn. »Aber dass wir Sie nicht angerufen haben, hat noch einen anderen Grund.«

Nun mache ich mir erst richtig Sorgen. Hannah muss einen Nervenzusammenbruch gehabt haben. Sie hat im Unterricht geweint. Sie musste an ihre Mutter denken. Ich habe sie zu sehr unter Druck gesetzt und es war ein Fehler, sie so bald schon wieder zur Schule zu schicken. Das schien sogar Ms Elstein vom Jugendamt überrascht zu haben.

Aber Mrs Carlisle offenbart mir etwas ganz anderes. »Sie tut sich im Unterricht schwer. Ich weiß, heute ist erst ihr zweiter Tag, aber ich habe mich mit ihren Lehrern unterhalten und die zeigen sich ratlos. Ihre Leistungen im Heimunterricht waren so fortgeschritten, aber nun wirkt es so, als verstünde sie überhaupt nichts vom Lernstoff. Sie weiß nicht einmal, wo sie anfangen soll.«

Verwirrung legt sich in tiefen Falten über meine Stirn. »Wie meinen Sie das?«

»Im Chemiekurs für Fortgeschrittene war Hannah völlig

verloren. Und damit meine ich nicht, dass sie überwältigt war oder nicht dort einsteigen konnte, wo die anderen gerade waren, sondern dass es so scheint, als hätte sie von den Lerninhalten noch überhaupt nichts gehört. Als hätte sie im Leben noch keinen einzigen Fortgeschrittenenkurs belegt. Im Fortgeschrittenenkurs für Trigonometrie genau das Gleiche.«

Mein Blick wandert zu Hannah hinüber, die weiterhin ausdruckslos zu Boden starrt.

»Sie konnte nicht im Labor arbeiten«, fährt Mrs Carlisle fort. »Nach der Stunde gab sie ein leeres Blatt ab, hatte keine der Fragen beantwortet. Sie hat gesagt, sie hätte den Stoff nicht verstanden.« Sie hält inne und mustert mich einen Augenblick lang. »Können wir absolut sicher sein, dass ihre bisherigen Unterlagen korrekt sind?«

Eine so absurde Frage, dass ich lachen muss. Das kann doch nicht ihr Ernst sein.

Zugleich aber scheue ich vor dem zurück, was sie hier andeutet.

»Moment mal. Denken Sie etwa, die wären gefälscht?«

Das scheint sie in Verlegenheit zu bringen. »Nein. Ich denke, das wäre zu kompliziert. Heimunterrichtsverbände halten ihre Unterlagen in bester Ordnung, es wäre also unmöglich, dass von deren Seite gefälschte Dokumente kamen. Allerdings ... muss das nicht heißen, dass ihre Unterlagen nicht zu Hause modifiziert werden konnten. Das könnte eine Schülerin selbst tun ... oder auch ein Elternteil ...« Sie zieht eine Augenbraue hoch.

Mir schießt das Blut in die Wangen. »Wollen Sie damit andeuten, meine Schwester und meine Nichte hätten geschummelt und die Arbeit einer anderen Person als ihre ausgegeben?«

Mrs Carlisle hebt die Hände. »Ich spreche nur laut aus, was mir in den Sinn gekommen ist. Es geht ja lediglich darum, dass sie nicht die Art von Leistungen bringt, die ihr bisheriger Werdegang vermuten ließe. Sie sollte diese Lerninhalte in- und auswendig kennen, Ms Jenkins, und das tut sie nun einmal nicht.«

Ich verschränke die Arme vor der Brust. Ich fühle mich in die Defensive gedrängt, einerseits meiner Nichte wegen, aber auch wegen dem, was Mrs Carlisle über meine Schwester angedeutet hat.

Ich schüttle den Kopf. »Nein, Sie müssen sich täuschen. Hannah braucht einfach Zeit. Sie hat so viel durchgemacht und hier ist alles neu und überwältigend für sie.«

»Absolut. Und ich stimme Ihnen zu, wir stehen ja erst am Anfang. Wir verstehen, dass Hannah ein schwerwiegendes Trauma durchstanden hat, etwas, was keiner von uns komplett nachfühlen kann. Vielleicht ist sie noch nicht so weit? Vielleicht könnte ihr ein Psychotherapeut weiterhelfen? Ich glaube leider nicht, dass unsere Schulpsychologin …«

»Das ist schon okay. Das Jugendamt hat mir einen Therapeuten empfohlen, der auf solche Fälle spezialisiert ist. Und Sie haben recht. Sie hat ein Trauma durchlitten, dass keiner von uns nachvollziehen, geschweige denn verarbeiten könnte. Vielleicht kann sie einfach nicht klar denken. Sie wird Zeit brauchen und sich von so vielem erholen müssen.« Ich schaue zu ihr auf. »Aber ein paar *gute* Neuigkeiten habe ich auch. Sie hat da gestern so etwas erwähnt.«

»Ach?«

»In ihrem Heimunterrichtsverband hat sie Fußball gespielt. Gestern hat sie davon gesprochen, bei einem Probetraining für die Highschoolmannschaft mitzumachen. Das ist doch ein gutes Zeichen, finden Sie nicht? Sie möchte sich so gerne hier einleben, das erklärt vielleicht auch das mit dem Rauchen. Sie möchte dazugehören. Wir können nur hoffen, dass die Therapie ihr hilft und dass sie sich hier besser eingewöhnen kann. Ich denke, was sie am dringendsten braucht, ist Zeit.«

»Absolut«, wiederholt Mrs Carlisle. »Genau das erhoffen wir uns auch. Dass sie sich für außerschulische Aktivitäten interessiert, ist wunderbar. Aber was den Unterricht angeht, würden wir sie für den Moment in die normalen Schulklassen verlegen, okay? In ein paar Wochen können wir da ja noch einmal nachhaken und darüber nachdenken, sie wieder in die Fortgeschrittenenkurse zu schicken. Was halten Sie davon?«

Ich schaue wieder verstohlen zu meiner Nichte hinüber. Sie sieht so winzig aus, wie sie dort auf dem Gehsteig steht, allein, mit hängendem Kopf. Das hier wird sie am Boden zerstören, es wird ihr so peinlich sein. Andererseits könnte es die richtige Entscheidung für sie sein, wir müssen sie ja nicht gleich in die schwierigeren Kurse hineindrängen.

Ich nicke zustimmend. »Okay. Das klingt gut.«

Sobald ich das sage, macht Mrs Carlisle sich auf den Weg zur Kreuzung. Sie bedeutet Hannah, dass sie nun gehen kann, was diese mit einem matten Lächeln beantwortet.

VIERUNDZWANZIG

Cassie ist beim Fußballtraining, als ich an Hannahs Tür klopfe.

Ihre Antwort kommt ganz leise. »Du kannst reinkommen, Tante Tara.«

Sie liegt auf ihrem Bett, mit den Daumen auf dem Handy herumtippend. Sie sperrt den Bildschirm und legt es mit der Rückseite nach oben hin, als ich mich neben sie setze.

»Können wir reden? Über das, was Mrs Carlisle gesagt hat?«, frage ich.

»Was genau davon?«

»Erst mal das mit der Zigarette.«

Sie seufzt und setzt sich auf. »Ich weiß, das war dumm. Keine Ahnung, was ich mir dabei gedacht habe. Ich wollte Freunde finden ... Ich wollte nicht Nein sagen.«

»Rauchen ist eine eklige Angewohnheit. Außerdem bringt das Ärger in der Schule.«

»Ich weiß«, wiederholt sie und steckt sich ihre Haare hinter beide Ohren. »Es wird nicht wieder vorkommen, versprochen.«

»Okay, das ist gut. Und jetzt zum zweiten Teil, das mit den Unterrichtsstunden. Was Mrs Carlisle mir da erzählt hat ... ist alles okay? Brauchst du mehr Zeit?«

»Nein, es ist nur …« Ihr Blick wandert umher, auf der Suche nach einer Antwort. »Es ist nur alles so anders. Das hätte ich nicht gedacht, aber nun ist es so. Heimunterricht war ganz was anderes. Schule ist einfach nicht dasselbe wie bei mir am Küchentisch, verstehst du? Und ohne Mom. Da sind all diese Lehrer, die ich nicht kenne, und alle sind so laut. Sie sind schon halb mit einer Stunde durch und ich versuche immer noch, mitzukommen. Ich fühle mich gerade ziemlich verloren.«

Ich nicke und drücke ihre Hand. Das leuchtet mir absolut ein. »Mrs Carlisle möchte dir mehr Zeit geben«, erkläre ich. »Für eine Weile wirst du ganz normalen Unterricht nehmen.«

»Ich weiß.« Sie wischt sich über die Augen. »Das hat sie mir schon gesagt. Nächste Woche gebe ich mir mehr Mühe, Tante Tara. Ganz bestimmt, du wirst schon sehen.«

»Das weiß ich doch. Kein Stress, okay?«

Cynthia schreibt mir, dass sie unterwegs ist. Sie hat ihre Jungs schon zum Lacrossetraining gebracht und jetzt bleibt ihr etwa eine Stunde, bis sie sie wieder abholen muss, aber das reicht auch. Das gibt mir genug Zeit, mich zu der Frage aufzuraffen, die ich ihr stellen möchte.

Ich habe noch kaum die Tür geöffnet, als ich ihr auch schon in die Arme falle. Sie drückt mich fest an sich. Wie dumm von mir, mich ihr nicht schon früher anzuvertrauen und zu denken, ich könne allein mit alldem umgehen, wo es doch gar nicht nötig war.

Sie balanciert zwei Flaschen Wein. »Das kann ich nicht alles alleine trinken, vor allem, wo ich doch nachher die Jungs vom Training abholen muss. Aber ich habe eh so ein Gefühl, dass du das mehr brauchst als ich.«

Ich nehme ihr den Wein ab und führe sie ins Haus. Sie schaut sich im Wohnzimmer um – sie sucht Hannah, und als sie

sie nirgends entdecken kann, beginnt sie zu flüstern. »Ist sie hier? Ist alles okay?«

Ich schlage vor, in die Küche zu gehen.

Cynthia hat einen Blazer über ihre Seidenbluse gezogen und dazu einen lavendelfarbenen knielangen Rock mit ausgestelltem Saum kombiniert. Sie sieht immer so stylisch aus, vor allem auf der Arbeit, allerdings zeichnet heute Besorgnis ihr Gesicht. Und Erstaunen.

»Warum hast du mir nichts davon erzählt?«, fragt sie, immer noch flüsternd. »Das ist ein Riesending, Tara. Das hättest du mich wissen lassen sollen.«

»Ich weiß. Es ist echt viel gerade. Flüstern müssen wir aber nicht.«

»Sorry, ich dachte nur ... ich wollte nicht über sie sprechen, wenn sie gleich nebenan sitzt.«

»Schon okay. Sie ist wahrscheinlich auf ihr Handy konzentriert.«

Cynthia scheint nicht überzeugt. Ich schenke uns beiden ein Glas Wein ein und wir setzen uns an den Tisch, wo ich ihr von Hannah erzähle. Ich erkläre ihr, dass ich meine Nichte und meine Schwester jahrelang nicht mehr gesehen hatte und dass Beth dennoch ihr Testament aktualisiert hat, um mir das Sorgerecht einzuräumen. So furchtbar Beths Tod auch war, habe ich doch damit nun eine zweite Chance, Hannah kennenzulernen. Über die Details der Polizeiermittlung gehe ich noch hinweg – ich kann mich noch nicht durchringen, das alles jetzt durchzukauen, vor allem, wo Hannah uns hören könnte. Sie weiß ja nichts über die Drohnachricht, die mir geschickt wurde, oder über die Robashes.

Als meine Geschichte zu Ende ist, schweigt Cynthia. Sie hat ihren Wein nicht angerührt, dafür habe ich im Laufe meiner Erzählung so oft an meinem genippt, dass ich das mehr als wettgemacht habe. Schon jetzt merke ich, wie die Welt weicher gezeichnet wirkt und Wärme sich in meinem Magen ausbreitet.

Endlich bin ich so weit, meiner Freundin eine der wichtigsten Fragen meines Lebens zu stellen.

»Cynthia, falls mir etwas zustoßen sollte ... falls ein Unfall geschehen und ich dabei sterben sollte, würdest du ... würdest du dich dann um die Mädchen kümmern?« Sie reißt die Augen auf, ich spreche weiter. »Ich setze mein Testament neu auf, relativ formlos, einfach gemäß so einer Vorlage, die ich im Internet gefunden habe, aber nach dem, was meiner Schwester zugestoßen ist und wo sie doch sichergestellt hat, dass für Hannah gesorgt sein würde, ist mir klar geworden, dass ich das auch tun muss. Ich muss jemanden als Erziehungsberechtigten für die Mädchen nennen, nur für den Fall der Fälle.«

»Ja, selbstverständlich«, erwidert sie. »Natürlich würden wir uns um sie kümmern.«

Ihre Antwort erleichtert mich, kommt aber nicht überraschend. Cynthia versteht das, schließlich hat sie selbst Kinder. Sie weiß, dass ich sonst niemanden habe.

»Möchtest du das nicht mit Erik besprechen?«, frage ich, in Gedanken an ihren Mann. »Ihr könntet das erst mal ausdiskutieren und euch dann bei mir melden?«

»Nein. Er wird einverstanden sein, keine Frage. Er macht sich schon die ganze Woche über Sorgen um dich. Und nun, wo Hannah bei dir wohnt ...« Wieder wandert ihr Blick den Gang hinunter, als könne Hannah jeden Moment dort auftauchen. »Das machen wir auf jeden Fall. Aber es wird gar nicht notwendig sein, hörst du? Dir wird nichts passieren.«

Tja, das hat Beth auch gedacht.

Ich stoße ein lautes Seufzen aus. »Danke dir.«

Mit Cynthias Zustimmung, ihrer Hilfsbereitschaft und ihrem Verständnis, was diese Situation angeht, fällt mir ein riesiger Stein vom Herzen. Nun ist mir, als könne ich wieder durchatmen. Falls mir etwas zustoßen sollte, wird es den Mädchen trotzdem gut gehen.

Ich frage mich, ob Beth sich auch so gefühlt hat, nachdem sie ihr Testament aktualisiert hatte. Dieser Seelenfrieden, den die Gewissheit mit sich brachte, dass sie einen Plan B hatte, dass Hannah sich nicht vor der Frage wiederfinden würde, wo sie nun hingehen soll. Ein Plan, *nur für den Fall der Fälle.*

Denn die Mädchen sind nun alles, was ich habe. Und ich bin alles, was sie haben.

Ich mache mich gerade zum Aufbruch bereit, um Cassie vom Training abzuholen, die Hand schon über der Alarmanlage, um Hannah einzuschließen, als Cassie mir eine SMS mit dem Vorschlag schickt, ich solle Hannah mitnehmen. Sie meint, wir könnten etwas Nettes zusammen machen.

Um Hannah aufzuheitern, erklärt sie. *Irgendwas war in der Schule, aber sie möchte nicht darüber sprechen.*

Ich klopfe an Hannahs Tür. Nach einem halben Glas Wein ist Cynthia gegangen, um ihre Jungs abzuholen. Ich habe mich auch davon abgehalten, mehr zu trinken, da ich ja wusste, dass ich in Habachtstellung bleiben und die Mädchen herumfahren muss.

Als ich Hannah von Cassies Idee erzähle, antwortet sie mit einem nachdrücklichen Ja. Sie fragt gar nicht, wo wir hinwollen, und scheint nur darauf bedacht, ihr Zimmer verlassen und an etwas anderes denken zu können.

Die Mädchen beschließen, dass sie zu Sephora möchten, diesem Make-up-Laden, in dem ich bisher erst einmal war – normalerweise würde ich dort nicht einkaufen. Mir reicht das Make-up aus dem Drogeriemarkt. Wir haben den Laden kaum betreten, als die Mädchen auch schon fast vor Aufregung bersten. Sie gehen mir Arm in Arm voraus. Den Pferdeschwanz, den Cassie während des Trainings hatte, hat sie bereits gelöst, sodass ihr die Haare locker über die Schultern fallen.

Pulsierende Technobeats dröhnen aus den Lautsprechern. Die Mädels durchstreifen zunächst einmal das Parfumregal, wo sie sich immer abwechselnd verschiedene Düfte auf die Handgelenke sprühen, dann machen sie sich auf Richtung Make-up. Ich folge ihnen, aber aus etwas Entfernung, ich möchte ihnen ja nicht auf die Pelle rücken.

Also bleibe ich zwischen Regalen voller Badebomben und Peelings stehen, während die beiden sich von einer Verkaufsberaterin aufhübschen lassen. Cassie wirkt, als könne sie jeden Moment vor Freude zerplatzen, während sie ihren Blick über die schwindelerregende Auswahl von Lidschatten und Lippenstiften schweifen lässt. Sie schnappt sich einen Wattebausch, um jede Farbe mal auszuprobieren.

Wie die beiden so Seite an Seite stehen, sehen sie wie Schwestern aus. Sie verhalten sich auch wie Schwestern. Es würde mich nicht überraschen, wenn die Leute auch Hannah für meine Tochter halten würden.

Die Verkaufsberaterin tupft Cassie pfirsichfarbenes Rouge auf die Wangen, während Hannah Liquid Eyeliner auf ihre Augenlider aufträgt. Ich trete etwas näher, damit ich zusehen kann. In einer einzigen fließenden Bewegung bringt sie den Eyeliner auf wie ein Profi. Mir selbst ist das noch nie gelungen, vor allem nicht mit Liquid Eyeliner. Aber bei Hannah sitzt der Lidstrich absolut perfekt, nichts ist verschmiert, und in jedem Augenwinkel hat sie sogar mit elegantem Schwung nach oben abgeschlossen.

»Beeindruckend«, befindet die Verkaufsberaterin. »Du machst das echt super. Wenn ich nicht aufpasse, übernimmst du bald meinen Job!«

Als Nächstes spielt Hannah mit dem Lidschatten herum und wählt schließlich eine zarte Farbe aus, die sie auf ihr Augenlid aufträgt, bevor sie noch etwas Highlighter auf ihre

Augenbrauen pinselt. Sie bewundert sich selbst, während Cassie nach einem Wattebausch greift und versucht, es ihr nachzutun. Doch in ihren Händen wird der Wattebausch ungeschickt und sie drückt zu fest zu, also hilft Hannah ihr.

»Im Ernst jetzt«, sagt die Verkaufsberaterin, »wo hast du das denn alles gelernt?«

Hannah zuckt mit den Schultern. »Instagram. Ich hab mir viele Make-up-Tutorials angeschaut.«

»Na, du bist jedenfalls richtig gut darin.«

Und sie hat recht. Hannah ist in Sachen Make-up ein echter Profi. Wie seltsam, wo sie doch kaum welches trägt. Die ganze Woche über hat sie bei uns nur ein winziges bisschen Lipgloss aufgetragen.

»Es gibt da viele YouTube-Videos«, erklärt Hannah. »Ich spiele gern in meinem Zimmer damit herum. Wenn man genug davon anschaut, kriegt man irgendwann den Dreh raus.« Sie tupft sich noch ein bisschen mehr Rouge auf die Wangen.

Einige Minuten später haben wir eine Einkaufstüte mit Make-up für Hannah gefüllt, dazu hat die Verkäuferin Cassie zuliebe noch ein paar Proben mit reingeworfen. Wir gehen zur Kasse, und wieder zücke ich meine Kreditkarte, während Cassie fröhlich die Tüte für ihre Cousine trägt.

»Hannah, kannst du mir das beibringen, wenn wir zu Hause sind?«, fragt sie. »Du könntest mich komplett umstylen, das wäre total cool.«

Sie plappern vor sich hin, als wir den Laden verlassen. Und zum ersten Mal, seit wir Hannah von der Schule abgeholt haben, ist ihr Gesichtsausdruck wieder lebhaft und froh. Sie hat Spaß. Die Sorgen der Schulsekretärin und der Ärger, den Hannah sich eingeheimst hat, sind für den Moment vergessen.

FÜNFUNDZWANZIG

Die Mädels sind im Bad und haben ihr neues Make-up bereits auf allen Oberflächen verteilt, als eine mir unvertraute Nummer auf meinem Handy aufpoppt. Allerdings steht dort nicht *Unbekannte Nummer* und so entspannen sich meine Schultern wieder ein wenig.

Es ist Mrs Carlisle aus der Schule. »Tut mir leid, dass ich Sie schon wieder störe«, sagt sie, kaum dass ich rangegangen bin. »Es gibt da nur noch etwas, was ich mit Ihnen besprechen muss.«

Mein Herz pocht. Was denn noch?

»Ich habe Kontakt zum Heimunterrichtsverband Louisville aufgenommen. Nach unserer Unterhaltung wollte ich ein paar Dinge überprüfen. Die Frau am Telefon war sehr freundlich und gut informiert. Tatsächlich kann sie sich gut an Hannah erinnern, sie hat sie als eine ihrer vielversprechendsten Schülerinnen bezeichnet. Sie hat sie einige Male getroffen und hatte einen ganz wunderbaren Eindruck von ihr.«

Okay, so weit, so unerwartet.

»Sie meinte, es sei äußerst unwahrscheinlich, dass Hannah ihre Prüfungsergebnisse gefälscht oder die Arbeit einer anderen Person als ihre ausgegeben haben könnte. Ebenso unwahrscheinlich fand sie den Gedanken, dass Hannahs Mutter dies getan haben könnte. Ihre Schwester hat die schulische Bildung Ihrer Nichte äußerst ernst genommen.«

Ich antworte: »Okay. Dann ist das Thema damit erledigt?«

»Es hilft auf jeden Fall«, räumt Mrs Carlisle ein. »Trotzdem halte ich es für eine gute Idee, sie während der nächsten paar Wochen im normalen Unterricht zu lassen, nur bis sie sich an die Atmosphäre im Klassenzimmer gewöhnt hat, und an die anderen Lehrmethoden. An unsere Art, Unterricht zu führen.«

»Allerdings gab es da noch etwas, was mich verblüfft hat«, fügt sie hinzu. »Ich habe erwähnt, dass Hannah sehr darauf aus ist, Freundschaften zu schließen, und dass sie überlegt, in die Fußballmannschaft einzutreten. Das hat die Dame wohl ziemlich überrascht.«

»Wieso das?«

»Anscheinend hat Hannah sich in der Mittelstufe während eines Spiels verletzt. Nicht schlimm genug, um operiert werden zu müssen oder sonst etwas Drastisches, allerdings musste sie deswegen mehrere Monate lang zur Physiotherapie. Die hat leider nicht viel geholfen und nun humpelt sie manchmal.«

In Gedanken gehe ich die Details durch, die das Jugendamt mir mitgeteilt hat. Von einer Verletzung war da nicht die Rede, aber da sie nicht operiert wurde, war es wohl nicht der Erwähnung wert.

»Soweit ich es verstanden habe«, erklärt Mrs Carlisle, »hat Hannah deshalb mit dem Fußballspielen aufgehört. Auch andere Sportarten waren damit vom Tisch, daher war die Frau vom Heimunterrichtsverband so überrascht, dass Hannah es jetzt wieder probieren will. Als jedes Jahr die Anmeldeformulare bei ihr eintrudelten, schien sie noch immer recht abgeneigt.«

Ich verziehe das Gesicht. Die Verletzung ist schon Jahre

her, sie hat sich davon erholt. Es geht ihr besser. Sie möchte es noch einmal probieren.

»Geben wir dem Mädchen einfach eine Chance, okay?«, sage ich zu Mrs Carlisle, in schärferem Tonfall als beabsichtigt. »Meine Nichte tut, was sie kann, und schlägt sich dabei um einiges besser, als irgendwer sonst es in ihrer Situation täte. Sie ist doch noch ein Kind.«

»Ja, Ms Jenkins«, sagt Mrs Carlisle. »Ich wollte Sie nur darüber informieren. Wir werden weiterhin ein Auge auf sie haben.«

»Tun Sie das.« Ich beende das Gespräch.

Samstag

Kurz vor der Mittagszeit wachen die Mädchen endlich auf. Gestern waren sie noch lange wach, sie waren damit beschäftigt, Cassie umzustylen und Dutzende Fotos zu schießen. Ich habe sie erneut ermahnt, nichts davon auf Instagram zu posten. *Nur, bis sich alles wieder beruhigt hat*, habe ich gesagt.

Noch bis nach Mitternacht habe ich die beiden kichern hören, bis sie es sich im Wohnzimmer bequem machten, um einen Film zu schauen, da wurden sie ruhiger.

Ich allerdings bin zu Bett gegangen. Nachdem ich die Alarmanlage eingestellt hatte, habe ich beschlossen, diesmal auf meine Schlaftabletten zu verzichten, um aufpassen zu können, falls irgendetwas geschehen sollte. Was nichts anderes heißt als dass ich die ganze Nacht über angespannt auf Geräusche gelauscht habe, die Augen nach draußen gerichtet, falls jemand über den Zaun springen und aufs Haus zurennen sollte.

Am Morgen habe ich dann gleich drei Tassen Kaffee getrunken und die Mädchen um ihren festen Schlaf beneidet. Aber es liegt ja nur daran, dass sie nichts wissen. Unwissenheit kann ein Segen sein. Nun springt Cassie zuerst unter die

Dusche, dann ist Hannah dran, eine gelassene Routine, da ja Wochenende ist.

Auch ich sollte entspannter sein, bin es aber nicht, vor allem, als der Detective mir eine SMS sendet.

Haben Sie Zeit zu telefonieren?

Ich möchte keine Zeit verschwenden und rufe ihn sofort an. »Was ist los?«

»Ich habe Ihnen ja gesagt, dass wir Eli Robash gebeten haben, erneut ins Revier zu kommen und eine Handschriftenprobe abzugeben. Dem hat er zugestimmt, tatsächlich gab er sich äußerst hilfsbereit. Aber nun ist er nicht erschienen und geht auch nicht ans Telefon.« Mir schnürt sich die Kehle zu. »Seine Frau sagt, er sei heute Morgen sehr früh zu einem Meeting gerufen worden. Wir können ihn derzeit nicht ausfindig machen.«

Kaffee fließt aus meiner Tasse auf den Boden. Ich eile zum Fenster und reiße an den Jalousien herum, bis ich meine Straße voll im Blick habe.

Ich halte nach irgendetwas oder irgendjemandem Ausschau, nach allem, was darauf hinweisen könnte, dass Eli sich in meiner Nachbarschaft aufhält. Er hat sich der Polizei entzogen. Ihm geht die Zeit aus. Er möchte zu Ende bringen, was er angefangen hat, bevor ihn die Polizei erwischt. Für ihn heißt es jetzt oder gar nicht.

Ein Auto fährt vorbei und ich halte den Atem an. Doch es ist nur meine Nachbarin, die in ihre Einfahrt abbiegt.

Noch ein Auto, aber dieses biegt beim Stoppschild ab.

Ich suche die Straße ab. Was erwarte ich denn zu sehen? Eli Robash, der in meinem Vorgarten steht und nur darauf wartet, mich zur Rede zu stellen? Dieser Mann, der mit seinen stechend grünen Augen auf mein Haus starrt und mich so an seinen Vater erinnert. In einer Hand einen Benzinkanister, in der anderen ein Streichholz, den Kopf wild lachend nach hinten geworfen. Mich schaudert.

Ich schlucke, aber das hilft nicht. Ich trete vom Fenster weg.

»Ms Jenkins?«, sagt der Detective.

Ich gebe den Alarmcode ein, woraufhin die Lampe rot aufleuchtet. Der vierstellige Code enthält zwei Ziffern für Cassies Geburtstag und zwei für Hannahs Geburtstag. Das sind Zahlen, die ich niemals vergessen könnte, Zahlen, die mir viel bedeuten.

»Ms Jenkins«, wiederholt Detective Gillespie. »Das ist kein Grund zur Panik. Aller Wahrscheinlichkeit nach ist er nur geschäftlich unterwegs und schon heute Nachmittag hören wir wieder von ihm. Er wird ins Revier kommen.«

»Nein. Er ist hierher unterwegs.«

Ich werfe einen Blick auf meine Handyuhr – fast ein Uhr nachmittags. Inzwischen könnte er locker schon hier sein, vor allem, wenn er Louisville bereits heute Morgen verlassen hat. Er ist auf dem Weg in unsere Nachbarschaft. Bis er auftaucht, könnte es nur noch eine Frage weniger Minuten sein.

Ich weiche von der Haustür zurück und das Handy gleitet von meinem Ohr. Kalter Schweiß läuft mir den Nacken hinunter. Plötzlich zittere ich, hier, mitten am Tag, mitten in meinem eigenen Wohnzimmer.

»Ms Jenkins«, meldet sich Detective Gillespie wieder, »ich sage Ihnen jetzt was. Nur zur Sicherheit werde ich nun die Polizei bei Ihnen vor Ort informieren. Es besteht kein Grund zur Panik, aber ich denke, es ist an der Zeit, jemanden einzubinden, der näher dran ist.«

Ich kralle eine Hand in meinen Bauch.

Die Polizei vor Ort. Also macht er sich *doch* Sorgen.

»Nur eine Vorsichtsmaßnahme«, betont er noch einmal. »Aber Sie wohnen außerhalb meines Zuständigkeitsbereichs und es ist Zeit, dass ich die örtlichen Behörden mit ins Boot hole.«

»Mom«, sagt Cassie. »Was ist los?«

Ihre Stimme dringt wie aus weiter Ferne zu mir durch.

»Mom? *Hallo?* Was ist denn los mit dir?«

Ich blinzele mehrmals, bevor ich ihr meine Augen zuwende.

Cassie lacht, ein nervöses Geräusch. Sie sieht zu Hannah hinüber, die mich beobachtet.

»Alles okay, Tante Tara?«

»Wir sollten für eine Weile raus aus dem Haus.«

»Was willst du denn machen?«, fragt Cassie. »Ins Kino gehen oder so?«

»Oder so«, erwidere ich, aber in einem so leblosen Tonfall, dass Cassie mir erneut einen besorgten Blick zuwirft.

»Lasst uns ein bisschen herumfahren«, schlägt Hannah vor. »Dann könnt ihr mir noch mehr von eurer Stadt zeigen.«

Keine schlechte Idee. Zumindest kommen wir so raus aus dem Haus.

Wir fahren die Hauptstraße hinunter und Cassie deutet auf alle möglichen Restaurants und Boutiquen, bis wir den Fluss erreichen und Richtung Westen abbiegen, was uns in die etwas industrieller geprägten Ecken von Decatur führt. Wir fahren einmal im Kreis zur anderen Seite der Stadt, am Point Mallard Wasserpark vorbei.

»Dort ist es echt super«, sagt Cassie. »Und im Sommer rappelvoll. Sie haben da jede Menge Rutschen und ein Wellenbad. Wir sollten mal hingehen.«

»Klingt toll.« Hannah starrt auf den Eingang zum Erlebnisbad.

Autofahren hilft. Trotzdem ertappe ich mich dabei, wie ich ständig in den Rückspiegel schaue, um zu sehen, ob mich jemand verfolgt, ob uns irgendein Auto zu nahe kommt, ob Eli Robash hinterm Steuer sitzt.

Ich habe ihn auf Facebook gefunden, das hätte er genauso leicht auch mit mir machen können.

Ich fahre nirgends rechts ran, möchte nicht anhalten, aber irgendwann fragen die Mädchen, ob wir uns was zu essen holen können. Wir haben nichts gegessen, bevor wir das Haus verlassen haben, und inzwischen ist es schon weit nach der Mittagszeit.

»Wie wär's mit dem neuen Koreaner?«, schlägt Cassie vor.

Im Restaurant führen die Mädchen einen Großteil des Gesprächs allein, während ich mein Essen auf dem Teller herumschiebe und im Reis meiner Schüssel Bulgogi herumstochere, die ich normalerweise innerhalb weniger Minuten verschlungen hätte. Aber Appetit ist für mich schon längst ein Ding der Vergangenheit und schmecken kann ich sowieso nichts.

Als die Tür aufgeht, schießt mein Blick nach vorn, aber herein kommt nur ein älteres Ehepaar mit einem Jungen, der ihr Enkel sein könnte. Er trägt eine Basecap und ein Trikot, die einst weiße Hose ist dreckverschmiert. Als Nächstes kommt eine junge Familie, die Mutter trägt ein Kleinkind auf die Hüfte gestützt.

Hannah und Cassie putzen ihre Teller komplett leer. Immer mal wieder sehen sie verstohlen zu mir, um zu überprüfen, ob es mir gut geht und ob ich zuhöre, was ich eindeutig nicht tue. Mein Blick klebt an der Eingangstür. Und wann immer ich nicht Ausschau halte, wer dort kommt und geht, sehe ich auf mein Handy, um nachzugucken, ob Detective Gillespie wieder angerufen hat.

»Mom, du machst mir Angst«, verkündet Cassie, kaum dass Hannah auf die Toilette gegangen ist. »Was ist los?«

»Tut mir leid. Ich fange mich schon wieder. Ich denke nur an meine Schwester, ich vermisse sie.«

»Na ja, langsam machst du auch Hannah Angst. Sie hat gesagt, wer auch immer ihre Mom umgebracht hat, könnte es als Nächstes auf sie abgesehen haben.«

Da spannt sich alles in mir an. »Wann hat sie das gesagt?«

»Gestern Abend.« Cassie senkt ihren Blick, als hätte sie schon zu viel preisgegeben. »Aber sag ihr nicht, dass ich dir das erzählt habe, okay? Ich glaube, sie hat das Gefühl, sich mir richtig anvertrauen zu können.«

Aber hier geht es doch nicht um irgendwelche Schulprobleme oder einen Streit mit Freundinnen, Cassie. Das ist eine Riesensache, vor allem, wenn Hannah sich Sorgen macht, dass jemand es auf sie abgesehen haben könnte. Wie kommt sie darauf? Sie weiß doch gar nichts von der Drohnachricht, die mir geschickt wurde. Auch über die Robashes weiß sie überhaupt nicht Bescheid.

»Es stimmt nicht, oder, Mom?«, fragt Cassie. »Die wollten sie mit diesem Feuer nicht auch umbringen, oder? Niemand hat es auf sie abgesehen?«

»Nein«, versichere ich ihr. »Hannah ist in Sicherheit. Wir sind alle in Sicherheit. Die Polizei steht kurz davor, die verantwortliche Person zu finden, und dann werden sie sie festnehmen. Wirst schon sehen.«

Sie nickt und wechselt das Thema, sobald Hannah wieder an unserem Tisch erscheint.

»Was wollen wir als Nächstes tun?«, fragt Cassie. »Es ist so früh, wir haben ja noch den ganzen Abend vor uns.«

»Vorhin hast du was von Kino gesagt, wie wär's damit?«, schlägt Hannah vor.

Die Mädchen rufen online das heutige Kinoprogramm auf, während ich die Rechnung bezahle. Wir gehen zum Auto, als Cassie auffällt, dass da etwas unter meinem Scheibenwischer steckt. »Was ist das denn?«

Ein in der Mitte gefaltetes Stück Papier, das ich erst für

einen Flyer halte. Doch dann schaue ich genauer hin und erstarre.

Ich sollte es meiner Tochter aus der Hand reißen, sollte ihr sagen, es sei nur Werbung, Rabatt für die Autowaschanlage, irgendetwas, damit die Mädchen nicht herausfinden, was dort geschrieben steht. Aber Cassie ist zu schnell, und als sie das Papier auffaltet, erbleicht sie.

»Mom ... was ist das?« Das Blatt hängt schlaff zwischen ihren zitternden Fingern herab.

SECHSUNDZWANZIG

Ich schnappe mir das Papier.

Ich hab dir gesagt, du musst aufpassen. Jetzt bin ich dir auf den Fersen.

Meine Finger krallen sich um den Zettel, um ihn zu zerknüllen, aber dann halte ich inne. Das hier ist ein Beweisstück – noch ein entscheidendes Beweisstück, das ich der Polizei zeigen sollte.

Ich lasse meinen Blick über den restlichen Parkplatz schweifen. *Er ist hier.*

Er stand direkt neben meinem Auto und hat das auf die Windschutzscheibe geklemmt. Er weiß, dass wir in diesem Restaurant waren, und hat auf uns gewartet.

Vielleicht lauert er noch jetzt in einem dieser Autos.

Mein Herz setzt einen Schlag aus. Ich schaue suchend um mich, mein Atem abgehackt, als Hannah nun wiederum mir den Zettel aus der Hand reißt. Ihr Blick geht rasch hin und her. Ich kann förmlich zusehen, wie jeder letzte Rest Blut aus ihrem Gesicht verschwindet.

Sie deutet auf den grässlichsten Teil, den Teil, den ich so gerne ausgelöscht hätte. Unter der grausamen Botschaft hat er ein Bild gezeichnet.

Darauf ist ein Haus zu sehen, aus dessen Dach Flammen emporlodern. Mit schwarzem Kugelschreiber und orangenem Highlighter ist der grobe Umriss einer Frau abgebildet, die Haare schwarz und lang, das Gesicht in Flammen. Ihr Mund ist zu einem qualvollen O verzerrt, während sie schreiend inmitten der Feuersbrunst steht.

Das ist meine Schwester. Mir ist kotzübel. Beth ist bei lebendigem Leib verbrannt und jemand hat diese Szene nun festgehalten.

Hannah würgt. Sie stolpert, ihre Knie geben unter ihr nach, und ich stütze sie, damit sie nicht zu Boden fällt.

Hannah schluchzt: »Was ist das? *Wer* war das?« Nun sucht auch sie den Parkplatz ab und da wird es mir mit einem Schlag klar. Wir müssen hier weg. Er könnte jeden Moment aus der Deckung treten.

»Mädels, rein ins Auto, *sofort*.« Hier draußen sind wir viel zu verletzlich.

Ich entreiße Hannah die Botschaft und entsperre das Auto. Beide klettern rasch hinein und schnallen sich an, aber inzwischen weint Cassie, Hannah auch. Cassie versteht es zwar nicht, weiß aber, dass hier gerade etwas Schreckliches passiert. Sie hat gesehen, was auf diesem Blatt Papier steht.

Indem ich den Mädchen bestimmte Details verschwiegen habe, dachte ich, ich würde sie beschützen. Ich dachte, es wäre besser so. Aber damit habe ich die beiden doch nur zur Unwissenheit verdammt. Ich habe sie in Gefahr gebracht, indem ich sie nicht vor alldem gewarnt habe, was ich wusste.

Wie sollen sie sich denn schützen, wenn sie sich der drohenden Gefahr gar nicht bewusst sind?

Ich stoße den Schlüssel ins Zündschloss und lasse den

Motor an. Es ist meine Schuld und ich muss es irgendwie wieder geradebiegen.

Rasch lasse ich den Parkplatz hinter mir und rufe Detective Gillespie an. Ich kann nicht mehr warten, bis ich in einem anderen Zimmer bin, die Tür zu ist und ich im Flüsterton mit ihm sprechen kann. Dazu haben wir keine Zeit mehr.

Mit Blick in den Rückspiegel beobachte ich jedes Auto, das sich hinter uns einreiht. Hat noch jemand den Parkplatz verlassen und folgt uns nun? Werden wir beschattet?

Hannah muss wohl dasselbe denken, denn sie dreht sich immer wieder in ihrem Sitz nach hinten – sie behält jedes Auto im Blick und mustert die Fahrer. Als ich die Spur wechsele, überprüft sie, ob das sonst noch jemand tut, was aber nicht der Fall ist. Immerhin nicht, soweit wir sehen können. Sobald die Ampel grün ist, drücke ich das Gaspedal durch und rase über die Brücke.

Detective Gillespie geht ran.

»Noch eine Drohnachricht«, lege ich los. »Aber diese lag auf meiner Windschutzscheibe. Wir waren essen. Er hat sie dort hingelegt und das heißt, er ist hier. Ich weiß es.«

»Okay. Ich setze Sie sofort mit jemandem in Verbindung, mit dem Detective vor Ort, den ich bereits erwähnt habe.«

»Er hat meine Schwester gezeichnet«, erkläre ich weiter, wobei ich wünsche, ich müsste das nicht vor den Mädchen wiederholen. »Sie ist ... auf der Zeichnung stand sie in Flammen.«

Cassie bricht auf dem Rücksitz in lautstarkes Schluchzen aus und ich kneife kurz die Augen zusammen. Es bricht mir das Herz. Ich fahre immer weiter – ich weiß nicht, wohin wir fahren und was wir tun sollen, aber nach Hause kehren wir definitiv nicht zurück. Ich konzentriere mich auf den Verkehr.

»Was haben Sie vor?«, fragt der Detective. »Ich muss Detective Haygood sagen, wo er Sie finden kann.«

»Das weiß ich noch nicht, ich bin einfach losgefahren.«

»Okay. Fahren Sie nur nicht zu weit weg. Er soll sich so schnell wie möglich mit Ihnen treffen können.«

Ich wechsle erneut die Spur und bin mir schmerzlich bewusst, dass ich dabei nicht langsamer werde. Inzwischen habe ich schon gut hundertzwanzig km/h drauf, dann hundertvierzig, aber das ist mir egal. Je weiter wir von Eli Robash wegkommen, desto besser.

Vor uns erscheinen die Schilder zur Interstate 65 und ich überlege, ob ich dort abfahren soll. Soll ich nach Norden Richtung Nashville fahren, nach Süden Richtung Birmingham? Wir könnten die Nacht durchfahren und bis nach Florida kommen. Wir könnten uns einen Flughafen suchen und weit, weit wegfliegen. Und nicht zurückkommen, bis wir hören, dass Eli Robash hinter Gittern sitzt.

Fahren Sie nicht zu weit weg, hat der Detective gesagt.

Ich fahre an der Ausfahrt zur Interstate vorbei und weiter Richtung Osten. In Huntsville werden wir irgendein Versteck finden.

»Wir nehmen uns ein Hotelzimmer«, verkünde ich. »Sobald wir dort eingecheckt haben, sage ich Ihnen, wo wir sind.«

Die Mädchen weinen immer noch, nachdem ich aufgelegt habe, aber Hannah starrt mich auch an.

»Du hast gesagt, *noch* eine Drohnachricht. Was soll das heißen? Was war denn die erste?«

Ich zucke zusammen. Hannahs Worte und ihre Angst; mir ist, als würde sie mein Herz mit einem Löffel aus meiner Brust kratzen. Hannah hat jedes Recht, aufgebracht zu sein, dass ich ihr diese Information vorenthalten und sie belogen habe.

»*Was stand in der ersten?*«, fragt sie, und diesmal ist es ein

Schrei. Meine Hände auf dem Lenkrad werden ganz schlaff, als ihr Wehklagen den Wagen ausfüllt.

Ich entschuldige mich. Ich leiere endlose Ausreden herunter, aber die will sie nicht hören. »Wer steckt dahinter?«, fragt sie. »Warum sollte uns jemand solche Angst einjagen wollen?«

Als mein Blick im Rückspiegel auf Cassies Gesicht fällt, bemerke ich, wie kreidebleich sie ist. »Mom, bitte fahr langsamer. Du machst mir Angst.«

Ich nehme den Fuß vom Gaspedal. Ich muss mich zusammenreißen, damit ich keinen Unfall baue.

»Der Polizei habe ich alle Informationen weitergegeben«, erkläre ich Hannah. »Die wissen über alles Bescheid. Sie sind schon hinter dem Verantwortlichen her.«

»Und das ist dieser Rick Joffrey?«

»Nein, davon gehen sie nicht mehr aus.«

»Wer denn dann?«, fragt Hannah. »*Wer?*«

Wir kommen an Schildern vorbei, die zum internationalen Flughafen Huntsville weisen. Wir rasen am Cummings Forschungszentrum vorbei und kommen auf die Saturn V-Rakete zu, deren rote Lichter vor dem U.S. Space and Rocket Center blinken. Vor uns liegen mehrere Hotels.

»Tante Tara!«, sagt Hannah. »Red mit mir.«

»Sagt dir der Name Eli Robash was? Hat deine Mom ihn je erwähnt?«

»Eli Robash ... der Typ von diesem Bauunternehmen?«

Ich werfe ihr einen raschen Blick zu. »Ja. Woher weißt du von ihm?«

»Er hat meine Mom früher oft angerufen und immer wieder wegen der Farm angefragt. Er wollte sie ihr abkaufen, aber sie hat dauernd Nein gesagt. Auch die Chandlers meinten, sie würden sein Angebot ablehnen, obwohl er es ihnen mehrmals gemacht hat.«

»Ist Eli Robash je wütend geworden? Hat er sie angeschrien?«

Sie reißt die Augen auf. »Ich glaube nicht. Aber Mom hat mir nicht viel darüber erzählt, nur dass sie das auf keinen Fall möchte. Und die Chandlers auch nicht. Die würden ihr Grundstück auch nicht verkaufen.«

»Kann sein, dass die Chandlers es sich inzwischen anders überlegen.«

Sie spricht nun lauter. »Aber sie haben gesagt, das würden sie nicht tun. Sie haben Mom gesagt, dass sie das nicht tun würden.« Dann keucht sie auf. »Moment, denkst du, Eli Robash war so wütend auf Mom, dass er sie umgebracht hat, nur um an ein Grundstück zu kommen? Aber das ist doch verrückt. Klar, er war ziemlich hartnäckig, irgendwann musste Mom seine Nummer blockieren. Einmal ist er sogar beim Haus aufgetaucht.«

Ich halte den Atem an. »Wann?«

»Vor einigen Wochen. Vielleicht vor einem Monat?«, erwidert sie. »Ich weiß es nicht mehr genau, ich habe nicht wirklich aufgepasst. Ich dachte, das wäre keine so große Sache, nur langweiliges Verkaufsgeschwätz. Aber er war da und die beiden haben sich unterhalten. Ich hatte den Eindruck, dass er nicht allzu glücklich war, sie auch nicht, und dann ist er wieder gegangen.«

Mein Blick schießt zu ihr. »Hast du gehört, was die beiden besprochen haben? Irgendwas Bestimmtes?«

»Nicht wirklich. Wie gesagt, ich habe nicht wirklich aufgepasst.« Sie nimmt den Zettel zur Hand und starrt auf die abscheuliche, hässliche Zeichnung. »O mein Gott. Dieser Dreckskerl hat meine Mom umgebracht? Er hat ein Bild gezeichnet, auf dem sie *in Flammen steht*?« Ihr Blick schweift über die Autos, die neben uns herfahren. »*Er ist hier*?«

»Das wissen wir nicht.«

Sie wedelt mit dem Zettel in der Luft herum. »Sieht ja wohl verdammt noch mal danach aus! Das hier lag auf deinem Auto.«

Cassie krümmt sich in ihrem Sitz vornüber. Sie kugelt sich zusammen, als könne sie sich dort hinten verstecken.

Hannah kreischt: »Und bei alldem geht es um ein Grundstück? Er hat meine Mom wegen einem bisschen Land umgebracht?«

Ich schluchze nun auch. Die Idee ist so abscheulich – die Gier – die eiskalte Berechnung. Aber es steckt noch so viel mehr dahinter, das möchte ich ihr erklären, obwohl ich weiß, dass es das nicht besser machen würde. Hannah würde das Geheimnis, das ihre Mutter und ich gehütet haben, nie verstehen können, obwohl es ihre Mutter war, die sich für mich eingesetzt und mich beschützt hat.

Denn die Wahrheit ist, dass die Robashes Rache wollen. Sie haben lang genug gewartet. Und die Flammen, die Eli mir versprochen hat, schließen sich immer enger um uns.

Ich nehme das erste Hotel, das ich entdecke. Es gibt dort einen großen, offenen Parkplatz mit einer Auffahrt zur Interstate, gut für den Fall, dass wir schnell fliehen müssten. Ich schiebe meine Kreditkarte über die Theke des Drury Inn & Suites, und die Empfangsdame händigt mir eine Schlüsselkarte aus. Ich scheuche die Mädchen zum Aufzug und dann geht es in rasantem Tempo in den fünften Stock.

Wenige Minuten später schicke ich Detective Gillespie unseren Standort.

Halten Sie durch, antwortet er.

Die Mädchen nehmen im Wohnbereich Platz. Sie wissen nicht, was sie sonst tun sollen, Hannah starrt nur zu Boden. Es gibt hier ein kleines Sofa, einen Küchentisch und eine schlichte Kochzeile, bestehend aus einer Arbeitsfläche und zwei Schränken. Die Suite hat außerdem zwei Schlafzimmer. Davon können die Mädchen sich eines teilen und ich nehme das andere.

Cassie lässt sich auf der Sofakante nieder. Sie sagt kein Wort, verdreht nur die Enden ihrer Ärmel. Hannah hat das Sitzen satt und beginnt, vor dem Fenster auf- und abzutigern. Sie reißt den Vorhang zur Seite und schaut hinaus.

»Hier bleiben wir erst mal«, sage ich zu ihnen. »Nur für ein oder zwei Nächte. Bis wir wissen, was los ist. Bis sie ihn festgenommen haben. Der Detective schickt jemanden von der Ortspolizei vorbei, der kommt heute Abend. Uns wird nichts passieren.«

Cassie wimmert: »Mom, das ist doch verrückt.«

»Ich weiß, mein Schatz. Es tut mir so leid. Aber wir schaffen das.«

»Ich hab Angst.« Ihre Unterlippe bebt. Sofort setze ich mich zu ihr und nehme sie bei den Händen.

So bleiben wir sitzen, während Hannah weiter am Fenster Wache hält. Schließlich schlage ich vor: »Wie wär's, wenn ihr beide ein bisschen fernseht? Einen Film oder irgend so was? Einfach zur Ablenkung.« Ich drücke Cassie die Fernbedienung in die Hand. »Ich muss jetzt im anderen Zimmer ein paar Anrufe erledigen.«

Cassie nickt, scheint die Fernbedienung aber nicht wahrzunehmen. Ihr Blick bleibt weiterhin auf ihre verängstigte Cousine gerichtet.

Ich gehe in eines der Schlafzimmer, und mir wird schmerzlich bewusst, dass wir überhaupt nichts dabeihaben, weder Wechselklamotten für morgen noch Schlafanzüge. Aber immerhin gibt es hier Duschgel und Shampoo und ich kann bei der Rezeption anrufen und um Zahnpasta bitten.

Ich lasse mich auf die Bettkante sinken und bemühe mich, meine Fassung wiederzuerlangen. Was habe ich getan? Wie konnte ich nur zulassen, dass es so weit kommt?

Ich brauche einige Minuten, bis ich mich dazu durchringen

kann, mein Handy aus der Tasche zu ziehen und Cynthia anzurufen.

Sobald sie rangegangen ist, sage ich: »Ich brauche deine Hilfe.«

Die Sorge in ihrer Stimme ist ein Widerhall meiner eigenen. »Was ist los? Wo bist du?«

»Kannst du zu mir nach Hause fahren? Morgen? Ich muss dich bitten, ein paar Sachen für uns zu packen.«

»Sachen zu packen?« Panisch und atemlos fragt sie: »Tara, was ist los?«

»Wir sind in einem Hotelzimmer. Wir werden ein paar Nächte hierbleiben ... die Polizeiermittlungen ... es besteht die Möglichkeit, dass ... ach, ich weiß auch nicht.« Die Worte purzeln bruchstückhaft und unverbunden aus mir heraus. Meinen Gedanken fehlt jeder Zusammenhang. Ich atme tief durch, um den nächsten Satz herausbringen zu können. »Es besteht die Möglichkeit, dass derjenige, der meiner Schwester das angetan hat, es nun auf uns abgesehen hat. Und er könnte bereits in Alabama sein. Ich habe dir nicht alles erzählt, Cynthia, und das war falsch. Es tut mir leid. Es war so viel los und der Detective hält es für besser, wenn wir erst mal nicht nach Hause gehen. Deswegen sind wir in diesem Hotel.«

Cynthia ist damit beschäftigt, diese Informationen zu verarbeiten, das merke ich an ihrem Schweigen. Aber sie ist auch in Bewegung. Sie läuft von einem Zimmer ins nächste, sucht wohl ihre Autoschlüssel.

»Du kannst heute Abend nicht vorbeikommen«, erkläre ich. »Da kommt der Detective zu uns.«

»Wo seid ihr?«, fragt sie.

»Im Drury Inn in Huntsville. Aber es eilt nicht. Unsere Klamotten brauchen wir erst morgen. Besser, du riskierst es nicht, heute zu uns nach Hause zu gehen.«

»Riskierst ... Meine Fresse, Tara ... du machst mir richtig Angst.«

Ich nicke, obwohl sie das nicht sehen kann. Ich habe genug Angst für uns alle zusammen.

»Morgen, okay? Bitte versprich mir, dass du bis morgen wartest.«

»Okay«, erwidert sie.

»Ich schreib dir den Code für die Alarmanlage.« Dann füge ich hinzu: »Und nimm unbedingt Erik mit. Ich möchte nicht, dass du allein im Haus bist.«

SIEBENUNDZWANZIG

Detective Gillespie gibt mir Bescheid, dass Detective Haygood nun unterwegs ist. Er gehört zum Polizeirevier Huntsville und wurde über alles bisher Geschehene informiert. *Sie sind in guten Händen*, versichert Detective Gillespie.

Ich warte, bis es an der Tür klopft, was mich zusammenzucken lässt. Die Mädchen ebenso. Sie haben endlich den Fernseher eingeschaltet und ich habe mich auf dem Sofa zu ihnen gesellt, aber aufgepasst hat keine von uns. Das Programm liefert nur Hintergrundgeräusch, und Hannah schaut immer noch regelmäßig aus dem Fenster.

Jetzt, wo der Detective hier ist, bitte ich ihn, mit mir in eines der Schlafzimmer zu gehen, damit wir uns unterhalten können. Die Mädchen lasse ich vor dem Fernseher sitzen und stelle sicher, dass die Tür hinter uns zu ist.

Detective Haygood lässt sich an einem kleinen Tisch in der Nähe des Fensters nieder. Er zieht einen Notizblock und einen Stift hervor und legt sie vor sich ab. Seine Haare sind dunkel, nicht ganz so schwarz wie unsere, aber dunkel genug. Er ist recht informell gekleidet, Jeans und ein weißes Hemd, das er bis zu den Ellbogen hochgerollt hat. Es ist Samstagabend und ich habe nicht die geringste Ahnung, wann er normalerweise arbeitet. Vielleicht habe ich ihn an seinem freien Wochenende gestört, aber er erwähnt es nicht, und jetzt ist es auch schon egal. Er ist hier, das ist alles, was zählt. Wir brauchen seine Hilfe.

Der Detective fragt nach der Drohbotschaft, die wir erhalten haben, und ich schiebe sie ihm zu. Er rührt sie nicht an, aber sein Blick bleibt an der grässlichen Zeichnung hängen. Er runzelt die Stirn, in seinen Augen kann ich Abscheu lodern sehen.

Als er zu mir aufsieht, sagt er: »Wir werden alles tun, was wir nur können, um herauszufinden, wer dafür verantwortlich ist.« Und seine Stimme, seine Zuversicht, die Anwesenheit eines Polizisten hier im Zimmer reichen aus, um mich aufschluchzen zu lassen.

Er zieht ein Paar blaue Handschuhe aus seiner Tasche und legt sie an, bevor er den Zettel in einer Papiertüte verstaut. Die klebt er zu und schreibt eine Referenznummer darauf.

»Ms Jenkins, wie Sie wissen, hat Detective Gillespie mich über alles informiert. Er führt die Ermittlungen in Louisville bezüglich des Mordes an Ihrer Schwester, aber angesichts dieser beiden Drohnachrichten, die Sie erhalten haben, war es gut, dass er mich involviert hat. Ab hier übernehme ich. Falls von nun an irgendetwas geschehen sollte, irgendetwas Verdächtiges, sollten Sie sich zuerst bei mir melden.« Er reicht mir seine Visitenkarte. »Und keine Sorge. Ich halte Detective Gillespie stets auf dem Laufenden.«

Ich nicke und klammere mich an seine Visitenkarte, als wäre es eine Rettungsleine.

»Da wir im Moment nicht wissen, wo Eli Robash sich aufhält, ist er auf der Liste der verdächtigen Personen nach oben gerückt. Detective Gillespie und sein Team haben einige E-Mails entdeckt, die zwischen ihm und Ihrer Schwester hin- und hergingen, über Jahre hinweg, aber innerhalb der letzten paar Monate wurden es immer mehr. Vielleicht, weil er die benachbarten Chandlers schon fast zum Verkauf gedrängt hatte. Wenn er nun noch Ihre Schwester genügend unter Druck hätte setzen können, hätte sie ihr Grundstück vielleicht auch endlich verkauft. Wenn ja, hätte ihm das deutlich mehr Geld eingebracht.«

»Meine Nichte meinte, Eli Robash sei vor einigen Wochen bei ihnen aufgetaucht. Könnte sein, dass er sich bei der Gelegenheit mit meiner Schwester gestritten hat.«

»Und lassen Sie mich raten – sie hat sich erneut geweigert, ihr Grundstück zu verkaufen?«

»Da kann ich nur spekulieren. Scheint aber so.«

»Reicht als mögliches Motiv aus. Darüber werde ich Detective Gillespie informieren.« Er kritzelt etwas auf seinen Notizblock. »Soweit ich weiß, wurden auch Sie auf den Verkauf des elterlichen Grundstücks angesprochen? Vor vielen Jahren, als Sie noch in Louisville wohnten?«

Ich muss schlucken. »Ja, das stimmt.«

»Damals war jemand wohl ziemlich hartnäckig?«

»Ja. Die haben immer wieder angerufen, und zu Beginn klang es so verlockend. Des Geldes wegen, verstehen Sie? Ich war jung und zu dumm, um zu verstehen, wie so etwas wirklich funktioniert, also habe ich darauf gehört. Sie haben mir gesagt, ich müsse ihnen nur eine Kopie der Grundstücksurkunde meiner Eltern zuschicken, aber bevor ich die finden konnte, haben meine Eltern mich bei meiner Suche erwischt.«

»Und deswegen Anklage gegen Sie erhoben.«

Ich nicke erneut und spüre, wie Hitze meinen Hals hochkriecht. »Später hat sich herausgestellt, dass ich sowieso nichts damit hätte anfangen können. Meine Eltern hätten zustimmen müssen, das Grundstück zu verkaufen, denn es war in ihrem Namen geführt, nicht in meinem. Aber ich glaube, diese Leute wollten einfach irgendein Schlupfloch finden, irgendwas an unserem Familienbesitz, das sie anfechten könnten. Nachdem meine Eltern mich in Dads Büro ertappt hatten, haben sie es mit der Angst zu tun bekommen und gedacht, ich könnte mich erneut dazu verleiten lassen. Sie haben die Schlösser ausgetauscht. Sie haben ihr Testament aktualisiert und alles an Beth überschrieben. Sie wussten, dass meine Schwester das Grundstück nie verkaufen würde.«

»Hätten Sie das denn?«, fragt er.

»Nein«, gebe ich ohne Zögern zurück. »Das weiß ich gewiss, das wusste ich auch damals schon. Ich war nur neugierig. Ich habe mich täuschen lassen.«

»Aber die Leute, die Sie damals angerufen haben, waren nicht die Robashes. Die waren da noch zu jung und hatten noch kein eigenes Unternehmen. Umso interessanter, dass nun die Robashes Interesse an dem Grundstück haben.«

»Sie haben den rechten Augenblick abgewartet«, erwidere ich schlicht.

»Laut Detective Gillespie hatten Mr Chandler und Eli Robash letzten Freitag ein Meeting, bei dem es um den Verkauf der Chandler-Farm ging. Die Robashes haben ihnen eine ansehnliche Summe dafür geboten und die Chandlers haben zugegeben, dass sie darüber nachdenken, das Landleben hinter sich zu lassen und in die Nähe ihrer Enkelkinder zu ziehen.«

»Das kann ich verstehen«, murmle ich traurig, obwohl mir die Vorstellung das Herz bricht, diese kleine Gegend am Ende der Route 30 in eine Interstate oder ein riesiges Einkaufszentrum verwandelt zu sehen. Ich hätte nie gedacht, dass die Chandlers ihre Farm verkaufen würden. Ich denke, unsere Familie hat immer gehofft, dass eins ihrer Kinder irgendwann zurückziehen und die Farm übernehmen würde.

»Mr Chandler hat außerdem angegeben, dass Eli Robash bei diesem Treffen das mit dem Grundstück Ihrer Schwester erwähnt hat. Er hat sich frustriert gezeigt, dass sie immer wieder abgelehnt und seine Anrufe ignoriert hat.« Er mustert mich. »Ich weiß auch noch über andere Dinge Bescheid,

Ms Jenkins. Über diesen Autounfall, in dem der Vater der Robashes, Hank Robash, ums Leben kam. Er starb in Ihrem Auto, nicht wahr?« Die Antwort muss er gar nicht erst abwarten. »Wir sind uns durchaus bewusst, dass es hier um deutlich mehr als nur einen Grundstücksverkauf gehen könnte.«

Ich senke meinen Blick. Dieses Bild des brennenden Autos ... Hanks Körper, von Flammen umschlungen ...

Dann schiebt sich auch diese Zeichnung von meiner Schwester mit brennenden Haaren in meine Gedanken.

»Was diese neueste Nachricht angeht ...«, setzt er an. »Denken Sie, Eli Robash ist in der Stadt und hat sie auf Ihrer Windschutzscheibe platziert?«

»Ja. Ich denke, er ist hier. Aber ich glaube auch, dass sich seine Wut nun auf Hannah richtet. Nach dem Tod meiner Schwester habe ich immer noch keinerlei Besitzansprüche. Alles ist auf Hannah übergegangen. Sobald sie volljährig wird, ist sie die alleinige Besitzerin.«

»Verstehe.« Er überlegt. »Und falls Hannah etwas zustoßen sollte, wäre das eventuell das Ende des familiären Besitzrechts. Das Grundstück könnte zur Auktion freigegeben werden ... es sei denn, Sie könnten es erwerben.«

»Und das kann ich nicht. Falls Hannah also sterben sollte ...«, schon der Gedanke lässt meine Stimme zittern, »könnte das Unternehmen der Robashes versuchen, das Grundstück zu eigenen Zwecken zu erwerben.«

»Okay.« Er steht auf. »Ich muss mit den Restaurantbesitzern sprechen und fragen, ob sie dort Überwachungskameras haben. Und ich werde ein bisschen herumfragen, vielleicht hat ihn ja jemand in der Nähe Ihres Autos gesehen.« Er klemmt sich die Tüte mit dem Beweisstück unter den Arm und erklärt mir, dass sie den Zettel auf Fingerabdrücke untersuchen werden.

»Ich melde mich bei Ihnen«, verspricht er und lässt seinen

Blick nickend durch das Zimmer schweifen. »Ms Jenkins, es war klug von Ihnen, in ein Hotel zu gehen.«

Sonntag

Genau wie ich selbst haben auch die Mädchen kaum geschlafen, das zeigt sich morgens an den tiefen Falten in Cassies und Hannahs Gesicht. Das wir hier im Hotelzimmer bleiben müssen, macht meine Tochter immer rastloser. Für sie fühlt sich das hier an wie ein Gefängnis. Sie sitzt in der Falle. Mit jeder Stunde, die verstreicht, wird sie wütender.

Hannah steht wieder Wache am Fenster. Sie weiß, wie Eli Robash aussieht, und verspricht, uns zu warnen, falls irgendwer, der Ähnlichkeit mit ihm hat, beim Parkplatz auftauchen sollte. Ich hoffe, dass es so weit nicht kommen wird.

Wir haben nichts, was wir frühstücken könnten. Ich blättere gerade die Hotelbroschüre durch und überlege, ob wir per Zimmerservice etwas bestellen sollten, als mir Cynthia schreibt, dass sie jetzt unten sind.

Innerhalb weniger Minuten steht sie mit ihrem Mann Erik vor der Tür. Die beiden sind mit unzähligen Reisetaschen, meinem Koffer und Dutzenden Lebensmitteln beladen. Cynthia ist das reinste Nervenbündel und plappert in Lichtgeschwindigkeit vor sich hin, das Gesicht in Sorge verzogen.

»Ich wusste nicht, was du brauchst, also habe ich von allem etwas eingepackt. Sweatshirts, Leggings, Unterwäsche, ich bin einfach bei euch allen die Regale durchgegangen und hab mir geschnappt, was ich für hilfreich hielt. Ich hoffe, das war okay so.«

»Das ist super«, versichere ich. »Genau, was wir brauchen.«

Sie hält lange genug inne, um mich in eine Umarmung zu ziehen, und Erik tut es ihr nach. Er hat noch kein Wort gesagt, aber ich sehe ihm an, dass er beunruhigt ist. Er wirft mir einen Blick zu, der mir sagt, dass wir reden müssen, außer Hörweite der Mädchen, aber da legt Cynthia schon wieder los. Als Nächstes eilt sie zu meiner Tochter.

»Ach, Cassie. Geht's dir gut?« Sie nimmt sie fest in den Arm und meine Tochter ringt sich zu einem kleinen Achselzucken durch.

»Und du musst Hannah sein«, sagt Cynthia.

»Hi«, kommt ein leises Piepsen zur Antwort, bevor Cynthia die Distanz zwischen ihnen überbrückt und auch sie in die Arme schließt.

Als sie sich voneinander lösen, wendet Cynthia sich wieder mir zu. »Wir haben was zu essen mitgebracht«, sagt sie, obwohl das bereits ziemlich offensichtlich war. Erik stellt die Tüten auf der Küchenzeile ab. »Wir wussten nicht, was euch schmeckt, also haben wir einiges für die Mikrowelle mitgebracht und einen Haufen Snacks.« Gemeinsam mit Erik nimmt sie alles aus den Tüten und bringt es in Kühl- und Küchenschrank unter.

Ich halte mich im Hintergrund und bin dankbar für die Hilfe.

»Kaffee«, verkündet Cynthia und winkt mir mit einer Tüte dunklem Röstkaffee zu.

»Gott segne dich.«

»Außerdem Cracker, Äpfel, Cornflakes und Milch. Laktosefreie für Cassie«, fügt sie hinzu. »Ich dachte, ihr wollt euch wahrscheinlich nicht jeden Abend was bestellen, also habe ich auch was zum Kochen mitgebracht.« Ich erbleiche. »Ich weiß schon, wie ungern du kochst. Aber falls du trotzdem kochen willst, hast du jetzt was da.« Sie legt eine Packung Flanksteak und eine kleine Flasche Marinade in den Kühlschrank. Erik stellt derweil eine Tüte Kartoffeln sowie Salz- und Pfefferstreuer auf die Arbeitsplatte. »Futter für die Seele«, meint Cynthia.

Sie mustert dic Kochutensilien und -töpfe und runzelt die Stirn, als sie sieht, wie abgenutzt sie sind, auch die eine oder andere Schramme ist zu erkennen. Der elektrische Herd findet ebenfalls keine Zustimmung. Die Einrichtung als einfach zu bezeichnen, wäre noch freundlich, aber es wird wohl ausreichen müssen. »Soll ich euch jetzt was kochen?«, fragt sie. »Würde mir nichts ausmachen. Das könntet ihr dann gleich essen oder auch später.«

Erik legt ihr eine Hand auf den Arm. »Schatz, ganz ruhig. Erst mal tief durchatmen.«

Sie zaudert und seufzt. »Okay.«

Erik wendet sich zu mir. »Lass uns mal reden.«

Ich deute auf das Schlafzimmer. Die beiden folgen mir und setzen sich an denselben Tisch, an dem Detective Haygood gestern Abend saß.

Sobald die Tür zu ist, fragt Erik: »Was ist überhaupt los?«

Ich erkläre es ihnen, so gut ich nur kann. Das laugt mich aus, aber ich tue es trotzdem und gehe jedes Detail durch, das ich auch der Polizei erzählt habe: die beiden Drohnachrichten und meine Theorie, dass Eli Robash es auf Hannah abgesehen haben könnte. Gut möglich, dass er uns allen wehtun möchte, erkläre ich, aber vor allem Hannah.

Den Autounfall und Hanks Tod erwähne ich nicht. Das kann ich nicht noch einmal durchstehen, nicht jetzt, wo sowieso schon alles so beängstigend ist.

Als ich mit allem durch bin, starren Erik und Cynthia mich sprachlos an. Ich habe so viel geredet, dass ich schon ganz heiser bin und Wasser brauche. Ich fülle einen Plastikbecher am Waschbecken im Bad und kehre zum Tisch zurück.

Cynthia mustert mich, als ich mich wieder setze. »Deswegen hast du also gefragt, ob die Mädchen bei uns unterkommen könnten, oder? Du hast gesagt, falls dir etwas zustoßen sollte, so wie deiner Schwester, möchtest du sie in Sicherheit wissen. Nur für den Fall der Fälle …«

»Genau. Für den Fall der Fälle.«

Erik sagt: »Wir würden uns um die Mädchen kümmern,

Tara. Keine Sorge. Aber so weit wird es *nie* kommen, okay? Euch wird nichts passieren. Die Polizei wird ihn finden.«

Tränen schießen mir in die Augen. »Aber er ist hier, das weiß ich einfach. Und sie haben keine Ahnung, wo genau.«

»Sie werden ihn finden«, wiederholt er.

»Ist euch beim Haus irgendwas aufgefallen?«, frage ich. »War irgendwas anders, als ihr da wart?«

»Nein, nichts«, erwidert Cynthia. »Wir haben uns umgesehen. Und als wir gegangen sind, haben wir den Alarm wieder angeschaltet.«

»Okay, gut. Vielen Dank.«

Nun füllen sich auch ihre Augen mit Tränen. »Ich hab solche Angst um dich, Tara. Ich weiß, dass ich das nicht sagen sollte, doch so ist es nun einmal. Aber Hoffnung habe ich auch, verstanden? Erik hat recht, sie werden ihn fassen. Sie werden dem hier ein Ende setzen. Ihr werdet euch nicht ewig verstecken müssen.«

»Ihr seid in Sicherheit.« Erik lässt den Blick durchs Zimmer schweifen. »Hier im Hotel kommt er nicht an euch ran. Was soll er hier auch tun? Das ganze Gebäude in Brand stecken?«

ACHTUNDZWANZIG

Nachdem Cynthia und Erik gegangen sind, sage ich den Mädchen, dass sie morgen nicht zur Schule gehen werden. Sie stellen sich in die Küche und machen Sandwiches, dann fressen sie sich durch die Chipstüten, während ich ihnen erkläre, dass wir uns bedeckt halten müssen. Sie sagen kein Wort dazu.

Später allerdings erhält Cassie eine Benachrichtigung auf ihrem Handy. »Mom, ich muss zum Training.«

»Wann?« Sie starrt mich an und ich reiße die Augen weit auf. »Heute?«, frage ich. »Keine Chance. Du kannst da nicht hingehen.«

»Aber ich darf das nicht verpassen.«

Mir dröhnt der Kopf. Ich habe nicht die Kraft, mich mit ihr anzulegen, versuche es aber dennoch. »Nein, Cassie. Wir bleiben hier.«

Sie hebt quengelnd die Stimme. »Aber wenn ich das Training verpasse, darf ich nicht in die Startformation. Und wenn ich nicht in der Startformation bin, spielt Lauren an meiner Stelle, du weißt doch, dass unsere Trainerin so drauf ist. Die macht keine Ausnahmen.«

»Das hier ist eine Extremsituation, Cassie. Es geht hier nicht einfach um eine Erkältung oder so.«

»Aber Mom, ich *darf* unser Training nicht verpassen. Ich *werde* es nicht verpassen.« Sie verschränkt die Arme vor der Brust. »Ich werde nicht den ganzen Tag in diesem Zimmer rumsitzen. Sonst werde ich noch ganz wahnsinnig.« Sie springt vom Sofa auf. »Wer auch immer dieser Kerl ist, damit *darf* er nicht durchkommen. Uns so Angst einzujagen und dafür zu sorgen, dass wir uns hier einsperren.«

Ach, meine Süße, wenn du nur wüsstest, wozu er imstande ist. Wozu wir alle imstande sind.

»Mom!«, sagt Cassie.

»Cassie!«, rufe ich. »Schau dich doch mal um. Wir sitzen in diesem Hotel, weil wir uns verstecken müssen. Wir verstecken uns vor einem Mann, der eine Drohnachricht auf mein Auto gelegt hat. Er könnte sonst wo sein. Er könnte uns suchen. Das hier ist weder ein Film noch ein schlechter Scherz. Das hier ist todernst.«

»Ich weiß, aber ist dir klar, was du hier gerade tust? Du lässt zu, dass er alle Karten in der Hand hat. Und das sollten wir nicht tun. Wir sollen uns also den ganzen Tag hier in diesem Zimmer verkriechen? Für wie lange denn? Die Polizei ist ihm doch schon auf den Fersen, da wäre es dumm von ihm, noch irgendwas zu machen. Ich werde dieses Spiel *nicht* aussitzen!«

Ich möchte, dass meine Tochter aufhört zu schreien. Und ich möchte mich auch nicht in diesem Zimmer verkriechen. Ich bin es so leid, Angst zu haben. Sie hat recht – wir spielen ihm alle Karten zu. Über Jahre hinweg habe ich mich von diesem Mann einschüchtern lassen.

Hannah sagt leise: »Lass sie gehen, Tante Tara. Wird schon schiefgehen. Es ist ja nur für eine Stunde. Im Ernst«, bekräftigt sie ruhig. »Nur eine kurze Pause. Es würde ihr guttun, hier rauszukommen.«

»Siehst du, Mom?«, sagt Cassie.

Cassie packt ihre Sporttasche, die Cynthia mit all den anderen Taschen aus unserem Haus mitgebracht hat. Sie legt ihre Schienbeinschoner an und zieht ihre Socken hoch, gestärkt von der gefällten Entscheidung und voll Triumph darüber, dass ihre Cousine auf ihrer Seite ist. Rabiat fährt sie sich mit den Fingern durchs Haar und zieht es zu einem Pferdeschwanz zusammen.

Stumm sehe ich ihr zu. Jede Faser meines Körpers sagt mir, dass das eine furchtbare Idee ist, dass wir nicht gehen sollten. Aber Cassie dreht hier drinnen bald durch und mir geht es nicht anders. Ihr Spiel ist am Dienstag und sie will es um keinen Preis verpassen. So wie ich meine Tochter kenne, würde sie nötigenfalls zur Tür hinausmarschieren und zu Fuß zum Training gehen. Oder per Anhalter hinfahren. Auf gar keinen Fall lasse ich zu, dass sie sich auf diese Art zusätzlich in Gefahr bringt.

Ich suche meine Handtasche und meinen Schlüssel. Ich werde sie hinbringen müssen. Mit der zusätzlichen Fahrtzeit aus Huntsville heraus und wieder zurück werden wir über eine Stunde fort sein, aber dann wieder zurückkehren. Und Cassie wird für den Moment zufrieden sein.

Hannah muss meine Unsicherheit spüren, denn sie sagt: »Ist wirklich okay, Tante Tara. Ich sperre die Tür hinter euch zu. Du kannst beim Training bleiben und auf sie aufpassen. Mit der Trainerin und all den anderen Kindern wird ihr dort nichts passieren. Okay?«

Wie lieb von ihr, das zu sagen. Mit der Bestärkung meiner Nichte im Rücken schaffe ich es tatsächlich, mich in die Hotellobby zu trauen, meine Tochter im Schlepptau.

NEUNUNDZWANZIG

Während des Trainings lasse ich meine Tochter nicht aus den Augen. Über das Lenkrad meines Autos gebeugt, beobachte ich sie mit Argusaugen. Meine Tochter lässt derweil ihrer eigenen Wut freien Lauf. Sie tritt auf den Ball ein, als hätte jemand ein fieses Gesicht darauf gezeichnet, und ich kann mir nur ausmalen, was sie gerade denkt. Die Arme fest angespannt, rennt sie auf dem Rasen auf und ab, als müsse sie böse Geister aus ihrem Inneren verbannen.

Wahrscheinlich würde mir das auch guttun, aber mein Körper bleibt steinhart angespannt und entlang meines Rückens bilden sich mehrere Knoten. Als das Training vorüber ist, ist Cassies Gesicht knallrot. Sie schnallt sich an und sagt kein Wort, was auch gar nicht nötig ist. Es geht ihr besser, das kann ich sehen, obwohl der Gedanke, ins Hotel zurückkehren zu müssen, sie stark belastet.

Als sie Schienbeinschoner und Socken auszieht, fliegen Erde und Gras zu Boden. Wahnsinn. Vor wenigen Tagen noch habe ich zugesehen, wie sie genau dasselbe getan hat, direkt bevor ich ihr erklärt habe, dass Hannah fortan bei uns wohnen wird. Bevor unsere ganze Welt auf den Kopf gestellt wurde.

Ich kann es kaum erwarten, zurückzufahren. Angespannt wünsche ich mir, wir wären wieder im Hotel und könnten sichergehen, dass es Hannah gut geht. Ich habe ihr mehrmals geschrieben und ihre Antwort lautete immer: *Alles gut*. Ich weiß, dass ich mir keine Sorgen machen sollte, kann mir aber nicht helfen.

Ich schreibe ihr, dass wir uns gleich auf den Weg machen und in etwa dreißig Minuten wieder in Huntsville sein sollten, falls der Verkehr dicht ist. Aber heute ist Sonntagnachmittag und es sind nur wenige Autos unterwegs. Die Straßen sind leer und mein Fuß schwer auf dem Gaspedal und so schießen wir zur Brücke über den Tennessee River. Wir kommen bei der Interstate an und dann beim Hotel. Der Wegweiser zum Hotelparkplatz blinkt mir wie eine Rettungsboje entgegen und ich suche mir eine freie Parklücke.

Als wir aussteigen, mustere ich alle anderen Autos, um sicherzugehen, dass niemand auf uns wartet, dass uns niemand anspringen wird.

Ich bedeute Cassie, sich zu beeilen. Wir sollten so schnell wie möglich unser Zimmer erreichen. Ich muss meine Nichte im Blick haben, damit ich mich besser fühlen und sicher sein kann, dass es ihr gut geht.

Doch als wir beim Zimmer ankommen und die Tür öffnen, merke ich sofort, dass irgendetwas anders ist.

Erst bemerke ich nur den Geruch, aber es riecht nicht nach Feuer. Keine Flammen züngeln mir entgegen, kein Rauch quillt aus dem Zimmer und lässt mich aufschreien. Hier riecht es nach bratendem Fleisch. Nach köstlicher Marinade.

Es ist das Flanksteak, das Cynthia uns gekauft hat. In einer Pfanne brutzelt es auf dem Hotelherd vor sich hin. Wie herrlich! Hannah kocht für uns.

Cassie lässt ihre Tasche zu Boden fallen, als ich die Tür zuziehe. Die Pfanne zischt, das Fleisch bräunt sich, aber von meiner Nichte keine Spur. Sie steht nicht am Herd, hat kein

Auge auf das Essen; ich muss ihr sagen, dass sie das nicht tun darf. Es ist zu gefährlich. Der Rauch könnte den Feueralarm auslösen und eine heiße Pfanne sollte sie nie unbeaufsichtigt lassen.

Daneben steht ein Topf mit Kartoffelbrei. Auf der Arbeitsplatte liegt ein Teller, den sie wohl als Schneidebrett verwendet hat.

»Wow«, staunt Cassie. »Das sieht ja toll aus.«

Auch ich bin beeindruckt. Aber von meiner Nichte fehlt immer noch jede Spur und in meinem Herzen regt sich Unruhe.

Ich drehe die Herdplatte runter und rufe nach ihr, aber sie gibt keine Antwort. Auch Cassie ruft ihren Namen. Die Tür zum Badezimmer der Mädchen ist geschlossen und dahinter scheint Licht hervor. Es dringt unter dem Türschlitz zu uns durch, ein weiß leuchtender Streifen auf dem Teppichboden.

»Hannah?«, frage ich. »Bist du da drin?«

Keine Antwort.

»Danke, dass du uns was zum Abendessen gekocht hast.«

Doch es kommt immer noch kein Mucks und meine Schultermuskeln verhärten sich. Ich höre keine Toilettenspülung rauschen und auch keinen Wasserhahn.

Mir dreht sich der Magen um – *geht es ihr gut?*

Ich klopfe an die Tür. Sie ist nicht komplett geschlossen und unter meinen Knöcheln schwingt sie auf. Ich schaue ins Zimmer. Ich sehe sie.

Meine Nichte steht vor dem Waschbecken, aber sie hat Latexhandschuhe übergezogen. Neben dem Waschbecken stehen ein Karton und eine Plastikflasche. Eine schwarze Pfütze tropft in den Abfluss hinein. Hier sticht mir ein weiterer Geruch in die Nase, diesmal ein ganz anderer – Ammoniak. Ja, ganz unverkennbar, dieses metallische Aroma, das sich über meine Zunge zieht und mir in der Nase brennt.

Aber am meisten verstört mich Hannah selbst. Sie kann

mich sehen – das weiß ich gewiss –, ignoriert mich aber. Sie fährt sich mit den Handschuhen durchs Haar, wodurch sich die einst weißen Fingerspitzen schwarz färben.

Erneut schaue ich zu der Schachtel, und langsam werden die Buchstaben vor meinen Augen schärfer: *L'Oréal Haarfarbe. Farbe: Schwarz.*

Meine Nichte färbt sich die Haare.

Aber wieso sollte sie das tun?

Langes schwarzes Haar, genau wie Ihre Schwester, hat der Anwalt gesagt. Und hinzugefügt: *Genau wie Sie selbst.*

Hannah? Ich möchte ihren Namen sagen, bringe ihn aber nicht über die Lippen. Aus meinem Mund kommt kein Mucks. Ich stehe hier wie angewurzelt, während Cassie irgendwo hinter mir im Schlafzimmer abhängt. Sie fragt: »Was riecht denn hier so komisch?«, lässt sich dann aber aufs Bett fallen, um mit ihrem Handy zu spielen.

Ich beobachte Hannah und dabei rasen mir Dutzende Fragen durch den Kopf. Ich verstehe nicht, was hier passiert. Mein Gehirn kann es nicht schnell genug verarbeiten.

Meine Nichte färbt sich die Haare. Was bedeutet, dass ihre Haare nicht von Natur aus schwarz sind. Das war nur eine Tarnung. Und damit frisst sich ein kaltes Kribbeln in meinen Magen.

Hannah starrt mein Spiegelbild an. »Ach, hi, Tante Tara.« Sie senkt die Hände, die eben noch auf ihrem Kopf lagen, und schwarze Farbe tropft zu Boden. Das Handtuch, das sie sich um die Schultern gelegt hat, bleibt davon unberührt. »Alles okay, Tante Tara. Brauchst keine Angst zu haben.«

Sie dreht sich vom Spiegel weg und lehnt sich an das Waschbecken. Der Abstand zwischen uns ist nicht groß und der Gestank der Haarfarbe für uns beide überwältigend. Ich lege mir eine Hand auf den Mund, um ein Husten zu unterdrücken.

»Hannah?«, wispere ich. »Warum färbst du dir die Haare?«

Ich möchte eine Hand ausstrecken und ihr Haar berühren, um mich zu vergewissern, dass es echt ist, dass ich mir das hier nicht nur einbilde. Aber über ihren ganzen Kopf zieht sich diese nasse, klebrige Farbe. Noch ein paar Tropfen davon klatschen auf den Boden, wie Tinte.

Hannah zieht sich die Plastikhandschuhe von den Händen, einen nach dem anderen, hält den Blick dabei aber auf mich gerichtet. Sie wirft die Handschuhe ins Waschbecken, wo sie mit einem Platschen landen.

Ich warte, dass sie sagt: *Ach, das, keine große Sache*. Kichert, mit den Schultern zuckt. Aber das tut sie nicht. Stattdessen zieht sie erst einen Mundwinkel hoch, dann den anderen, entblößt einen Zahn, verzerrt ihren Mund zu einem breiten Grinsen. So habe ich Hannah noch nie lächeln sehen.

»Hannah?«, flüstere ich.

Das hier ist das Kind meiner Schwester. Beths Tochter. Als sie noch klein war, glich sie ihrer Mutter wie ein Ei dem anderen. *Mein winziges Spiegelbild*, so hat Beth sie oft genannt.

Wenn Hannah und Cassie nebeneinanderstehen, sehen sie aus wie Schwestern. Die Leute könnten sie mit Recht für meine Tochter halten. Schon beim ersten Anblick im Flughafen ist mir diese Ähnlichkeit aufgefallen.

»Hannah?«, frage ich erneut.

Sie zieht sich das Handtuch von den Schultern und lässt es zu Boden fallen. »Ich bin nicht Hannah. Ich bin Jodi.«

Ich stolpere nach hinten, als der Schock wie ein Erdbeben durch meinen Körper fährt.

Wer zur Hölle ist Jodi?

Ich knalle so heftig gegen den Türrahmen, dass er klappert.

»Mom, ist alles okay?«, fragt Cassie. Ich höre, wie sie auf dem Bett herumrutscht. »Was ist denn da drinnen los?«

Mein Mund klappt auf, aber es formen sich keine Worte. Ich kann nicht aufhören, Hannah anzustarren – nein, *Jodi* –, wer auch immer dort steht; dieses Mädchen, das keinen Meter von mir entfernt ist, während meine Tochter, meine liebe, unschuldige Tochter im Zimmer nebenan sitzt.

Das Mädchen, das ich als Hannah kannte, ist plötzlich verschwunden.

Wieder verziehen sich ihre Lippen. »Dich hab ich gründlich reingelegt, nicht wahr?«

Ich erstarre.

Ich sollte meiner Tochter zurufen, dass sie abhauen und Hilfe holen soll. Aber meine Stimme scheint irgendwo in meiner Kehle festzustecken und meine Füße sind wie angewurzelt im Boden verankert.

Auf einmal steht Cassie neben mir. »Hannah?«, fragt sie mit einem seltsamen Lachen. »Was machst du denn mit deinen Haaren?«

Aber dieses Mädchen sieht nicht zu ihr und spielt nur mit ihren schwarzen Haarsträhnen herum, lässt sich die Farbe über die Finger laufen, um sie schließlich zu verreiben. »Ich dachte, ich könnte noch rechtzeitig fertig werden.« Sie schaut zu dem Karton mit der Haarfarbe hinüber. »Ups.«

Nun packe ich mir meine Tochter und ziehe sie weg, aber Cassie wehrt sich.

»Hannah? Was machst du denn?« Nach einer Antwort heischend sieht sie zu mir, aber ich weiß nicht, was ich ihr sagen soll. Ich halte meinen Blick auf diese Frau – diese *Fremde* – gerichtet, die auf uns zukommt.

»Wonach sieht es denn aus?«, sagt sie mit einem Lächeln an Cassie gewandt. »Ich sorge dafür, dass meine Haare so schwarz bleiben wie deine.« Sie streckt eine Hand aus, um Cassies Pferdeschwanz anzustupsen, aber ich ziehe meine Tochter instinktiv von ihr fort. »Schwarze Haare.« Nun wandert ihr Blick zu mir. »Wie deine Mom. Wie Beth.«

Wie Beth. Sie hat sie nicht Mom genannt.

Ich schüttle den Kopf. Nein, das kann doch nicht sein. Meiner Nichte muss eine Sicherung durchgebrannt sein. Ihre

Trauer hat sie überwältigt, wir hätten sie viel früher in Therapie geben sollen. Sie ist zu jung, um das alles zu verstehen: dass wir fliehen und uns vor jemandem verstecken müssen – dann noch diese grässliche Zeichnung, die sie gesehen hat, auf der ihre Mutter in Flammen steht –, das ist mehr, als eine Sechzehnjährige ertragen kann.

Was wir hier erleben, ist irgendeine Art Nervenzusammenbruch. Um mit allem umgehen zu können, hat Hannah eine zweite Persönlichkeit entwickelt – darüber habe ich schon einmal was gelesen. Ihre Identität hat sich aufgespalten und ein Teil davon heißt jetzt Jodi. Sie hat Jodi erschaffen, um sich selbst zu schützen. Irgendwo in ihrer eigenen Psyche hat Hannah sich nun versteckt, bis sie wieder in Sicherheit ist.

Aber um die Lippen meiner Nichte spielt immer noch dieses unheimliche Lächeln.

Ich schaue in das Gesicht eines Menschen, den ich während der vergangenen Tage zu lieben und zu behüten gelernt habe. Die echte Hannah ist irgendwo da drinnen, das weiß ich. Es ist nicht zu spät – wir können sie immer noch erreichen. Hinter diesen dunklen, mandelförmigen Augen, die den meinen und denen meiner Tochter so ähneln, wartet Hannah darauf, zu uns zurückzukommen. Das muss sie.

Und doch gibt es da etwas, das mich verunsichert.

Ich frage: »Warum sind deine Haare nicht schwarz?«

»Wegen meinem Dad.« Sie zuckt mit den Schultern. »Der hatte helle Haare, und die habe ich geerbt. Nicht so wie ihr zwei.«

Ich denke an Alex, dessen Haar eher dunkelblond war. Aber als Hannah noch klein war, fiel ihr Haar ihr in seidig schwarzen Strähnen über den Rücken. Es war pechschwarz wie das meiner Schwester. Selbst über die Jahre hätte es sich nie im Leben so sehr aufhellen können.

Sie zwirbelt ihre nassen Haarsträhnen und verteilt weitere tintenschwarze Schmierflecken auf ihren Fingern.

»Wann hast du Geburtstag?«

»Am vierten September«, erwidert sie.

»Warum hast du keinen Führerschein?«

»Ich wollte keinen.« Nun lächelt sie wieder. »Ich musste ja nicht fahren. Schließlich wurde ich zu Hause unterrichtet und war nicht viel draußen unterwegs. Mich hat schon seit langer Zeit niemand mehr gesehen. Sogar den Chandlers ist kein Unterschied aufgefallen.«

Warum sollte den Chandlers ein Unterschied auffallen?

Ich schnappe nach Luft. »Und humpeln tust du auch nicht.«

»Diese Sportverletzung?«, fragt sie abfällig. »War nur halb so schlimm.« Sie lässt ihren Fuß mit einem Kick hochfliegen. »Mir geht's prima, das siehst du doch.«

Die Gedanken dröhnen schmerzhaft in meinem Kopf.

»Wie hieß dein Hund?«

Sie hält inne. »Welcher Hund?«

Meine Stimme bricht. »Der, den Grandma und Grandpa dir geschenkt haben. Weißt du nicht mehr? Ein Cocker Spaniel.«

Sie verdreht die Augen. »Weiß ich nicht und ist mir auch so was von egal.«

Meine Augen schwimmen in Tränen. »Er hieß Roger. Weißt du noch? Du hast ihn Roger genannt.« Aber was soll das denn noch bringen? Meine Angst hat ihren Siedepunkt erreicht und lässt sich nicht mehr verleugnen.

»Wen juckt das denn?«, fragt sie. »Der Hund ist schon lang verreckt. Aber ich bin hier! *Ich*!« Sie stößt sich einen Finger an die Brust. »Ich bin Jodi.«

Cassie ruft: »Hannah, sag das nicht.«

Aber dieses andere Mädchen kreischt: »Ich bin *nicht* Hannah. Ich war noch nie Hannah. Aber ich hab euch restlos an der Nase herumgeführt, nicht wahr? Alle habt ihr es mir abgekauft, sogar der Anwalt.« Sie lacht, ein solch scharfes, keifendes Geräusch, dass Cassie sich an meinen Arm klammert.

In meinem Kopf dreht sich alles. Im System ist kein Foto von Hannah hinterlegt, genau wie sie gesagt hat. Sie hat nie einen Führerschein beantragt. Durch den Heimunterricht gab es keine aktuellen Fotos im Jahrbuch einer Schule. Die Chandlers hatten sie schon seit Jahren nicht mehr gesehen.

Ich lasse die vergangenen Tage Revue passieren. Der schwarze Kaffee, den doch meistens eher Erwachsene trinken. Die professionelle Art, mit der sie Make-up auflegen kann, der Scherz dieser Verkaufsberaterin, dass sie ihren Job übernehmen könnte. Die Tatsache, dass sie in ihren Fortgeschrittenenkursen so ratlos war.

Mit einem Zittern in der Stimme sage ich: »Du bist tatsächlich nicht Hannah.«

Cassie entgegnet: »Mom, was stimmt denn mit dir nicht? Natürlich ist sie das.«

Aber da tropfen schon die ersten Tränen aus meinen Augen. »Nein, Cassie, ist sie nicht. Sie sagt die Wahrheit. Sie war nie wirklich Hannah.«

Das Mädchen setzt ein schiefes Grinsen auf. »Bingo.«

DREISSIG

Meine Tochter taumelt rückwärts. Sie starrt dieses Mädchen – diese Jodi – an und ich tue es ihr nach. Und dann versteckt sich Cassie hinter meinem Rücken. Sie möchte sich verbergen, sich schützen. Wir stehen einer Fremden gegenüber. Ich habe keine Ahnung, mit wem wir uns dieses Hotelzimmer teilen und, was noch viel schlimmer ist, mit wem wir unser Zuhause geteilt haben.

Wo ist die echte Hannah? Was hat sie ihr angetan?

»Meine Nichte«, blaffe ich. »Wo ist sie?«

»Wen juckt das schon?«, erwidert das Mädchen und tritt auf uns zu.

Ich weiche noch einen Schritt zurück, bis wir fast im Türrahmen stehen. Hinter uns liegen der Wohnbereich und dann die Eingangstür zum Gang. Wir müssen schnell sein, müssen uns rasch bewegen.

Aber Jodi grinst nur. »Versuch es erst gar nicht, Tante Tara.«

Ich kneife die Augen zusammen. Ich möchte von ihr nicht mehr so genannt werden.

Ich muss einen Weg finden, mit diesem Mädchen zu sprechen, sie zu beruhigen. Ich muss eine Erklärung einfordern. Ich kann sie ablenken und zum rechten Zeitpunkt Cassie von mir stoßen und sagen, dass sie wegrennen soll. Dann werde ich mich Jodi in den Weg stellen, damit Cassie es zum Aufzug schafft. Sie kann Hilfe holen.

»Wer bist du wirklich?«, frage ich.

»Tja, wenn du das nur wüsstest, hm?« Sie lacht. Aber sie hat kaum angefangen, als sich auch schon ein Schatten über ihren Blick legt. Das zuvor breite Grinsen verblasst. Nun wirkt sie beinahe traurig. »Du wusstest gar nicht, dass es mich gibt, oder?«

»Wie hätte ich das wissen sollen?«

Ihr Gesicht läuft rot an, auch ihre Augen röten sich. »Ich weiß gar nicht, warum ich mir immer noch Hoffnungen gemacht habe, dass sie es dir eines Tages erzählen würde. Aber es sollte mich nicht überraschen. Ich habe mich immer gefragt, ob Beth dir jemals die Wahrheit gesagt hat.«

»Die Wahrheit worüber?«

Meine Gedanken kreisen ziellos. *Beth. Jodi. Hannah.*

Sie schnieft, ihre Wangen leuchten rosa. Nun wirkt sie wieder ganz klein, zerbrechlich, verletzt. »Ich war all die Jahre über ihr kleines Geheimnis.«

Das Telefon klingelt, ein schrilles Bimmeln, das das Zimmer durchdringt und uns alle zusammenzucken lässt. Aber es ist keines unserer Handys. Das Geräusch stammt von dem Hoteltelefon neben dem Sofa.

Ich denke: *Das ist die Gelegenheit.* Ich kann Jodi zur Seite stoßen und nach dem Hörer greifen. Ich werde um Hilfe schreien und verlangen, dass der Anrufer die Polizei benachrichtigt.

Aber Jodi ist schneller als ich und hat den Hörer schon in einer fließenden Bewegung am Ohr. »Hallo?«, sagt sie. Angespannt warte ich, als sie den Kopf schief legt und dem lauscht, was der Anrufer zu sagen hat.

Vielleicht ist es Detective Haygood, der anruft, um nach uns zu fragen. Er ist in der Lobby und möchte uns irgendein Update geben. Besseres Timing hätte ich mir nicht wünschen können.

Ich höre, wie Jodi sagt: »Okay, komm rauf.« Aber sie legt den Hörer nicht wieder auf.

Mit einem Lächeln dreht sie sich zu uns. »Wir kriegen Besuch.«

Das Fleisch zischt. Bis wir es vom Herd nehmen können, wird es schon zur Schuhsohle verbrannt sein. Der beißende Geruch in Kombination mit Jodis Haarfarbe lässt mich und Cassie beinahe brechen. Meine Tochter hat weiter die Hände fest in meinen Arm gekrallt.

Ich starre auf die Tür.

In wenigen Minuten wird Detective Haygood hier sein. Er wird uns helfen können.

Aber warum hätte Jodi ihn denn hochbitten sollen? Sie möchte doch bestimmt keine Polizei hier haben ... ist es doch nicht er, der gleich in unser Zimmer treten wird?

Das Atmen fällt mir schwer. Es ist genau, wie ich befürchtet hatte. Er ist wirklich hier. Jodi hat ihn direkt zu uns geführt.

Ein blitzschnelles Klopfen an der Tür und ihr Gesicht erstrahlt. Sie deutet auf uns. »Ihr bleibt da. Rührt euch nicht von der Stelle.«

Sie geht am Telefon vorbei, dessen Hörer immer noch herabhängt, und stößt es zu Boden, außer Reichweite. Sie legt eine Hand um die Schlafzimmertür, steckt den Schlüssel ins Schloss und sperrt ab. Auch die zweite Schlafzimmertür sperrt sie vor unseren Augen zu. Sie hat uns kein Versteck gelassen. Nicht einmal in eines der Badezimmer können wir noch fliehen.

Ich suche den Wohnbereich nach meiner Handtasche ab, aber diese liegt am Boden in der Nähe der Wand. Ich schaue zum Fenster hinaus. Wir sind im fünften Stock, hier oben wird uns niemand an die Fenster hämmern sehen. Und hören kann uns vom Parkplatz aus auch niemand. Aber wir könnten schreien. Wir könnten schreien, bis Gäste in einem Nebenzimmer oder jemand im Aufzug uns hört. Die könnten dann Hilfe rufen und die Polizei wäre in wenigen Minuten da.

Aber Jodi wackelt mit dem Finger. »Wie gesagt, brav sein.« Dann wirft sie einen Blick zum Herd und runzelt die Stirn. »Ach Mist, jetzt ist es total verkohlt. Dabei wollte ich doch ein besonderes Abendessen machen.« Sie zieht einen Schmollmund und tätschelt dann ihr immer noch klebriges Haar. »Und wie blöd, dass ich jetzt so ausschaue. So soll er mich eigentlich nicht sehen.« Aber dann setzt sie ein heiteres Lächeln auf und streckt die Hand zum Türgriff aus.

Mit einem entzückten Quietschen führt sie ihn ins Zimmer. »Schaut nur, wer da ist!«, ruft sie.

Mein Blick wandert zu ihm – die Hoffnung, dass es Detective Haygood sein könnte, hat mich bereits verlassen, und ich habe mich dafür gewappnet, Eli Robashes hasserfüllten Blick auf mir zu spüren. Doch auch er ist es nicht.

Dieser Mann hier ist blond und schlank. Er hat ein schmales, fast jungenhaftes Gesicht, aber die Augen verraten ihn – grelles Grün, ein stechender Blick, der sich in meine Augen bohrt und alles wieder aufkommen lässt. Augen genau wie sein Vater.

Der Mann, den ich anstarre, ist nicht Eli Robash, sondern sein jüngerer Bruder Patrick.

Aber es war doch Eli, der sich im Haus unserer Eltern

aufgebaut und uns Drohungen entgegengeworfen hat. Er hat uns angefunkelt, während Patrick, der ruhigere, furchtsamere Bruder, unschlüssig an der Tür stand.

Eli war es, der mir auf der Arbeit die Stirn bot, während Patrick ihn überredete, mich in Ruhe zu lassen, und ihn am Ellbogen davonzog. Patrick hat mir nicht ein Mal in die Augen gesehen – er hatte zu viel Angst. Ich dachte, er wolle mit unserem Familienstreit nichts zu tun haben.

Patrick ist hier ... hier in diesem Hotelzimmer ... aber was ist mit Eli?

Halb erwarte ich, ihn als Nächstes zur Tür hereinschlendern zu sehen. Oder vielleicht steht er gerade vor meinem Haus, um es niederzubrennen. Für die restliche Drecksarbeit hat er seinen jüngeren Bruder hergeschickt.

Mein Herz pocht – oder hat Eli Hannah? Er hat sie irgendwo eingesperrt, hält sie gefangen. Wir müssen sie finden, wir müssen sie retten, wir müssen sie befreien.

Mein Blick wandert zurück zu Jodi. Wer ist denn nun diese Frau, und warum arbeitet sie mit ihnen zusammen? Sie hat sich als meine sechzehnjährige Nichte ausgegeben.

Sie legt Patrick ihre Hände auf die Brust und sieht zu ihm hoch. »Hey, Baby. Bist gerade rechtzeitig angekommen.« Und dann drückt sie ihm einen Kuss auf die Lippen, den er erwidert. Das ekelhaft feuchte Geräusch ihrer sich voneinander lösenden Münder lässt mich erschauern. Sie wirft mir einen verspielten Blick zu.

Auch Patrick schaut zu mir. »Hi, Ms Jenkins. Ist ja schon lange her.«

»Patrick, es tut mir so leid ... das Ganze tut mir so leid. Aber wir können uns aussprechen, okay? Ich verstehe nicht, was hier los ist, aber wir können eine Lösung finden.«

Er schüttelt den Kopf und schlingt einen Arm um Jodis Taille. Das bestätigt nun endgültig, dass Jodi keine Jugendliche mehr ist, sondern eine junge Frau. Wahrscheinlich um die zwanzig. Seit dem Tag, an dem meine Schwester starb, hat sie sich als Teenager ausgegeben.

Jodi hat nur eine Rolle gespielt. Sie muss die Identität meiner Nichte angenommen haben, bestimmt halten sie Hannah irgendwo fest. Die ganze Woche über hat sie dieses Schauspiel aufrechterhalten und damit alle hinters Licht geführt. Mr Fredericks. Die Polizei. *Mich.*

Ich starre zu Jodi. Sie arbeitet mit den Robashes zusammen. Aus unerfindlichen Gründen hilft sie ihnen, an das Grundstück meiner Schwester zu kommen. Sie haben sie überredet, ihnen dabei zu helfen, sich für ihren Dad zu rächen, und ihre Liebe zu Patrick hat sie dazu gebracht, sich auf den Betrug einzulassen und bei uns einzuziehen. Da konnte sie dann so tun, als sei sie Hannah, damit sie sich in unsere Familie einschleichen konnten. Sie hat in dem ganzen Theater eine entscheidende Rolle gespielt. Sie hat sich die Haare gefärbt.

Aber wieso?

Ich grüble über das nach, was Jodi gesagt hat. *Du wusstest gar nicht, dass es mich gibt, oder?*

»Am besten setzen wir uns jetzt erst mal alle«, schlägt Jodi fröhlich vor und deutet auf den Tisch. Sie holt Teller aus dem Küchenschrank und kramt nach Messern und Gabeln, bevor sie großzügige Portionen Flanksteak und Kartoffelbrei auf die Teller schaufelt. »Wäre ja schade, das Essen verkommen zu lassen.« Sie zuckt mit der Nase. »Ich kann mich aber nur noch mal entschuldigen, ist leider etwas verkohlt.« Sie lacht. »Sagen wir einfach, ich hab mich ablenken lassen.« Und damit fasst sie sich ins Haar.

Patrick schaut zu mir. »Hinsetzen«, befiehlt er, dann funkelt er meine Tochter an. Den jungen, scheuen Teenager, als den ich Patrick kannte, gibt es schon längst nicht mehr. »Ich hab gesagt, *hinsetzen*«, wiederholt er mit Nachdruck.

»M… Mom?«, wispert Cassie.

»Alles wird gut, Cassie. Ich versprech's dir.« Flehend

wende ich mich an Patrick. »Lass meine Tochter gehen. Sie hat mit dem Ganzen nichts zu tun. Weder heute noch damals.« Ungerührt sitzt er da. Nun wende ich mich Jodi zu, mit Tränen in den Augen.

Sie muss doch zumindest ein *bisschen* Mitleid mit meiner Tochter haben? Schließlich sind die beiden Freundinnen. Cousinen. Abend um Abend haben sie in Hannahs Zimmer miteinander verbracht und Cassie hat sie angehimmelt. Sie hat ihr vertraut. Nun kocht Wut in mir hoch – *sie hat sie geliebt.* »Sie hat solche Angst«, sage ich. »Bitte, Hannah – Jodi. Bitte lass Cassie gehen. Ihr wollt doch mich und nicht sie.«

Aber Jodi keift: »Ihr habt es doch gehört.« Hart knallt sie die Teller auf den Tisch. »Ich hab uns allen Abendessen gekocht.«

Wir rühren uns immer noch nicht, woraufhin Patrick eine Pistole aus seiner Jackentasche zieht und mich aufschreien lässt. Ein glänzendes, silbern poliertes Teil, halb automatisch. Meine Schultern zucken und Cassie neben mir zittert.

Patrick deutet mit der Waffe erst auf meinen Kopf, dann auf ihren.

Ich schiebe Cassie in einen Sitz hinein. Wir haben ja keine andere Wahl. Ihre Füße schleifen über den Boden und sie stolpert fast über sich selbst, aber irgendwann sitzen wir dort. Inzwischen weint sie immer lauter.

Es zerreißt mir das Herz. Ich kann es nicht fassen, dass sie ihr solche Angst einjagen wollen, vor allem Jodi. Erst heute Morgen hat sie noch mit Cassie ferngesehen. Und vorgestern hat Hannah – Jodi – meine Tochter noch fröhlich umgestylt. Sie haben sich einen Film angeschaut.

Ich balle die Hände zu Fäusten. Dafür könnte ich sie umbringen. Dafür könnte ich sie beide umbringen.

Jodi deutet auf die Mahlzeit. »Haut rein, Leute. Guten Appetit. Wir essen jetzt zu Abend, genau wie wir es zu Hause tun würden.«

Zu Hause, und dann zwinkert sie mir noch zu und ich

schwöre bei Gott, ich werde über diesen Tisch auf sie zuspringen und auf sie einschlagen, wenn sich mir nur die Gelegenheit bietet. Ich kralle meine Fäuste in den Schoß.

Dann sehe ich auf die Teller hinab. Das, was sie da gekocht hat, werden wir auf keinen Fall essen. Diese zusammengeschrumpelte braune Masse, dieses steinharte Steak. Wir werden keine Mahlzeit miteinander einnehmen, als wäre es das Normalste auf der Welt, als wäre keine Waffe auf uns gerichtet. Vor allem nicht mit meiner schluchzenden Tochter neben mir und der Ungewissheit, ob es meiner Nichte gut geht.

Patrick senkt die Pistole nicht. »Bloß keine Dummheiten machen, Ms Jenkins. Nicht schreien, nicht wegrennen. Ihr würdet nicht weit kommen. Wir essen jetzt dieses leckere Essen, das Jodi uns gekocht hat, und dann unterhalten wir uns.« Er schaut auf seinen Teller und schiebt mit der Gabel einen Klumpen Kartoffelbrei darauf umher. »Essen ist wichtig«, sagt er. »Wir haben noch eine lange Nacht vor uns. Vor unserem Aufbruch sollten wir alle bei Kräften sein.«

Mein Magen macht einen Satz. Sie haben vor, uns irgendwo hinzufahren.

Jodi schmollt. »Das mit dem Essen tut mir leid, Baby. Ich hab mir die Haare gefärbt und darüber die Zeit vergessen.« Ihr Blick schießt zu mir. »Hätte nicht gedacht, dass die beiden so schnell zurückkommen.«

Patrick sticht mit der Gabel in sein Flanksteak, was aber keinen allzu großen Effekt hat. Er säbelt daran herum, bis er ein Stück abreißen und in den Mund stecken kann. Dann kaut er darauf herum, wohl nur Jodi zuliebe, bis er es endlich hinuntergeschluckt kriegt.

Er versucht, nicht zu husten, aber ich denke nur: *Ich hoffe, du erstickst dran. Gleich hier und jetzt. Ich hoffe, ihr erstickt beide hier an diesem Tisch. Ist mir egal, ob ihr vor meiner Tochter sterbt. Ich möchte euch nur noch loswerden.*

»Wir brauchen was zu trinken!«, trillert Jodi, zieht Gläser

aus dem Küchenschrank und füllt sie mit Wasser. Sie scheint fest entschlossen, weiter die fröhliche Gastgeberin zu mimen.

Wo ist meine Nichte? Wie konnte ich denn nicht erkennen, dass ich eine Fremde in mein Haus eingeladen habe? Ich habe die beiden in unser Leben gelassen. Habe sie selbst durch die Haustür geführt.

In der Kaffeekanne von heute Morgen ist noch ein kleiner Rest übrig, den sie jetzt in eine Tasse schenkt. Sie wärmt ihn nicht einmal auf. Sie greift in ihre Tasche und zieht eine Zigarettenschachtel heraus. Eine davon zündet sie an und zieht kräftig daran. »Ach, wie ich das vermisst habe«, sagt sie und bläst einen Schwall Rauch aus. »Schwarzer Kaffee und eine Kippe, gibt einfach nichts Besseres, findet ihr nicht? Beste Kombination.« Sie zwinkert. »Die ganze Woche hab ich drauf verzichten müssen, als ich bei euch gewohnt hab. War echt nicht leicht, das kann ich euch sagen, aber das war's wert.« Sie setzt sich zu uns an den Tisch und lächelt.

Wir haben sie beim Rauchen erwischt, hat Mrs Carlisle gesagt. *Es wirkt, als verstünde sie überhaupt nichts vom Lernstoff.*

Kein Wunder. Aller Wahrscheinlichkeit nach hat Jodi von fortgeschrittener Chemie keinen blassen Schimmer. Gut möglich, dass sie im Leben noch keinen Fortgeschrittenenkurs in irgendetwas besucht hat, und selbst wenn, so ist die Highschool für sie schon Jahre her, lang genug, um alles vergessen zu haben.

Eine erwachsene Frau saß dort im Klassenzimmer. Ist auf die Schule gegangen und hat sich als Teenager ausgegeben. Einen Rucksack auf dem Rücken, eine Brotzeitbox in der Hand, hat sie mit anderen Teenagern geplaudert. Hat darauf gewartet, von der Schule abgeholt zu werden, und sich mit Cassie über Musik und Serien unterhalten, all die Sachen eben, die Kinder in dem Alter mögen würden. Sie sieht aus wie ein

Teenager. Sie redet wie ein Teenager. Wir haben ihr die Maskerade komplett abgekauft.

Ich habe diese Frau in mein Haus eingeladen. Schlimmer noch – ich habe sie unbeaufsichtigt Zeit mit meiner Tochter verbringen lassen.

Nicht auszudenken, dass ich sie noch getröstet habe, als sie wegen meiner Schwester geweint hat. Sie hat so getan, als trauere sie um Beth. Sie hat mich glauben lassen, sie wäre meine Nichte ... Hannah ... das Mädchen, das ich vergessen hatte. Die Nichte, die ich immer noch nicht wiederhabe.

Vanille fand sie am besten, hat sie gesagt.

Du kannst dich bestimmt an diesen Kiesweg erinnern? Auf dem hört man immer, wenn jemand kommt oder geht.

Woher kannte sie all diese Details? Wie konnte sie so viel Hintergrundinformation über meine Schwester und das Zuhause der beiden sammeln?

Ich funkle sie an, diese Hochstaplerin, diese Frau, die ich in Grund und Boden prügeln möchte. Aber ich darf ihr nicht wehtun – noch nicht. Erst müssen wir erfahren, wo sie Hannah gefangen halten.

Patrick isst unbeirrt. Wie er es schafft, immer weiterzukauen, geht über meinen Verstand, aber Jodi gefällt es. Niemand möchte sie verärgern, sie scheint die Verstörtere, Unberechenbare der beiden zu sein, während er gelassener wirkt, der systematische Planer. Gemeinsam mit Eli haben sie diese ganze Aktion ausgearbeitet.

Mir schnürt es die Kehle zu. Wo auch immer Eli gerade ist, ich kann nur beten, dass er Hannah nicht wehtut.

An Patrick gewandt sage ich: »Du hast gesagt, wir werden noch reden, also red. Was habt ihr mit meiner Nichte gemacht?«

Er sticht auf sein Essen ein. »Der Teil hat Zeit.«

»Ich muss wissen, ob es ihr gut geht.«

»Immer mit der Ruhe, Tante Tara«, sagt Jodi.

»Nenn mich nicht so.«

Sie verdreht die Augen.

»Was wollt ihr von uns, Patrick? Du und dein Bruder? Was erhofft ihr euch?«

Er lacht. »Wer hat denn gesagt, dass Eli was damit zu tun hat?«

Ich zucke zurück.

»Er hat sich damit abgefunden.« Er wedelt mit seiner Gabel herum. »Na ja, so gut wie abgefunden. Er ist jetzt verheiratet, hat Kinder, und in der Firma hat er immer viel um die Ohren. Natürlich ist er immer noch unglaublich wütend wegen dem, was passiert ist. Keine Frage, als deine Schwester gestorben und euer Haus niedergebrannt ist, haben wir natürlich drauf angestoßen.« Er grinst.

»Mein Bruder hat keine Ahnung, was wir getan haben«, sagt er. »Und auch nicht, was wir gerade tun.« Er wirft seiner Freundin einen Blick zu. »Seine Rachepläne hat er schon vor Jahren aufgegeben – so was von enttäuschend. Früher war er so davon besessen, aber nachdem du weggezogen bist und Beth sich aus der Öffentlichkeit zurückgezogen hat, wurde er ruhiger. Er hat nicht mehr so viel daran gedacht. Ich aber schon.« Hasserfüllt schaut er zu mir. »Ich habe nie vergessen, was du meinem Dad angetan hast.«

»Patrick, es war nicht so, wie du ...«

Er knallt seine Faust auf den Tisch. »Ich weiß, dass du mit ihm geschlafen hast, wieder und wieder, und dass es meiner Mom das Herz gebrochen hat. Ich weiß, du hast zugelassen, dass er sich betrunken hinters Steuer gesetzt und so diesen Unfall gebaut hat. Du hättest ihn aus dem Auto ziehen können, hast es aber nicht getan. Du hast ihn brennen lassen. Und deine Schwester war dabei.«

»Nein, so war das nicht. Und das alles ist schon so lang her.«

»So lang her«, äfft er mich nach. »Du sollst wissen, dass ich mich auch schon lang hiermit beschäftigt habe.« Er zieht eine Fratze. »Ach, wie lang ich darauf gewartet habe, mit dir zu sprechen, *Ms Jenkins*. Dich wiederzusehen. Und ich konnte es kaum abwarten, dir Jodi vorzustellen.« Grinsend schaut er zu ihr. »Ich denke, es ist an der Zeit, dass du herausfindest, wie vielen Menschen deine Familie wehgetan hat.«

EINUNDDREISSIG

Ich weine, mein Körper bebt. »Was soll das heißen?«

»Meine Mom war eine gute Lügnerin, nicht wahr?«, fragt Jodi. Nun ist sie also wieder bei Mom. »Sie hat so viele Menschen angelogen.« Sie sticht mit ihrer Gabel zu. »Über Jahre hinweg war sie so *gut* darin, Geheimnisse zu bewahren. Was immer für sie am bequemsten war.«

Ich blinzele Jodi an. »Ich weiß nicht, wovon du sprichst. Ich weiß nicht einmal, wer du bist. Es tut mir leid.«

»Beth«, sagt sie. »Deine Schwester ... *sie war meine Mom.*«

»Aber wie? Das kann doch nicht sein. Sie hat Hannah geboren. Hannah ist sechzehn. Und du bist ...«

»Zweiundzwanzig. Ich bin ihre erste Tochter.«

Ich möchte aufspringen und davonstürmen. Sie lügt. Beth könnte unmöglich etwas so Großes vor uns verborgen gehalten haben. Das wäre ein zu großes Geheimnis, um es vor Mom und Dad zu verbergen. Und warum hätte Beth ihr erstes Kind geheim halten sollen? Wir hätten ihr helfen können. Wir hätten ihr geholfen, Jodi großzuziehen.

»Da war dieser Kunstkurs«, erklärt Jodi. »Als Mom studiert hat. Das weißt du doch bestimmt noch. Im letzten Studienjahr ist sie von dieser Kunstakademie aufgenommen worden und weggezogen.«

Beth ist tatsächlich weggezogen, nach Seattle, wegen einer Kunstakademie. Sie war so begeistert über die Gelegenheit und fast ein Jahr lang fort. Und dann kam sie wieder und alles war gut – ich dachte, alles wäre gut gewesen. Sie hatte ihr Studium abgeschlossen und malte fortan von zu Hause aus. Sie hat ihre Werke in der Stadt ausgestellt. Sie hat uns nie erzählt, dass irgendetwas geschehen wäre.

»Sie hat dort jemanden kennengelernt«, fährt Jodi fort.

»Alex?«

»Nein, der kam nach mir – er ist Hannahs Dad. Der Mann, den ich meine, ist *mein* Dad. Ich habe herausgefunden, dass sie ihn an dieser ach so feinen Kunstakademie kennengelernt hat. Aber er wollte keine Kinder. Er hätte sie auf keine Weise unterstützt. Er war Professor und viel mehr daran interessiert, dass er seinen Job verlieren könnte, als daran, wie er Mom helfen könnte. Oder seiner Tochter. Also hat er sie dazu gezwungen, mich fortzugeben, und sie hat auf ihn gehört. Sie hat mich im Stich gelassen.« In ihren Augen lese ich großen Schmerz, auch ihre Lippen beben.

Meine Schwester hat sie fortgegeben. Hat Jodi allein zurückgelassen.

Aber das würde Beth doch nie tun. Nein, nie im Leben ...

»Sie hat mich zur Adoption freigegeben«, sagt Jodi. »In Seattle. Und sie ist nie zurückgekommen.« Sie wischt sich die Tränen aus den Augen.

»Aber warum hat sie uns das nicht erzählt? Das hätte sie uns doch erzählt.«

»Nope.« Jodi drückt ihre Zigarette aus. »Mom ist einfach zurück nach Louisville und hat so getan, als wäre alles prima, als hätte sie nicht gerade ein Baby gekriegt und es zurückgelassen. Als ich achtzehn wurde, habe ich sie gesucht. Da habe ich herausgefunden, dass sie irgendeinen anderen Typen geheiratet und mit dem noch eine Tochter bekommen hat. Aber *diese* Tochter hat sie behalten. Die hat sie nicht fortgegeben. Und dann, na so was, macht dieser Alex sich doch zwei Jahre später aus dem Staub und lässt sie sitzen. Er hat sie im Stich gelassen, wie sie mich im Stich gelassen hat.« Nun lacht sie wieder, aber es klingt forciert. »Wir müssen alle ernten, was wir säen, nicht wahr? Irgendwann rächt sich alles.«

Genau das, was Eli einst zu mir gesagt hat.

»Das tut mir leid«, sage ich zu ihr und meine es auch so. Zwar weiß ich nicht, ob auch nur ein Körnchen Wahrheit in alldem steckt, aber ich muss sie beruhigen und ihr zeigen, dass ich Mitleid habe wegen allem, was sie durchgemacht hat. Was auch immer sie meiner Schwester vorwirft und was auch immer sie seit dem Tag ihrer Geburt durchmachen musste, sie braucht eine Entschuldigung. Ich glaube, sie musste schon viel zu lange auf eine Entschuldigung warten.

»War echt hart«, sagt Jodi. »Meine Mom und Hannah so glücklich zu sehen. Und ständig habe ich mich gefragt, warum nicht ich? Was machte Hannah denn besser als mich? Warum hat sie die Sonderbehandlung bekommen und bleiben dürfen?«

Sie greift nach einer zweiten Zigarette, hält aber inne. »Warum durfte Hannah in einer Familie aufwachsen und ich nicht? Warum wurde sie so geliebt, während ich von einem Pflegeheim ins andere geschoben wurde, eins schrecklicher als das andere? Ich konnte es kaum erwarten, da rauszukommen. Und genau das hab ich getan. Ich hab mich sofort auf die Socken gemacht und bin nach Louisville gezogen. Eine Zeit lang habe ich Mom beobachtet.«

»Ich war mehrmals in ihrer Galerie«, fährt Jodi fort, »und nie hat sie mich erkannt. Ist das nicht unfassbar? Ihre *eigene Tochter*. Ihre Erstgeborene. Sie hat es nie kapiert und ihr könnt euch gar nicht vorstellen, wie mir das wehgetan hat. Sie hat alle Fragen beantwortet, die ich ihr über die Kunstwerke gestellt habe, hat mir erklärt, welche Maltechniken sie eingesetzt hat, und die ganze Zeit über schrie alles in mir: *Schau mich doch an! Bitte! Ich bin deine Tochter. Die Tochter, die du verlassen hast. Weißt du denn nicht, wer ich bin?* Aber dann hat sie gesagt, sie müsse jetzt zu einem Treffen mit einem Kunden, einem echten Kunden. Und das war's auch schon.«

Nun weint sie leise. »Als hätte sie vergessen, dass es mich jemals gab, weil jetzt nur noch Hannah zählte. Meine Haare waren nie so schwarz wie ihre, nicht so wie eure, also musste ich sie immer wieder nachfärben. Und ich bin ständig zu der Galerie gegangen. Trotzdem hat sie mich nie erkannt. Irgendwann habe ich sie dann darauf angesprochen, habe ihr gesagt, wer ich bin, dass ich das Baby bin, das sie fortgegeben hat. Erst hat sie es noch geleugnet, aber irgendwann hat sie nachgegeben. Das ist eben das Praktische an Drohungen.« Sie lächelt. »Ich habe alles aus ihr herausgezwungen: Seattle, mein echter Dad. Ich habe ihr gesagt, dass ich es allen erzählen würde. Alle sollten wissen, was sie mir angetan hat, als sie mich aufgegeben hat. Ich habe ihr Briefe hingelegt, habe ihr nach der Arbeit aufgelauert, habe sie um Geld angehauen. Muss sie ganz schön aus der Fassung gebracht haben.«

Ich schüttle den Kopf. »Du hast sie eingeschüchtert?«

»Was denkst du denn, warum sie sich immer mehr zurückgezogen hat? Sie hat ihren Job gekündigt. Sie hat Hannah aus der Schule genommen und zu Hause unterrichtet. Wir haben versucht, miteinander zu reden, und sie hat mir Geld gegeben. Sie hat mir gesagt, wie leid es ihr tut, und sie hat viel geheult. Aber, ja, ich glaube, letztendlich habe ich sie wohl ein bisschen zu sehr eingeschüchtert.« Nun grinst sie wieder. »Ich hab sie wohl etwas zu hart angepackt und dann hat sie sich versteckt. Ich wollte einfach, dass sie sich schuldig fühlt. Aber das war noch nicht genug. Ich wollte ihr immer noch wehtun. Sie sollte zahlen für alles, was sie getan hat.« Sie lacht. »Und den Wunsch habe ich mir dann irgendwann auch erfüllt.«

Ich reiße die Augen auf. »*Du* hast das Feuer gelegt?«

»Na, aber so was von.«

Meine Tochter neben mir stößt ein lautes Wimmern aus, doch Jodi ignoriert sie.

»Hat allerdings einige Zeit gedauert.« Sie schaut zu Patrick. »Ich musste mir Hilfe holen. Und je mehr ich über die Familie erfahren habe, desto mehr Drama kam ans Licht: die Nacht, in der Grandma und Grandpa gestorben sind, dass du aus dem Testament entfernt wurdest. Ich habe von diesem Unfall gehört und von deiner Affäre mit Hank und wie grausam sein Tod war. Und mir schien das alles ganz schön verdächtig. Also habe ich Kontakt zu seinen Söhnen aufgenommen. Ich habe mich Patrick vorgestellt.«

Sie lächelt ihm zu. »Er war bereit, zu reden. Und ich dachte mir, na, da ist ja noch jemand, der diese Leute ebenso sehr hasst wie ich. Jemand, der auf Rache aus ist und wohl auch bereit wäre, alles dafür zu tun. Und als er mir erzählt hat, dass du seinen Dad in diesem Auto hast sterben lassen, in den Flammen, und dass meine Mom dir womöglich dabei geholfen hat, na ja«, sie macht eine kurze Pause, »da schien es uns nur richtig, zusammenzuarbeiten.« Sie drückt seine Hand. »Das mit uns beiden hat einfach gepasst, nicht wahr, Baby?«

Er nickt, aber die Liebe in seinen Augen ist von Wahnsinn geprägt.

Cassie zittert wie Espenlaub. »Mom? Wovon redet sie da?«

»Alles wird gut«, beschwichtige ich sie erneut, obwohl ich mir da offen gestanden nicht mehr so sicher bin. Ich kann nicht garantieren, dass ich es schaffen werde, meine Tochter zu beschützen *und* uns aus den Händen dieser Leute zu befreien. Und wie sollen wir die echte Hannah retten?

»Es sprach einfach so viel dafür, wisst ihr?«, sagt Jodi. »Patrick und sein Bruder haben ein Unternehmen, und wenn sie das Grundstück deiner Schwester in die Hände kriegen, könnte ihnen das noch mehr Geld einbringen. Wenn die

Chandlers auch mitmachen. Ich musste mich nur auf ihre Seite schlagen; mit all der Kohle hätte ich ein Leben lang ausgesorgt.«

»Du hast ja keine Ahnung, wie wütend es mich gemacht hat, dass deine Schwester unser Angebot immer wieder ausgeschlagen hat«, sagt Patrick. »Sie wollte ihr Grundstück einfach nicht verkaufen. Es war, als wollte sie sich über uns lustig machen. Mir war klar, dass wir sie loswerden mussten. Woche um Woche bin ich zu dieser Gegend am Ende der Route 30 gefahren und mir wurde ganz schlecht bei dem Gedanken, dass Dad dort in der Nähe gestorben ist. Ich möchte das alles dem Erdboden gleichmachen und es loswerden.«

Seine Pistole zuckt zu mir, er hält sie direkt auf mein Gesicht. »Sagen wir einfach, da sind viele Emotionen wieder hochgekommen – alles, was ich so lange unterdrückt hatte. All die Jahre, in denen ich mich bemüht habe, gelassen zu bleiben, meine Mom zu beruhigen und meinen Bruder auch, und dann habe ich Jodi kennengelernt. Sie hat mir ihre Geschichte erzählt und was sie alles durchgemacht hat und ich konnte nicht fassen, wie weit deine Familie gegangen ist, um ihre Geheimnisse zu wahren. Da wusste ich, dass ich ihr helfen wollte. Dass wir uns dabei ineinander verlieben würden, hatte ich nicht erwartet, aber so war es. Wir haben Plan um Plan geschmiedet und langsam nahm das Ganze Form an. Und hier sind wir nun.« Er lächelt, seine grünen Augen funkeln mich an – Hanks Augen – und mich schaudert.

Wütend frage ich: »Und was ist nun euer grandioser Plan? Ihr bringt uns um? Wo soll Jodi – Hannah – danach unterkommen? Alle halten sie doch immer noch für eine Minderjährige. Die schicken sie in ein Pflegeheim.«

»Was sind schon zwei Jahre mehr?«, sagt Jodi.

»Oder wir machen uns aus dem Staub.« Patrick zuckt mit den Schultern. »Nachdem wir euch beide losgeworden sind, kann Jodi einfach in ein paar Jahren wieder aus der Versenkung auftauchen. Hannahs persönliche Daten hat sie ja alle. Dann können wir einfordern, was ihr zusteht.«

»Damit kommt ihr nicht durch«, entgegne ich. »Da kann so viel ans Licht kommen. Der Tod meiner Schwester – die Polizei ist bereits hinter euch her und lang wird es nicht dauern, bis sie herausfinden, was ihr uns angetan habt.«

»Wir finden schon eine Lösung«, sagt Patrick und zieht den Mund schief. »Mach dir darum mal keine Sorgen.«

»Und mich wird doch keiner verdächtigen.« Mit heller Stimme und klimpernden Wimpern sagt Jodi: »Ich armes, unschuldiges Ding? Du hast es ja selbst gesagt, alle halten mich für Hannah. Wir haben Hannahs Geburtsurkunde und ihre Sozialversicherungsnummer. Reisepass und Führerschein hat sie nie beantragt, das ist also gar kein Problem.« Sie lacht. »Sogar die Chandlers haben mir die Hannah-Masche abgekauft. Ich habe doch meine schwarzen Haare.« Sie zieht an den nassen, fleckigen Strähnen. »Jetzt mal ehrlich, du bist ihr eigen Fleisch und Blut und hast mir die Geschichte trotzdem abgekauft. Du hast mich wirklich für deine Nichte gehalten. Wir haben euch alle an der Nase rumgeführt.«

Tränen brennen in meiner Kehle. *Ich habe sie umarmt.* Und sie hat die Umarmungen erwidert. Ich hatte dieses Mädchen *gern.*

»Bluttests«, widerspreche ich. »DNA. Damit kommt alles raus.«

»Und wer soll die anfordern?«, fragt Patrick. »Irgendwer hat euch abgemurkst, aber Hannah hat den Angriff überlebt. *Schon wieder.*« Er lächelt. »Dass sie eine grandiose Schauspielerin ist, hast du ja selbst erlebt. Danach spielt sie ihre Rolle halt noch traumatisierter. Keiner wird das hinterfragen.«

Cassie krümmt sich schluchzend vornüber. Ich kralle meine Hand fest um ihre.

»Bitte«, flehe ich sie erneut an. »Bitte lasst Cassie gehen. Sie sagt auch kein Wort.«

»Versprochen«, krächzt Cassie zwischen heftigen Schluchzern.

»Sie wird es niemandem sagen«, bettle ich. »Wer würde denn auch einer Elfjährigen so was glauben?« Und dann kommt mir noch eine Idee. »Du könntest bei uns bleiben, Jodi. Weiter bei uns wohnen. Wir gehen einfach nach Hause und tun weiter so, als wärst du meine Nichte. Du musst nicht zur Schule gehen, wir können sagen, wir hätten jemanden gefunden, der dich zu Hause unterrichtet. Auf die Art kannst du weiter mit Patrick zusammen sein. Er kann uns besuchen. Dann müssen wir nur die nötige Zeit verstreichen lassen …« Ich greife hier zwar nach jedem Strohhalm, aber das könnte sogar klappen. Ich kann meine Tochter irgendwie retten.

Etwas in Jodis Gesicht verändert sich und das gibt mir Hoffnung. Vielleicht zieht sie es tatsächlich in Erwägung.

»Was meinst du, Hannah?«, frage ich, obwohl es mir so widerstrebt, sie mit dem Namen meiner Nichte anzusprechen. »Du musst niemandem mehr wehtun, ich kann dir helfen. An das Geld kommst du trotzdem. Alles, was du willst. Du kannst das Grundstück an Patrick verkaufen oder sonst was damit tun. Es sind ja nur zwei Jahre, das hast du selbst gesagt.«

Dann richte ich mein Flehen an ihn. »Auf die Art büße ich für das, was ich dir angetan habe. Für deinen Dad, für deine ganze Familie. Alles, was du durchgemacht hast. Was geschehen ist, tut mir so leid. Ich wollte nicht, dass dein Vater stirbt, das schwöre ich dir.« Ich strecke die Hand nach seinem Arm aus, aber er zieht ihn weg und deutet mit der Pistole auf mich.

»Netter Versuch, Ms Jenkins. Aber nein. Das wäre zu riskant. Wir bleiben lieber bei unserem Plan.«

»Und Hannah?«, jammere ich. »Was ist mit ihr? Wo ist sie? Wollt ihr sie einfach weiter gefangen halten?«

»Oh, keine Sorge«, erwidert er mit einem schiefen Grinsen. »Wir haben uns um alles gekümmert.«

ZWEIUNDDREISSIG

Patrick schiebt seinen Teller fort. Als Einziger von uns vieren hat er die Mahlzeit überhaupt angefasst, und nun hat er genug.

»Heute Abend machen wir uns auf den Weg«, sagt er. »Zu viert. Wir verlassen dieses Hotel und ihr werdet dabei *keine* Dummheiten machen, verstanden? Ihr werdet nicht schreien. Ihr werdet nicht davonlaufen. Ich drücke Cassie diese Pistole zwischen die Rippen, sobald wir aus der Tür treten. Auch nur ein Mucks von euch und ich erschieße sie direkt an Ort und Stelle.« Cassie keucht auf und stößt ein weiteres ersticktes Schluchzen aus, das mir durch Mark und Bein geht. »Glaubt bloß nicht, dass ich es nicht ernst meine. Ich würde keine Sekunde zögern.«

Wut kocht in mir hoch, aber es mischt sich noch etwas anderes hinein – Angst.

Ich muss mein Kind retten.

Die Pfanne, die Jodi zum Kochen benutzt hat, steht immer noch auf dem Herd, heiß ist sie auch noch. Eine Schicht Öl benetzt sie, die im Licht der Küchenlampe hell schillert. Ich könnte sie mir schnappen und Jodi damit den Schädel einschlagen. Auch Patrick könnte ich sie auf den Kopf donnern und mir dann dieses Messer auf der Arbeitsplatte greifen, mit dem sie die Kartoffeln geschnitten hat. Ich werde Cassie zurufen, dass sie wegrennen soll, weit fort von hier.

Nach all dem Herumgerenne auf dem Fußballplatz wäre meine Tochter bestimmt schnell genug.

Die größte Hürde ist allerdings diese Pistole. Patrick hat sie fest im Griff und richtet sie wenige Zentimeter von mir entfernt vor mein Gesicht. Ich bin schnell – aber bin ich schnell genug?

Mir bleibt keine Zeit, lang darüber nachzudenken. Mit einer Hand stoße ich Cassie vom Stuhl, sodass sie unter dem Tisch auf dem Boden landet. Dann packe ich unsere Teller – unberührt und voller Essen – und werfe sie Jodi und Patrick zur Ablenkung ins Gesicht. Leider nicht heftig genug, es ist kaum mehr als eine kurze Überraschung. Aber ich brauche ja auch nur eine Sekunde, und dafür reicht es aus. Gerade genug Zeit, um von meinem Stuhl aufzuspringen und mir die Pfanne zu greifen.

Erst schlage ich damit nach Patrick. Vollgepumpt mit Adrenalin und der Wut über alles, was sie getan haben – mit meiner Schwester, mit Hannah, dass sie meiner Tochter solche Angst gemacht haben –, das alles explodiert nun in mir. Patrick muss ich zuerst loswerden und ich schmettere ihm die Pfanne auf den Kopf. Nichts kann mich noch aufhalten. Die beiden haben die falsche Frau in die Enge getrieben. So leicht werden sie uns nicht los.

Der Aufprall der Pfanne reicht aus, dass Patrick die Waffe fallen lässt, und als das heiße Öl auf seine Wangen spritzt, heult er schmerzerfüllt auf. Es tropft bis zu seinem Nacken hinunter. *Hoffentlich brennt es dir die Haut in Streifen vom Leib. In der Hölle sollst du brennen.*

Er taumelt an die Wand und ich schlage erneut zu – mit aller Kraft –, bis er zu Boden geht.

Ich wirble zu meiner Tochter herum. »*Lauf!*«

Ungeschickt stemmt sie sich hoch und rennt Richtung Tür. Erst als ich sie den Gang hinuntersprinten höre, atme ich wieder aus. Ich höre auch, wie sie um Hilfe ruft. Bald wird sie am Aufzug sein. Ihr wird nichts mehr passieren.

Ich wende mich gerade rechtzeitig um, um zu sehen, wie Jodi auf mich zuspringt. Eben hat sie sich noch Kartoffelbrei aus den Augen gewischt, nun fliegt sie wie eine Furie auf mich zu. Ich hole mit der Pfanne aus und knalle sie ihr ins Gesicht. Dass daraufhin Blut aus ihrer Nase quillt, erfüllt mich mit großer Freude. Sie stürzt zu Boden.

Aber Jodi ist zäh, sie versucht, sich wieder hochzuziehen. Sie stemmt sich auf einen Stuhl, packt einen der Teller und will ihn mir an den Kopf schmeißen, aber ich ducke mich und er zerschellt am Küchenschrank hinter mir.

Wieder schwinge ich meine Pfanne durch die Luft und schlage auf sie ein. Wenn es sein muss, prügle ich sie zu Tode. Alles, was ich tun muss, um Cassie zu beschützen. Ich werde dafür sorgen, dass sie Hannah niemals wehtun kann, wir werden auch sie beschützen.

Jodi fällt erneut zu Boden, wobei ihr ein lautes *Uff* entfährt. Sie blutet, und das Blut mischt sich auf ihrem Gesicht mit Marinade und Öl. Nun schaue ich wieder zu Patrick.

Sie hätten mir nie nachstellen sollen, wütet es in mir. *Sie hätten meine Schwester nicht umbringen sollen.*

Aber Patrick liegt weiterhin stumm dort. Er ist benommen und Blut läuft ihm durch seine Wimpern in die Augen. Er stöhnt, versucht aber gar nicht erst, aufzustehen. Stattdessen stemmt er sich weit genug hoch, um an die Wand gelehnt dasitzen zu können. Sein Kopf fällt nach hinten.

Ich bin zum Schlag bereit – ich kann ihn ebenso niederprügeln, wie ich es mit Jodi getan habe –, aber er streckt die Hände aus, als wolle er um Waffenstillstand bitten. Er weiß nur zu gut, dass ich ihn erneut schlagen würde. Er weiß, dass Cassie uns bald Hilfe holen wird. Jemand wird die Polizei rufen.

Ich starre diesen Mann an, der nach all den Jahren in mein Leben gewirbelt ist. Patrick wischt sich das Blut aus dem Gesicht. Er hustet und sieht blinzelnd zu mir hoch, als wolle er reden. Vielleicht will er sich entschuldigen.

Aber meine Hände hören einfach nicht auf zu zittern, aber ich halte die Pfanne weiterhin über meinem Kopf, zum Schlag bereit.

»Ms J… Jenkins«, stammelt er. Und in diesem Moment sehe ich ihn wieder als diesen schmalen Jungen vor mir, diesen Jungen, der im Haus meiner Eltern stand, die Augen zu Boden gerichtet vor Trauer und Angst. Ich sehe ihn als Kind vor mir, das auf Dads Schoß sitzt, der sich als Weihnachtsmann verkleidet hat und mit zurückgeworfenem Kopf lacht, während Patrick kichert. All die Wochenenden, an denen die Robashes uns besucht haben, Hank und Gloria im Wohnzimmer einquartiert, während Patrick und Eli draußen auf unserer Reifenschaukel spielten.

Nun erkenne ich den verängstigten Teenager wieder, der scheu hinter seiner schreienden Mutter, seinem wutentbrannten großen Bruder stand. Dessen Gesicht sich schockiert verzerrte, als die beiden uns anbrüllten und bedrohten.

»Es tut mir leid«, sagt er.

Aber dann blinzele ich und schüttle diese Erinnerungen vehement ab. Das ist lange her und Patrick ist inzwischen ein anderer. Er ist nicht mehr der schüchterne Junge von damals. Er hat etwas Furchtbares geplant, gemeinsam mit dieser wahnsinnigen Frau, die vorgibt, Beths Tochter zu sein. Ich beiße die Zähne zusammen. Ich werde mich nicht zum Narren halten lassen.

Mein Blick schießt zu der Pistole, die auf dem Boden liegt, nicht allzu weit von ihm entfernt. Mit einem beherzten Satz könnte er sie noch erreichen.

Rasch springe ich darauf zu und trete sie für ihn außer Reichweite. Er rührt sich nicht. Protestiert nicht. Vielleicht hat er tatsächlich aufgegeben.

»Es tut mir leid«, beteuert er. »Jodi und ich sind zu weit gegangen. Das ist mir jetzt klar.«

Ich lasse die Bratpfanne nicht los, halte den Griff nur noch fester umklammert. »Was habt ihr mit meiner Nichte gemacht?«, frage ich. »Wo ist sie?«

»Das weiß ich nicht.«

»Was soll das denn heißen?«

Blut sickert in einem schmalen Rinnsal über seine Stirn. »Jodi war dort. Sie hat das Feuer gelegt, während ich bei meiner Konferenz war. Eli hatte keine Ahnung, was wir vorhatten. Er weiß es immer noch nicht. Er hat sich mit Mr Chandler getroffen und einige Grundstücke besucht, dann ist er zur Konferenz zurückgefahren. Jodi hat mir erzählt, dass das Haus niedergebrannt ist, Hannah aber entkommen konnte. Sie ist in Richtung der Felder gerannt.«

Mein Herz droht mir aus der Brust zu springen. »Wo ist sie hingelaufen? Warum hat seitdem niemand von ihr gehört?« Ich starre Jodi an. Wir brauchen Antworten. Ich trete nach ihr, um sie aufzurütteln. Sie stöhnt, richtet sich aber nicht auf. Ihre Augen sind noch immer geschlossen.

Ich funkle Patrick an. »Ist Jodi ihr nachgejagt? *Was hat sie getan?*«

»Die Kleine ist weggerannt, mehr weiß ich nicht. Aber dann …« Er wendet den Blick ab. »Jodi hat gesagt, Hannah könnte ins Haus zurückgerannt sein. Wahrscheinlich wollte sie ihre Mom suchen und ihr helfen.« Tränen steigen ihm in die Augen. »Vielleicht saß sie im Haus in der Falle.«

Mir dreht sich der Magen um. Die Flammen, dieses ganze Horrorszenario, und darin Hannah, die nach ihrer Mom ruft und sie retten will. Am Ende könnte Hannahs Liebe zu ihrer Mom sie umgebracht haben.

»Aber sie haben keine Leiche gefunden«, rufe ich ihm ins Gedächtnis. »Die Polizei hätte doch Bescheid gesagt, wenn sie die Leiche meiner Nichte gefunden hätten.«

»Keine Ahnung«, erwidert er in flehendem Ton. »Das ist alles, was Jodi mir erzählt hat.«

Wieder trete ich nach dieser Frau. Sie soll endlich aufwachen und mir sagen, was geschehen ist, aber sie stößt nur ein weiteres Stöhnen aus.

Ich spitze die Ohren und lausche auf weitere Geräusche – das Schleifen der Aufzugtüren, donnernde Schritte im Gang, Polizisten, die herbeigerannt kommen. Detective Haygood, der uns zuruft, dass er jetzt hier ist. Dass meine Tochter unbeschadet in einem Streifenwagen sitzt. Aber da ist nichts, niemand rennt durch den Gang. In meinen Ohren klingt nur mein eigener erstickter Atem.

Patrick sagt: »Das mit meinem Dad. Was meine Mom uns über euch beide erzählt hat, und dann noch diese Nachrichten, die sie uns gezeigt hat, das war unentschuldbar. Er hat uns so verletzt, und ihr beide hättet das niemals tun dürfen. Aber deswegen hätten wir ihn doch nicht verlieren sollen. Er hätte nicht sterben sollen.«

»Ihr hättet meine Schwester nicht umbringen sollen«, entgegne ich. »Beths Tod hat doch überhaupt nichts ungeschehen gemacht. Genauso wenig wie Cassies oder meiner es tun würde.«

Er lächelt – ganz leicht nur, aber doch unverkennbar. »Aber immerhin hätten wir dann besser schlafen können, im Wissen, dass eure ganze Familie ausgelöscht ist. Dass wir unsere Rache bekommen und euch wehgetan haben.« Ich hebe die Pfanne wieder hoch über meinen Kopf. »Und denk nur an all das Geld, das wir kriegen würden, wenn wir an dieses Grundstück rankommen. Das wär doch ein Wahnsinnsbonus.«

Ich hebe die Pfanne noch ein Stück höher.

Ich habe mich getäuscht – es tut ihm kein bisschen leid. Er

wird nie aufhören. Die Entschuldigungen und die traurigen Augen sind nichts als Schauspielerei.

Ich trete auf ihn zu. Ich werde ihn wirklich zu Tode prügeln. Ich werde das hier und jetzt beenden.

DREIUNDDREISSIG

Mein Blick fällt auf die Pistole. Ich könnte sie mir greifen und allen sagen, es wäre Notwehr gewesen. Das könnte mir niemand zum Vorwurf machen. Ich könnte sie beide hier und jetzt erschießen und die Sache damit ein für alle Mal erledigt wissen.

Aber ich weiß immer noch nicht, was mit Hannah geschehen ist. Wir müssen sie finden, und Jodi ist die Einzige, die uns sagen kann, wo sie ist.

Nun ertönt endlich das Hallen eiliger Schritte im Gang. Irgendwer brüllt: »*Polizei!*«, und ein anderer ruft nach einer Schlüsselkarte. Sie hämmern an die Tür. »Aufmachen!«

Patricks Kopf wirbelt zur Tür herum und dann wieder zu mir. »Ms Jenkins …«, sagt er flehend.

Ich höre Detective Haygood. Die Polizei ist gekommen, um uns zu retten.

»Aufmachen, jetzt sofort!«, ruft der Detective.

»Patrick Robash ist verwundet, aber er hat eine Pistole«, schreie ich. Dass er auf dem Boden liegt, erwähne ich nicht. Und dass ich die Pistole weggetreten habe, sollen sie auch nicht wissen. Die Polizei soll in voller Alarmbereitschaft hier reinstürmen, um ihn außer Gefecht zu setzen.

Zu meinen Füßen regt sich Jodi. Sie murmelt irgendetwas und versucht, sich aufzusetzen.

»Außerdem ist hier eine Frau namens Jodi«, rufe ich weiter. »Sie hat sich als Hannah ausgegeben. Sie hat uns angelogen, um sich bei uns einzuschleichen. Sie ist nicht wirklich meine Nichte.«

Detective Haygood sagt: »Es soll jetzt endlich jemand diese verdammte Tür eintreten oder mir eine Schlüsselkarte besorgen!«

Einer der Polizisten schlägt vor, dass sie stattdessen auf das Türschloss schießen könnten. Ich trete zurück.

»Ich werde ihr nichts tun!«, ruft Patrick.

Aber ich glaube kaum, dass ihm das jemand abkaufen wird. Niemand wird auch nur ein Wort von dem glauben, was Patrick und Jodi sagen, nicht nach dem, was sie meiner Familie angetan haben. Nicht nach allem, was sie mir und meiner Tochter antun wollten, wenn sie uns nur aus dem Hotel herausbekommen hätten.

Detective Haygood hämmert an die Tür. »Wo ist Eli Robash?«

»Er ist nicht hier«, erklärt Patrick. »Er hat überhaupt nichts damit zu tun.«

Wieder starre ich auf die Frau dort am Boden hinab. Sie hat es inzwischen bis auf die Knie geschafft und ich weiß, dass ich erneut auf sie einschlagen sollte. Ich hätte weiß Gott Lust dazu.

»Wir wollten nie, dass es so weit kommt«, ruft Patrick. »Es tut mir leid.«

»Sie haben meine Schwester umgebracht«, halte ich dagegen. »Jodi hat das Feuer gelegt, in dem Beth gestorben ist. Sie wollten Hannah alles wegnehmen. Es ging ihnen nur ums Geld, um das Grundstück. Das war alles nur ...«

Aber den Satz beende ich nicht. Ich möchte noch nicht,

dass sie von Beth erfahren und von dem, was sie laut Jodis Aussage getan hat. Falls sie denn wirklich ihre Mutter ist.

Denn falls meine Schwester sie wirklich fortgegeben hat, hatte sie gute Gründe dafür. Sie war so jung, nur eine eingeschüchterte Studentin, und dieser Mann – dieses Arschloch von Professor – hat sie in keiner Weise unterstützt. Wenn Beth Beschwerde eingereicht hätte, wem hätte die Verwaltung dann geglaubt, ihr oder einem etablierten Dozenten? Und falls er doch seinen Job und sein Ansehen verloren hätte, hätte er ihr nachstellen können. Sie wäre gezwungen gewesen, die Kunstakademie zu verlassen, und ich weiß doch, wie hart sie dafür gearbeitet hatte, dort aufgenommen zu werden.

»Wir müssen Hannah finden«, erkläre ich der Polizei. »Ich weiß nicht, wo sie ist.«

Unten auf dem Boden reißt Jodi plötzlich die Augen auf, so unvermittelt und erschreckend wie eines dieser Meeresungeheuer, das unerwartet zum Leben erwacht.

Sie wischt sich über den Mund und ein Lächeln breitet sich in ihrem Gesicht aus, während sie noch mehr Blut auf ihrer Stirn verschmiert. Doch dann zuckt sie zusammen; es würde mich nicht überraschen, wenn ihre Nase gebrochen ist. Eins ihrer Augen schwillt bereits zu.

Von der Tür erklingt das Klicken des Schlosses. Sie öffnet sich.

Ich drehe mich um, um Detective Haygood ins Zimmer stürzen zu sehen. Er ist hier – er wird mich retten. Doch da ergreift Jodi ihre Chance. Sie stößt mich beiseite und wirft sich auf die Pistole. Sie richtet sie auf die Polizisten. Als sie herumwirbelt und damit auf mich deutet, schreie ich auf. Die bittere Galle der Todesangst steigt in meine Kehle.

»Das machen Sie lieber nicht«, warnt Detective Haygood. »Lassen Sie die Waffe fallen.« Vorsichtig tritt er auf uns zu.

»Keinen Schritt näher!«, brüllt sie.

Jodi bietet einen irren Anblick, der in jeden beliebigen

Horrorfilm passen würde. Blut ist ihr über das ganze Gesicht geschmiert, es bildet auf ihrer Stirn dicke Klumpen und tropft ihr von den Ohren. Darunter mischen sich Kartoffelbrei und Öl, und ihre Haare glänzen immer noch unter der tintenschwarzen Farbe.

Ihre Augen sind weit aufgerissen, die Pupillen dunkel, aber zwischen ihren blutigen Lippen leuchten ihre Zähne bedrohlich weiß auf.

Sie deutet mit der Pistole zu den Polizisten hinüber und winkt mit der anderen Hand Patrick zu. »Komm her«, fordert sie ihn auf. »Stell dich neben mich.«

Patrick tut wie geheißen. Er ist zwar verletzt und muss sich den Kopf halten, aber er stellt sich zu ihr.

Ich lehne mich an die Arbeitsplatte der Küchenzeile in einem Versuch, meinen Körper so weit wie möglich von dieser potenziell bevorstehenden Schießerei zu entfernen. Denn jeden Moment könnte hier jemand den ersten Schuss abgeben, und dann muss ich in Deckung gehen. Ich werde unter diesen Tisch hechten und die Augen zukneifen, bis alles vorüber ist.

Mit gezückter Waffe greift Jodi nach Patricks Hand und zieht ihn nach hinten. Sie treten am Sofa vorbei, dann am Kaffeetisch, schließlich erreichen sie das Fenster.

Die beiden haben keine Fluchtmöglichkeit mehr und mir ist nicht klar, was Jodis Plan ist. Verstecken können sie sich auch nicht, da sie ja die Türen zu beiden Schlafzimmern zugesperrt hat. Sie können nirgends mehr hin. Vor der Tür zum Hotelzimmer hat sich eine ganze Armee an Polizisten versammelt und im Gang warten noch mehr.

Detective Haygood tritt näher. »Sie müssen jetzt diese Waffe senken. Tun Sie nichts, was Sie später bereuen würden.«

Aber Jodi wird von Schluchzern geschüttelt. »Sie hat mich im Stich gelassen! Meine eigene Mutter!« Tränen laufen über ihre Wangen, über Patricks auch. »Wir brauchen dieses Geld alle beide, und ich habe jedes Recht, mir zu holen, was diese

Familie zu bieten hat. Das Geld, das Grundstück ... ich bin *Hannahs Schwester*. Das sollte alles mir gehören!«

In die Stimme des Detectives schleicht sich nun ein harter Tonfall. Er hält die Hände weiterhin in die Höhe gestreckt, Handflächen nach vorn. »Ich fordere Sie jetzt zum letzten Mal auf, diese Waffe fallen zu lassen.«

Sie ignoriert ihn. »Ich bin ihre Tochter. Zählt das denn gar nichts? Aber meine Mom wollte mich nicht. Sie hat mich fortgegeben. Sie hat mit Tara vertuscht, was mit Patricks Dad passiert ist. Die beiden haben alle angelogen und sind damit durchgekommen. Da mussten wir selber in Aktion treten, uns blieb ja nichts anderes übrig! Sie hat bekommen, was sie verdient hat. Das kann uns niemand zum Vorwurf machen. *Nichts* davon kann man uns vorwerfen.«

Detective Haygood erwidert: »Ich habe gesagt, Waffe runter.«

Die Spannung im Raum könnte man mit dem Messer zerschneiden. Die Augen des Detectives zucken und die restlichen Polizisten gehen in Position. Sie werden immer nervöser, alle haben sie die Hände auf ihre Waffen gelegt. Eine falsche Bewegung von Jodi und sie werden alle ziehen und schießen. Ohne zu zögern. Ich warte nur darauf, mich zu Boden zu werfen.

»Wenn Sie nicht tun, was ich Ihnen sage, müssen wir in Aktion treten. Und das wollen Sie nicht riskieren. Wir können doch reden. Wir können dem hier und jetzt ein Ende setzen.«

»Ein Ende setzen ...«, flüstert Jodi. Ein verzweifelter Ausdruck liegt in ihren Augen.

Patrick schaut zu ihr. Jodi hebt ihre Waffe, richtet sie aber auf Patrick. Dann auf ihren eigenen Kopf.

»*Nein!*« Das Wort bricht aus mir hervor. In meinen Gedanken schreit es: *Stirb nicht.* Jodi kann sich doch nicht umbringen, bevor sie uns verraten hat, was mit Hannah ist.

»Wo ist sie?«, kreische ich. »*Wo ist meine Nichte?*«

Nun deutet sie mit der Waffe wieder auf Patricks Kopf. Er wirkt weder verängstigt noch wütend. Er scheint zu verstehen, was sie denkt. Er ist ihr voll und ganz ergeben. Ihnen sind die Hände gebunden. Jodi nickt ihm zu.

Mein Herz dröhnt in meiner Brust. Sie müssen es mir einfach sagen, bevor sie irgendetwas Drastisches tun.

»Sagt mir, wo sie ist!«, brülle ich.

Doch Jodi wirbelt herum und schießt – ein scharfer Knall, der die Luft zum Klirren bringt –, und ich schreie auf. Noch drei Mal feuert sie ihre Waffe ab, aber immer nur auf das Fenster gerichtet. Die Polizisten stürzen nach vorn und alles versinkt im Chaos. Schreie erfüllen das Zimmer und Detective Haygood wirft sich nach vorn, den Arm zu Jodi und Patrick ausgestreckt, aber er ist noch zu weit weg.

Patrick schlägt die Scheibe mit dem Ellbogen weiter ein, während Jodi den Pistolenknauf benutzt, um ein weiteres großes Stück Glas herauszubrechen. Es fällt fünf Stockwerke weiter unten zu Boden, nun schreien auch die Leute unten auf dem Parkplatz.

Ein letztes Mal schaut Jodi zu Patrick und er zu ihr. Dieser Blick besiegelt alles ganz endgültig.

Sie drehen sich nicht mehr um, die Augen nur in den Himmel und die weite Leere vor sich gerichtet, bevor sie springen.

VIERUNDDREISSIG

Mehrere Tage später

Noch drei Tage vergehen, bis Detective Gillespie und die Polizei von Louisville Hannahs Leiche finden. Die echte Hannah, meine Nichte. Der Schmerz, der mich bei dieser Nachricht durchfährt, ist fast unwirklich. Sie so zu verlieren, begreifen zu müssen, dass sie nicht mehr hier ist, dass ich sie nie mehr sehen werde. Das junge Mädchen, von dem ich dachte, es würde bei mir wohnen, mit dem ich gern eine neue Beziehung aufbauen wollte, mit dem wir als Familie so vertraut geworden sind – nichts davon war echt.

Nachdem Jodi und Patrick sich aus dem Fenster stürzten, hat die Polizei als Nächstes Eli aufs Korn genommen, doch er behauptete, keine Ahnung zu haben, wovon die Polizisten sprachen. Er gibt vor, nicht gewusst zu haben, was sein Bruder und dessen Freundin geplant hatten.

Nachdem die Polizei unser Familiengrundstück erneut abgesucht hat, fanden sie Hannahs Leiche in einem provisorischen Grab, nicht weit vom Haus entfernt. Etwas abseits des ausgebrannten Skeletts des Hauses, hinter der Reifenschaukel und dem Apfelgarten, in dem wir früher gespielt haben, hat Jodi Hannahs Leiche verscharrt. Sie hat sie dorthin gezerrt, während die verkohlte Leiche meiner Schwester immer noch im oberen Stock kauerte, und hat sie unter einem Holzstapel begraben.

Sie gehen davon aus, dass Hannah in das brennende Haus zurückgerannt ist, um ihre Mom zu retten. Doch sie hatte das Haus kaum betreten, als der Rauch sie auch schon überwältigte. Jodi muss sie herausgezogen und erkannt haben, dass sie tot war, was sie als perfekte Gelegenheit begriff, die Identität meiner Nichte anzunehmen. Nun, da ihre Mutter und ihre Halbschwester tot waren, konnte sie zum Haus der Chandlers fliehen und in die Rolle der Sechzehnjährigen schlüpfen. Sie war mit Asche bedeckt, die Haare wild zerzaust. Niemand hat hinterfragt, ob sie wirklich Hannah war.

Detective Haygood schwört, dass wir nun in Sicherheit sind. Und auch von Detective Gillespie aus Kentucky höre ich, es gäbe keinen Grund, sich Sorgen zu machen. Eli Robash ist so schockiert wie wir alle über das, was geschehen ist: der Tod seines Bruders und seiner Freundin, die ganze Tragödie. Er sagt, er hätte nie vorgehabt, uns wehzutun, Patrick hätte ihn nie in ihre Pläne eingeschlossen. Er hatte keine Ahnung, wie schlecht es um die Psyche seines Bruders bestellt stand und wie Jodi ihn aufgestachelt hatte.

Eli hat eine Erklärung für sein plötzliches Verschwinden. Anscheinend hatte sein Auto außerhalb der südlichen Stadtgrenze Louisvilles eine Panne. Mitten auf dem Land, in einer Gegend, die er für mögliche Bauvorhaben auskundschaften wollte. Er hatte stets vorgehabt, zurückzufahren. Er hatte durchaus beabsichtigt, alle Fragen vonseiten der Polizei zu beantworten, aber dort draußen im Nirgendwo gestrandet, ohne Handynetz, hat er die Nacht in seinem Auto verbringen müssen. Stunden hat er warten müssen, bis endlich jemand vorbeikam, der ihn mitnehmen konnte.

Es klingt kaum glaubwürdig, eher wie eine praktische Ausrede, und ich traue ihm immer noch nicht. Er hätte sich das auch alles nur ausdenken können. Vielleicht wusste er nur zu gut, was sein Bruder und Jodi im Schilde führten. Vielleicht war er ja der, der Hannahs Leiche fortgeschafft hat, während Jodi zu den Chandlers lief. Vielleicht hat er Patrick nach Huntsville geschickt, zu seinem Treffen mit Jodi. Nach all den Jahren weiterhin voll Wut, könnte er Patrick und Jodi überredet haben, uns aus der Welt zu schaffen.

Angst wirbelt immer noch in mir herum und lässt mir keine Ruhe. Ich weiß noch allzu gut, wie Eli auf den Tod seines Vaters reagierte. Er war so hasserfüllt und auf Rache erpicht. Ich glaube kaum, dass er diesen Hass inzwischen überwunden hat, wie Patrick es mir erzählt hat, nur weil er mit Arbeit und Familie so beschäftigt ist. Ich denke, das brennt immer noch in ihm.

Deswegen mache ich mir Sorgen, dass Eli immer noch Pläne schmieden könnte, dass er wartet. Seine Mission ist nicht beendet, schließlich sind meine Tochter und ich noch am Leben. Patrick und Jodi sind an ihrer Aufgabe gescheitert. Nun glaube ich, dass Eli nur den rechten Augenblick abwartet. Im Moment kann er nicht zuschlagen, das wäre viel zu leicht zu durchschauen, also wird er warten, bis er zu Ende bringen kann, was er mit Patrick angefangen hat. *Das Streichholz brennt.* In Sicherheit sind wir noch nicht.

Die letzten paar Wochen haben mich bis ins Mark erschüttert. Erst habe ich meine Schwester verloren und dann stand Jodi vor unserer Tür. Ich habe eine Betrügerin in mein Haus eingeladen und war mir dessen nicht einmal bewusst. Es wird noch viel Zeit vergehen müssen, bis ich nicht mehr ständig über meine Schulter schaue.

Ein Robash ist immer noch übrig.

Ein weiterer Monat vergeht, bis ich mich endlich dazu aufraffen kann, nach Louisville zurückzukehren. Meine beste Freundin Cynthia bietet mir Beistand und meine Tochter auch. Die beiden begleiten mich auf der langen Autofahrt nach Kentucky. Das erste Mal nach dreizehn Jahren, dass ich nach Hause fahre.

Detective Gillespie bietet an, uns zur Farm zu begleiten. Endlich lernen wir uns persönlich kennen und ich falle ihm sofort in die Arme. Außerdem bitte ich ihn, uns in kurzem Abstand zu folgen. Ich möchte mich nicht überrumpeln lassen, falls Eli Robash es auf uns abgesehen haben sollte. Detective Gillespie sagt zwar, es wäre absolut verrückt von ihm, irgendetwas zu unternehmen, wo doch alle Augen auf ihn gerichtet sind, aber ich möchte einfach kein Risiko eingehen.

Leider gibt es einen bestimmten Grund für meine Rückkehr, und zwar keinen schönen. Es zerreißt mir das Herz, doch übermorgen ist Hannahs Beerdigung. Sie findet im ganz kleinen Kreis statt, außer uns und dem Anwalt kommt niemand, aber so können wir uns verabschieden. Auch von meiner Schwester.

Außerdem möchte ich Cassie die Farm zeigen, auf der ich aufgewachsen bin und auf der ihre Tante und ihre Cousine gewohnt haben. Ich kann ihr von glücklicheren Zeiten erzählen, bevor der Tod wieder und wieder vor unserer Tür stand.

Ich habe Cynthia neben mir, meine Tochter auf dem Rücksitz und Detective Gillespie wie versprochen direkt hinter uns. Wir fahren die Route 30 hinunter, vorbei am Haus der Chandlers. Ich halte Ausschau, falls sie draußen stehen sollten, aber sie wohnen ja gar nicht mehr dort. Verkauft haben sie ihr Grundstück zum Glück doch nicht, allerdings sind sie in die Stadt umgezogen, wo sie es nicht so weit zu ihren Enkelkindern haben. Einer ihrer Söhne wird stattdessen hier rausziehen, er hat vor, die Chandler-Farm auf Vordermann zu bringen. Seine Tochter reitet wohl leidenschaftlich gern.

Ich erspähe die Scheune der Chandlers und mir flattern Schmetterlinge im Bauch bei der Vorstellung, dass sie wieder zum Leben erwachen wird. Das Grundstück bleibt im Besitz der Chandler-Familie, das Land in Sicherheit. Solange unsere Familien noch irgendetwas mitzureden haben, wird hier weder eine fünfspurige Autobahn noch ein neues Einkaufszentrum die Landschaft verschandeln.

Das vertraute Geräusch von knirschendem Kies unter den Reifen lässt mich aufseufzen, langsam fahre ich weiter. Dann endlich sehe ich, was von unserem Elternhaus übrig ist. Der Anblick des verkohlten Holzskeletts bricht mir das Herz. Ich habe versucht, es mir vorzustellen, mich auf diesen Moment vorzubereiten, aber in echt tut es noch viel mehr weh. Geschwärzte Balken, das eingestürzte Dach ... überall liegen Ziegelsteine herum und der Kamin ist zur Seite gestürzt. In einem dieser Zimmer hat meine Schwester sich versteckt, während unter ihr der Boden nachgab und schließlich zusammenbrach.

Noch während ich das Auto parke, laufen mir schon unaufhaltsame Tränen über die Wangen. Cynthia nimmt mich bei der Hand und Cassie lehnt sich im Rücksitz nach vorn, um mich zu umarmen.

Ich schluchze – was haben sie unserer Familie nur angetan! Sie haben Beth umgebracht und Hannah auch. Haben unser Elternhaus zerstört. Fast hätten sie dasselbe mit mir und meiner Tochter getan.

Auch um meine Eltern weine ich. Der Rasen ist verkohlt, aber ich erkenne trotzdem die Stelle, an der ich vor all den Jahren das Bewusstsein verloren habe. Der alte Schmerz steigt in mir auf – er hat mich nie verlassen. Unsere Eltern sind gestorben, und in all ihrer Trauer hat meine Schwester sich gegen mich gewandt.

Sie war wütend. Sie war verwirrt. Und ich verzeihe es ihr. Ich glaube, ich habe es ihr schon damals verziehen.

Das hätte ich ihr sagen sollen. Wir haben beide furchtbare Fehler gemacht.

Meine Schwester hatte ihre Gründe, hat auf ihre Art vergeblich versucht, damit klarzukommen. Sie ist nicht mehr hier, um mir alles zu erklären, und was genau in ihrem Kopf vor sich ging, werde ich nie erfahren, vor allem nicht das, was sie damals bewegte, als sie Jodi zurückließ. Aber es muss reinste Verzweiflung gewesen sein. Sie war so jung, so verloren. Und nachdem sie Jodi zurücklassen musste und mit gebrochenem Herzen nach Hause kam, folgte eine Tragödie der nächsten. Mit keiner davon wusste Beth so recht umzugehen.

All diese Wut, all die Jahre des stummen Grolls haben sich damals Bahn gebrochen, als sie Hank und das Auto in Brand gesetzt hat. Das kann ich verstehen. Es ging nicht nur um Hank und Alex und um das, was sie uns angetan haben. Auch dieser andere Mann war ein Teil davon, dieser Professor von der Kunstakademie. Der erste Mann, der sie im Stich gelassen hat. Und ihre Schuldgefühle darüber, dass sie ihr erstes Kind nicht behalten konnte.

Ich wische mir die Tränen von den Wangen und steige aus dem Auto. Das Haus ist nicht wiederzuerkennen, nur der Grundriss ist noch derselbe. Hier war einmal das vordere Wohnzimmer, in dem meine Schwester gemalt hat. Irgendwo weiter hinten war die Küche, in der Mom uns beigebracht hat, wie man Eiscreme selber macht. Und an der anderen Seite das Bürozimmer, in dem Dad gearbeitet hat.

Doch der Apfelgarten hinter dem Haus ist immer noch da und unbeschadet. Auch die Veranda, auf der wir Hannahs Geburtstag gefeiert haben. Der Reifenschaukel hat das Feuer ebenfalls nichts anhaben können. Zwar ist das Seil ausgefranst und der Reifen grau und verwittert, aber er schwingt immer noch in der sanften Brise hin und her.

Wenn ich die Augen schließe, kann ich meine Schwester

lachen hören. Ich höre, wie sie Hannah, die die Füße in die Luft streckt, auf dieser Schaukel anschubst.

Hinter den Feldern gibt es immer noch den Bach, an dem wir früher geangelt haben, und unsere alte Picknickstelle. Die Heuballen, an denen wir mit unseren Drachen vorbeigerannt sind. Dort hat auch Hannah Jahre später mit ihrem Hund gespielt, den winzigen schwarzen Pferdeschwanz auf dem Kopf, das Gesicht voller Begeisterung darüber, drei geworden zu sein und später mit Freunden feiern zu dürfen. Wie sie mich immer *Tante Tawa* genannt hat, wenn ich sie hochgehoben habe.

Ich habe beschlossen, das Haus einebnen zu lassen. Zwar schmerzt es mich sehr, es abreißen zu lassen, aber diese ausgebrannte Hülle von Haus können wir ja auch nicht stehen lassen. Es wäre nur stets eine schmerzhafte Erinnerung an alles, was wir durchgemacht haben. Wir können das Grundstück von diesem Schandfleck befreien und einen Neubeginn wagen.

Dass ich diese Entscheidung überhaupt treffen kann, kam als große Überraschung. Nachdem herauskam, was Jodi und Patrick getan haben, und sie Hannahs Leiche identifiziert hatten, hat Mr Fredericks mich über eine bestimmte Klausel im Testament meiner Schwester informiert. Sie hat mir nicht nur das Sorgerecht für ihre Tochter übertragen, sondern auch noch etwas anderes festgelegt. Bestimmt hat Mr Fredericks sie dazu ermutigt, als reine Formalität. *Nur für den Fall der Fälle.*

Falls Hannah etwas zustoßen sollte, würde das Grundstück auf mich übergehen. Sollte ich dann noch am Leben und geschäftsfähig sein, würde mich das zum letzten bestehenden Familienmitglied machen, wodurch der Besitz auf mich und meine Kinder überginge. Dass Cassie und ich nun tatsächlich die letzten Familienmitglieder sind, schmerzt mich zutiefst, da meine Schwester und Nichte dafür erst einmal auf so furchtbare Art haben sterben müssen, doch nun kann ich mit diesem Grundstück tun und lassen, was ich will.

Also werde ich es den beiden zum Gedenken in Ehren halten. Ich werde dieses Haus abreißen und an seiner Stelle ein neues bauen lassen. Ich werde Cassie die Felder zeigen und mit ihr auf langen Spaziergängen den Bach erkunden. Wir werden Äpfel pflücken. Wir werden Blumen kaufen und Hannah und meiner Schwester gedenken.

Aber eines werde ich niemals tun. Ich werde dieses Stück Land niemals verkaufen. Nun, da der Sohn der Chandlers bei ihnen einzieht, können wir den Bauunternehmen die Stirn bieten. Wir werden ihnen nie unser Land verkaufen, ganz gleich, wie viele Angebote sie machen und wie viel Geld sie uns in Aussicht stellen, und das gilt insbesondere für Eli Robash. Die Chandlers und meine Familie stehen ihren Drohungen, ihrer Gier und der erbarmungslosen Ausbreitung der Städte Seite an Seite entgegen. Es gibt noch andere Gebiete, die sie ins Auge fassen können. Für den Moment bleibt dieses wunderschöne Stück Land das unsere.

Ich stehe vor dem Haus, Hand in Hand mit meiner Tochter, während Cynthia sich die Augen abtupft. Keine von uns sagt ein Wort, jede ist in Gedanken versunken, aber ich spüre ihre Stärke an meiner Seite. Das gibt mir Kraft. Mit ihrer Unterstützung kann auch ich stark sein.

Detective Gillespie wartet in seinem Auto, um uns etwas Zeit für uns zu geben. Wenn es Zeit wird, aufzubrechen, wird er den Motor anlassen und zurückfahren. Wir werden zum Hotel zurückkehren und uns ausruhen, bis wir uns übermorgen von Beth und meiner Nichte verabschieden müssen.

Ein leichter Wind weht um uns her und ich ziehe meine Tochter bei der Hand. Ich nicke ihr zu und bedeute ihr, nicht mehr auf das ausgebrannte Haus zu schauen, sondern auf den Sonnenuntergang hinter den Feldern. Dieselben Maisfelder, in denen wir früher gespielt haben und auf die wir geschaut haben, wenn wir vor der Haustür saßen, wir vier zusammen: Beth, Mom und Dad und ich.

Mom hat uns Lieder vorgesummt, während wir in unseren Schaukelstühlen vor- und zurückwippten. Dad redete meist von irgendeinem Stück Zaun, das er reparieren musste, und Beth zog mich damit auf, dass ich unbedingt den Löffel hatte abschlecken müssen, mit dem wir die Eiscreme angerührt hatten.

Unsere Familie hat so viel verloren. Wir hatten all diesen Schmerz nicht verdient. Und ganz gewiss hatte Beth es nicht verdient, ihren Schmerz allein durchstehen zu müssen. Sie hätte es uns sagen sollen, dann hätten wir eine Chance gehabt, Jodi kennenzulernen. Vielleicht wären die Dinge dann anders gekommen. Jodi hätte ihre Kindheit bei uns verbringen können.

Wir hätten geholfen, uns um dieses kleine Mädchen zu kümmern, und Beth hätte ihr Kunststudium anderswo zu Ende bringen können. Gut möglich, dass wir dann alles hätten verhindern können: das furchtbare Leben, das Jodi hatte, die schrecklichen Pläne, die sie gemeinsam mit Patrick geschmiedet hat. Dann wären Beth und Hannah vielleicht noch am Leben. Hannah hätte mit Jodi als großer Schwester aufwachsen können.

Aber eines lässt mir keine Ruhe. Es gibt da noch jemanden, den ich zur Verantwortung ziehen muss, also habe ich ein bisschen recherchiert. Ich habe Jodis Dad ausfindig gemacht. Er unterrichtet immer noch an dieser Kunstakademie, hat sich dort vor Jahren eine Festanstellung gesichert. Vermutlich konnte er nicht riskieren, dass herauskam, dass er eine seiner Studentinnen geschwängert hatte. Vielleicht hatte er meiner Schwester sogar angedroht, sie von der Akademie schmeißen zu lassen, wenn sie es jemandem erzählte.

Beth hat ihre Entscheidung getroffen, aber auch ich weiß nun, was ich tun werde. Sobald wir die Farm verlassen und

Cassie und Cynthia es sich im Hotel gemütlich gemacht haben, werde ich mich wie verabredet mit Detective Gillespie treffen. Ich habe ihn darum gebeten, in einem Café in der Nähe auf mich zu warten. Dort werde ich ihm von diesem Professor erzählen und ihn um Hilfe bitten. Ich möchte wissen, was dieser Mann zugeben wird. Zumindest soll er erfahren, wie viel Schaden er angerichtet hat. Wie viel Schmerz er meiner Schwester verursacht hat und wie viel mehr dem Kind, das er sie fortzugeben gezwungen hat. Er wird von Jodi erfahren. Wenn schon sonst nichts, so wird er doch zumindest ihren Namen erfahren.

Ich möchte, dass auch ihm leidtut, was er getan hat. Er soll sich verantwortlich fühlen, und schuldig. Denn einfach so ist hier niemand aus dem Schneider – er am allerwenigsten. Und ich mache es zu meiner Mission, ihn dafür zahlen zu lassen. Für Beth und für Hannah. Und, ja, sogar auch für Jodi.

MEHR VON BOOKOUTURE DEUTSCHLAND

Für mehr Infos rund um Bookouture Deutschland und unsere Bücher melde dich für unseren Newsletter an:

deutschland.bookouture.com/subscribe/

Oder folge uns auf Social Media:

facebook.com/bookouturedeutschland
x.com/bookouturede
instagram.com/bookouturedeutschland

EIN BRIEF VON GEORGINA

Liebe Leser:innen,

herzlichen Dank, dass ihr *Die Nichte* gelesen habt. Nach der Aufregung, die meine früheren Romane *Die Stieftochter* und *The Missing Woman* verursacht haben, wollte ich mir eine Situation ausmalen, in der eine Familie in ständiger Angst vor ihren Mitmenschen lebt. Dann noch die verschiedenen Arten von Feuer – hypnotisierend, aber auch zerstörerisch ... Verwoben mit dem, was diese Familie in der Vergangenheit durchgemacht hat, schien mir die Geschichte einfach zu verlockend, um sie nicht zu schreiben.

Ich hoffe sehr, dass sie euch gefallen hat. Niemand weiß, wem er trauen kann, bis alles in einem schockierenden Moment offenbart wird.

Falls ihr über meine neuesten Veröffentlichungen informiert werden möchtet, meldet euch einfach unter nachstehendem Link an. Eure E-Mail-Adresse wird nicht weitergegeben und ihr könnt euch jederzeit wieder abmelden.

deutschland.bookouture.com/subscribe/

Und wenn euch meine Bücher gefallen, würde ich mich sehr über eine Rezension freuen. Feedback von meinen Leser:innen bedeutet mir alles, außerdem können so immer mehr Leser:innen eins meiner Bücher zum allerersten Mal erleben.

Vielen lieben Dank. Und weiterhin viel spannungsreichen Lesespaß!

Georgina

www.georgina-cross-author.com

facebook.com/GeorginaCrossAuthor
x.com/GCrossAuthor
instagram.com/GeorginaCrossAuthor

DANKSAGUNG

Danke an meine Agentin Rachel Beck und das ganze Team von Liza Dawson Associates. Rachel, du stehst mir schon seit so vielen Jahren zur Seite und hast mir immer den Rücken gestärkt. Dass du die beste Agentin aller Zeiten bist, erzähle ich ja sowieso jedem. Alles Liebe von deinen #agentsisters.

Ich danke Laura Deacon, meiner Lektorin bei Bookouture, die mir den Freiraum gegeben hat, dieses Buch noch einmal komplett umzuschmeißen und neu zu schreiben. Der erste Entwurf hatte zwar großen Einfluss auf die letztendliche Geschichte, aber dank Maisie Lawrences scharfem Blick und einzigartigem Feedback wurde das Buch zu einer viel besseren Version seiner selbst. Danke an alle vom Bookouture-Team, nicht zuletzt an das Marketing-Team, die Designer:innen, die so tolle Buchumschläge entwerfen, und die Lektor:innen.

Dieses Buch ist der Decatur-Crew gewidmet, darunter vor allem Melinda Jones, der früheren Besitzerin des Second Read Books Stores, die nun in der öffentlichen Bibliothek im Athens-Limestone County arbeitet, und zudem Mary Ann Hotaling, der früheren Mrs Veteran America, gemeinsam mit all ihren wunderbaren Freund:innen und Lehrer:innen, die Events für Lesegruppen organisieren und mich kräftig anfeuern. Euretwegen spielt dieses Buch in Decatur, Alabama. Euer Wunsch war mir Befehl, hier ist das Drama, um das ihr gebeten habt!

Danke an meine Leserin Beth Milner, die bei einem unserer Autorenevents bzw. einer stillen Auktion durch einen

Wettbewerb das Recht gewann, eine Romanfigur benennen zu dürfen. Das dabei gesammelte Geld ging an die Operation Prom Dress für Schüler:innen im Decatur Excel Center der Decatur City Schools. Organisiert wurde das Ganze von Mary Ann Hotaling und Jodi Sue Bair. Durch diese Initiative konnten die Schüler:innen sich Ballkleidung, Blumen und Accessoires aussuchen, die ihnen hoffentlich zu einem wunderschönen Abend verholfen haben. Im Zuge des Wettbewerbs hat Beth sich zu Ehren ihrer kleinen Schwester für den Namen Cynthia entschieden. Es schien mir nur passend für diese liebevolle Geste, ihn Taras bester Freundin zu geben. Vielen Dank für die Namensauswahl, Beth.

Herzlichen Dank an meine Familie – an meine Tanten aus England und die zahllosen Tanten, Onkel, Cousins und Cousinen aus Malaysia; an alle, die es mir durchgehen lassen, dass ich jeden Tag am Küchentisch sitze und schreibe. Danke, dass ihr mich so unglaublich gut unterstützt, meine Bücher lest und sie euren Freund:innen weiterempfehlt. Ihr seid die Besten! Das Schreiben macht mir unendlich viel Spaß und es gibt noch so vieles, das ich mit meinen Worten erschaffen möchte. Tut mir leid, Kinder, aber für die kommenden Jahre gehört der Küchentisch mir und meinem Laptop – es sei denn, ich werde wieder in den Schreibbunker im Keller verbannt.

Meine tiefste Liebe gilt meinen Eltern, Kelvin und Cecilia, meiner Schwester Davinia und ihren zwei Jungs Leo und Elliot. Wir sind die echten Pilgerväter und -mütter! Danke, dass ihr immer an mich geglaubt habt. Davinia, dieser Witz mit der verrückten Kuh wird mich bis an mein Lebensende zum Lachen bringen. Danke an Leo und Elliot, dass sie mir das Wurmlied beigebracht haben.

Den herzlichsten Dank haben aber natürlich mein Mann David, meine Söhne Reece und Liam und meine Stiefsöhne Andrew und Matthew verdient. Ich weiß schon, dass ich dauernd schreibe und dafür nie koche. Wirklich nie. Danke, dass ihr es versteht, wenn ich um neun Uhr abends schon im Bett liege und den ganzen Tag im Prinzip nur vor meinem Laptop verbringe. Ich liebe euch von ganzem Herzen.

Printed in Poland
by Amazon Fulfillment
Poland Sp. z o.o., Wrocław

52890133R00199